终极亲密

Ivan Klima

[捷克] 伊凡·克里玛 / 著

徐伟珠 / 译

图书在版编目（CIP）数据

终极亲密／（捷克）克里玛著；徐伟珠译. -- 广州：花城出版社，2014.10
（蓝色东欧／高兴主编. 第2辑）
ISBN 978-7-5360-7316-6

Ⅰ．①终… Ⅱ．①克… ②徐… Ⅲ．①长篇小说－捷克－现代 Ⅳ．①I524.45

中国版本图书馆CIP数据核字（2014）第248010号

合同版权登记号：图字 19－2011－086 号
THE ULTMATE INTIMACY
IVAN KLÍMA
Copyright：ⓒ Ivan Klíma
All rights reserved

出 版 人：	詹秀敏
丛书策划：	肖建国　朱燕玲　孙虹
出版统筹：	李倩倩
责任编辑：	夏显夫
技术编辑：	薛伟民　凌春梅　陈诗泳
装帧设计：	棱角视觉 ANGULAR VISION

书　　名	终极亲密 ZHONGJI QINMI	
出版发行	花城出版社 （广州市环市东路水荫路11号）	
经　　销	全国新华书店	
印　　刷	恒美印务（广州）有限公司 （广州南沙经济技术开发区环市大道中路334号）	
开　　本	880毫米×1230毫米　32开	
印　　张	13　2插页	
字　　数	340,000字	
版　　次	2014年10月第1版　2014年10月第1次印刷	
定　　价	39.00元	

本书中文专有出版权归花城出版社独家所有，非经本社同意不得连载、摘编或复制。
如发现印装质量问题，请直接与印刷厂联系调换。
购书热线：020－37604658　37602954
欢迎登陆花城出版社网站：http://www.fcph.com.cn

终极亲密

目 录
CONTENTS

记忆，阅读，另一种目光（总序）／高兴 ／ 1
无望存在的镜像、反思和质疑（中译本前言）／徐伟珠 ／ 1

第一章 ／ 1
第二章 ／ 47
第三章 ／ 90
第四章 ／ 139
第五章 ／ 193
第六章 ／ 249
第七章 ／ 304
第八章 ／ 349

记忆，阅读，另一种目光

（总序）

高兴

昆德拉说过："人的一生注定扎根于前十年中。"我想稍稍修改一下他的说法："人的一生注定扎根于童年和少年中。"童年和少年确定内心的基调，影响一生的基本走向。

不得不承认，二十世纪五六十年代出生的人都有着不同程度的俄罗斯情结和东欧情结。这与我们的成长有关，与我们的童年、少年和青春岁月有关。而那段岁月中，电影，尤其是露天电影又有着怎样重要的影响。那时，少有的几部外国电影便是最最好看的电影，它们大多来自东欧国家，几乎吸引了所有人的目光，是我们童年的节日。在某种意义上，甚至可以说，它们还是我们的艺术启蒙和人生启蒙，构成童年最温馨、最美好和最结实的部分。

还有电影中的台词和暗号。你怎能忘记那些台词和暗号。它们已成为我们青春的经典。最最难忘的是《瓦尔特保卫萨拉热窝》。"'空气在颤抖,仿佛天空在燃烧。''是啊,暴风雨来了。'""看,这座城市,它就是瓦尔特。"简直就是诗歌。是我们接触到的最初的诗歌。那么悲壮有力的诗歌。真正有震撼力的诗歌。诗歌,就这样和英雄主义和浪漫主义,紧紧地连接在了一道。

还有那些柔情的诗歌。裴多菲,爱明内斯库,密支凯维奇。要知道,在二十世纪七八十年代,读到他们的诗句,绝对会有触电般的感觉。而所有这一切,似乎就浓缩成了几粒种子,在内心深处生根,发芽,成长为东欧情结之树。

然而,时过境迁,我们需要重新打量"东欧"以及"东欧文学"这一概念。严格来说,"东欧"是个政治概念,也是个历史概念。过去,它主要指波兰、捷克斯洛伐克、匈牙利、罗马尼亚、保加利亚、南斯拉夫、阿尔巴尼亚七个国家。因此,在当时,"东欧文学"也就是指上述七个国家的文学。这七个国家,加上原先的东德,都曾经是以苏联为首的华沙条约组织的成员。

一九八九年底,东欧发生剧变。此后,苏联解体,华沙条约组织解散,捷克和斯洛伐克分离,南斯拉夫各共和国相继独立,所有这些都在不断改变着"东欧"这一概念。而实际情况是,波兰、捷克、匈牙利、罗马尼亚等国家甚至都不再愿意被称为东欧国家,它们更愿意被称为中欧或中南欧国家。同样,不少上述国家的作家也竭力抵制和否定这一概念。在他们看来,东欧是个高度政治化、笼统化的概念,对文学定位和评判,不太有利。这是一种微妙的姿态。在这种姿态中,民族自尊心也发挥着不可估量的作用。

但在中国,"东欧"和"东欧文学"这一概念早已深入人心,有广泛的群众和读者基础,有一定的号召力和亲和力。因此,继续使用"东欧"和"东欧文学"这一概念,我觉得无可厚非,有利于研究、译介和推广这些特定国家的文学作品。事实上,欧美一些大学、研究中心也还在继续使用这一概念。只不过，今日，当我们提到这一概念，涉及的就不仅仅是七个国家，而应该包含更多的国家：立陶宛、摩尔多瓦等独联体国家，还有波黑、克罗地亚、斯洛文尼亚、塞尔维亚、黑山等从南斯拉夫联盟独立出来的国家。我们之所以还能把它们作为一个整体来谈论，是因为它们有着太多的共同点：都是欧洲弱小国家，历史上都曾不断遭受侵略、瓜分、吞并和异族统治，都曾把民族复兴当作最高目标，都是到了十九世纪末二十世纪初才相继获得独立，或得到统一，第二次世界大战后都走过一段相同或相似的社会主义道路，一九八九年后又相继推翻了共产党政权，走上了资本主义发展道路。之后，又几乎都把加入北约、进入欧盟当作国家政策的重中之重。这二十年来，发展得都不太顺当，作家和文学都陷入不同程度的困境。用饱经风雨、饱经磨难来形容这些国家，十分恰当。

换一个角度，侵略，瓜分，异族统治，动荡，迁徙，这一切同时也意味着方方面面的影响和交融。甚至可以说，影响和交融，是东欧文化和文学的两个关键词。看一看布拉格吧。生长在布拉格的捷克著名小说家伊凡·克里玛，在谈到自己的城市时，有一种掩饰不住的骄傲："这是一个神秘的和令人兴奋的城市，有着数十年甚至几个世纪生活在一起的三种文化优异的和富有刺激性的混合，从而创造了一种激发人们创造的空气，即捷克、德国和犹太文化。"[1]

克里玛又借用被他称作"说德语的布拉格人"乌兹迪尔的笔为我们描绘了一个形象的、感性的、有声有色的布拉格。这是一个具有超民族性的神秘的世界。在这里，你很容易成为一个世界主义者。这里有幽静的小巷、热闹的夜总会、露天舞台、剧院和形形色色的小餐馆、小店铺、小咖啡屋和小酒店。还有无数学生社团和文艺沙龙。自然也有五花八门的妓院和赌场。布拉格是敞开的，是包容的，是休闲的，是艺术的，是世俗的，有时还是颓废的。

---

[1] 见伊凡·克里玛《布拉格精神》第44页，崔卫平译，作家出版社1998年版。

布拉格也是一个有着无数伤口的城市。战争、暴力、流亡、占领、起义、颠覆、出卖和解放充满了这个城市的历史。饱经磨难和沧桑，却依然存在，且魅力不减，用克里玛的话说，那是因为它非常结实，有罕见的从灾难中重新恢复的能力，有不屈不挠同时又灵活善变的精神。如果要用一个词来形容布拉格的话，克里玛觉得就是：悖谬。悖谬是布拉格的精神。

或许悖谬恰恰是艺术的福音，是艺术的全部深刻所在。要不然从这里怎会走出如此众多的杰出人物：德沃夏克，雅那切克，斯美塔那，哈谢克，卡夫卡，布洛德，里尔克，塞弗尔特，等等，等等。这一大串的名字就足以让我们对这座中欧古城表示敬意。

布拉格如此，萨拉热窝、华沙、布加勒斯特、克拉科夫、布达佩斯等众多东欧城市，均如此。走进这些城市，你都会看到一道道影响和交融的影子。

在影响和交融中，确立并发出自己的声音，十分重要。不少东欧作家为此做出了开拓性和创造性的贡献。我们不妨将哈谢克和贡布罗维奇当作两个案例，稍加分析。

说到捷克作家哈谢克，我们会想起他的代表作《好兵帅克》。以往，谈论这部作品，人们往往仅仅停留于政治性评价。这不够全面，也容易流于庸俗。《好兵帅克》几乎没有什么中心情节，有的只是一堆零碎的琐事，有的只是帅克闹出的一个又一个的乱子，有的只是幽默和讽刺。可以说，幽默和讽刺是哈谢克的基本语调。正是在幽默和讽刺中，战争变成了一个喜剧大舞台，帅克变成了一个喜剧大明星，一个典型的"反英雄"。看得出，哈谢克在写帅克的时候，并没有考虑什么文学的严肃性。很大程度上，他恰恰要打破文学的严肃性和神圣感。他就想让大家哈哈一笑。至于笑过之后的感悟，那就是读者自己的事情了。这种轻松的姿态反而让他彻底放开了。借用帅克这一人物，哈谢克把皇帝、奥匈帝国、密探、将军、走狗等等统统给骂了。他骂得很过瘾，很解气，很痛快。读者，尤其是捷克读者，读得也很过瘾,很解气,很痛快。幽默和讽刺于是又变成了一件有力的武器,特别适用于捷克这么一个弱小的民族。哈谢克最大的贡献也正在于此:为捷克民族和捷克文学找到了一种声音,确立了一种传统。

而波兰作家贡布罗维奇与哈谢克不同,恰恰是以反传统而引起世人瞩目的。他坚决主张让文学独立自主。在二十世纪三四十年代,贡布罗维奇的作品在波兰文坛显得格外怪异离谱,他的文字往往夸张扭曲,人物常常是漫画式的,他们随时都受到外界的侵扰和威胁,内心充满了不安和恐惧,像一群长不大的孩子。作家并不依靠完整的故事情节,而是主要通过人物荒诞怪僻的行为,表现社会的混乱、荒谬和丑恶,表现外部世界对人性的影响和摧残,表现人类的无奈和异化以及人际关系的异常和紧张。长篇小说《费尔迪杜凯》就充分体现出了他的艺术个性和创作特色。

捷克的赫拉巴尔、昆德拉、克里玛、霍朗,波兰的米沃什、赫贝特、希姆博尔斯卡,罗马尼亚的埃里亚德、索雷斯库、齐奥朗,匈牙利的凯尔泰斯、艾甲特哈兹,塞尔维亚的帕维奇、波帕,阿尔巴尼亚的卡达莱……如此具有独特风格和魅力的当代东欧作家实在是不胜枚举。

某种程度上,东欧曾经高度政治化的现实,以及多灾多难的痛苦经历,恰好为文学和文学家提供了特别的土壤。没有捷克经历,昆德拉不可能成为现在的昆德拉,不可能写出《可笑的爱》、《玩笑》、《不朽》和《难以承受的存在之轻》这样独特的杰作。没有波兰经历,米沃什也不可能成为我们所熟悉的将道德感同诗意紧密融合的诗歌大师。但另一方面,需要注意的是,由于语言的局限以及话语权的控制,东欧文学也极易被涂上浓郁的意识形态色彩。应该承认,恰恰是意识形态色彩成全了不少作家的声名。昆德拉如此。卡达莱如此。马内阿如此。赫尔塔·米勒亦如此。我们在阅读和研究这些作家时,需要格外地警惕。过分地强调政治性,有可能会忽略他们的艺术性和丰富性。而过分地强调艺术性,又有可能会看不到他们的政治性和复杂性。如何客观地、准确地认识和评价他们，同样需要我们的敏感和平衡。

一个美国作家，一个英国作家，或一个法国作家，在写出一部作品时，就已自然而然地拥有了世界各地广大的读者，因而，不管自觉与否，他，或她，很容易获得一种语言和心理上的优越感和骄傲感。这种感觉东欧作家难以体会。有抱负的东欧作家往往会生出一种紧迫感和危机感。他们要用尽全力将弱势转化为优势。昆德拉就反复强调，身处小国，你"要么做一个可怜的、眼光狭窄的人"，要么成为一个广闻博识的"世界性的人"。别无选择，有时，恰恰是最好的选择。因此，东欧作家大多会自觉地"同其他诗人，其他世界，和其他传统相遇"（萨拉蒙语）。昆德拉、米沃什、齐奥朗、贡布罗维奇、赫贝特、卡达莱、萨拉蒙等等东欧作家都最终成为"世界性的人"。

关注东欧文学，我们会发现，不少作家，基本上，都在出走后，都在定居那些发达国家后，才获得一定的国际声誉。贡布罗维奇、昆德拉、齐奥朗、埃里亚德、扎加耶夫斯基、米沃什、马内阿、史沃克莱茨基等等都属于这样的情形。各种各样的原因，让他们选择了出走。生活和写作环境、意识形态原因、文学抱负、机缘等，都有。再说，东欧国家都是小国，读者有限，天地有限。

在走和留之间，这基本上是所有东欧作家都会面临的问题。因此，我们谈论东欧文学，实际上，也就是在谈论两部分东欧文学：海外东欧文学和本土东欧文学。它们缺一不可，已成为一种事实。

在我国，东欧文学译介一直处于某种"非正常状态"。正是由于这种"非正常状态"，在很长一段岁月里，东欧文学被染上了太多的艺术之外的色彩。直至今日，东欧文学还依然更多地让人想到那些红色经典。阿尔巴尼亚的反法西斯电影，捷克作家伏契克的《绞刑架下的报告》，保加利亚的革命文学，都是典型的例子。红色经典当然是东欧文学的组成部分，这毫无疑义。我个人阅读某些红色经典作品时，曾深受感动。但需要指出的是，红色经典并不是东欧文学的全部。若认为红色经典就能代表东欧文学，那实在是种误解和误导，是对东欧文学的狭隘理解和片面认识。因此，用艺术目光重新打量、重新梳理东欧文学已成为一种必须。为了更加客观、全面地翻译和介绍东欧文学，突出东欧文学的艺术性，有必要颠覆一下这一概念。蓝色是流经东欧不少国家的多瑙河的颜色，也是大海和天空的颜色，有广阔和博大的意味。"蓝色东欧"正是旨在让读者看到另一种色彩的东欧文学，看到更加广阔和博大的东欧文学。

二〇一三年十月三十一日定稿于北京

主编简介：高兴，诗人、翻译家，一九六三年出生于江苏省吴江市。中国作家协会会员。现为中国社会科学院外国文学研究所研究员，《世界文学》主编。曾以作家、翻译家、外交官和访问学者身份游历过欧美数十个国家。出版过《米兰·昆德拉传》、《东欧文学大花园》、《布拉格，那蓝雨中的石子路》等专著和随笔集；主编过《二十世纪外国短篇小说编年·美国卷》（上、下册）、《伊凡·克里玛作品系列》（5卷）、《水怎样开始演奏》、《诗歌中的诗歌》、《小说中的小说》（2卷）等大型图书。主要译著有《梵高》、《黛西·米勒》、《雅克和他的主人》、《可笑的爱》、《安娜·布兰迪亚娜诗选》、《我的初恋》、《索雷斯库诗选》、《梦幻宫殿》、《托马斯·温茨洛瓦诗选》等。

无望存在的镜像、反思和质疑

(中译本前言)

徐伟珠

伊凡·克里玛（1931— ）是捷克当代著名的小说家，昆德拉的同时代人。童年时在特雷津集中营度过三年半炼狱生活，目睹了无数惨绝人寰的死亡，这段苦难经历为他走上作家道路做了铺垫。中学时因暗恋一位女生捉笔写爱情小说，把深藏心间的萌动诉诸笔端。一九五一年进入查理大学哲学院攻读捷克语言和文学专业，一九五三年加入捷克共产党。相继在《五月》周刊、作家出版社任编辑，一九六三至一九六九年出任捷克《文学报》副主编，此刊物具有很强的艺术思想性，在"布拉格之春"期间成为重要的思想交流阵地。一九六七年在捷克斯洛伐克作家协会第四次代表大会上，克里玛因和昆德拉、哈维尔等作家公开抗议捷共对文化的控制，抨击其审查制度而被开除出党。一九六九至一九七〇年在美国密歇根大学做访问学者。"布拉格之春"被镇压后,捷克大批先锋作家及其作品被禁,克里玛同样没有幸免,他从美国一回来即受到迫害,作品遭禁。在此后二十年的漫长岁月里以各种体力劳动为生,作品大多由地下出版或国外的流亡出版社发行。

半个多世纪的辛勤笔耕,克里玛创作有二十多部小说、随笔录和剧本,大部分被译介到国外,达三十一种文字,荣膺多种文学奖项,成为世界瞩目的捷克作家之一。一九九〇至一九九三年出任捷克笔会俱乐部主席。

二十世纪六十年代的捷克作家,思想上深受存在主义和荒诞派戏剧的影响,表现出现代人的失落和身处强大压力下的孤立无援感,这自然使得他们的创作贴近卡夫卡。克里玛也不例外,他的创作题材可谓广泛,但基本着陆于性爱和社会现实两大主题:在没有了上帝的世界里,人的孤独和人与人之间沟通的无望;人作为个体与强大政权之间的冲突,在特殊的表达中让读者感受人物命运的苦涩、挣扎和寻求慰藉。捷克人善以自嘲、调侃摆脱尴尬与困境,以幽默、讥讽作为生存和抗争的倚仗和凭借,这也是捷克文学历代秉承的传统。

《终极亲密》问世于一九九六年,可视为其小说《爱情与垃圾》(1987)主要情节的变奏,延续了克里玛一贯的创作主题:围绕人与人之间的关系,寻找永恒之爱,展现人在群体中的被抛弃感、孤独感。小说以二十世纪九十年代捷克变革后的社会现状为背景,描写有家室的福音派牧师丹尼尔·维德拉遭遇危机,感觉灵魂迷失,无力走近他人,产生信任关系,开始重新审视自己从事至今的牧灵活动的意义。过去他的教职遭到体制的压制,个人生活也经受重创,年轻的妻子伊特卡病逝,对此他无法释怀,影响到他与现任妻子汉娜的关系,他经常把汉娜与死去的前妻相比较,感觉达不到那种刻骨铭心,甚至情人芭拉的脸也让他想起前妻。

他承认自己的信仰在逐渐失去,当他爱上犹太女人芭拉,以前平静安全的世界顷刻间坍塌，因为禁忌的婚外情的罪恶感，以及面对妻子和孩子们的内疚和挫败感。为了掩饰秘密，他被迫过着心力交瘁的双重生活。事实上，男女主人公的恋情折射出人们对上帝和信仰的寻求及其丧失的潜台词，也展现了人与人之间关系的道德维度，表达了怀疑、抑郁、对死亡的恐慌和原有的安全感崩溃时寻找支撑点的努力和探讨，最终丹尼尔面对两个他已然不属于或者不曾属于的精神和世俗世界，陷入无所适从的矛盾境地。

丹尼尔的牧师身份在教区备受推崇，自觉肩负社会责任。他竭力想帮助前假释囚犯彼得，试图扭转他的信念。当他得知女儿怀上了彼得的孩子时，不由产生了深深的价值观危机，开始怀疑世界的本质，怀疑上帝。随着时间的推移，他的疑虑越来越大，最终做出放弃牧师职位的决定。在小说结尾，牧师哀叹自己"承受住了压制时期，却无力抵御自由时期"。小说还范围广泛地跟踪了一九八九年捷克革命后敏感的社会现实问题——私有财产归还、国家安全部门合作线人名单、贩毒、宗教派别等主题。

小说的核心始终围绕"亲密"展开，对家人，对他者，对自己，甚至面对上帝的私密和坦诚。对此克里玛绝非偶然地运用了真实体的创作手法，以大量独白、日记、书信和梦境描写，那种潜意识里的本真和心理活动倾吐，凸显了当今时代最迫切的追问：我们是否依然有希望给予生命有意义的秩序，拥有爱的权利？是否依然有信心面对生活，面对死亡？

小说的叙事模式和整体结构准确呈现在八个无标题的章节里，每一章包含八个附有标题的副章节，分别为：

一、现时叙述，主人公丹尼尔的现实世界。

二、丹尼尔的日记摘录。

三、丹尼尔的现实世界。

四、描写其他四个主要人物之一：丹尼尔的妻子汉娜；或汉娜的潜在追求者、记者马修；或丹尼尔的情人芭拉；或芭拉的丈夫萨姆埃尔。

五、丹尼尔的现实世界。

六、描写上述四个人物之一。

七、丹尼尔的现实世界。

八、书信，书写人和接收者均为丹尼尔。

克里玛着笔于看似普通的生活危机，小说中人物的多种视角互不关联，需读者回溯把他们串联起来，借助行为人的眼睛走近危机。随着读者对危机境况的深入透视及人物心理活动的把握，事件的相对性失去，呈现其明确的必然性，人物也越发鲜明起来。主人公的致命危机通过诸如生活空虚、困惑、孤独和力图逃离等主题，得到凸显和加剧。不妨这么说，小说的几位关键人物都置身于极端的境况下，危机四伏、面临突破的境况下，他们为即将来临的变化缓慢而不易觉察地做着铺垫和准备。

作者匠心独运，精心设置了呈对立的写作体系。首先是主题的对立，即体现在主人公丹尼尔和芭拉身上的危机和困惑：找到信仰及信仰的逐渐失去；其次是构架的对立：第三人称的客观叙述与第一人称的日记和书信相交叠。主人公面对日记，其实面对的是自己，是其内心世界的直接反射或自省，从而他表现出最大的坦诚和真挚，袒露一切，自行分析问题及其结果。梦境作为良知谴责和矛盾心理的潜意识符号，解读梦境让丹尼尔成为自己的心理分析师，梦也是小说最重要的主题概括——对信仰的失望、谎言、古老家园的失却、心灵找不到新的归宿、异端的排斥。书信是小说叙述中另一种真实的创作手法，书信作为不在场人们之间的交流，在纸上直抒胸臆，可以道出羞于或不便直接道出的话语。书信印证了芭拉和丹尼尔之间发端于对信仰、恒久真爱等问题的探讨到情感火花燃起和急遽升温的过程。

跌宕动荡的生活经历让克里玛反对任何形式的狂热，他在《布拉格精神》中指出：历史充满了叛乱和颠覆，占领、解放和新的占领，成为负荷进入人们的生活，进入城市，不断提醒我们生命的不确定性。他说：我目睹并经历了方式各异的迫害和狂热行为，作为二战的幸存者，我把宽容，对种族、民族、他人观点的包容视为重要的品质，唯有这样，不同语言、不同传统或不同政治体制的民族才能趋于相互理解，对此文学的作用不容忽视。

借用菲力浦·罗思的话，克里玛"历经所有欧洲式的教育——自特雷津集中营的死里逃生到正常化时期的政治迫害"。所以他能平和坦然地面对生活的突变，在朋友们眼里他始终是"好消息的使者"。经常采访他的外国记者们称他为"典型的中欧知识分子"，其中的寓意却很难说清楚。克里玛不喜欢"知识分子"这个称谓，认为它不够准确："我更愿意别人称我为作家。"

二〇一三年十二月十九日

作者申明

　　首先声明，任何一个文学人物与现实中有任何相似之处，纯属巧合，它通常会引导读者去寻找文学人物在生活中的原型。

　　因为，正如读者在随后的文字里即能了解到的那样，小说主人公是一位福音派牧师，因为在福音派牧师中间我有很多朋友，我尊重他们的社会和道德立场。我想向读者保证的是，按照这本小说的主人公去查找原型的话，恐怕这一次会显得多此一举和没有意义；针对这本书的所有其他人物，同样。凭借我小说创作的毕生经验，得出的结论为：最真实的文学作品，人物和故事皆源自作者的想象力。

第一章

一

教堂在暮霭中渐渐变得昏暗,透过狭长的窗玻璃可以望见外面,三月里大朵的雪花正纷纷扬扬,恣意飞舞。距复活节只有两个星期了,教堂里几乎座无虚席。丹尼尔都用不着去数,起码有四十位最虔诚的信徒在场。如今人们可只有在传统节假日里才走进教堂。

"耶稣,"丹尼尔把话语引向布道的尾声,"他以自己的神迹和教诲彰显了爱的崇高,这是人性的至尊表现,是最本质的行为:出于对人的爱,他牺牲了自己。基督的故事,也是神的新旨意的说明:原罪被抹去了,罪孽催生邪恶。死亡是对罪和邪恶的惩罚。基督以牺牲给人们指明希望,打开通往仁慈的路径。死亡被战胜,人被邀请到神的身边。"

牧师丹尼尔·维德拉结束了讲道,由讲坛上下行两个台阶,在椅子上坐了下来。女儿埃娃,他和前妻唯一的孩子,走回到风琴后边。她的琴弹得实在好,甚至可以说相当出色,她秉承了父亲完美的乐感。虽然丹尼尔用心良苦,但教堂的唱诗班依然表现得差强人意,甚至非常糟糕,好像在所有的集会活动上,人们都是这样一展歌喉的。逢有歌唱课,唱诗班的人勉勉强强来个十分之一。

你的荣耀,从死里复生!

死亡不再威严，你为生者，你为王！

有多少人真正相信此刻牧师口中娓娓道出的话语呢？但这些话对牧师丹尼尔来说意义非同寻常，因为他的母亲生命危在旦夕。他整宿整宿地陪伴在母亲身边，尽管母亲也许已无法察觉，她的灵魂已经踏上了那条未知的漫漫旅程，在那条路上，她将与他相会。母亲这样认为，她坚信这一点，在她尚能够开口的时候这样断言。

光亮如火焰，天使降临。
石头滚落，留下空的墓穴。

牧师环顾晦暗的教堂。来教堂的每一个人，他都叫得上名字，甚至了解他们生活里发生的故事，他们的痛苦，职业，后代的名字。除了那位，一开始就坐在最后一排边缘的陌生女人，她身着色彩艳丽的礼服，长长的金发折射出褐色的光，她的声音也跟伊特卡——他的第一任妻子相似。

伊特卡走了快十八年了。不要伤心，她在去世前几天给他这样留言，不要难过，我们会重新相逢。

是的，但以何种形式，在什么样的情形下相逢呢，妈妈？

死亡真的无所畏惧吗？需要多长时间才能让人对此信服？需要多久才会看到？也许永远，什么也看不到？

和平的君主永远在世；
以前曾担心，此刻信仰更坚定。

什么是坚定的信念？不容置疑的信仰？或者反过来，信念穿透质疑？

"我要信教，"一个囚犯在一年前这样对他说，当时丹尼尔每个月去监狱两次,"我该怎么做,牧师先生,才能成功拥有信仰?"

这是一位青年,以前贩卖毒品,为自己也为别人,还行窃、吸毒,因为他不愿意正经从业,在世上他也没有亲人可依靠。

"祷告吧,彼得。在祷告中倾诉你的一切,哪怕最私密的事情。"彼得没有听他的。一个人怎么可能对对其存在都不能确定的人倾心相诉呢?只是,他可以以心相托的人,出现了。异教思想,非常邪的异教。半年之后,彼得向丹尼尔提出受洗请求。

丹尼尔站起来,登上讲坛。埃娃还在亨德尔①主题曲上做短暂的即兴发挥。脚与地板的摩擦,衣服发出的沙沙声,咳嗽声,人们逐渐立起身,跟随着他,通过他表达自己的恭敬、内疚和罪恶感,说出自己的诉求。主啊,你为我们在十字架上受难,为我们的罪而牺牲的羔羊,你忍受痛苦,为让我们永远活着。请赐予我们仁慈,给予我们力量去相信。请和那些相信你的,也和那些不相信你的人在一起,和强大的也和无能的,和囚犯也和那些统治我们国家的人在一起,请给予他们智慧和谦卑。和那些曾经迷途、正寻找路径走向你的人在一起。请不要抛弃那些生病的,那些这一刻在忧愁中正告别人生或正期待你怜悯的人们。

接下来是主祈文和祝福:我们的主耶稣基督的恩典与你们同在,阿门。

最后是颂歌。丹尼尔挑了一首特别短小的曲子,他想抓紧时间,他还得跟来聆听布道的人逐个道别。他扫视人群,他的妻子汉娜坐在第一排,身穿老式的节日礼服,身边是他们的女儿玛格达,透过厚厚的镜片正虔诚地望着他。

他也注意到那个陌生女人,在歌曲结束前悄然离开了教堂,至少可以减去一个告别的人。

---

① 乔治·弗里德里希·亨德尔(1685—1759),是著名的英籍德国作曲家。

他穿过夹在一排排长椅间的过道，人们礼貌地延迟了离去的步子。教堂位于公寓楼的底层，三层公寓都属于教区。二楼是图书馆、办公室和两间客房，丹尼尔和家人住在三楼。现在牧师站在门口，寒风萧瑟，他身材颀长瘦削，大风似乎随时能把他从腰部吹折，就像吹弯大街上那些树似的。牧师的头发日渐稀少，所以风没法弄乱他的发型，但身上的黑袍抵挡不住寒风，瞬间身子就冻麻木了。好在多年在维索钦纳高原地带生活，他已经习以为常，那个地方一年中寒冷的月份居多。

他握住一只苍老的手："工程师先生，难为您了，能来到我们中间。"

"一年又一年，为什么不来呢？这样既抚慰了妻子，我也得益啊。她倒是满心希望来，只是力不从心了。你的讲道非常好，虽然我是个异教徒。"工程师霍德克先生曾拥有私家园林，四十五年前被共产党收为国有，想不到在垂暮之年等来了财产归还。他并不信上帝，但时不时陪伴妻子来教堂参加活动。现在，他妻子行动不便了，他便独自来，回去再告诉妻子，牧师讲了什么，在教堂里遇见了谁。

"过几天我上你们家去，跟您的夫人说说话。"牧师允诺老先生。"罗伊奇科，今晚你唱得不赖。"他转身对瘦高个的红发青年说。罗伊奇科属于彼得那一伙人。生父不详，母亲还在监狱里。没有把他关押进去，据说他没参与偷窃，至少他自己是这么说的。他紧随彼得，所以也上教堂来，也接受了洗礼，现在牧师在他的眼里，似乎比彼得更真切。汉娜很喜欢这个男孩，不久前提议让他住到家里来，反正客房大多数时间空着，这样起码能让他感受到正常的家庭生活，假如为时还不晚。

丹尼尔的看法是，这对十七岁的罗伊奇科来说已于事无补，而且他也出于为自己的孩子着想，尽管相信自己的孩子不至于学坏。"你知道吗，也许下周彼得就被放出来了？"

"我数着日子呢，应该是。"

"你觉得他在外边管得住自己吗？"

"您的话他会听。"

瓦格纳博士头发花白，那张沧桑大脸盘上的嘴巴乐开了花。

"瓦格纳博士，您能来，真是太好了。"据说瓦格纳博士曾是一位异常出色的律师，自从选举失败之后，就常出入教堂了。这是个很有趣的男人，见多识广，爱思考，但在他内心同时出现某种空虚，需要通过活动和事业来填补。既然职业生涯不尽如人意，他便转向了上帝。"人需要在某个地方汲取精神力量。"然后出乎意料地补充："我经常在想，我们的社会出问题了。缺乏道德维度，没有人以十诫约束自己，这样一来，万事堕落。"

长老会会员戈德特偕妻子和两个儿子走上前来，握住牧师的手，格外用力。"牧师兄弟，我有个好消息要告诉您。"他经营房地产，丹尼尔把国家归还给自己的一所房子也委托给了他。那是父亲留下的房子，地段甚好，在博物馆正前方，直线式建筑风格，甚至阳台上的五扇玻璃门中，有两扇还是原先的。得到这样一处房子，他一辈子不曾想，也从来没有奢望过。

"我是否在办公室等您呢？"戈德特询问。

丹尼尔腾不出时间，他必须去机场接从美国来的姐姐，然后赶到医院。关键在今天是星期天，在这个日子在圣殿里谈生意？这所房子，甚至让他有点害怕，害怕这种好消息。他素来一贫如洗，在他看来，清苦的生活似乎比富足更荣光。因此，在宣讲里他反复提及，金钱如同权力，让人摒弃生活的源泉；人想着钱，会忘记灵魂。尤其近几年来类似的例子屡次出现。

"不，我必须去探望母亲。我去找您吧。您什么时候在办公室？"

"我随时恭候您，牧师兄弟。"

苏库普夫妇夹在最后一批人里，没看见孩子们围在身边，显然送到奶奶家去了。丹尼尔看出玛莎两眼红肿，哭过的样子。这一对中让他操心的，更确切地说，是丈夫，因为他失去了理智。四个年幼孩子的父亲，竟如同小男孩一样坠入了情网，闹离婚。丹尼尔始终认为他是个明智、热忱和具有献身精神的基督徒。当然，作为人，狂热的基督徒也会恋爱。但身为四个孩子的父亲，起码不能失去理智。他的妻子温柔可人。

"我很高兴，你们俩一起来了。"

"您的布道真好，牧师兄弟。"他说。如同每个星期天，他的妻子依然沉默，眼泪顺着脸颊淌下来。

"有空上我那儿去坐坐。"

"我们俩？"丈夫问。

"我希望看到你们一起来。"

"那好吧。"

妻子只是点了点头，视线转向别处，一脸羞愧的样子，仿佛丈夫的背叛让她无地自容。

握着她的手，他仍然说："坚强些，玛莎夫人，你要相信，即使所有人都欺骗了你，耶稣也不会抛弃你。"一切过于严峻，丹尼尔今天不应该宣讲，戈德特兄弟会很乐意代劳。如果丹尼尔请求他的朋友马丁·哈耶克或者他的妻子玛丽，其中一人也一定会帮忙。

离飞机降落已不足一个小时，丹尼尔匆忙赶往机场。上周，直到母亲的病情突然恶化，他才给美国的姐姐打了电话。拖了很久才告诉姐姐这个不幸的消息，此刻他不禁自责，因为露丝赶到时，可能无法看到神志清醒的母亲了。

露丝在俄勒冈州生活，在过去的二十五年里，他们只见过两次面，书信往来都写些无关紧要的事情，最终不写了。但多年来，在每个圣诞节露丝都会寄给他一千美元，这笔钱比他的年薪都要丰厚。去年，姐姐还邀请他去俄勒冈州的家里玩了一趟。

露丝出生在二战爆发的前两年，丹尼尔则出生在战争结束的前两年。姐姐还记得一次次空袭，记得父亲的第一次被捕，而他对父亲第一次被捕后何时放回家来，印象都模模糊糊。岁月的差异、出生和遭遇的不同，形成姐弟俩性格的别样性。姐姐爱笑，她的童年伴随一路清脆的笑声，而他显得老成。姐姐没少读浅显的浪漫爱情故事，而他埋头于《战争与和平》《包法利夫人》，还有《柏拉图》《培根》和《加尔文要义》。

  在两人成长的那个时代，公开宣布仇恨是必要、有益和不可避免的，人们也照此行为规范待人。露丝拒不接受，她与现实格格不入，等到忍无可忍时，她逃离了捷克。丹尼尔决定直面仇恨，安排自己的生活。为了生活在爱之中，他执着地决定读神学，这个选择当时带给他的无疑只能是清贫生活，还有数不清的麻烦。

  丹尼尔还来得及准时赶到机场，从平台上可以看到橡胶传送带，在那里他看到了姐姐，她在等行李。

  露丝终于出现在出口处，两人拥抱，他接过她的旅行包，一路直奔医院。

  把姐姐带到母亲的病床前。母亲睡着了。因为假牙被护士摘掉了，母亲毫无血色的泛黄的脸颊深深凹陷了下去，稀疏的头发粘在额头上，手上扎着点滴，半透明的管子里流着无色液体。

  露丝俯下身去，接连呼唤了几声妈妈。母亲一动不动。是否母亲不会再醒来？丹尼尔慌了神，他对母亲也对姐姐感到深深的自责，因为自己的拖沓，可能让母女俩阴阳相隔，无法道别。

  然而此时，母亲睁开了眼睛，说："露丝，你上哪儿逛去啦，至少一个星期没见你人影了！"

二、日记摘录

  妈妈睁眼看见露丝后，便陷入了昏迷。汉娜对我说："妈妈反正已经分不清谁守在她身边，你去躺一会儿吧。"我和露丝都没有动。

我回到家后,并没有躺下歇息,我试图思考一些简单的问题,做几件平常做的事情。桌子上放着古兰经,翻开书,意外地翻到了苏拉《蜜蜂》:让真主成为你独一无二的神!那些不相信死后复活的人,心里充满排斥,他们是傲慢的。

我上一次去探访彼得时,他说:牧师兄弟,我现在开始明白,我一直在撒旦的手里,是您救了我。

那不是我,彼得,我说,我至多只能告诉你,谁能解救你。

彼得经常说起自己的母亲。我们第一次见面时,他就数落母亲的不好,责备她离婚,再婚,把他整天扔在幼儿园里。他和同伴们厮混在一起,甚至被关进了教养所,母亲也无动于衷。现在,他才意识到自己的行为给母亲的生活带来多大的伤害,对此他后悔莫及,决心好好补偿母亲。

彼得开始真正回首过去,不为自己找任何托词和借口,这一点非常重要。他有很多善意的打算。我希望他能振作起来,至少实现其中的几个愿望。

* * *

上周,马丁·哈耶克来我家。他回忆起我们毕业时,学校拒绝出具证明信,以致两年后,他才在高原地区的偏僻教区谋到了职业。他和我有着同样的命运。他突然说:你有没有想过,在那些倒霉的日子里,我们的感觉要比今天更好?

我们还记得,每个月的第一个星期一,总要在我们家聚会,年轻人哪怕从很远的教会赶过来,大家在一起谈天说地,而有些人在其他正式场合似乎不存在似的。我们聊了一会儿,大约在那个时候感到了使命,对使命的骄傲或蔑视。你知道吗,我在伊赫拉瓦城遇见了贝格尔?马丁记得,在前几年贝格尔是我们同一个教会的秘书,但我觉得好像在另一种生活里见过他。他在做什么呢?我问。

他买下了一家啤酒馆,但他不停地跟我说他的病情。我曾期待,他没准会表示歉意,为他以前对待我们的态度,但他压根儿没这打算。他表现自如,就像我们是老熟人,甚至好朋友。

不知道什么叫虔诚,没有人教他们,我说。

马丁还问起了我的母亲,我回答说,她的灵魂仍然飘在混沌之中。然后说起各自的孩子,马丁也回忆到了伊特卡,大多数人对此已缄口不语。提及亡者是不恰当的,因为这会伤害活着的人。逝者离我们越来越远,慢慢地淡出人们的话题。

* * *

我反复谈及死亡的话题。我重复保罗的话:神把我们从死亡的怀抱救赎,他会一如既往……还有他对犹太人的昭示:希望始终存在,生灵本身将挣脱灭亡的奴役,走向自由和神之子民的荣耀。而我依然感到焦虑,或许比大多数人更甚。大多数人都认同斯宾诺莎那句至理名言:一个自由人考虑最少的便是死亡。

但是,作为一个解说圣经的牧师,会不断地触及死亡,因为复活的问题是我们信仰的起始和终结。有时候我想:圣灵不仅让基督教摆脱种种遍布全世界的迫害,战胜所有的异教膜拜,而且有力地承诺生命的永恒。在那一刻,当我们从死亡中得到救赎,也便挣脱了制约芸芸众生之法,使我们的全部存在获取不同的视角。它消除或至少减轻了焦虑,无论对于送往屠宰场的牛,还是一只发现自己身陷蛛网的苍蝇。我反诘自己的疑虑。然而,那些使徒们,奇迹的见证者,有时也会怀疑吗?难道托马斯不希望触摸一下基督的伤口,为了让自己确信?

不知道为什么那个奇迹发生在当时,近两千年前,那个时候,犹太人如此相信弥赛亚的到来?为什么从那时起他沉默不语,只是观望?

使徒保罗还写道:"基督若没有复活,你们的信便是徒然,你们仍在罪里。同样将迷失的还有那些在基督里睡了的人们。我们若靠基督,只在今生有指望,就算比众人更可怜。"① 我读了,甚至讲解过这三节,但我在解读它们时,始终要停顿,好像使徒引证的不是发生了什么,而是如果不发生,我们的境遇将会如何悲惨。好像信仰不应基于事件,而是事件基于事实,没有它,我们只能像所有其他生物那样,成为可怜的凡人。

* * *

我该去医院了。母亲在我脑海里挥之不去,可怕的是,虽然她一息尚存,但我一想起她,思维都是过去时。母亲总那么严厉,同时那么善良。她很少拥抱或者亲吻我,但从来都善待我,只是不善于表露自己的感情罢了。在这一点上我随母亲。

父亲被关押起来后,母亲被学校辞退了,最终在学校的图书室里找到了一份活儿。有一天她带给我一本精美的精装书——《夸美纽斯传记》。她说:这本书放在图书室已经超过一年了,没有人来取,书的主人要么被关起来了,要么就是死了。你暂且先读着。这本书不符合我的阅读趣味,我还不到九岁,但我喜欢这种独特而富有魅力的语言,听起来像音乐。那乐感的语言拉近了我与书的距离。我办公室里挂着一幅夸美纽斯的画像,虽然我不喜欢崇拜任何圣人。

我曾让妈妈搬过来跟我们一起住,但她拒绝了。最近这半年里,我一星期至少去探望她三次,照料她。我为她买这买那,给她做饭,后来喂她吃。我告诉她,我在为她祈祷,但我没有勇气告诉她我爱她,甚至对汉娜我都说不出口。好像我内心里矗立着一座岩石,我自己必须先爬上去。我和伊特卡攀爬过真正的山岩,但内心里的这一座我无法逾越。

---

① 《哥林多前书》第15章第17—19节。全名为《保罗达哥林多人前书》,是《圣经》全书第46本书,是使徒保罗为哥林多人所写的第一封书信,收录在《新约圣经》的保罗书信集中。

我是忠诚的，但我做不到私密。对上帝也许可以，对人类不行，无论对母亲，对孩子，对汉娜。而私密恰是忠诚的最高阶段。

或者反过来：私密的最高阶段是忠诚？

* * *

我最早的记忆之一。一个沙丘，堆在楼门前（那时我们还住在斯特谢肖维采的别墅里，父亲被抓走后，我们被扫地出门）。在沙堆上玩沙子的日子是幸福的。蓦地，在我面前出现了一条巨大的狗，半张开嘴，龇着牙。我吓傻了，已不会动弹，也许我咧嘴哭了，我不记得了，只记得那本能的恐惧，那种威胁感——不是产生于自身的经验，而是家庭的经验。然后，出现了一双救赎的手，母亲的手，把我举了起来。母亲舒缓的声音像音乐，像祈祷，像天使的歌声，安全和爱的港湾。

这双手早已托举不起我了。最近几个星期我托起母亲，把她放入浴缸，把她抱到床上，抱到窗边，让她呼吸到新鲜空气。这双手虽然因褶皱和青筋裸露而无法辨认，但依然能够亲抚我。一旦这双手不再动了，安全和爱的港湾也就消失了。

* * *

父亲奄奄一息，躺在医院里。因为他是医生，他独住一间病房，我们可以随时去探访他。我每天都去。我们聊家常琐事，避开死亡话题。父亲有生的欲望，但他本人是医生，所以他清楚，他的心脏很快将不再跳动。有一天我下了决心，告诉他说，即便他不在世了，他依然会在，灵魂不会消失，会永远活着。

父亲看着我，他有一双深蓝色的眼睛，非常美，那眼睛里看不出年龄的影子，也没有对死亡临近的恐惧。他沉默不语。我甚至觉得，他脸上浮起了微笑。起初，我归结为我的话让他依稀听到了希望，后来我意识到，父亲的沉默只是因为不想揭穿我，不想在生命的尽头与他的儿子争辩，儿子已经成年了，儿子的观点有必要得到尊重。

我还想谈关于神的恩典，但突然间，我什么也说不出来了，我也沉默起来，我把父亲的一只手握在自己的手心里，无言地握着。

父亲闭上了眼睛，我感觉到，父亲渐渐离我而去，去到一个莫名的空间。随后他突然说："永恒！什么是永恒？"

* * *

我坐着就睡着了，睡了不到一个小时，却做了一个梦。在去医院之前，我赶紧把梦记录下来：我在冰雪覆盖的陡峭岩崖上攀爬，快到顶部了，冰面在太阳光照射下，闪着光。我停下步子，靠在岩壁上，回头望。深深的峡谷，一排排绿松树犹如嵌入了岩石冰碛。四周没有生命的迹象，唯独我一人。

待我重新转过头来面对岩壁，抬头仰望，我仿佛看到上方有一束特殊的光。我小心翼翼地把斧子剁入坚硬的冰层。我一下子爬得轻快起来，好像不是在攀岩，而是在腾飞。

然后我看到山顶有个人，不知道哪儿冒出来的，也许从天上，我觉得，那束光就发自她身上。如此强的光，让我无法看清她的脸。

我紧迈几步，实际上是跳跃，缩短了我与她之间的距离。"你是谁？"我发问。

"丹尼尔，你不认识我了吗？"

"妈妈，是你吗？可是，你怎么会在这里？"

"不要问，是我！"

我认出了她的特征，但那张脸，是我童年记忆里的模样，没有年老体衰的印记。然后她张开双臂，好像在祝福我，我听到她悄声说："你活得很好，做得很好，我心满意足。"突然一阵风呼啸而过，妈妈随风消失了。

现在正好是二十三点十五分，三月二十日，汉娜从医院打来电话，说妈妈在十分钟前去世了。她活到了七十八岁。主啊，请让她的灵魂安息吧。"我大约在一小时前给你打电话，"汉娜对我说，"我和露丝想让你来，可是没有人接电话。"

三

葬礼那天飘着绵绵雨丝。郊区公墓位于一座小山上，天际的云仿佛盘旋在山顶。新挖出的泥土散发出清新的气息。丹尼尔的朋友马丁·哈耶克神父谈起了母亲，他在布拉格上学的时候跟母亲就熟识，常到他们家来玩，这里就像他第二个家。"维德拉夫人是位罕见的女性，如此善良和坚忍，很少见。她的生活之路，以我们的标准来衡量是那么坎坷，但在她的心里，我们找不到仇恨或委屈感。她生活得勇敢而谦卑，随时准备聆听别人，理解他们，帮助他们。"

母亲确实勇敢地肩负起自己的命运，面对磨难，她沉默不语。虽然最后几年她的血管疾病让她几乎无法走路，但她没有怨言，不谈自己，通常只聊他，聊他的烦恼和需求，或者聊孩子们以及他们的需要。十六年前她退休之后，她请他拿回家一些地下出版物的手稿，她把书稿装订起来卖，挣来的钱为孩子们买衣服、买玩具，甚至给他们买了电视，作为他四十岁的礼物。

最后的祈祷。他吟唱起主祷文，无知无觉。在生活里，母亲多少次重复过这段文字？他的王国并没有到来，但她的灵魂，像他希望的那样，现在已在其中。

他注视着，掘墓工匠们放下了吊着棺木的粗缆绳。对于有些人来说，譬如他的父亲，死亡意味着最后的不可逆转的确定，终结的确定；对其他人来说意味着保障或希冀，即开始崭新的、无疑更高层次的存在，尘世间的困苦会减少。然而，两种可能性都让他消沉。新的存在笼罩了太厚的面纱，让人茫然。与他的第一任妻子去世时感受不同的是，他无法想象再次相见的可能性。

自然，家里话题绕不开去世的母亲。露丝说起了他还不记事时的经历。战争结束后,母亲在四月份就开始寻找红色和蓝色的布料,哪儿都没有,于是把旧床单染了颜色,剪掉了两条短裤,然后在革命开始的前几天缝制了捷克斯洛伐克国旗。姐姐还回忆了战后第四年,父亲被捕,当时是早上五点钟,母亲不让警察闯进家门。她斥责他们的行为像盖世太保,令人意外的是他们没对她怎么样。"你睡得死死的,什么也不知道,"姐姐对弟弟说,"当时你刚六岁,该上一年级了。"然后说起了他的各种趣事。有一次上俄语课之前他把一封满篇俄语骂人话的信夹到了班志里,引起轰动,但没人发现是他写的,他坚决地矢口否认。等到十多年后苏联人入侵捷克,他的俄语有了用武之地,他把西里尔字母写到了墙上:滚回去!他还试图说服士兵,说他们被欺骗利用了,听任魔鬼的摆布而不是上帝,但他们只服从命令而不是神的旨意,也许他们从没听说过上帝。

"怎么能没听说过呢,"丹尼尔反驳,"即便没有听说过,每个人至少能感觉到上帝的存在。"

"这太可怕了,"露丝对着他叹了口气,"人经历了这一切,思想依然没有改变!妈妈在战争期间缝的那面旗帜,"她回忆说,"丹①在阁楼上找到后,举着去游行,喊口号,我们都喊了什么?"她转过身问弟弟。

"我不记得了。"丹尼尔推托道,"或许是:我们不要叛徒的政府。还有:红军兄弟们,回你们老家去吧。我们承诺了忠诚,那些人最终背叛了我们。事情往往这样。"

孩子们津津有味地听着自己父亲的过失和爱国举动,祖母的去世变得遥远了。

露丝当天就飞走了,她的病人翘首等着她呢。她拒绝了弟弟开车送她去机场。在这里告别比在机场大厅里说再见要好。

于是,丹尼尔陪姐姐去叫出租车,两人有了片刻时间单独呆在过

---

① 丹尼尔的昵称。

道里。他觉得，两人可以说一些至今没找到时间说的重要事情。他们应该谈父亲，谈财产继承，谈他们的生活。对此他们只字未提。时间短暂，另外过于长久的分离剥离了手足之间的亲昵，那生疏如沟壑般无法跨越。起码他们相互拥抱了。姐姐上了出租车，他留在人行道上，挥着手，直到车子拐过街角。

"爸爸，我们唱歌好吗？"当他回到家人中间时，玛格达来了兴致，"难道现在不合适，奶奶刚去世？"全家人时常在晚上唱歌，有时，时间充裕的话，还演喜剧，台词都是即兴编出来的。题材可以来自历史、他们的生活或荒谬的东西。他喜欢编荒诞剧，疯狂做鬼脸，孩子们很喜欢，笑个不停。

演喜剧今天绝对不合适。"我们唱歌吧，奶奶肯定不会介意的，她喜欢唱歌。"

他们起身进了摆钢琴的那间屋，他拿来吉他，马瑞克拉小提琴。

"奶奶喜欢《捷报传来》！"埃娃提议。"还有《巴比伦河》。"玛格达也记得。

丹尼尔小时候，母亲常给他唱摇篮曲，还教他简单的祈祷文。父亲对此一笑了之，但不说什么。父亲时常跟母亲在晚上出去，把他和姐姐留在家。他不敢入睡，害怕小偷进来，说不定死神也会潜入呢。

> 来到巴比伦河边，
> 我们坐在你身旁。
> 耶，我们哭泣又悲伤，
> 当我们想起了家乡。

丹尼尔晚上九点和孩子们道晚安，然后跟汉娜走进了厨房。
妻子在往水槽里放水。"丹，你去睡吧，你显得很疲倦。"
"不用，我还是睡不着。"
"我知道你很难过，但对妈妈来说是解脱。不然她还得承受痛苦。"

"别担心,我的睡眠会改善的。"

"我们病房来了一个记者,名字叫沃列克,"她说,似乎没有由头,"他刚做胃切除,他长得很像某一个人,但我一时想不起来。他经常到护士室来跟大家逗趣。那个人,"汉娜说,"到过世界上很多地方,在中国住过,在新西兰呆过,他说起毛利人时,告诉大家说,假如有谁碰过死人,即使只是帮忙下葬,那他就不许跟任何人接触,几乎与社会隔绝了。甚至不能碰食物,要么别人喂他,要么像动物那样,自己直接用嘴去叼。"

"有些野蛮人相信,死者的灵魂会妒忌他们,"丹尼尔解释,"因为灵魂仍然活着,所以想伤害他们。古时候的犹太人也认为死人是不洁的,谁碰了死人,就不允许触摸食物。"

"可是,就是那些野蛮人也相信,灵魂比身体活得更长久。"

"对于他们来说,任何事物都有灵魂,包括树木和动物。他们经常请求猎物的灵魂原谅他们对猎物造成的伤害。"

"今天的葬礼让我想起了这件事。在这里人们跟你握手,在那里他们是不会触碰你的。"

"在这里大家与你分享痛苦和悲伤,在那里是焦虑。"

"我与你分享一切,丹,悲伤、痛苦还有焦虑。"她上前一步,让他拥抱她。

"现在我只有你了!"他感觉凄清。在这种情况下,他常常安慰别人说,耶稣会永远跟他们同在,他赶紧补充说:"我指的是最亲近的人。"

他的工作间放着一尊未完成的女人雕塑,双手护着乳房。他至少一个月没碰雕刻了。他想,如果雕刻成功的话,就取名为:高贵。

第一次拿起刻刀、凿子和菩提树墩,是他从居斯特罗返回捷克时,在那里他看到了恩斯特·巴拉赫的雕像。也许说不上明智或者有益，经常是这样，在看到某一个让他深有感触的作品时，他会跃跃欲试。他尝试过绘画、谱曲，甚至写诗。他不仅会弹钢琴和风琴，也会拨弄吉他。最后，他开始在木材上雕刻人像。因为是自学者，他的成果往往超出预期。前一阵有一个画廊老板看中了他的雕刻，主动提供展览，他犹豫再三接受了邀请。这件事敦促他更加刻苦，更富有使命感地投入工作。

他喜欢雕刻女性人物，他给自己的作品冠以不同的名称：爱、悲伤、欲望或母性。但所有这些木雕的面孔都像他的第一任妻子，那爱的分分秒秒烙在记忆里，他觉得时光变幻，前妻愈加美丽。正因此，木雕上的一张张脸庞唯有他能识别，别人看不出来。

雕像从腰部往下到膝盖，他围了一块折叠的布料。每天晚上，他的前妻就是这样走近他，一条浴巾裹在腰间，双手遮掩在乳房上。她始终羞于赤身裸体，只有在黑暗中才敢拥抱自己的丈夫，就是躲在拉上的百叶窗后面，她的甜柔蜜语也如耳语一般，仿佛怕别人听去。

也许，时间会褪去她的羞涩，但上帝仅给了他们四年相守的光阴，三年健康生活，一年逐步走向死亡。当肿瘤吞噬痛苦的她的脏器时，尤其残忍。她那么年轻，那么善良，那么仁慈，不会伤害任何人。为什么偏偏是她呢？但是，谁有权利判断神的意志？世俗的生活就如同一眨眼的瞬间。最重要的是，之后是什么。因为这个"之后"持久永恒。与萦绕在他身旁的永恒相比，人间的幸福到底意味着什么？人们为什么对俗世如此依恋？因为那边的生活给予顽强的沉默？而顽强沉默的朋友、亲人，越来越多。很奇怪，对前妻去世的沮丧回忆，已没有了当初那种切肤的痛楚。

他想完善某个部位，但手开始发颤，他感觉累极了，精神也无法集中。汉娜说得对，他该躺下休息了。

他留意到，窗外草坪上有光的投影，从另一个房间投射出来的。

阁楼上是埃娃的房间。

他敲了一下，径直推门进去，看到女儿猝不及防地把一张写满字的纸往书里藏。

"给谁写的?"

"随便乱写的。"

"我能看吗?"

"不,不行。"

"我们很久没有在一起说说话了。"

"我不想耽搁你的时间。这几天奶奶的事情已经够让你劳神的了。"

"奶奶已经不再需要我了,再说,你并没有耽搁我呀。"

"妈妈说,你事情太多了。还有那些囚犯。"

"囚犯确实重要,但不至于忙到对你无暇顾及。"

"大家都很忙,妈妈,马瑞克,我也一样。每个人都在奔跑,追逐自己的目标。有时我觉得,家里有些奇怪。"

"怎么奇怪呢?"

她不说话,然后从书中抽出他进门时试图藏匿的那张纸,递给了他。上面是一首诗:

> 神圣的幻想之花绽放在我们心里,
> 扯下花朵,那迷惑人的芬芳。
> 在我们内心,花儿纯洁如雪。
> 至少在梦里,我们头枕它们。

他觉得,自己在这诗句里读出了一种怀念。他的长女继承了母亲的一切,头发和眼睛的颜色,优雅的脖子和窄窄的肩膀,但性格却随他,对私密的恐惧,还有孤独感。他抚摸着她的头发。"告诉我,你特别想要什么?"他停下手来,因为她希望的东西,已经表达在诗句里了,"我指的是具体的东西,美的东西。"

"你指穿的吗?"

"可以。"

她眼睛发亮："我看中了一件毛衣，只是太贵了。"

"你在哪里看到的？"

"不知你是否注意过，在电车站旁边有个精品店。还是等以后，过了哀悼期再说吧。"

"奶奶一定希望你快乐。那毛衣什么样子？"

"绿色的，带图案，白色百合。但我不能要，因为你问我了，我才说起它。"

"好吧。"他再次抚摸女儿的头发，它让他想起她的母亲，"如果你不开心，我能帮你的话，你来找我，即使你觉得，我忙得不可开交。"

挨着埃娃的房间是他的办公室，一张桌子，一把椅子，书架和文件柜里，塞满了旧杂志、文件、剪报和照片。

他应该整理一下信件了。他从隔档里挑出几袋子信封，发现其中一个绑着红丝带。这些是他写给躺在医院里的前妻的信件以及她的回信。过后他再没有碰过。他迟疑了一下，把袋子放到一边，开始整理信件。

四、汉 娜

在二战结束的前一年，汉娜出生在距利托米修城不远的村子里，名字随她的母亲。

她对战争没有记忆，甚至对上学前那里推行的合作社也毫无印象。村子里有两个教堂，天主教的和新教的，但早期的纷争已经淡忘。现今信徒们都不招人待见，只要是信仰别的而不信共产党。

汉娜父母去新教教堂，但没有规律。在家里他们从来不谈信仰问题，吃饭时不做祈祷，也没有人要求她祈祷。当她怯怯地问起创世纪时，父亲总是含糊其辞说，别的聪明人也不见得知道答案。然而在孩子们的眼中，神父是地球上最值得尊敬的人。

值得尊敬的还有老师们。在小学里有位女老师，不仅教孩子们读、写、尊重工人阶级及其先锋队共产党，还会跟孩子们一起外出，采集路边的草药，教他们制作植物标本。这让汉娜特别喜欢，她学会了识别各种花，画画也很好，活灵活现，没少得到女老师夸奖，老师甚至对她父母说，汉娜将来可以成为画家。

父母倒是觉得画家的职业太不寻常，关键是不实用，况且汉娜除了画花朵不会画别的，她的才华很快就被大家遗忘了。家里三个孩子她是老大，虽然比弟弟仅年长一岁。在她十二岁那年，弟弟夭折了。她在童年时就显出与年龄不相符的成熟，这让父母在她小小年纪就放手让她照顾弟弟妹妹，其实她自己尚需要人照顾呢。她长得普普通通，但身材修长，乌黑的长发一直没有剪过。最好看的是她那双眼睛，又大又黑，衬着棕色的皮肤，看上去她的祖先似乎有异族血统——西班牙、法国，或者罗姆人，尽管家谱里没有类似的记载。

她秉性善良，质朴，从小父母就教育她要节俭，告诉她人来到世上主要为了干活。她的生活始终随着乡村生活的节拍，而这节拍又紧随着四季变化。在夏天，即使有假期，也是最忙碌的季节，到了秋天才闲一些。冬天最舒服了，日头很短，可以欢度圣诞节，池塘冻结的冰面上还可以滑冰。

有一次，她在滑冰时，脚下的冰突然塌陷。幸亏离河岸不远，冰冷的河水只漫到她的肩膀，另外两位同学跟她一起被人从水里拉了出来，第四位却消失在了冰下，等到春天冰面融化，他的尸体也没有被找到。人们传说，他被鱼啄食吃掉了。也许这不是真的，但想象自己无助地躺在水底，自己的身体任鱼群啄食，然后那些鱼再被捕捞上来，被人吃掉，这让她恶心了许多年。后来她再也没有去池塘滑冰，也不入鱼池一步，哪怕在夏天，从此她也拒绝吃鱼。

九年级结束时，她恋上了自己的同班同学。他住在邻村，比她矮半头，整个人像没有长开似的，因而大家叫他小贝比克。他长得也不帅气，苍白的脸上满是雀斑和疙瘩，在班里属于被大家忽视而不是羡慕的那种人。吸引汉娜的也许正是这一点，被人忽略、弱小或残疾往往唤起她的同情心。

当他们一起踯躅于某个偏僻的角落（汉娜总愿意去遥远的野外），小贝比克最初沉默寡言，慢慢地给她讲起他读过的小说。他读过的书并不多，大多是关于印第安人的。小贝比克一叙述起印第安人的故事，就绘声绘色，好像他亲身经历过似的。他描绘野性的山峦、广阔的草原、美丽的图腾还有勇敢的部落酋长，他深情地念着印第安人充满诗意的名字。他甚至自己动手在家里造了一把弓箭，真的能击中目标呢。印第安人的故事并没有让汉娜激动，但小贝比克的激情还有他的声音，让她很欣赏。

他们的爱情除了亲吻和拥抱，没有往下发展。小贝比克用拖拉机载着她转悠了几次，从庙会上给她买来了心形姜饼，有一次还送她一束菖蒲。汉娜给他画了一幅素描装到相框里，还给他烤过一次蛋糕，有一回他的衬衫撕破了，她给缝上了。

假期里小贝比克开的拖拉机发生侧翻，男孩在受伤几天后死去。

他葬礼上来了不少人，周边村庄的人也来了，意外的惨剧比起自然死亡来，关注的人总要多一些。

不属于死者家庭的未成年人，通常安排在送葬队伍的最后，那里已经看不到悲切，听不见幸存者的呜咽，而汉娜紧挨着小贝比克的家人，大声抽泣。

不久，她去了皮塞克城上了护士学校。她并不确定，她是否真正想成为一名护士，她也不清楚自己更愿意从事什么职业。从小大人们就教育她，最崇高的人生意义就是帮助他人。她很喜欢寄宿学校，有时难免会想念家乡的村庄，想念父母，尤其想念五岁的帕夫利克，她最小的弟弟，圆鼓鼓的脸蛋，稻草般金黄色的头发，嘴巴永远脏兮兮的，跟在她后面，好像她是妈妈似的（她尚无法得知，她将来的儿子也有一头金发，圆嘟嘟的身子）。

她的皮夹里依然装着小贝比克的照片,但瞥见它时唤起的记忆越来越少,最终仍留在那里是因为她的新同学们,几乎所有人都揣着自己男友的相片。

任何状态下的水似乎都能唤醒她恐怖的经历。在学校的第二年,她和女伴们约定周日去奥塔瓦河里游泳。但女伴们甩开她先走了,她只身出发去找她们。半路上,在城乡结合部地带,从树后面跳出一个胡子拉碴的肮脏的男人,一把捂住她的嘴,把她拖进了附近的灌木丛里。后来松开了她的嘴,但恶狠狠地警告她说,如果出声,就掐死她。

多少次听说过这样的袭击,她很害怕,甚至晚上不敢独自在街上走,实际上她暗自想的是,自己不会真的撞上这种事情,歹徒们生活在人们的传言里,现实生活里很难碰上他们。起初那一刻她受惊了,吓坏了,失去了抵抗力。等醒过神来后,她开始拼命挣脱,甚至撕裂了那个恶棍的袖子,挠破了他的脸,可对方力气比她大多了,扭住她的双手,疼得她流下泪来。她没有再反抗,甚至没有完全明白,到底发生了什么。

一切只持续了几分钟,那家伙还威胁说,如果她把这件事告诉别人,他会找到她,把她弄死。然后他起身跑了,她仍然半裸地躺在被践踏的草地上,开始大声呻吟起来。在此之前她害怕被杀死,现在则无法想象,将来如何活下去。她捡拾起落在地上的被撕烂的内衣裤,回城里去了。

对自己的遭遇,她没有对任何人说。倒不是她相信那个混蛋的威胁,而是害怕人们会议论纷纷,她会无地自容。假如父母知道了,肯定承受不住这种耻辱。

那张胡子拉碴的脸梦魇般困扰了她许多年。她一走入人群,那张脸就会在眼前浮现。那时起,她的梦里会反复出现一群裸体的男人,令人厌恶的粉红色皮肤,毛茸茸的前胸,这些人围在她身边跳舞,跟随那大胡子的节奏号叫,大胡子抖动着巨大的粉红色的生殖器。她明白了，这就是撒旦，企图缠住她。她抗拒，但在梦里她意识到，撒旦更强大，它并不纠缠她的身体，而是控制她的灵魂，给她灌输邪恶。

她开始滋生报复人类的念头，因为他们中的一个冒犯了她，但这么做有悖于她的本性。她厌恶的只是男人，厌恶与他们肢体接触。在她毕业进入医院后，她申请在妇科病房工作。

二十二岁那年，那时她已经在布拉格生活，她还是爱上了跟她在同一家医院上班的医生，他大她七岁，也爱她，至少他这么声称。那人常对她说甜言蜜语，甚至朗诵诗句，这是情场老手惯用的伎俩，她分辨不出来。然而，即使她享受他的爱抚，也从来没有感受过真正的高潮。他们相爱一年多，开始谈婚论嫁了。有一天那个男人突然对她宣布，他将和另一个女人结婚，他必须娶她，因为她怀了他的孩子。

她曾发誓，自己再也不会与任何男人交往，产生任何关系，如果有可能，她更愿意进入修道院，做慈善的修女。

她往返于医院和宿舍之间，一晃几年过去了。生活平静，没有什么让她分心，她耗在医院里的时间远远比别人多，而且超出了她的职责范围。只在星期天，如果不是她值班，她会不定期地去教堂听传教。如果有几天假期，就去看望父母和弟弟。她注意到，父亲在那段时间开始不正常地消瘦，没有食欲。她一再敦促他去看医生，但父亲要么固执，要么出于害怕，一点儿不听劝，硬说自己没有问题。最终被送到医院时，为时已晚，手术都无法做了。过后她责备了自己很久，既然预感到了父亲的恶性疾病，却没有坚决地警告他。

她三十二岁时，认识了丹尼尔，她同科室医生的儿子。丹尼尔的妻子刚去世不久，汉娜了解到，他独自带着一个小女孩。有一次当他带着女儿来诊室找父亲时，她把小女孩带到护士室，帮着照看。小女孩稻草般的金黄色头发，跟她的小弟弟一样，这一点打动了她。丹尼尔离开时，对她道谢。她坦白地说，自己就喜欢照料小孩。

听她这么说，他表示下次还把孩子带来。他果真把女儿交给汉娜照管了几次，每次会跟她说一会儿话。他问她的生活，并邀请她去听他布道。下一个星期日汉娜便去了教堂。当丹尼尔在弥撒结束跟她告别时,她感觉那双握着她的手,尤其热烈。

她不清楚自己是否爱他,但他的命运令她同情,他的存在也让她感到安全。这个乍看之下显得脆弱的男人,有着这样一个令人尊敬的职业背景,她认为,他绝不会伤害她。猛然间她发现自己仍然在考虑跟一个男人共同生活,照顾他,组成家庭,甚至生育孩子。

五

虽然丹尼尔每个月至少要去监狱两次,可是监狱的大门在他面前打开时,他依然摆脱不了那种不舒服的感觉。狱警对他和颜悦色,甚至很配合,然而总让他联想起不久前经历过的盘问。狱警的相貌让他想起主管干事和教会秘书,他接受过这些人冗长而屈辱的谈话。

情形已经改变,人们要么根本没变,要么变化很小,即使变了,也不一定朝着好的方向。事实上,他对自己也没什么信心。

丹尼尔刚在通话间坐下来,彼得被带进来了。

"你好,彼得。"

"欢迎您,牧师兄弟,在这么个奢侈的地方。"男孩笑了起来,他笑的时候,显出了稚气,只是左脸颊那条长长的伤疤在提醒别人,他的过去可能不是那么清白。他手腕上也有疤痕,是他自己割的。"我自杀过至少五次,"第一次见到丹尼尔时,他就这样直白,"剃须刀、丸剂、水和朗姆酒,我还试过冰冻自己,穿短裤和汗衫,躺进雪堆里,可没有一次如愿以偿!"

那段时间他脸色憔悴,呈病态的灰色,只有眼睛还活着。近三个月以来恢复得不错,丹尼尔看出来了,这个男孩从未劳作过,肯定也不注重锻炼,甚至对自己的身体恣意摧残,但身材却显得健美。

"您一来,这里就好比阳光普照。"

"行了,彼得,你从哪里学来的?"

"您留给我们的《圣经》里就这么写：他的脸如同太阳闪着光，就是这样。"

"大家都问候你，"见他把自己与救世主相比，丹尼尔便转换了话题，"罗伊奇科也问你好。他已经开始挣钱了，在一家建筑公司找到了活儿，做瓦工。"

"嗯，时间无情流逝，至少在外面。"

"我给你带来了水果，我妻子给你烤了蛋糕。"

"你们真是两位天使，牧师兄弟。"

"别念诗了，彼得，你知道我不喜欢这一套。没准，这些东西还没吃完……"

"可惜啊……律师告诉我了，审判再次推迟。据说他们在法庭上丢了一些卷宗。"

"推迟审判？"

"至少一个月。他们不常来这里。"

"一个月，你能挺得住，两年你都坚持下来了。"

"我可以挺住，可是牧师兄弟，您无法想象，一个人眼巴巴就要接近出口了，又被扯回去，每天就像口香糖一样被拉来拉去，你就会感觉这里是地狱。"

"是否生活在地狱中，这也取决于我们。"

"也在于那些朝夕相伴的人。这里邪恶四溢，就像打翻了水桶。如果你不同流合污，就招人恨。如果有人看见你在祈祷，要么嘿嘿一笑，要么上来就扇你。"

"我理解，彼得。我去跟律师打听一下，看有什么办法加快审判。"

"如果他们不放我呢？"

"会放的。万一不放，你也要忍着。"

"既然您在帮我，那好吧。"

"即使没有我的帮助，你也能行。假如你内心真的发生了变化，你一定能做到，因为你知道，耶稣在帮助你。"

"我？牧师兄弟，我更相信您的帮助。耶稣距我们太远了。"

"不远，彼得，只需要你翻开《圣经》。"

"现在我手头没有，被坐在我旁边的树根借走了，他有一半吉卜赛血统，至少他自己这么说的。他从没读过这类书，但他喜欢这本书，耶稣能创造奇迹。"

"彼得，奇迹不是《圣经》里最重要的，重要的是关于爱的信息。"

"我知道，牧师兄弟，但这样的吉卜赛人能明白什么叫爱吗？"

"那你告诉他。"

"我？牧师兄弟……我自己的生活都猪狗不如，而且还跟一群猪猡在一起。我能想起来的好词，曾听说过的，几乎没有。"

"你肯定听说过。反过来，你已经开始思考，这就很好。你在反省自己，而不怪罪你周围的人。"

"是您教给我的，牧师兄弟。之前我跟那些人一样，只看到别人眼睛里的斑点，不会反思自己。"

"我还想告诉你，彼得，我在给你找工作。我们教会的霍德克先生有个大花园，他一定会给你留一份工作。"

"谢谢您，牧师兄弟。"对于园艺工作他并没显出热衷，"我也给您做了一样东西。"他从他口袋里掏出一张八开纸，上面绘着荆棘冠冕，脸是变形的，近乎立体派，"我为您画的，也为您妻子。"

他接过画，赞扬了一气，希望他保持耐心和力量。告别时，他说："基督无处不在，他的爱延伸至每一个地方。"

回家途中，丹尼尔突然想到，他可以在母亲位于红山顶的那个单间公寓停一下，取走一幅画。父亲去世后，母亲搬到这里住。从原先的家里只搬来几件家具和几幅画，狭小的公寓放不下更多东西。那些画大都是找父亲看病的女画家们送给父亲的礼物。其中一幅丹尼尔很喜欢。画面上是年轻的吉卜赛女郎拎着一竹篮鲜花，她的脸甜美，丰满的乳房微微袒露。油画没有署名，丹尼尔倒不在意，那个如花的女孩他喜欢，展现了他青春期的理想之美：黑眼睛、褐色皮肤和大大的乳房。这也许是他第一次看到汉娜就心动的原因。

他凝神看了那幅画一会儿，没有下决心把它从墙上摘下来。相反，他转身打开了窗子。楼下的草坪上立着一个低矮的金属架，上部挂着叶片。这仿佛是一个艺术品，也许是孩子们的创作，也不排除是风能发电机的部件。他注视了一会儿叶片，看它们悄悄地旋转，然后退回房间，打开了衣柜。里面挂着他母亲所有的衣服，毛衣袖子打着补丁，破旧的大衣，几身套装里只有一套可称得上节日礼服，母亲只在家人庆祝生日那天，或星期天上教堂时才舍得穿。

这些褴褛的衣服，给谁都没有意义，丹尼尔无限感慨。母亲生前无力添置像样的衣裳，他微薄的薪水无法给母亲一点点补贴。现在有能力了，可为时已晚。

他在公寓里来回走，拉开冰箱，除了半瓶番茄酱、一支须冷藏的软药膏，空空如也。显然汉娜已经把食物都拿走了，省得坏掉。

床边的沙发椅上有一本《圣经》，黑色的精装本，克拉利茨基翻译版本，母亲拒绝其他版本，这是她童年起就习惯的语言。《圣经》翻开在第三章"约翰福音"，他注意到，在三首诗的边缘母亲轻轻画了圈。

光来到世间，世人因自己的行为是恶的，不爱光倒爱黑暗，定他们的罪就是在此；
凡作恶的便恨光，并不来就光，恐怕他的行为受责备；
但行真理的必来就光，要显明他所行的是靠神而行。

母亲力求在真理中生活，按着《圣经》的指示和要求，母亲也是这样引领丹尼尔的行为，相信他能做到，相信他可以做本质的事情，会在这个世界留下自己的印记。

父亲成为国家和政权的敌人被关进监狱，因为这个缘故，丹尼尔没有被中学录取，这让他绝望，他必须上学。当时母亲安慰他，开导他说，他的遭遇，终有一天会物有所用，如果是神的旨意，让他去好好而有益地做事，那么就没有什么可以阻止他，因此他没有理由放弃抱负。

当时他真的认为，自己会有大作为。因为他对技术、对旅游、对政治都不感兴趣，那么他的作为一定体现在其他领域。他常常做梦，许多年后，无法辨别这些梦出现在白天还是晚上，梦里他以古代先哲，甚至是先知的身份出现，那样的启蒙的时刻，他口中吐出了自己觉得明智和重要的句子。

他被图书管理职校录取了。没等毕业，父亲八年刑满被释放回家了，丹尼尔也意外地在一年后被一所高中录取。

在青春期的幻想里，丹尼尔自然长大了。他总把自己的工作视为使命，很长时间里，他坚信，某种启示性的瞬间会再次来临，自己会发现可称作真理的东西，找到关于存在与不存在这个最神秘问题的答案。他时常与前妻伊特卡谈到，他真的能够渗入神秘的本质，揭示神的行为在世间的痕迹，并发现人类堕落的原因。他感觉，他的前妻最善于倾听，在别人身上他再也没有发现这个特点。

伊特卡去世后，他的内心犹如被抽空了。他兢兢业业，真诚履行自己视作使命的工作，问题是，自己做到了什么呢？回望一下的话，身后又留下了什么？

他曾为几十对新人祝福，为逝者安排有尊严的葬礼，给活着的人灌输希望，告诉他们生活的方向。当他在维索钦纳高原地带传教的时候，天主教徒们也经常会去听他的说教，甚至还有不少异教徒，虽如此，空廊的教堂里依然显得空空荡荡，社区以及周边地区的大多数居民，对他的传教不感兴趣。

丝绒革命①后,他有机会出现在电视上,可以去监狱,但这与母亲对他的期望,与他曾经的梦想,不是一回事。此外,他不再确定,是否压根儿存在那么睿智、崇高和重要的思想,能够影响人们的行为?能影响人们行为的反倒是那些既不睿智也不高尚的思想。

在衣柜底部有一个纸箱,装满了文件。

纸箱外面写有母亲工整秀丽的字迹:理查德的信,给我的信,孩子们的来信,公文文件,杂项,照片。

如何处理这些文件?他会读吗?将来埃娃可能会搬进公寓来,在此之前他必须把信件拿走。不读就把信件都拿走,存放在家里的地下室里,等他去世了,孩子们发现这些东西,送到废品站去。

照片也被分放在好几个信封里。

丹尼尔抽出一个。在非常业余的淡灰色的照片上,母亲倚靠在斯特谢肖维采别墅的围栏上,手里抱着一个婴儿。那个婴儿显然就是他。照片背面标有日期:一九四四年夏。母亲穿着夏天的连衣裙,他当然不会记得。裙子看上去很普通,当时是战争的最后一年。父亲在集中营里,母亲独自带着两个孩子。父亲回来后,没过几年再次被关押起来。母亲再次独自一人,甚至不允许去监狱探视。只有教区的老牧师偶尔来看他们,硬塞给母亲一千克朗养家。牧师不久前刚辞世,现在丹尼尔在照片上发现了他,他站在一群坚信礼者中间。丹尼尔几乎认不出自己,照片上的他更加瘦弱,头发还遮住了额头。

还有跟伊特卡的结婚照,其他人并排站在两旁,唯独露丝不在场,她已在万水千山之外。他不假思索地把照片翻过来放回信封:腰上缠着缆绳的他和伊特卡、父亲、露丝在约塞米蒂瀑布上方的彩照、在卡梅尼采的教堂跟汉娜的结婚照,还有一张母亲坐在沙发椅上,躬身在缝着什么。至今这把椅子仍然摆放在床边。他想起来了,母亲缝

---

① 即天鹅绒革命,指1989年11月发生于捷克斯洛伐克的民主化革命,因未经过大规模的暴力冲突而实现了政权更迭,仿佛丝绒般平滑,故名。

东西的时候,时常把针扎进手指头里,冒出血珠来。这让他十分心疼,也许母亲的笨拙触动了他。他意识到喉咙里有灼热的泪水在流淌。仿佛在这一刻他才意识到,他再也见不到母亲了,在这把椅子上,或者在这个世界的任何地方。

他把纸箱塞回衣柜,试图消除心头的忧伤,他安慰自己说,再相见的那一天终会来,虽然他说不清楚什么时候、在什么地方以及如何见面,他的忧伤并没有缓解。

一听见保禄讲死者复活,有些人就嘲笑他,另有人说:"关于此事,改天再听你讲!"①

六、马　修

马修·沃列克在米赫莱出生和长大。父亲是缝衣厂的工人,非常安静和谦卑的一个人,发现患有肺结核时,已于事无补,很快就去世了,那年马修十三岁。在父亲去世前的几天,马修看到父亲头顶上有一束奇怪的光,迅速黯淡,随后彻底消失。他着实吓了一跳,但没有把自己的所见告诉任何人。

马修继承了父亲瘦弱、偏矮的身材,还有远视、勤奋、喜欢静默、病态的情绪变化以及对女性的恐惧。

马修的母亲没有再改嫁,奉献是她性格的基本特征,她把精力从生病的丈夫转移到了健康的儿子身上。作为邮递员,她每天的工作就是走遍几十条街道,好在那时候大多是应急盖起来的小平房,所以她来得及准时赶回家给儿子准备午饭,听他聊他的问题。她甚至想办法

---

① 《宗徒大事录》第17章第32节。《宗徒大事录》是天主教信经《新约》的一篇。

帮助马修的课业，她自己预习和掌握教科书的内容，然后测试他。她希望儿子成为研究型、学习型和受人尊敬的人，最好成为医生，起码做一名工程师。

马修真的学有所成，即使学的专业风马牛不相及：哲学院的东方学。因为他很有语言天赋，心无旁骛（不找女朋友，或者更确切地说，没有女孩子对他有感觉），他刻苦学会了汉语，了解中国人的思维方式，那段时间他对道教着了迷，虽然也不例外，跟大多数欧洲人一样对道教的理解很肤浅，仅着眼自己的生活，根本无法摆脱本我。

一九六八年苏联军队入侵捷克时，马修正读大学三年级，跟他的大多数同学一样上街抗议入侵。然而，政治局势瞬间严峻起来，他必须做出决定，要么坚持抗议，从而失去从事他努力至今的专业研究机会，要么好好珍惜这个时代给无瑕的年轻人提供的机会。失去学有所为的机会，他不甘心。智慧的老子曾强调，只有能够适应每个人，才能战胜所有人。"知人者智，自知者明，胜人者有力，自胜者强。"

于是他决定与新政权共存，他的理解是：进入需要的组织，照常地去选举，但不参与任何能引起怀疑他忠诚的活动，也不参与令自己良心不安的活动。智者，应该是隐居而无为的，不跟任何人产生摩擦，从而避免不必要的纠纷。最优秀的教授们被迫离开了哲学院，而那些跟他相同选择的人，留了下来。语言课程没有太大的改变，相反历史课程的老师撤下了最根本和最重要的年代，直接转入最后的共产主义阶段。对此他并不介意，他在书籍里寻找更多的知识，那些书他在图书馆清理之前或者从那些已经失宠的教授那里，早就借到了手里。

他想象的是，毕业之后留校或者去东方研究所工作，然而这些机构并没有给他提供位置。印刷局倒是向他敞开了大门，他视之为降级，有悖于自己挚爱的老子学说。但外面的世界强烈吸引着他，他迷上了旅游、见世面和探索世界，所以他接受了印刷局的工作。他翻译诗，自己也创作诗。他不写情诗，而是描绘大自然，抒发在雨天的心情、思念或孤独，追求内心的平和、思想的淡泊。

他以中国古代绝句和日本俳句的风格写就的几首诗，成功地登在了杂志上，但未能结集出版。他或多或少以艺术家自居，相信终有一天会以诗人身份令世界瞩目。他的生活发生质的变化，不用再去上班，在家里一心研究，默坐，照常出去旅游。许多年之后，他依然不具备这种生活方式的必要条件，那就是：地位、关系、绝对的外出自由，还有金钱。

他去护士室跟护士们谈起他在异国的经历，更多是出于孤独，而不是期待羡慕。让他抑郁的既有自己的病，还有妻子克拉拉离他而去的现实。

克拉拉在一家小餐馆当女招待，他时常去那家餐馆用餐，两人便认识了。他喜欢她（虽然是很艳俗的类型，漂白了头发，嘴唇和指甲却是浓妆艳抹，和她说话超过一分钟，便露出平庸的乏味）。克拉拉对中国哲学和诗歌一无所知，有一次他试图给她讲解阴阳之间的对立平衡，她竟然睡着了。虽如此，她一再夸马修的博学和见多识广，吸引她的还有他那套公寓房，房间的天花板下旋转着木制风车，阳台和书架上摆满了不常见的物件，如紫色的蟋蟀罐、中国的老瓷器或佛像，其中有几尊还是镀金的。而最让克拉拉爱不释手的是那十几个廉价的茶杯，她每天都要拿到手里把玩，半透明的陶瓷，上面绘着异国情调的花鸟图案。当她第一次拿起，抚摸着那种脆弱时，她发现这种触摸带给她无穷快感。这些杯子不仅罕见而且价格昂贵，由此克拉拉得出结论，马修除了这些东西，自身也很有趣味，将来必定富有。

在结识克拉拉前不久，马修的母亲意外去世了（这意外是从医疗角度理解，跟他的父亲一样，去世前不久，他看到了母亲头顶上有一束光，慢慢消失）。他需要有个人来照顾自己的生活，打理家务，于是他不经意地问克拉拉，是否想做他的妻子。

婚姻持续了近七年，目前依然存在，因为克拉拉至今没有和他离婚，每个月至少出现一次来跟他要钱。他手里从来不宽裕，没有理由要付钱给她，两人不住在一起，也没有孩子。但她不从他手里榨出几张票子来就叫嚣不停。

虽然马修年届五十，克拉拉却是他的第一个妻子。他一直跟母亲居住，直到她去世，那段时间里他只有几次跟已婚妇女的短暂往来，大多比他年龄大。克拉拉跟那些女人不同，不仅未婚，而且比他年轻十五岁。她对恋爱是有想法的，他则更多期待照顾，而不是激情浪漫。在他看来，克拉拉是现代女性的典型，只为自己着想，一心控制男人，所以找老好人，最好是傻瓜，可以围着她转，养她，送她贵重礼物，给她钱买衣服、皮鞋，然后她还可以找情人。

马修的生活里纵然有诸多的不如意，婚姻却是其中最糟糕的。然而谁的婚姻如意呢？他决定了，等离婚之后——这是可预见的必然的事情——他绝不再结婚，除非他遇见一位像他母亲那样的女人（如果存在这样的女人），或者一位富有和慷慨的女性，让他实现自己的计划，过上艺术家和哲学家的自由生活。因为这样的女人遇不到，他便跟那些对他不感冒的女性随心所欲地海聊，编出惊天动地的故事来打动她们。

医院里的护士们确实喜欢听他讲故事，他的一生充满冒险经历，异国情调的都市、跌宕、风暴、妙趣横生的聚会、佛教寺院，东方贫民窟，夜袭等等境遇，赤裸裸的关乎生死、健康还有荣耀。他把自己编入许多听来的、读到的或杜撰的故事里。他不是个骗子，只是擅长编故事而已，从他开始进入情节编撰的那一刻起，连他自己都信以为真。当然，他不是完全凭空杜撰，具备一些生活阅历，他在中国生活过两年多，甚至在那里亲历了"文化大革命"末期毛泽东的去世，目睹了七十年代末意想不到的开放。

这个伟大的国家让他发现了自己从圣哲先贤书里不曾了解的东西，当然，他看到了他意料之中的文化：中国戏、音乐和绘画。国家权力和政府享有的权威，似乎超越了他在自己国家习惯的维度。那里有好奇，迷信，极度的贫穷和无限的热情好客，狂热和惊人的松弛，五颜六色的节日盛装和平日里单调的制服。他看到了中国的一部分，许多大城市、长江流域和北方山区，但更多地方没有涉足，因为不是每个地方都让带着好奇心的外国人到达的。而且这个国家实在幅员辽阔，无法一一游历，哪怕他一辈子都在路上。

他还去了新西兰，为了亲耳听到毛利人的语言。他的经历肯定比自由世界的普通公民更丰富，更不用说在他自己的国家，通往边界外的每一个旅程都需要审批。在中国的生活经历，那里的现代文明，以及共产主义专政没来得及摧毁和铲除的古老哲学理念及传统关系和礼仪，对他的生活态度和人际交往产生了影响。

他把在旅途中写的游记寄给画报社。他写道：文明到达中国南海和太平洋岛屿，瓦解了传统价值，而新的价值并没有跟进。东方思想总是强调人是大自然的一部分，不相信那种理性地以生命周期去划分人类的理论。在这方面，基督教和伊斯兰教倒退了一步，而且战胜当地传统的，不是十诫的价值观，高高在上的讲道，即苏拉《夜行》，而是虚伪的消费价值观。传教士，无论是基督徒还是穆斯林，尽管提供了精神的使命（虽然经常是他们提供而不是自己接受），但与他们同时达到甚至早于他们的商人们，提供了更具吸引力的东西，即使今生只为此：晶体管收音机、电视、汽车、药品，可以治愈巫师或传统医学回春无力的疾病。所有这些东西，虽然只有少数人买得起，但作为一种可能向所有人提供了。大家纷纷解囊，用隐藏在这个国家的财富，数千年以来的生活方式，去交换。表面上看起来，福祉光顾了这些边陲地区，事实上，恰是贫困入侵了：肉体和灵性的贫困。

他的文章被删减了，甚至添加的句子改变了他想表达的本意。他写到文明对古老文化的暴力冲击，但编辑却误把这种文明理解为殖民主义和帝国主义的利益。

住院以及胃部手术（医生告诉他，他有胃溃疡，但他认为医生没有告诉他实情）把他吓坏了。迄今他相信自己把死亡视为生命的一部分。死亡是蕴含在我们身上的朝着目标踽踽而行的力量。人死了，只不过是轮回。唯有轮回才能获得生命的真正丰满。老子认为，活着的人永远不会知道，死亡是什么，而死去的人永远不知道，什么是活着的意味。我们无法认识先于我们上千代的祖先，我们也不知道那些后来之人。那为何要让无法认知的事情扰乱我们的心神？

人在健康的时候，会为获得的认知和心境平和而自豪，完全可以沉浸于自己的内心。但随后而来的疾病让他认识到自己的谬误，他始终囿于自我。事实上马修从没有达到平衡的境界，对此他偶尔抒发几句诗。事实上，他游离于那种状态，期许以不停歇的忙碌接近他对其他人隐瞒的愿景。第一种状态有时持续几天，沉湎于无所事事或者写短诗句，然后突然投入工作，四处奔波，写文章，梦想身体的享受多于精神层面的乐趣。

死亡，无论他以何种方式想象，消灭那个我，总是糟糕的，他恰在这件事上纠缠不休。死亡将剥夺他继续征服世界、寻求未来的可能性。

一想到回家，他便忧心忡忡，被郁闷击倒。有谁会在晚上陪他聊天，在餐桌上摆上热饭菜，不用去酒吧打发时间？有谁会拉着他的手，当他以为自己患了胃癌而慌得六神无主时？家里，没有一个活物在盼着他，除了那只母亲留下来的毛绒金丝雀。

他的胃被切除了八分之三，外科的护士长慈眉善目，这让他想起自己的母亲。有一次，恰在他特别沮丧的时候，护士长出现在他床边，安慰他说：别担心，过几天你又会是个生龙活虎的小伙子。她甚至走上前来，抚摸了一下他稀疏的头发。这个触摸在他眼里成为定格，他忍不住想，自己很愿意跟这样的女人时常见面，至少说说话。

七

长老会会员、房屋中介公司老板丹尼尔·戈德特久久握着丹尼尔的手，说："请再一次接受我最深切的哀悼，我的牧师兄弟。"

"感谢您上次前来参加母亲的告别仪式。"

"这是自然的,大家都熟识她,爱她。您母亲一辈子含辛茹苦。遗憾的是,她没来得及看到我们已经办成的事情。"房地产经纪人转了话题。

"妈妈并不看重那所房子,这您知道的。"

"她会感到欣慰的,至少为了您。"他掏出记载街道名称和房屋门牌号码的登记簿,翻了翻,然后开始谈起房屋和报价,"譬如一栋状况并不是最佳的房子,而且里面住满了租户,那些人只支付国家规定的租金,租金都不够抵偿最必要的房屋日常维护,即便这样的房子,也立即可以从德国公司拿到五百五十万克朗。确实,一旦租金放开,公寓楼的价格将一路上涨,但是那一刻何时到来,且先不指望,眼下可以预测的是房屋价格将下跌一段时间。即便价格维持不变,房屋也会日益破旧,因为维修需要很大一笔资金,而这笔资金我们拿不出来,破旧的房屋,价格理所当然会下跌。"

丹尼尔默默听着,无法让自己相信,经纪人在说他的财产和他的钱。在他成年后的生活中,他习惯于考虑再三,是否添置一双新鞋或者再补一补那双旧鞋。穿的袜子都打了补丁,在教区的花园里自己种生菜、西红柿,甚至甜菜。春天里跟汉娜一起摘荨麻,烹煮美味的汤。几百万克朗是他从没有想到的,就像几百万光年。

"怎么样,牧师兄弟?"

他不觊觎财产,确实,当初是他的父亲坚持要置办这栋房屋的,拥有了房产的结果是导致自己被列为阶级敌人,这个过程可以写一个剧本。为了父亲,他应该把房屋留下,可是,拿这栋房子去做什么呢?更拿那些钱做什么呢?

"您确定我姐姐不享有权利?"

"在法律上她没有任何权利,她拥有外国国籍,永久定居在国外。当然,如果您想与她平分,没有人能阻止您。"

"那自然。"他想补充说,自己不需要这笔钱,哪怕其中的一小部分。但他转念一想，跟面前的这个人道出实情未必适宜，对方显然十分得意，能够为客户找到一个好买家。

如果丹尼尔同意，马上就可以签署买卖合同，还需要办理几道手续，而且代理商已给了少部分定金，这笔钱他马上就能拿到手。

于是丹尼尔拿到一个信封，里面装着一沓面值一千的克朗。少量的押金，在自己的手中，却是他从来未曾拥有过的数目。他表示了感谢，把钱藏进胸兜里，胸兜略微鼓了起来。现在他可以告辞了，他觉得很羞愧，专门来此一趟仅为这件非宗教的事情，于是他把话题转移到唱诗班上面，还谈到了他拜访的监狱，其中有一两个囚犯确实表现出在努力领会牧师对他们讲的道理。假如了解那些人的成长环境，他们大多数人对于神几乎闻所未闻，甚至只要超出他们物欲、利益之外的任何东西，一概视而不见。他们聆听他的讲话，因为他给他们无聊的一天带来了些许变化。然而，这些身陷囹圄的囚犯，跟他们的狱卒，或者外面那些自由自在的人们，有什么区别呢？

然后，他终于站起身，道别。

到电车站只有一小段路，但他茫然不觉自己的双脚在迈向哪里。他发现自己的手几次去触摸外衣，确认钱是否依然在口袋里。

电车站边上的小报亭，有鲜花出售。他从来没有给妻子买过一束花，这一次他要了三朵暗红色的玫瑰，花束看上去略显单薄，于是他又加了两朵。

在时装店的橱窗里，他看到一件绿底镶白色百合花的毛衣。价格让他吃惊，随后他意识到，跟刚才谈到的那笔巨额款项相比，毛衣的价格低廉得让人发笑，于是他走进店里。

西门看见使徒按手，便有圣灵赐下。就拿钱给使徒说：把这权柄也给我，叫我手按着谁，谁就可以受圣灵。彼得说：你的银子，和你一同灭亡吧。因你想神的恩赐，是可以用钱买的！你在

这道上，无分无关。因为在神面前，你的心不正……①

除了不同寻常的听力，他的记忆力也好得出奇，一段文字阅读几遍，马上就会印入他的脑海。

走近家门口时，他突然醒悟，礼物和鲜花在节日、生日或为了某件值得庆贺的事情才买。不劳而获的钱财，是不存在庆贺理由的。

于是他返回电车站，坐上了一辆公交车，到陵园那一站才下车。

陵园里的树，大多枝丫还光秃着，只有墙边那棵孤独的柳树，绽满银色的苞芽。

他来到家族的墓地，新堆积的泥土散发出好闻的气味。墓碑上目前只刻着他父亲和他前妻的名字。她去世的日期早他父亲一天。已经那么久远，差不多十八年了。近年来，死于癌症的儿童越来越多，而在那个时候癌症被看成老年人才得的疾病。

当医生在医院里告诉他，他的妻子患了这种不治之症时，他几乎难以置信。"可是，我们的小宝宝还那么小。"他的话完全不合逻辑。

"也许，它加速了肿瘤的演变，"医生没有理解他对命运的抗争，"但它一样会扩散。"

老人们逐一离世，按照神为其安排的顺序，不管如何痛苦。然而，这个顺序，活着的人里，没人知道自己生命终止的时间。我们只能骄傲地以为，我们有权利享有神为我们预先设定的时日。

墓地旁放着一个盛满雨水的水果罐头瓶。母亲的遗骨还葬在那里，但那具十九年前他曾拥抱过的躯体，还剩下什么呢？你们的灵魂现在安息在哪里，我的亲人？

他应该买一个像样的花瓶了。他把玻璃瓶挪到墓碑下方，把五朵玫瑰插了进去，让花朵倚靠在大理石上。然后默默祈祷，良久。

---

① 《使徒行传》第8章第18节。

八、书　信

我亲爱的：

　　小埃娃刚刚入睡，你不必为她担心。你母亲现在也常来我们家过夜，昨天小宝贝第一次喊她："外婆！"此刻我坐在我们的房间里，或许应该准备布道时要讲的内容，可我无法集中精神，我思念你。没有你，这里显得空空荡荡，虽然随时有人会上门来，虽然这里每天都有一屋子的人，这你是知道的。大家都询问你的身体状况，并且为你祷告，以求你尽快康复。

　　还有，斯特拉卡夫妇告诉我，在老村子里住着一位扎斯杰拉先生，是个医师，他从树中汲取能量，并将其传递给人们。斯特拉卡夫人脸上长出个大肿块，医生们都表示，除了手术切除，别无他法。但那位扎斯杰拉先生将双手在肿块上放了三次，肿块就消失了。据说，来找他的人很多，甚至有从布拉格、布尔诺或奥洛莫茨来的。甚至连医生们也悄悄去他那里，当他们看到结果后，表示自己没法解释。等你从医院出来，我们可以去拜访这位医师。

　　这个星期天我将宣讲《马太福音》第十四章，关于饱食与众人，但最吸引我的是这一段，多数时候它不怎么被强调。"耶稣出来，见有许多的人，就怜悯他们，治好了他们的病人。"我意识到，这仍然适用：他的能量能够治愈那些唤醒他怜悯之心的人们。这是没有限制的，因为他是爱的化身。所以他来到我们活着的人中间，然后也如常人那般死去。为了治愈我们的疾病，给予我们生命——这里抑或那里——生活在爱与希望里。我想在布道时讲述这一点。你知道，我想最多地对着你讲述，讲你，希望你痊愈。

　　我想让你知道，我与你同在，分分秒秒，在每一个白昼，每一次祷告，每一个意念，每一个夜的梦境里。

　　今天，我梦见了，我们俩一起漫步在伏尔塔瓦河畔，旁边就是兹布拉斯拉夫宫，那是个明媚的夏日，你的头发在阳光下熠熠闪光，如火焰般燃烧。你完全是个健康人，欢笑着，我听到了你的笑声。然后，突然来了一艘船，一艘满载着欢乐游客的巨大汽轮，从船上传来音乐声，我们看到了五颜六色的灯笼和……

　　这时宝宝的咿呀声传来，于是我醒了，起来为她热了点稀粥，她又睡着了。我无法继续我的梦境，我还是与你告别吧，我得着手准备布道了，明天一早我把信给你送到医院，而后天又可以去探视了。我期待见到你，我在内心里拥抱你。请你相信，一定不要失却希望。你知道的，他说过："相信吧，女儿，你的信念治愈了你。"

吻你，你的丹

* * *

亲爱的丹：

　　我最亲爱的，刚把你的信送到我手里，我还是立刻给你回信为好，虽然我知道，明天你就要来了，谁知道万一在这期间会发生什么事情呢？我现在感到非常的虚弱，但这并不意味着我停止了希望和信念。只是我不能体味，等待我的是什么。你也察觉到了，你没有把自己的梦叙述完，不是因为小埃娃醒了，而是因为你自己也被梦吓着了。因为我独自登上了那艘船，虽然你也想紧随我而上，然而船已经启动，你已经来不及跳上船来。是这样吗，丹？但船上的游客们都很开心，没有悲伤，尽管他们知道，此去将永不复返。重要的是，我亲爱的，这艘船没有搁浅，只是开往了别处，跟以前我们经常共同前往的地方不一样，但这不能成为我们悲伤的理由。

　　我无法回到你们身边了，纵然我舍不得。丹，我非常抱歉，一切是如此的短暂，我还没有和小埃娃在一起感受母女之情，我将要离开你们，虽然我不愿意；我不愿意抛下你们。你知道，和你在一起我很幸福，我不知道为什么我会写"我曾经是幸福的"，而我始终都是幸福的呀。

待那艘船把我带走时,请你不要抱怨,你必须继续生活下去。丹,在你身上有一种力量,你可以传递给别人:力量和智慧还有爱。我曾经得到了与你一起生活的权利。假如明天我已经不在了,可别的人还在,还有我们的小宝贝,所有人将一如既往地需要你,而你也将继续为大家服务。虽然我们将分别一段时间,但你不要痛苦,不要过于悲伤,有一天我们还会相见。到那时,谁也不能将我们分离。

原谅我,在这个时候给你写下这封信,不是由于我缺少足够的信念,而是我担心一旦离去,却没有把我的心声袒露给你。

爱你,你的伊特卡
一九七六年十一月十八日

* * *

亲爱的露丝:

发生了可怕的事情,伊特卡死了。我不知道自己怎么活下去。我徒然在《圣经》里寻找慰藉,那句话:神的意志是莫测的。再过两天,小埃娃就半岁了。

附上讣告。更多的,我写不下去了。

你的丹
一九七六年十一月二十八日

* * *

牧师兄弟,我尊敬的朋友和救世主:

我首先要感谢您上一次来看望我。当然还要感谢您给我带来的食物、水果、香蕉。我知道,您的孩子正需要这些,您却无法满足她。您就是这样的人,于己节省,以悦他人。我以前从未遇到过像您这样

高尚的人，从来没有。我以前认识的人，只想着如何相互欺诈，抑或相互伤害，需要的话也会杀人。我跟同伙们一起酗酒，抽烟，往身体里注射毒品，仅此而已。甚至我们一起笑闹，和姑娘也和男孩们搂搂抱抱。但是，这有什么益处呢？要说益处，那就是我们捆绑在同一条船上，臭味相投，别无他求。我们有时一起谋划勾当，一起分赃，然而大多数的分赃都不开诚布公，强者多得，这道理是明摆着的。

牧师兄弟，我尊敬的朋友和救世主，我更感谢您的是，您待我如同面对一个清白之人，好像我从没犯过事，跟您是一样的人。上次您对我说，我应该对自己的未来多加考虑。您是知道的，我这个人从未工作过。我在十五岁之后的五年时间里，不是在监狱里度过，便是在酒吧里消磨，那里是我享受生命的地方。如人们所说，有多少挥霍多少。我不知道出去后自己能做什么，因为正经的事情我一样也不会。也许能开车，我在少管所里也学会了耙树叶、锄地和开车床（我们戏称车床为同志），而这些本领我如今都已经忘光了。我憎恶他们这些人的处世之道，而同时我并不想承认自己屈居某人之下。直到您告诉我，我才明白，凌驾于我们所有人之上的只有他，主耶稣和他的爱。我会负一些债，我想像人而非像牲畜那样生活。我说这句话的意思是，我已经不想再酗酒、抽烟和注射毒品了，但我起码想填饱肚子。我还想找一个善良的女孩，结婚生子。我要养活他们，照顾他们，不让他们受苦。

牧师兄弟，我尊敬的朋友和救世主，对我所犯下的过错，我要设法弥补。首先，我要补偿我的妈妈。我让她伤透了心，为了我她没少花钱。还有，至少那些被我偷盗过的，比如那个女邻居，已年逾八十岁的老奶奶，我偷走了她五百克朗。这对我来说算不上钱，也就是在酒吧里喝一瓶酒的花销。但对于她就不同了，可能是好几天午饭的开支。还有许多人，我想偿还他们。我也在考虑未来，却茫然看不到头绪。有一点我很清楚，我再也不想回到那个罪恶的世界里，一定不。我可以到医院里去工作。然而像我刚才写的那样，那样的工作让我无法养家糊口，垃圾清理工要赚得多一些，而那样的工作我又不知道自己能否承受。我想做体面一些的活儿，可我没有学历，恐怕以后也永远无法弥补，因为我既没有钱也没有时间。然而我不怪罪任何人，是我自己没有正视生活。您也许能给我建议，可以为我指点迷津，或者主他可以为我指明方向。关于主您已经给我讲了很多，有好多东西我以前闻所未闻，想都没想过。谁会怜悯我这个最底层的人？有人说：精诚所至，金石为开。在这封信中我还要告诉您，主已经显现了。这件事发生在夜里，当时悲伤和恐惧困扰着我，几乎令我崩溃，我快承受不住面临的变化，我无法驾驭和改变这一切，那一刻我仿佛听见一个声音，轻声对我说：别害怕，相信主。你的信念将保佑你。这可不是梦，因为我把牢房扫视了一遍，想找出谁在嘟囔，然而所有人都在沉睡，况且这些人里没有谁会说出这样的话来。突然在我的眼前闪现一张脸，苍白的面容不像是活人的脸。但是这张脸仅仅一闪，很快便消失了。

因为我的出色表现，没准下个月我就被提前释放出狱了。

现附上给您的邀请。

真切问候您。

彼得·库贝克
一九九四年四月三日

* * *

亲爱的彼得：

你的来信让我深感欣慰，看到你在选定的道路上义无反顾，我很幸福。真为你高兴，你至少在精神上找到了回归你母亲的途径。请记住，只有"愚蠢的儿子使母亲忧虑"。在《圣经》里还有这样的箴言："我儿，恶人若引诱你，你不可随从。他们若说：你与我们同去，我们要埋伏流人之血，要蹲伏害无罪之人。我们好像阴间，把他们活活吞下；他们如同下坑的人，被我们囫囵吞了。我们必得各样宝物，将所掠来的装满房屋。你与我们大家同分，我们公用一个囊袋。我儿，不要与他们同行一道，禁止你脚走他们的路；因为他们的脚奔跑行恶，他们急速流人的血……这些人埋伏，是为自流己血；蹲伏，是为自害己命。凡贪恋财利的，所行之路，都是如此；这贪恋之心，乃夺去得财者之命。"

你自己可以在《圣经》里找到这段文字，在《箴言》第一章。你看，在几千年前人们也有类似的困扰，和我们同样的问题。有些人尽其所能活着，其他人期待优越的生活，不惜一切代价，不想理解他们为此付出的是他们的灵魂。亲爱的彼得，我相信，你已经意识到什么是根本，你与那些造凶作恶的人分道扬镳了。我不想欺骗你说，你选择的道路是一帆风顺的，但有一件事我可以向你保证：在那条路上你不会孤身一人，有足够善良的人会帮助你，在你坚持不下去的时候，扶持你。也许你无法以富贵的财产填充自己的家，但你可以邀请你的朋友，这些你获得的朋友。

不要生气我写得如此简短，今晚在电视上我有一个讲话，我将会谈到人之间的关系，人们因为心存偏见对那些人无端鄙视。

爱我们的主永远与你同在，甚至就在你所在的地方。

问候你，紧握你的手。

你的丹尼尔

* * *

亲爱的丹尼尔：

我无法前来参加葬礼了，我发烧，起不了床了。但是，我想念你，亲爱的丹，我对你的痛苦感同身受，毕竟，人只有一个母亲。我和她见面的次数寥寥无几，但我能感觉到她是一个好人，难得一见的明智之人。我不停地感谢上帝，让她生养出了这样的儿子，也只有极少数的人能做得到。汉娜也会永生感恩戴德,因为她的生活曾那么不如意,充满了失望,假如没有你,她将在孤苦中度日。我相信,在这艰难的时刻,她将忠实地陪伴你,尽管在你心里,没有人能代替母亲,至少汉娜能给予你她的爱,现在,并且与你共度余生,深爱你的我们,也会努力而为。

拥抱你们每一个。

你们的外祖母汉娜

* * *

亲爱的爸爸、妈妈:

我就写一张明信片,因为所有的女孩都只寄明信片。雪有点湿,但还能滑雪。柯罗普德夫一直夸我是好样的。我们简直玩疯了,撞坏了房门,打破了窗玻璃,把柯罗普德夫的滑雪板藏了起来。我们还喝多了葡萄酒,但我没有醉。柯罗普德夫说,她会因为我们得心肌梗死的,但事先会给每个人的胡闹打个高分。昨天晚上,我祈祷了。此外,我也为奶奶祈祷了,希望她在天上开开心心。问候埃娃和马瑞克。

你们的玛格达

* * *

亲爱的丹:

我必须留在医院里加下午班,病房里这一刻很安静,我想和你说说话,可是你在参加主教会议,回家甚至比我还迟,所以我想还是给你写信吧,因为我们俩现在很少有时间在一起说说话,即使见面说话,也都匆匆忙忙的。

我知道,除了你工作繁忙,现在又增添了母亲去世的痛苦,我希望自己能帮你一把,但我清楚,痛苦是无法用语言或药物驱散的。

今天,我们内科有两位老太太去世了,其中的一位让我想起我的母亲:她也是那么瘦小、安静、坚忍和虔诚,前天接受了临终祈祷。多年的经验让我见识到,那些信徒去世时,也许带着悲伤,但没有恐惧,怀着希望,重要的是,母亲也是这样离开我们的,带着我们的爱,怀着自己的信仰。我父亲常说:谁相信主,主自会衡量。至今我怀念我的父亲,但我们不得不接受现实。

我知道,没有人能像母亲那样爱我们,倾听我们的诉说。如果你心恸,丹尼尔,你还有我,也许我做不到像母亲那样跟你说话,但我理解你,能体会你所想。正因为我和你一起相守,却常常开不了口,甚至羞于大声表达,所以,我在信中告诉你,我爱你,对我来说,你是我的唯一。

你的汉娜

第二章

一

每个月的第二和第四个周日，丹尼尔要去米斯利策的布道站服务，到那里大约为三十分钟车程。因为在自己教区的活动十点钟结束，米斯利策的布道便安排在十点半开始，不等最后一首歌唱完，丹尼尔就离开众人。他那辆破旧的斯柯达车就停在离教堂最近的空地上，他钻进车里，连长袍都来不及脱下。

这是四月的第二个周日，丹尼尔像往常一样，但汽车却发动不了了。他跳下车，掀起车盖。无论车子出了什么故障，他都没有时间修理。

祈祷室里的歌声传过来。丹尼尔注视着脏兮兮的发动机，更多在思忖教区里有谁能开车过来把自己捎走，而不是车子哪个部件出了问题。他都没有听见脚步声，身后有个声音问他："我能帮您忙吗，牧师先生？"

这个女高音他在礼拜的歌声里听见过。他回过身去。那个陌生女人，曾三次到教堂来听他讲道，总在最后一首歌声里起身，没等他来得及问什么，人就消失了。现在她微微低着头，仿佛躬着身子。丹尼尔注意到，面前的女人跟自己的第一任妻子一样，脖子颀长柔美。杂色毛线织成的毛背心，让她看起来别有韵味，至少跟教堂里其他的女性不一样。

"如果您有急事的话，我这里有车。"

"我有急事，但我不能劳驾您，需要半个小时的车程呢。"

"没关系，我正好没事。昨天我的丈夫出差了，不在布拉格，小儿子妈妈替我照看着。"两人边说边朝她的车走去。她告诉丹尼尔，她叫芭芭拉·穆齐尔，但大家都叫她芭拉。她来听他布道已经好几个星期了。

丹尼尔告诉她，自己第一次就注意到她了。又补充说："您第一次来的那个星期日，我的母亲去世了。"

"我很抱歉，但愿不是我给您带来了厄运。"

"您？我可不迷信。即使您没来，我的母亲还是会辞世的。"

"我母亲还活着，父亲早去世了。"她先打开了他那一边的车门，"汽车是我丈夫的。他比较虚荣，爱炫耀，所以我们买了这种带金属漆的日本车。我对这类东西倒并不看重。"

"真的很感激您用车载我，穆齐尔妹妹。"

"但我并不信您的那个教。"她回答，车子驶动了。

"我用了'妹妹'这个词，是否冒犯了您？"

"没有，为什么？有一个哥哥有什么不好，况且像您这样的哥哥。我只是想让您知道。"

"您是天主教徒吗？"

"不，我没有信仰。"她又说，"妈妈是犹太人，但她不去犹太教堂。爸爸也许在年轻的时候信仰共产主义吧，后来什么都不信了。我的丈夫也是如此。"

"您母亲在战争中幸存下来了？"

"她必须啊，只要我活着。我是在战后出生的，几乎十年后了。"

"当然，我只是想知道，她是如何幸存下来的。"

"在战前，她嫁给了我父亲。她十八岁就出嫁了，比我结婚的时候还小一岁。好在他们没有离婚，不像我。"

"刚才您提到了丈夫，他去了什么地方？"

"我再婚了。当然,很遗憾。对不起,我用了'伤神'这个神圣用语,很不应该,至少在您面前。"

"您尽管按平常的说话习惯好了。"

他们的车越过通往机场的分岔口,驶向城外。不远处的村庄被盛开的桃树包围。今年桃花开得早,过去的是个暖冬,仅在冬末冷了几天,现在,裹挟着雨或雪的浮云,往地面贴近。

"谢谢。我不太习惯跟你们这样的人说话。"

"我有什么特别之处吗?"

"我不习惯跟信徒,甚至讲道的人说话。"她明确说。

"每个人都有信的东西。"

"我知道,信某个频道或某个俱乐部;或者自己的事业,像我丈夫;或者信自己的国家,它就不那么糟糕了吗?"

"您为什么来我们教堂呢?"

"是啊,为什么?"

他们拐上了一条辅路,这里的树也都花朵绽放,远处显现了日普山。这让他想起了一年前在高速公路上的经历,坐在方向盘前的是露丝。公路从俄勒冈州通向内华达州,似乎周围的一切都开着花,有些树木或灌木他叫不上名字,然而在地平线上,冒出来的不是日普山,而是巨大的、梦幻般的、白雪皑皑的雷尼尔火山。他生平第一次出国,拼命想记住每一处景观的细节,就像他在生活中遇见的人们。而姐姐对捷克的生活充满兴致,甚至对他如何改变自己的地位也百问不厌,虽然她不信耶稣基督,也可能她不信自己的弟弟,是否真的信教。

他应该把思绪转向布道了,然而身旁的女人让他分心。她不像他的姐姐,更像他的第一任妻子。他意识到,她们差不多出生在相同的年代。但他的妻子早就静静地辞世了。如果她也活到了四十岁,会是什么样子呢?肯定不会像眼前的这一位那样描了眼睛。或许也会那样?妻子的着装会很素雅。她性格温和,甚至有点禁欲主义,也许他自己就是这样的。为什么要打扮得那么醒目呢？谁过于粉饰表面，通常是为了掩饰内心的空虚和无聊。

"我去教堂是出于恐惧。"她自言自语。

"恐惧什么？"

"恐惧什么？我说不清楚。人不必害怕明确的东西，就是害怕，害怕人，或者孤独，生或者死，更多是死。虽然日子一天天过，但我一点儿不希望活着。"

"害怕是人性的表现，穆齐尔夫人。"

"您这么认为？穆齐尔可不认可。他受不了我心情不好。他就认定，抑郁症只能他独有。"

"您结婚多久了？"

"唔，我算一下。跟萨姆埃尔已经快十五年了。我丈夫的名字来自《圣经》，这是他身上唯一神圣的地方。"

"萨姆埃尔不是圣人，他是古以色列的法官和先知。"

"这有可能，这方面我不太懂。我想说的是，我丈夫缺少一个维度。也许我不应该说出来，跟您谈论一个您不认识，也不在场的人，不合适。"

所谓的小教堂，是农庄里一间较大的屋子。门口已经等了一群老年妇女，还有两个穿节日盛装的男人，斜眼睨着这辆豪华的外国轿车。

他从车里出来："非常感谢。您不用等我了，我自己想办法回去。"

"我愿意等。既然到了这里，我可以听您讲道。难道您会跟在布拉格讲的一模一样？"

会议室里每排六把椅子，一共列了四排，就这样人也坐不满。丹尼尔在黑板上写下歌曲的数字，同时跟那些慢慢坐到最后两排的人打招呼。一共来了九个人，包括他的女向导。她依然站在门口，为什么呢？也许在这里觉得不自在，她的着装与村庄的教堂格格不入。

他坐到风琴后面，弹了一会儿前奏。凝神，他为复活节布道准备了《罗马书》。"我们若在他死的形状上与他联合，也要在他复活的形状上与他联合。"丹尼尔事先没有料想，他对着自己的向导谈起了她的焦虑。

然而，比复活的话题更让他不安的，是谈论临危不惧的爱，谈出于对人的爱走向十字架的耶稣。

"我们说到死后复活的奇迹，但我们不应该忘记，为爱而活意味着活的时候就复活了。"丹尼尔在布道过程中好几次把目光转向那个开车送他来这里的陌生女人。她一动不动在门口站立，身体微微蜷缩，好像是为了抵御迎面而来的严寒，或者他的话语。

等两人再次上车，开动起来，她问："您真的相信，死了的人可以重新站起来行走？我指的是死了很久的人。"

"这个……"

"这是神话，"她说，"不，请不要向我解释。至少现在不要。您认为，坐在那里的那些人听懂您的话了吗，或者将思考您跟他们说的？"

"我不知道。对于他们来说，这是一种仪式。他们在这仪式里成长。此外，信仰不是思考的东西。您可以思索上帝，很多人这么做了，但没有结果。甚至连诗人都感叹：'我思索怎能明白这事，眼看实系为难。'"

"您不思索吗？"

他犹豫片刻，回答："当然，我思索。"

"然而您知道，什么也思索不出来。对您而言，这主要也是个仪式吗？"

"不，我不是靠这个长大的。"

"您父母不信教？"

"妈妈是教徒，父亲——我不知道，人没有权利判断另一个人是信教或不信，尤其是提到自己的父亲。"

"我爸爸不信教,我已经告诉过您了。他是俄罗斯人称为'多余的人'的那种人。他一生做过的唯一一件真正好而且有意义的事情,是他娶了妈妈,在二战期间也没有跟她离婚,虽然后来动摇过很多次。"

"我父亲是一名医生,但在集中营中度过许多年,在纳粹时期和共产党执政时期。集中营经历让他崩溃。把这些经历与信仰公正和无所不能的上帝做比较,是很难的。父亲不相信存在某个更崇高的公正,他也不信一个人有灵魂。人有大脑,他常说:'大脑是自然界最伟大的奇迹,但灵魂特别脆弱——这就是大脑。如果大脑死了,还剩下什么?'"他停顿了一下。

"然而您还是从事了您在做的工作?"

"也许不是然而,而是所以。爸爸是个宽容的人。他允许我保留自己对世界、对人及其灵魂的想法。"

"他去世很久了吗?"

"十六年了。但他还是活了这么久……"他再次停顿,"在他去世的前几天,他对我说,在这个地球上,既没有神,也没有撒旦,天堂或地狱是人们自己造就的。大多数人在制造地狱。"

"您爱他吗?"

"就像每个人爱自己的父亲一样。"

她为什么问这个问题?为什么关心这个?

接近布拉格了。城市烟雾笼罩。人类生活笼罩在神秘之中。那上帝的存在呢?

"我不爱我父亲,"女人说,"他回家来,把双脚放到桌上,要求妈妈、妹妹和我伺候他。妈妈下班回来,满腹牢骚,受够他了。父亲把赚来的钱都投到了彩票里,几乎没有中过,即便赢了,又继续投入彩票。全家人靠妈妈养活。所以我很快就出嫁了,尽早远离这个家。至今他的阴影仍笼罩着我。他也很宽容,至少对我。他让我学习表演,也许他一辈子都没进过剧院。我言过其实了,他看电视。"

"您是演员?"

"不,我没有读完。因为山姆①,我读了建筑专业,不是技术类的,怎么说呢,我属于那种学院派建筑师。现今我在他的设计室里任高级秘书,给他的豪华建筑搞室内设计。但有时我也玩儿下,如果以前的同学给我电视剧里的小角色。"

他注意到她的肩膀在颤抖,仿佛在强忍哭泣。

"您没有不适吧?"

"不,没有。我有点儿冷。在村子里我被冻得够呛,您摸一下我的手。"现在她只左手握方向盘,右手伸向他。她的手腕上有一道又长又红的疤痕。彼得也有,他第一次去监狱见他就注意到了。彼得的疤痕更红,显然更新鲜。

"怎么发生的?"

"我已经厌倦了生活。"

"生活不是游戏。"

"我以为可以这样了结。人干吗活着,既然他不想活了?"

最简单的问题最难回答。

但他活下来了。她也活着。他触碰到她的手,果然冰凉。

"您把我的手焐热吧,"她建议,"我可以左手驾驶。"

她显然习惯于与另一类人打交道,而没有意识到作为牧师的他,握住陌生女人的手,实在勉为其难。但他不想拒绝她的请求,有那么一会儿,他把她的手握在自己的掌心里。

"也许我很傻,"女人说,"什么时候您给我说说,究竟是怎么回事,总有那么一天我也会死,我的躯体烧成灰烬,或者被讨厌的虫子啃啮,可是有一天它苏醒了,跟我永远不死的灵魂融为一体。我说得对吗?"

"也对也不对。"他松开了她的手,但他感觉,那触摸依然停留

---

① 萨姆埃尔的昵称。

在他的掌心,"这不是身体以物质的形式复活,甚至基督也是那样,当他向使徒们显形时,不是以其肉身,而是精神。"

"您总能设法把一切都解释清楚,"她说,"我指的是您善于给人讲道。也许缘于这个事实,您比我们众人更有智慧。"

"肯定不是这样。"他不应该跟这个女人同坐一车,既然坐了,更不应该触碰她。

二、日记摘录

售楼的钱汇来了。房屋由祖父建造,父亲继承了,后来从他手里被没收。父亲被抓走关押起来后,我们生活在贫困之中。我记得有一次在街上发现了一枚一克朗的硬币,我想,我可以用它买冰淇淋。这是一个致命的诱惑,甚至我已经走到了甜品店前,我还是忍住了。我把那个克朗给了妈妈,用它可以买来三个圆面包。

银行的利息额就超过我工资十倍。我把五万克朗寄给了耶罗尼姆团结组织和波斯尼亚。我还给儿童肿瘤所寄了钱,我的伊特卡——埃娃的妈妈就是被肿瘤夺走了生命。我的家人里有死于心脏病的,祖父和父亲都是,两人去世时年纪都不大。对祖父我几乎没有记忆。他是小提琴制作大师,我们家里留有一把,父亲一闲下来,没有去监狱的时候,常常拉那把小提琴。我可能从祖父那里继承了听力。据说祖父也拉得一手好琴,但在那个时候还没有录音机,只有名人才灌制录音带,像赫伯曼、西盖蒂或库贝利克。那个时期的人们的声音和小提琴的琴声,只能被沉默吞没。

如今什么都可以保存下来,但依然会被遗忘,就像那些被遗忘的中世纪论著。没有被遗忘的只是那些变成了时代标志的人。但他们还是无法永存。也许能驻留的记忆,还是那些怪诞扭曲的现实。

我卖掉了房子,不带任何感情,但我认为,房子对于我的祖父,意味着很多。他,一个来自卡罗维发利附近小村庄的普通工匠,给他唯一的儿子提供了教育，遗赠了他位于布拉格的房屋。我能留给自己的孩子什么呢？

＊　＊　＊

摘自 F 上校有关五十年代初对父亲审讯的回忆：有一次，他们把我带到了其他地方，而不是去德伊维采。也许是在鲁津或布拉格的某个郊外。给我上演了一出"游击队式的审判"。他们把我当作"间谍"带过去，头上套一个麻袋，双手捆绑住……我的脖子上套着绞索，他们宣称如果我不坦白，就绞死我。我没有什么可供认的。他们用左轮手枪顶着我的太阳穴，如果我不认罪，就杀了我。我没有什么可供认的。他们开枪了，但那把手枪是用来吓唬我的，我依然活着。审讯持续了几个小时。我几乎快站不住了，我口干舌燥，可能还在发烧，我求他们给我一点水喝，没有人理会我的请求……

父亲似乎从来没有讲过他被共产党逮捕之后，经历了什么。他只是说，这不适合讲给妇女或孩子们听。但他们也监禁了妇女，甚至枪杀了一个完全无辜的女人。也许父亲不想让我们把他看成一个英雄或受害者，也许他厌恶回忆往事。也许另有原因。

＊　＊　＊

玛格达的班主任给我打电话，说玛格达和她的朋友苏珊娜放学后坐到了窗台上，往过往的路人身上浇水。我怎么也想不到玛格达会做出这样的事情来。老师说，她向来是那么文静的一个小女孩，也许她应该另择女友了。

我问玛格达，往路人头上浇水有什么好玩的。她回答说，她没有往外倒水，只是往窗外扔出了几只蜘蛛，而那些蜘蛛也没碰着任何人，因为它们沿途就找到攀附的东西了。

但你看着苏珊娜拿水泼人了。

她没有泼别人，就泼了一个老太婆，那个老太婆总是冲我们嚷嚷，说我们在街上太吵闹。

一个老太婆就不是人吗？

哎呀，爸爸，就那么一小药瓶的水。

讲述的时候她咯咯笑了起来。

我意识到，最近一阵我基本上不怎么关心孩子们。我和他们住在一起，我说话、祈祷，或者提醒他们，就像例行公事。我已经不是埃娃小时候那样，与他们分享痛苦或者喜悦，因为我无暇或者做不到了。我肩负了太多新的责任，许多时间也花在照顾妈妈身上，但寻找外部原因没有意义，关键是在我身上出了问题。

如果说在我身上曾燃烧过火焰，我相信那是炽烈的，现在它逐渐熄灭了。我应该有所行动了，当务之急是要给孩子们更多的关怀。

* * *

不久前我考虑了自己行为私密的能力。对自己最亲近的人，我谈不上亲密，然而却跟一个陌生女人聊自己的父亲。我跟她讲的事情，从来没有跟汉娜说起过。我跟她谈到这些事只是出自感谢她搭载我吗？还是因为她让我想起了伊特卡？

有一会儿我想说，我的父亲活得足够长，让我在他工作的医院得以认识了汉娜，但我吓了一跳。出于对亲密的恐惧，抑或我不想提及自己的妻子？

我有谈论自己父亲的需求，自从我在那份名单上发现了他的名字。我惊呆了，当我读到他的名字和出生日期被列在告密者的名单上时。当时我的第一反应是，这一定是个误会。有多少人在发现自己亲人的名字时，说出的是同样的话？对亲人内心的隐痛，我们知晓多少？我相信他没有做任何有违自己良知的事情，至少在这方面，但我不能保证其他人是否也确信如此。我可以确定，所有人都知道这件事，读到了那份名单，发现了他的名字，现在都盯着我，等待我的解释，看我如何为他辩护。但我能告诉他们什么呢，在我自己都一无所知的情况下？

在名单里我还发现了我们教会的几个成员，其中有戈德特兄弟，那个对我总是面带仁慈微笑的人，他今天亦如此。

* * *

> 我独自在家
> 念完祈祷文
> 寒冷从窗棂吹入
> 家里的老炉灶
> 我打开炉门
> 在烈焰中看到
> 那些至亲的脸
> 平日已无法再见的
> 我的前妻，父亲
> 现在加上母亲
> 倾听他们的沉默
> 直到炉火熄灭
> 然后我重新在寒冷里
> 独自一人

* * *

昨天我呵斥了汉娜，因为她要我出门去倒垃圾，当时我正在准备讲道文稿。当我不能对身边最亲近的人行为和善时，宣扬上帝的爱又是为了什么？我们俩现在很少对话，也许是因为疲劳或者时间不够。或者她缺乏亲密的能力？肯定不存在什么需要我们否认，至少各自的行为上不存在。但同时我们尽量避免触及生活里更本质的东西。好像我们并不迷糊。

我压了将近一年的时间才决定告诉她，我在名单上发现了父亲的名字。如果我没有力量怀疑自己在做什么，我相信什么，我不会跟她提及。也许对于我来说很重要的东西，对她并不重要。她希望孩子健康，她带着玛格达遍访医生，为了治她的眼睛。马瑞克小时候经常犯咽炎，她一夜起来好几次，对埃娃也一样，只要她生病了。我要是病了的话，她一定也会起床照料我，好在我不生病。对我的母亲她就像对自己的生母，特别是最后一年，妈妈已经卧床不起，她想尽办法帮我照顾她。她全力地培养孩子，教他们干活，懂礼貌，说真话，谦虚待人以及做祈祷。在她生命中孩子们的分量最重，也许我排在他们之后。她关注我穿戴洁净齐整，不饿肚子，饮食健康，让我对生活满意。她知道我热爱音乐，建议我们去听音乐会，虽然自己在音乐会上常常睡着。当她看到我在读某一本书时，问我是关于什么的，就像打听我们的牧师课程讲了什么。等我开始给她讲的时候，她听着，但我能觉出她并没明白，只抓住了个别词语和句子，而我谈论的内容，激发不起她的兴趣，与她不相关，或者只通过我才影响到了她。我喜欢的东西她也喜欢，困扰我的事情同时也困扰她，但不找原因，于是我赶紧把话题转向她更接近的东西。

跟伊特卡，我们全身心相爱。我爱汉娜，我感激她与我同甘共苦，困苦或者艰难的日子更多。也许这一切都是因为我，我没能唤醒她隐藏在心间的东西。或者说，我没能唤醒自己？也许我缺乏与女性交流的经验。伊特卡的死让我惊悚，我仿佛陷入一个封闭的空间，我迈不出去，即使我结识了汉娜，即使我跟她共同生活。也许我们结婚过早，我们还没来得及真正跨越人与人之间的界限，找到真正的亲密。

如果缺乏亲密，缺乏那种把心底的恐惧向对方倾诉，那种把自己害怕、不敢承认、不敢面对也不想说出来的想法告诉对方的能力，这样的爱情垂死了。

* * *

彼得在下星期将被假释,至少他的律师是跟我这么说的。彼得因此心烦意乱。我最后一次去看他时,他答应我,等他出来后,将开始一种全新的生活。偷盗?再也不会了,牧师兄弟。自从我接受了您的洗礼,我就成了另外一个人。谁信了基督,一种新的生命就诞生了。往事已过去,您不是这样对我说的吗?他善于背诵记忆,笑起来很孩子气,貌似无辜之人。我表扬了他,告诉他我为他高兴,耶稣也一定为他高兴。

我意识到,我自豪是因为,也许我把一个正走向自我毁灭,走向邪恶的人,引上了正路。我告诫自己,我只是个纽带,人无法完全驾驭自己的情感。在电视上,我作为被邀的宗教节目嘉宾,也提到了彼得。我把他作为一个例证,说我们不能事先谴责任何人。如果我们带着偏见拒绝人,就像许多人,不仅拒绝那些犯过错的人,还鄙视所有的罗姆人,只因为他们跟我们不同,我们把这些人驱赶到一个我们可以谴责和指责的角落。与此相反,如果我们能够接受和相信他们,善意地支持他们,我们就会降低社会的邪恶。

* * *

一个非常逼真的梦。我看到我的父亲戴着枷锁站着,赤身裸体,头撞在一个桶上,桶是透明的,这样我就看到了父亲的太阳穴在滋滋流血。

然后出现一个身穿制服的看守,用长木棍击打那桶。爸爸蹒跚几步,倒地而亡。

当我在那份名单上发现了他的名字时,我下定决心要把一切调查清楚。抑或这是一个误会,警察设的陷阱,或者父亲设法缓解当时困境的一种方式。但父亲已经去世了,据说别人没有权利验证真相。也许我可以亲手调查出更多情况,但这需要太多的时间,而我在当时缺的恰恰就是时间。此外,我很害怕我可能会发现的结果。现在我知道,我之所以害怕可能发现的真相是因为母亲。我能把这一切告诉她吗?我能照常去看望她而对此只字不提吗?而现在,母亲已经去世,我只需要保护好自己了。我曾请求瓦格纳博士给我建议,在这件事情上我该如何处理。人有责任带着所有的尊严去安葬自己最亲近的人,安提戈涅都知道这么做。

三

彼得被释放的第二天,丹尼尔邀请他来家里吃晚饭,同时被邀请的还有罗伊奇科。他拥抱了彼得,表示欢迎,汉娜甚至亲吻了他。吃饭时,当他们一说到监狱时,她便赶紧岔开话题,起码,她不愿意当着玛格达的面提及类似的话题。晚餐后,她就把玛格达引开了。

她们离开后,罗伊奇科说了自己的想法,他似乎早有准备:"这就是差异。彼得行窃,他们释放了他,耶稣是无辜的,却被钉在十字架上。"

"这两者是无法做比较的。"丹尼尔制止他。

"就像您在星期天讲道时所说,彼拉多①向犹太人提议释放耶稣,这似乎有点不可思议。"

"你为什么那么认为?"

"我想说,那些掌权的人,在谁该被释放,谁该吊死的问题上,从来不听从别人的意见。"

"上十字架。"

"意思是一样的,但彼拉多大权在握。如果他真的问了,似乎他害怕那些叫喊的人。"

---

① 本丢·彼拉多,罗马帝国犹太行省的第五任行政长官,最著名的审判是判处耶稣钉十字架。

"也许他害怕，当时在犹太地始终面临叛乱。但除此之外，这是一个有趣的观察。"

彼得说："如今一切跟以往都不同了。彼拉多也许预计到了，站在他面前的不是凡人，而是救世主。今天人们鄙视无赖，唾弃他们，那为什么有人要问，谁应该被释放？而且没有绞刑了，今天只是把人关押起来，让他变成一个傻瓜。但如果有人问别人意见的话，他们会说，最好把所有罪犯直接吊死。"

"你把问题想得过于简单化了，彼得。"展开的话题让丹尼尔不悦。

"不，牧师兄弟，做得很巧妙。所有人都以为人性占据了上风。也许那样做真的会好一些，直接把一个人处决了，而不是像现在这样，把他摁到坑里，像土豆或甜菜那样。"

"人只要活着，总有希望。"埃娃插话。

彼得虽然也承认这一点，但他开始解释说，监狱的监禁条件还不是最差的，甚至时常可以和狱卒们外出。摧残人的是，身边总是些相同的疯子和变态人，无法躲避。相同的罪孽，相同的废话：被拘进来之前都干了什么？而且极尽夸张，现在尽管蹲牢房，依然可以轻易弄到钱、白粉和女人，要多少有多少。每个人都竭尽所能，为了让自己早日被放出去。但不可救药，过一阵子又重新进来。

"多亏您，我才第一次看清这种恐怖，"彼得转身对丹尼尔说，"我意识到，我生活在撒旦的世界里。"他越说越激愤，"没有人能想象那些人都能干出什么来：把人捆绑在一根金属屋梁上扔入湖里；抓住一个女孩强奸，然后剜去她的乳房。还有私下的钱财交易，在正常人看不到的地方！如果有人想除掉欠自己钱的家伙，只要找个杀手，给几千克朗就解决了。"

彼得挥挥手，好像在驱赶邪恶，他几乎在吼叫。他面部肌肉抽搐，脸上的伤疤通红。这个男孩需要吸引别人注意，就像那么多人需要作恶。要么克服邪恶，要么驱赶走。丹尼尔意识到，他自己孩子的面庞，那么洁净无瑕，一片童真。埃娃和彼得之间的差异，显然不是区区几年造成的。让彼得来家里是明智的，他给罗伊奇科，主要给自己的孩子增添了另一种威信。相对彼得，他们的人生经验是什么？黑暗总是吸引人。深渊、不贞和罪恶，要比顶峰、忠诚和善行更吸引人。

最好不要过多谈论彼得，尽快回到正常的生活轨道。

"你今天弹琴了吗？"彼得一离开，丹尼尔就问马瑞克。

"家里有客人，我怎么能弹啊？"马瑞克摇了摇头，长长的金发在脸上掠过。

"那现在去弹吧！"

"此外，昨天G弦断了。"

"帕格尼尼靠一根弦都能完成一场音乐会。"

"可我不是帕格尼尼，爸爸。"

"那你还剩三根弦呢。"

"爸爸，在物理课上讲到，"马瑞克转换了话题，"最近发现了如一千个星系那般闪光的类星体，而其中每一个都有数千亿个星星。"

"你相信吗？"

马瑞克耸耸肩："是老师跟我们说的，他相信，并始终提醒我们说：所以，请记住，我们是多么渺小！"

"你知道什么是类星体吗？"

马瑞克对天文非常感兴趣。也许正因此，常拿一些父亲无法解答的问题惹他生气，或者让他在无限空间里寻找另一个神，而不是那个人形化了的上帝。

"这是类星体的放射源，"儿子告诉他说，"以接近光的速度远离我们而去。"

"它一定已经很远了。"

"至少有一百二十亿光年。"

"你能想象吗？"

"有许多东西是人无法想象的。"埃娃对同父异母的弟弟说。

"爸爸,你还想了解关于类星体的知识吗?"

"多谢啦,我不知道我了解了有什么用处。"也许马瑞克真的对丹尼尔不以为然的东西感兴趣,或者更准确地说,是对那些不可思议的只需相信的东西感兴趣,可是他已经有自己的信仰了,"或者另找时间吧。"他补充说。

"我和罗伊奇科要一起制作双筒望远镜。"马瑞克宣布说。

"你把望远镜放在哪里呢?"

"放在阁楼上啊!"

"我们没有镜子。"罗伊奇科说。

"我们什么都没有,只有两个镜片和组装望远镜的计划。"

埃娃想知道,彼得是否和罗伊奇科一样,将住在他们家里,但丹尼尔事先已经安排好了,彼得将住在他的姐姐那里。

"住在我们家会更好一些,"埃娃提出异议,"他以前的那些同伙会去找他的。"

"埃娃,如果他想回到从前的那一伙人里,怎么都无法阻止。"

埃娃仅耸了耸肩膀,他意识到她下意识的不满。不,那个男孩最好不要留在自己家里。

晚上他和妻子一起外出散步。

整条街上空无一人,路边的汽车车身在灯光下模糊地闪着光,葡萄架后的金雨点般的葡萄黄润润的。汉娜挽着他的手臂。"我特别需要呼吸新鲜空气。我觉得自己老是被关闭着,就像那个蹲监狱的男孩。在我们医院出现同样的问题,没有资金购置药品、血液,甚至连买绷带的钱都没有。"这番抱怨似乎让她不好意思了,汉娜又开始讲起那个常去护士室的记者,他给他们描述曾经去过的中国和其他奇异的国度。即使多年生活在城市里,汉娜仍然像个乡村人。她喜欢听故事,她时常看电视,那些残酷的事情常让她愤怒。"那一定很有意思,亲眼看到那么多不同的国家和习俗。"

"你也想看吗？"

"不，那倒不想。我只是偶然想起了在护士室听到的故事。"

"我们可以外出旅游。"

"你指远的地方吗？"

"为什么不呢？你自己都说了，那一定很有意思。"

"你说话的口气，好像我们现在就可以去，因为我们有这个能力了？"

"有自由和金钱。"

"还是算了吧，不值得。"

"你为什么认为不值得呢？"

"是我不配。"

"也许这将是一份礼物。你快要过生日了。在几天后埃娃也将毕业。这对孩子们来说也是一个很好的体验啊。"

"孩子们连我们国家都不太了解呢。"

"人不可能了解一切。但这会很有意义，如果他在青年时期能有机会，从另一个遥远的国度观看自己的国家。"

"丹，你疯了。你真的当真了！等孩子们长大了，他们自己会安排的。"

"不一定非要去中国。我总希望到耶路撒冷去看看。"

"嗯，丹，既然你这么想，只要你高兴，那我们就去。不过埃娃还没有完成毕业考试，我也不一定能活到五十岁。"

丹尼尔注意到，她的务实阻碍了一切梦想，任何对日常行为的偏离她都不渴求，这一点深深触痛了他。他抱住了她，为了平息内心的不平静，而她马上扑进他的怀里，又迅速挣脱出去。"这可是在大街上，"她低声说，"如果有人看到我们这样，怎么办？"

四、芭　拉

　　芭拉去教堂是听从了女友伊凡娜的建议，因为自己日渐严重的抑郁症，虽然刚年过四十，她把这归因于年龄，加上不称心的第二次婚姻，还有生活即是无休止操劳的郁闷感觉。

　　事实上，受情绪波动和不定期的绝望之感折磨，在她的青春期就开始了。十七岁那年，她在家中的浴室里割了右手静脉。这么做不是因为失恋，没有确切的原因。幸而血管里的血液尚未流尽之前，被妹妹卡佳发现了。波赫尼采精神病院的医生问她为什么这么做，她无以回答。她真的不明白人为什么要活着，生活以死亡终结，除了死亡，没有别的通途，而且人们信仰的东西毫无价值，也无法实现。那么您认为，什么最有价值呢？精神科医生问她。她想回答说爱情，但这个词如此平庸，无处不在，根本不符合她的想象，又该如何描述，所以她宁愿沉默。但她对医生和母亲都承诺，她不会再做这种事情，也遵守了诺言。如果再被送到波赫尼采，那她真的会发疯。

　　她只对医生和母亲作了承诺，对父亲她没有吐一个字。她不爱父亲，最近几年里，她几乎不跟父亲说话。在她眼里，父亲微不足道：在保险公司工作，一身灰色制服，只会讲低俗无聊的笑话，拿起书也只读刑侦小说。她小的时候，父亲跟她的关系如同两极，父亲给她带回巧克力和蛋黄奶油泡芙的同时，常伴随着死亡的吓唬。

　　死亡会来找芭拉，如果她不听话，不刷牙，爬上窗台，走在街上不环顾左右车辆，或者芭拉哭鼻子不肯去幼儿园。

　　什么是死亡呢？

　　死亡就像黑暗，父亲给她解释，如果死亡找上某个人，那个人就再不能见到太阳升起，月亮也躲起来了，甚至连一颗星星也不再露面。

　　我真的会死吗？

每个人都会死的，父亲说。看见女儿被吓得够呛，父亲由衷地喜形于色。

不过你会死在我前头的，她说，因为你年纪大。父亲对她的断言出乎意料地笑了。

除了百无聊赖，芭拉还感觉自己一无是处，生存在世上卑微而多余。事实上她这种感觉没有理由，她的长相在女性中堪称出众：身材高挑、胸部丰满，在高中时就让她的同学艳羡。她继承了父亲柔软、含蓄的浅色头发，在阳光照射下，头发会折射出古铜色泽。眼睛随母亲，两眼相距甚远，深褐色，似山林蜂蜜那般。她很有表演天赋，嗓音优美，女高音。她幽默，厌恶一切被视作平庸的东西，不管涉及的是对话、服装还是艺术。她喜欢做离奇怪诞的事：譬如她与几个伙伴在闷热的夏日里会穿上冬装，头上扣一顶毛线帽，肩上扛着滑雪板，在布拉格的大街上招摇，引得路人们啧啧称奇。第二天她和朋友们又几乎赤身裸体倚在礼堂的窗台上晒太阳。她也喜欢喝酒，囊中羞涩的时候，喝啤酒对付，一有钱，偏爱便宜的葡萄酒，葡萄牙人或卡达尔卡牌子的。

在芭拉尚未成年的年纪，大约十三岁的样子，男人们就开始关心她，其中既有同龄人，也不乏那些可做她父亲的中年男子。但几次交往似乎没有与她对爱的想象吻合起来，付出的感情没有意义，更谈不上爱情和欣赏了。

芭拉在十九岁那年结婚，她自己觉得遇见了心仪之人，但把自己嫁出去，更因为她想离开那个家。菲利普，她的第一任丈夫，属于她父亲那一代人，但跟她的父亲完全不一样，这一点可能最吸引她。他从事的职业有趣而响当当，他是一个飞行员，会讲好几种语言，网球打得潇洒，还喜欢跳舞。跟她父亲的共同之处是，也喜欢谈论死亡，不是关于她，而是他自己的，他觉得总有一天会发生飞机坠落的意外。当他第一次跟她说的时候，她紧紧抱住他，乞求他放弃飞行职业，她为他担忧。她的忧心忡忡显然让丈夫兴奋，打那以后变成了他的癖好，动不动就给她讲述发生的空难，他哪个同事殒命了。

刚结婚的时候，她爱他，真的为她牵肠挂肚。头几个星期，她甚至跑到机场去接丈夫。丈夫也爱她，他为自己拥有这样一个年轻、美丽和可爱的女人深感得意。因为飞的是国外线路，丈夫经常给她带回昂贵的礼物（大多数人在国内见不到）。一段时间下来，他意识到了妻子的乖巧和奉献，远远超过别的女人，这大大满足了他男人的虚荣心：芭拉离不开他，是他完美的附属品。渐渐地他对芭拉冷淡起来，开始吹毛求疵，夸大她的缺点：做事不精确，没有目的性，缺乏女人的贤惠（只顾学习，不管丈夫），作为母亲也不称职：小萨沙常常整夜哭闹，弄得他睡不好觉，第二天没有精神上班，显然是她的过失。丈夫击毁了她最后一点自信心，等她发现，在她没日没夜照料丈夫和儿子时——至少她这样感觉——她的丈夫却在外面逍遥，和别的空姐调情做爱，还说芭拉咎由自取，让他感受不到家的乐趣。

芭拉怎么办？跑到母亲那里抱怨男人都如此不知廉耻，欺骗老婆，自私自利，对世界、对自己的亲人不管不顾？然而母亲对自己的丈夫是全心全意的，因为当初丈夫救了她的性命，她不会附和女儿对男人的概括结论。她让芭拉多一些耐心，女人都是那样任劳任怨的。

芭拉开始感觉到自己在世界上的无足轻重，这一次更是彻底的佐证，生活暗无天日。唯一的变化是，她有了儿子。这次她没有自杀，选择了离婚。不久，她又爱上了一个男人，那人的名字来自《圣经》，芭拉给他起了个绰号，叫他巴比伦塔的建造者。当时，儿子萨沙已经三岁了，萨姆埃尔四十三岁，比她的前夫还要大两岁，离过两次婚（这次离婚是为了她），两次婚姻各有一个女儿。芭拉嫁给了他，确信这次是出于爱情。她钦佩丈夫，很长一段时间里她相信自己找到了最完美的男人。为了丈夫，她不再学演艺专业，改学了建筑艺术。婚后的头几个月，甚至几年里，他们俩几乎每天都在一起谈论两人的工作，大部分是他的设计项目，在当时那个时代很有标新立异和大气的特点。他们也一起探讨和评价丈夫设法弄来的国外的专业期刊，她吸收了很多知识，丈夫掌握更多的话语权，这是他的领域，放眼世界上所有正在设计和建造的建筑。

　　大学毕业后，芭拉意识到，虽然他们都认同新材料问题，对预制板建成的居民楼是一种犯罪行为的看法也一致，但在根本问题上始终存在分歧：在她看来生活中最重要的是她所爱的人，而她的丈夫却把工作，或者工作成就，或者干脆把事业放在首位。与她的第一任丈夫相比，现在的丈夫更有修养，不粗鲁，但他越来越多地要求芭拉顺从他自己习惯的生活条理和秩序，其中包括她必须打理好舒适的家庭生活，保证他安心工作。在生活中丈夫留给她以及孩子的时间很少，没有什么激情，对继子更是无暇顾及，所幸的是他容忍那男孩在他的家里吃住。起初芭拉尽力满足这些要求，期待获得丈夫的赞许，她错误地把它跟爱情混为一谈。赞许没有等来，反而萨姆埃尔的优越感滋长了。她看出，她的第二任丈夫同样是自私的，只关心自己，而她仅是他的一个陪伴，一个年轻很多、无微不至照顾一个老小孩的母亲。

　　婚姻持续几年后，芭拉又出现了那种感觉，感觉生命在慢慢流逝，任何期望都无法付诸实现。她想，黄昏慢慢地来临，夜幕即将笼罩，她享受的阳光仅剩那么一点点了。

　　她开始想象越轨的爱情，一个目前不能确定，也许根本不存在也遇不到的男人：一个和蔼、无私、有智慧的人，绝不是一个只膜拜自己而把妻子视为母亲、全身心依赖的男人。但是，这些设想对她郁闷的内心于事无补，她再度陷入抑郁状态。她不愿意有出轨的行为，倒不是出于道德信念，而是恐惧，如果被丈夫发现，他会杀了她。丈夫天生嫉妒心极强，而且猜忌心随着年龄增大越来越重。此外，她不想伤害他，毕竟他们一起经历了许多美好，她曾那么爱他，在他身上也获益良多。

　　抑郁症开始的时候，她通常去找人扑克占卜，在占卜的预言里寻求安慰：诸如意外之财，让她心动的男人，甚至还预测她将面临新的婚姻。抑郁症很严重的时候，生活在她眼里索然无味，没有丝毫情趣，她还畏惧死亡。她想逃离，摆脱眼前的一切，开始新的生活。然而，怎样才算新的开始？她无处可逃，她已经有了两个儿子，孩子们离不开她，她也爱他们。

在芭拉成长的岁月里，她找到了几个闺蜜。心情好的时候，她会设法找一个空闲的晚上放松自己，她约海伦娜，她建筑艺术专业的同学。两人一般去酒吧，端起葡萄酒杯，悄声私语，能消磨很长时间。当她需要讨教育儿经验，或者在婚姻的绝望日子里寻求慰藉时，她常去找伊凡娜，她们曾一起在戏剧学院学表演。虽然芭拉半途中断了三年的学业，但她们俩的友谊持续至今。伊凡娜也几乎放弃了专业，结婚五年内生了三个孩子。她的爱好转向了顺势疗法。因此，只要芭拉焦虑到极点，她就跑到女友那里，女友给她开一些白头翁茎叶之类的草药，这些药物一般无济于事，芭拉服用起来也有一搭没一搭，其实伊凡娜根本没诊断出芭拉的症结所在。

芭拉自以为能准确说出自己的问题核心：缺少爱。

那什么时候尝试去教堂，会怎么样？在最近一次见面时，伊凡娜突发奇想，你从不去教堂吗？

芭拉去过教堂，那是很久很久以前了。

为什么呢？

因为，她不再信上帝，至少不再相信教堂里的讲道。小时候，她非常愿意相信。上学的时候也努力过，当时去教堂不仅意味着信奉自己的信仰，同时还表明自己对禁止信教的反感立场。后来有一天，她感觉教堂的讲道枯燥死板，似乎几千年一成不变。另外她觉得，那个男人或者上帝的象征，他在十字架上受难的痛苦表情，夸张了苦难和死亡。

正相反，她的女友解释说，十字架象征的恰恰是死亡被克服了。

十字架就像刽子手的挡板或绞刑架，在她眼里始终是暴力和残忍地结束生命的象征。

伊凡娜无意与她争论神学类的问题。但是，她去的那个教堂的牧师，是个很出色的男人，睿智和知性。每次听完他的讲道回家，有如沐浴般的清新。女友说，他是一个满怀激情、满怀爱的人，他才华横溢，会唱歌，会拉手风琴、写诗、作曲，还会雕刻。在旧体制下，他表现得勇敢无畏，有几年甚至被禁止在布拉格宣讲。也许那位牧师能诠释芭拉的疑惑。

在接下来的那一个周日，芭拉果真去了教堂，但她没有告诉伊凡娜，在最后一首圣歌唱起的时候，她悄然离开了教堂。第二个周日，她再次前往。当女友询问起芭拉对讲道的感悟时，她回答说，很吸引她，但仍然感觉自己无法信它。人们所信仰的，只是梦想着上帝来到人间，帮助克服死亡。她就是这样感知的，把梦想佯装为真实。在整个宇宙里，死亡是无法撼动的，任何牺牲都无法剥夺死亡的统领地位。

也许牧师此刻做不到像以往那样传教，一副魂不守舍的样子。当那次芭拉第一次踏进教堂，牧师的母亲刚刚去世，显然他无法抑制悲痛。伊凡娜还想知道，芭拉为什么要提前离开教堂。

怎么可以与牧师握手呢，既然不相信他所宣讲的道理？

可是，如果跟牧师本人聊一聊呢……

现在牧师正处在哀伤期，还是不要打扰他吧，再说她总是匆匆忙忙的，萨姆不会容忍她星期天上午玩忽职守，不呆在自己身边。

所以女友以为，下一次芭拉不能来了？

芭拉说，她也不清楚。她没有透露，她已经跟牧师交谈过了，甚至还驾车载过他，她也没有跟女友说，吸引她的不仅是迫切需要交谈有关爱的话题，甚至牧师的音色、他的手势，她从中感觉到了一种深深的忧伤或者抑制的激情。

五

一早起来丹尼尔感觉椎间盘不对劲，刺痛从臀部延伸至右腿的大脚趾。当初在易北河砂岩区攀岩时,他曾脚下打滑,把椎间盘扭了,直到第二天早上他才感觉身体出了问题,他无法弯下腰去系鞋带了。后来是在伊特卡搀扶下直起腰来的,走路时她也架着他,尽管丹尼尔一再拒绝。

也许是由此引起的疼痛,或者因为天气,秋天的烟雾毯子一般悬挂在城市的上空,但丹尼尔觉得,今天遇见的所有人,不是在呻吟就是在抱怨。一大早玛格达就向他宣布,数学可能会不及格,"完全不知所云,而且,"她责备说,"没有一个人能给我讲解清楚。"然后玛莎太太打来了电话,哭诉自己崩溃的婚姻。

丹尼尔应该躺到床上休息一会儿。但还没等他做出决定,瓦格纳博士出现了,据说想从图书馆借几本书。他很快挑选好了书,但并没有告辞的意思,而是开始抱怨社会陷入了最世俗的唯物主义,金钱、暴力和庸俗的性主宰了生活。"那些相信精神价值的人越来越少,除了教会,还有谁会给别人提供什么?"

丹尼尔可以反驳他说,甚至教会也不再能给人激情,反而那些疯狂的崇拜新救世主的教派,或者推基督使者为领袖的教派,很会煽呼人。为此人们愿意放弃所有的财产,甚至集体自杀。然而丹尼尔只是说,早期的教会预期了基督的出现以及对所有的罪人的无情审判。难道那些罪人还少吗?但是哪个人有权审判他们呢?

没错,这也是我想说的,律师附和道,尤其如果没有法庭,如果有人偷了花名册,复制一下,就认为这是该受谴责的行为。"我在考虑您的父亲。"丹尼尔终于明白了博士来找他的用意,他为什么迟迟不肯离去。

"在您的位置上我会任由这份名单尘封不动。毕竟这么些年过去了,真相也无法查实。"

"但是,某些文件、文书必须保留的。"

"不一定。即使保留下来了,他们在文书里写的东西,有多少是真相?"

"我倒很想了解一些背景情况。"

"您怎么想的,牧师兄弟?"在这种情况下,律师提供了两种可能性:要么在内务部找个人,说服他去查阅那些文件夹,如果存在的话。但这种事情不会是免费的;要么找到那些审讯丹尼尔父亲的无赖,问出当初是怎么一回事。

丹尼尔憎恨贿赂,去跟那些人谈话更让他厌恶。然而在这一刻,他必须把这些感觉置之度外。

律师一离开,罗伊奇科走进了办公室,穿着工作服。

"出什么事了吗?"

"我吗?没有!"罗伊奇科试图把残留在他工作服上的石灰掸到地毯上,"可在我们的施工现场出了事故。费多尔,一个年轻的俄罗斯人,从脚手架上摔下去了。"

"是自杀吗?"

"不是,至少不完全是,可他完蛋了。"

"你们叫救护车了吗?"

"那肯定的,可老板做手脚了,费多尔没有保险。至今他一直在打黑工。俄罗斯的黑鬼,嗨。"

"送到哪家医院了,你知道吗?"

"你们那家,就是您妻子工作的那家。"

"你想往医院打电话吗?"

罗伊奇科耸耸肩:"大伙都说,既然他没有保险,而且是俄罗斯人,医院不会管他的。"

"那倒不至于。"但他自己也不能确定。

"这不是玩笑,他不会捷克语,事实上就会说几个词,您可能不希望我在这里说。他只会几个干活时用得上的词,虽然他会说'啤酒''去你的',但听起来还是像俄语。据说他的父亲也在捷克呆过,作为一个士兵。"

"什么时候?"

"我不知道。"

"我能算出来。"

"我想，如果您给医院打电话，也许管用，我打的话，没人会搭理我。"

到床上躺会儿的想法已经是奢望，丹尼尔疼痛的后背，男孩子不感兴趣，他在等着他打电话。毕竟，他曾给他宣讲过爱你身边的人，现在他就是照此做的。他在表示关心，虽然他不必管。

他让罗伊奇科去换衣服，自己蹒跚着去吃了一粒止痛片。

他把车停在了手术楼前。

"你怎么来了？"丹尼尔意外地出现，汉娜总是很开心，她把他们领到伤者所在的房间。罗伊奇科从他旁边拉过一把椅子，开始跟病人说什么，用手，而不是语言。

丹尼尔盯着那个陌生男孩，他的父亲显然属于那一批在二十六年前被无功送回家的俄罗斯人。作为工人来捷克要比作为士兵来好一些，只是返回家的士兵毫发无伤，而这个浑身绷带、躺在医院里的人，脸上没有血色，嘴唇痛苦地咧开了，浅色的头发被汗水浸透了。

我们难道在为父亲的罪过受惩罚吗？我们在此承担着他们的行为所带来的后果。

汉娜把整形外科医生带过来了，丹尼尔从汉娜平时的叙述里已经认识他。医生很纳闷："您跟这个工人有什么关系吗，牧师先生？"

"没有，我们教会的一个男孩，跟他在一起干活。我承诺了给他打听伤者现在的状况。据说，伤者没有投保，这对你们来说意味着有问题吗？"

"这问题大了。刚才伤者的老板，那个无赖找我了。他有点害怕，愿意承担一些费用，但是当他听到手术所需要的花费时，马上就溜走了。他宁愿给他买一张回基辅的机票。"

"那么，您不给他手术了？"

"这将是一个相当复杂的手术。"

"费用很高吗？"

"加上手术后的护理，牧师先生，约二十五万克朗。只需二十五万。因为在我们国家医生的职业始终比石匠的活儿还要来得廉价。在德国的花费至少比这高出三倍。"

"那您不准备给他手术了？"

"牧师先生，我们承担不起手术费用。那个把他当作奴隶雇用的家伙，应该受拘留处罚，但我们国家对医生监管很严，不允许超支，却让恶棍横行天下。行了，至少他的老板将支付机票，两天之后他就能在基辅的医院接受治疗了。"

"手术推迟了行吗？"

"不是这个问题，我们暂时把他的一条腿固定住了。问题在于，基辅的医生会做什么处理？您不知道那里的医疗条件吗？您以为那里会对他是否将终身残废感兴趣吗？他们给他草草处理一下，然后他就等着喂兀鹫了。那还算不错的。"

"如果您在这里给他做手术，将来他还能正常行走吗？"

"我们会尽我们所能。"

"如果有人给他支付手术费呢？"

"我怀疑会有这样的人出现。"

"如果由我来支付呢？"

医生惊奇地看着他："您为什么要这么做，您甚至都不认识他啊？"

"您不也在帮助一个不认识的人吗？"

"这是我的职业。好吧，我理解您，您想说，您也有自己的职业。那我告诉您，不久前我们接收了一个患者，您这般年纪，腿坏疽。国外已经有治愈的药物，咱们国家还没有，而且很贵，需要近三千马克的剂量。这种药必须年复一年地使用。我们目前只有两个选择，截肢或者死亡。那个人无法相信，一再恳求我们保住他的腿。于是我就把那种药品告诉了他，让他赶紧去想办法，越快越好。他同意了。然后我告诉了他药品的价格，他号啕大哭起来，说自己无能为力。"

"那您给他的腿截肢了?"

"没有别的办法,不然还没等他筹到那笔钱,他就死了。我告诉您这件事,牧师先生,只是为了让您明白,在我们这一行做赞助人,如今只有罗斯柴尔德①付得起。"

医生说得当然在理,我意外获得的钱,在几分钟之内就可以挥霍一空。只要看看周围,满世界的人正在遭受各种各样的痛苦,就在我们身边。不过,丹尼尔说:"我认为,您还是在这里给他进行手术比较好,如果您同意我的提议的话。"

"我从来都希望人们康复起来,而不是把他们送入地狱。"医生还说,"我不能接受您的钱。至多一部分吧,其余的,我们来想办法。"

"具体的细节我们以后再谈,但我希望不要把这件事张扬出去,包括对那个受伤的男孩。"

医生耸耸肩:"这个不成问题,反正也没有人会相信这种事情。"

六、萨姆埃尔

建筑师萨姆埃尔·穆齐尔认为自己是个能干和规矩的人,是好丈夫,三个孩子的好父亲,他经历过两次婚姻。就其专业资质而言,他的大多数同行都毫不怀疑,尽管他的一些对手把他最著名和最壮观的设计视为对首都布拉格的亵渎。甚至现在还有人斥骂他如何在旧体制下投机取巧,但没有人当面指责他,所以他确信自己从来没有比别人做得更差,大部分人在他的位置同样会那样行事的,而且他的作为从来没有违背自己的"职业以及人类良知",至少他在一次媒体采访中这样宣称。

他大半辈子是在共产党执政时期度过的。政审调查问卷的简历里这样写着:"我出生在经济大萧条结束前的一个贫苦农民家庭,战争

---

① 罗斯柴尔德家族是欧洲久负盛名的金融家族,发迹于19世纪初。

结束后,我马上加入共青团,我从来拥护共产党的政策。"这段声明涵盖了他头十八年的生活,固然不假,然而,在接受报纸采访时,他已年届五十五岁,他没有重复一个细节,而是强调了他童子军的岁月以及以下的事实:他的父母从来没有加入合作社,他的叔叔在捷克斯洛伐克志愿团参加西线作战时曾负过伤。幸运的是,共产党政权垮台之后,他成立了自己的工作室,没有人探究他的过去,乃至他的信念。每个人都一心想着赚钱,对他的身世没有半点兴趣。

萨姆埃尔没有兄弟姐妹。他的母亲患有抑郁症,还有过度猜疑的毛病,即便独生儿子对她也意味着负担。她时常拒绝跟萨姆埃尔说话,更不用说亲抚或搂抱他了。父亲很少呆在家里,大部分时间在上班,家里没有什么值得他留恋,儿子的外表似乎让他看到了妻子,这样的生活真是苦不堪言。

萨姆埃尔的学习很差,在二战保护国时期开始上小学,斯大林政权时期读完中学。

斯大林去世后几年他大学毕业,当时,基辅的克列夏季克大道还位于列宁山上的罗蒙诺索夫大学,其建筑风格仍然作为前沿作品而备受瞩目。但是,当他亲眼看到那些建筑时,只感觉臃肿丑陋。他的毕业论文写的是战前苏联的先锋派建筑,他推崇革命后成立的新建筑师协会所提倡的大型无修饰平面以及抽象的几何状原则。他认为,这些要求成为灵感,实现了柯布西耶①的纯粹主义。

他也喜欢那种理念,像巴洛克典型的圈型风格,对于革命性建筑来说,它们应该呈现螺旋形,向上朝着人类的共产主义未来。他认为先锋派创造了真正的革命艺术,人们应该从中寻求灵感。

他像自己的一部分同龄人那样,刚开始也真诚地相信进步和社会

---

① 勒·柯布西耶(1887—1965),法国建筑师、室内设计师、雕塑家、画家,20世纪最重要的建筑师之一,功能主义建筑的泰斗,号称"功能主义之父""现代建筑的旗手"。

主义。他参加了两个青年大楼的义务劳动，与大多数其他志愿者不同的是，他至少在专业上得到了提升：不仅有机会接触到大部分的建筑流程，而且得以体验建设实践工作，并很快了解到自己的领域在现实与官方宣传之间的天壤之别。

他在第二个青年建设工地结识了卡特琳娜。她是医学专业的斯洛伐克姑娘。他很快让她怀了身孕，从工地回来四个月后就结婚了。可是两人从来没有一个共同的家，三年时间里，除节假日里能较长时间生活在一起，两人每个月只能见两次面。当他在建筑公司谋到第一份工作后，第一次分到了公寓，他希望妻子搬过来与他团聚，可遭到了拒绝，因为在此期间妻子已另觅新欢。

他的第二任妻子，也叫卡特琳娜，是个绘图员。这不是一桩门当户对的婚姻，他的妻子也意识到了这一点，以母爱般的体贴呵护来回报他，也认可他的大男子主义。这两点让他很受用，所以他的第二次婚姻是成功的。

随着年岁增长，他本性里的不可一世越发张狂起来。他提出凡事都要按部就班：在工作中对下属这样要求，在家里对妻子和女儿同样。他理解的秩序为守时，绝对遵从他规定的所有指令。他痛恨随性潦草的计划，早晨他在浴室里看到随便搭着的一条毛巾，甚至桌子上的一点点烟灰，都会烦扰他一整天。他认可的秩序也会与不可预期的事件起冲突，下雪，不速之客，磨蹭和考虑不周全，甚至危险的后果。

遵循秩序令他成为一个出色的组织者。你完全可以依赖于他，因为他的这个性格，他工作所在的设计研究所的经理们，一次次地原谅了他太过独立的行为，他随时都敢拒绝接受他认为不屑于承担的任务。

跟许多同龄人不同的是，他很快就理解到，建筑师无非就想建起造价低廉的建筑，而没有一个灵感不是来自腐朽的西方。于是他辞职了，设法弄来国外杂志，尽管他不可能实施他读来的那些信息，但至少他对世界流行的建筑艺术了然于心。六十年代的政治气候一开始松动，他便如愿实现了一些有趣的展览馆设计项目。

在他遇见芭拉的时候，他的大女儿刚刚出嫁，他第二次婚姻的女儿十六岁。

当时，他已经是很有名望的建筑师，不再接手居民区的设计，而只接文化宫、党校、实验学校、高级疗养院或者改建重要的历史建筑的大项目。他虽然只有四十三岁，但已经获得了一系列认可，甚至荣膺了国家奖项。

虽然他属于政权的宠儿，但他在精神上与之格格不入。令他失望的是，政权让他如愿以偿的东西太少，他曾怀着难于言表的愉悦在外国报刊上读到一篇文章，揭露他的欺骗性，尤其批评他的建筑设计缺乏创造性，大都丑陋无趣。他巧妙地躲避了政治职位，不仅是因为他不确定现有政权会持续多久，他更多担心的是行政职位会让他在工作上分心。

虽然他不缺钱，但他生活节制，不抽烟，偶尔喝点酒，为了不影响第二天的工作效率，他需要时刻保持头脑清醒。他打网球，在夏天与妻子和女儿，此前曾跟两个女儿去海边度假。他虽然身材不高，但体格魁梧，四十多岁了头发尚未花白。最有意思的是他的眼睛，浓浓的眉毛下，眼窝深陷，虹膜呈黄褐色，如狐狸一般。他擅长目光冷漠地盯着某个说话的人，似乎在倾听，实际上完全心不在焉。他喜欢的女人，或者喜欢他的那些女人，会以为自己很有魅力，令他目不转睛，以眉目传情，其实他根本无动于衷。

处在巅峰时期的他，觉得自己的妻子过早出现了老态。随着时间的推移，她对他及其社交圈子越发不感兴趣，了解越来越少。妻子的表达方式让他感到无地自容。在社交场合，同事及同行的妻子们显得那么年轻风趣，因此他宁愿把妻子扔在家里，而她也懒得去。

当初可不是他先开始追芭拉的，而是芭拉追他，在建筑师俱乐部第一次偶然的相遇，就激发了芭拉俘获他的热情。

因为芭拉可爱、美丽又年轻,时刻风风火火的样子,萨姆埃尔屈从了,他更换了女人,完成了从妻子——母亲到妻子——女儿的角色转换,而这种变化是如此具有革命性,也许会成为他生活中的一个重大改变,从此一发不可收拾。

七

丹尼尔为汉娜买了一只金手镯,作为她五十岁的生日礼物。
"我可不能戴它。"当汉娜打开小盒子时,她说道。
"为什么不能?"
"这可是黄金啊。它不适合我,我也没什么场合能把它戴出去。"
"今天晚上你就戴上吧。你不是不知道,我在一家中餐馆订了座位。"
"你是说过,但没有必要去那里,在家里我们就能吃得很好。"
"每天晚上我们都在家里吃饭啊。"
"正因为如此,而且如今去餐厅消费可贵了。"
汉娜不肯苟同他们已经致富的现实。丹尼尔喜欢她这一点,同时,汉娜不愿意接受变化,这一点也让他受到刺激。
"我想去餐馆。"马瑞克应了一声。
"我哪儿都不想去,"玛格达发了句牢骚,"我得学习,明天我们有数学测验。"
"你太傻了,中餐馆晚餐后还给客人送烤在甜点里的星宿呢。"
"马瑞克,占星属于迷信和愚昧。"他告诫儿子。
"现在,我们做什么都离不开算法。如果没有人给我解释一下,我一行都计算不出来。"
"算法?那是什么意思?"丹尼尔很感兴趣。
"这恰好也是我想知道的。"
"算法是对有限序列计算步骤的指令,通过这些步骤可以解决某些任务,即同一类问题,"马瑞克朗读出算法的定义,"算法是存在计算机程序的,"他补充说,"爸爸,你在办公室里有一台计算机的。"

"我是有一台计算机,但对于它里面的程序如何运行,我一窍不通。"

"这就是你的不对了。"

与此同时,玛格达翻出了教科书:"这是我要解决的命题:建立一个算法,以确定已知自然数 a 的数字和。确定个位数时,只能使用算术运算,并确定整除后商数和余数部分。"

"我一点儿也听不懂!"

"你瞧,爸爸,你也不懂吧。"

"我不需要懂,我已经不上学了。有趣的是,埃娃从来不需要谁给她解释什么,即使是现在,毕业考试就在眼前了。"

"因为埃娃聪明,因为埃娃总是那个最棒的,她遗传了妈妈……"

"玛格达!"丹尼尔厉声将她喝住。

"我和她一起来计算这道题吧,"马瑞克提议,"即使她是榆木脑袋,半个小时后也应该能理解了。"

在此期间,汉娜换好了衣服。她穿上了上一次在丹尼尔母亲葬礼上穿过的黑色裙装。这是她唯一的一套正式礼服,朴素却也相当老气。她的脸颊没有搽粉,她从不化妆,嘴唇上也不涂口红。脚上的皮鞋,即便仔细擦过,也无法掩饰那是革命前的样式。丹尼尔突然觉得,黄金首饰确实和妻子穿的这一身衣服不相配,或者,也许黄金根本就不适合她。他想让她开心,反而让她显出窘迫来。

"我的这身衣服是不是太肃穆了?"丹尼尔忽然问。

"现在流行黑色,"汉娜说,"就连许多年轻女孩也穿黑色衣服,难道你没注意到?"

"没有,可能我没太仔细观察小姑娘们。"

丹尼尔独自呆在房间里。他意识到,他对自己有一种强烈的不满。他不关心孩子们,不知道什么是算法,玛格达认为他偏爱埃娃。他送给妻子首饰,而非给她爱情,甚至连他试图挽救一个不认识的俄罗斯人生命的举动,也没有让他产生满足感;他觉得,那一行动并非发自内心,其中有些做作的成分,类似一个手势,通过它他想让那位陌生的外科医生确信基督之爱,或者,更确切地说,他那个手势是做给自己看的,以表明他多么蔑视金钱,能毫不在乎地跟它脱离关系。

一个极不正常的人,他在世界上能正常生存吗?

电话响了,丹尼尔不情愿地拿起听筒。

"您好,牧师先生,我是芭拉,"电话里女子的声音比现实中略显粗野,"不知道您是否还记得我?"

"即便我这个岁数,我的记性也还不至于那么差。"

"年龄是件可怕的事。我的出生年份让我感到恐惧,不过让我开心的是,每个人很快就会忘记它了。这个周日我没有去教堂,您没有生气吧?"

"不是每个人都有义务去教堂的。更何况,您跟我讲过,您并不信我们的信仰。"

"我说过那么愚蠢的话吗?我表示道歉。这段时间我丈夫已经盼着去我们的乡村别墅了。我不知道哪个周日我能从那儿跑出来。"

"那边的乡村没有唱诗班吗?"

"我不清楚,我也没留意过。"芭拉接着说,"教堂到处都是,但我感兴趣的是您的布道啊。"

"谢谢。如果我的布道让您有所收获,我深感欣慰。"

"从现在起,每逢周日我听不到您的布道了,"芭拉说,"其实,我打电话给您,是因为今晚我在电视里有个小角色的表演,八点十分在第一频道播出。不过,您也许不看电视吧?"

"我平时不看电视,但我想看到您的表演。只是,晚上我不在家。"

"您别介意。我也不知道我怎么想起来的,我有种感觉,好像我亏欠您什么似的。"

"您当然没有,应该说是我亏欠您,因为上次的行程。实在抱歉,我无法看到您的表演了,今天我们要庆祝生日。"

"您今天过生日吗?"

"不，是我的妻子。"

"那请您替我祝福她，祝她的生活里充满爱。也许您看不到我的表演，这更好，要不您可能会彻底地厌恶我了。确切地说，我演的是一个反面角色。请原谅，我耽误您的时间了。"

"没有耽误。我还是希望，您什么时候能抽空，在周日到我们的教堂来。"

"嗯，"她说，"我会尽力的。我一定来！"

八、书　信

尊敬的牧师先生：

在我的家里——可您并不知道我家的房子在哪里（除了汉斯巴尔卡还能在哪里呢？）——家人都入睡了。我辗转反侧，睡不着，抑郁症又找我来了，也许是这恶劣天气导致的，也许因为萨姆埃尔对我说，我毁了他的生活，虽然我尽一切能力让他在家里感觉惬意。萨姆埃尔是我的丈夫，也许您不记得了。

我决定给您写信，因为您在我心里是一个明智、善良的人，我还想告诉您，您善于聆听不仅仅出于您的工作职责，而是因为您是一个心中有爱的人，在您的布道里洋溢着激情。当然，关于爱，有说不完的话，大多数的人在不断地谈论它。您的话让人感受到诚意，所以我期待在每个星期天能再次听到您的声音。我现在回味着您的话，您的声音让我思念。我有许多问题想要问您。人应该怎么去做，才能生活在爱和自由之中，当他周遭的一切充斥了异样的东西：追逐金钱，为了自己的利益，大量的暴力行为，还有自私，男人的自以为是，为实现自我不惜牺牲最亲近的人？

现在，我为自己的大胆和冒昧感到吃惊。我不仅给您写信，还抛给您一大堆问题，这会耽搁您很多时间的，就好像我在教堂里没有听够似的。

如果您给我回复几行字的话,我会永远铭记您。

真诚地问候与仰慕。

芭拉·穆齐尔

*　*　*

尊敬的工程师先生:

我接着我们上次的谈话,关于那个刚从监狱释放出来准备受洗的男孩彼得·库贝克,我坚信他的性格发生了深刻的变化。您是那么和善,您提到他有可能在您美丽的花园里做园艺工作。因此他将在下周一来申请职位。对于他来说,这种露天的作业十分有益,毕竟,他有近两年时间是在监狱的围墙里度过的。我相信他会充满善意,但在刚开始您至少需要足够的耐心。任何被在监狱里关押过一阵的人,都具有很自我的个性,他的反应往往是意想不到,尤其是不恰当的,有时令人难以接受,但我们可以理解,当我们考虑到这样的人所处的环境,曾被迫与什么样的群体接触时。

我希望彼得不会给您带来麻烦,但不管何时发生什么问题,请您一定通知我,我会设法干预。

请代我问候您的夫人,并再一次接受我的谢意,为您对需要帮助的人伸出慷慨之手。

致真诚的问候!

丹尼尔·维德拉

*　*　*

尊敬的穆齐尔夫人:

您对我过奖了,如果论及爱,我只不过把耶稣使命中最本质的东西展开了。

我们的布道活动旨在找到真正的爱，使徒保罗比其他任何人说得要好："爱永远不会消亡。预言——它最终将止息；语言——那些将达到一个平台；知识将被克服。常存的，是希望、信仰和爱，但三者中最大的是爱。"

人应该怎样去做，您问我，才能活在爱和自由之中，当这些东西在周围那么少时？请不要期许我像那个理性的主人那样说话，或者能教诲别人如何生活。

生活在爱之中，也许是每一个灵魂健康之人的欲望。在以前的政权下最可怕的，是把基本的生活关系视为斗争和仇恨。然而，对许多人来说，这听起来是明智的，因为乍一看似乎生活在爱之中是做不到的。只要打开电视，看新闻头条、恐怖主义、抢劫、诈骗，还有那些在波斯尼亚和高加索地区的罹难者。且不谈我们的日常生活，如果我们生活在爱之中，我们有可能互相伤害、争吵吗，就像我们每天做的那样？我们能仅因为另一种信仰，甚至外表有所不同就憎恨某个人吗？

面对自己的欲望和期许，我们往往是失望的。为了不再次尝试找到爱并转化为行动，我们想出了很多取代的目标，我们投入事业，跟对手竞争，或者赶超时间，我们无法以别的来填补时间从而超越自己。不满足于自己的生活，往往寻找一个罪魁祸首，不在自身，而是在自身之外。以各式各样的命令、禁令和偏见来捆绑住内心。他们常常这样被压垮，一旦出现机会可以满足我们的期待，我们都懒得理会。那么，我们活着，慢慢灰心，用淡漠甚至仇恨取代爱。

您写到这个世界充满了自私、拜金、残暴和男性的自以为是。有时候，我对世界有同样的感受。我注意到，有人开始跟我说话，是因为他要跟我诉苦，而不是告诉我好消息。当我对陌生女性主动提出我可以帮她提袋子时，她会一脸惊奇，她想的是我想行窃而不是帮她。但这些都只是表面现象。有时我们会冒犯那些真正受苦的人。

在今天的世界上活得很容易,对此我已经不抱任何幻想,生活从来就不容易,尤其对于那些预期达到他们愿望的人。所以我每天清晨就权衡,什么是我的生活里真正重要的。如果坚持爱的生活,那么我将照此处事和行为。要深入别人的内心不易做到。但爱,生活在爱之中恰恰意味着为之努力。无论我们是否尝试朝着这个方向这么做,这取决于我们的决定,这决定恰恰来自我们的自由,指挥我们行为的无法剥夺的、内心的自由。

我写得太多了,这是牧师的通病,虽然我说的可能您自己都知道。我还要补充一点,真正的爱是跨越延伸的。我相信,是朝着耶稣的。伟大的神学家卡尔·巴特写道:"不信仰超然的真理,不信仰人自己无法创造的正义和爱,人类的生活就没有任何意义……"

祝愿您生活如意,心想事成。

致以真诚的问候!

丹尼尔·维德拉

* * *

尊敬的牧师先生:

您不知道,您的来信是多么令我感到安慰,您帮了我太多太多。在我的生活里,爱对于我来说始终是第一位的,即使我并未从他人那里得到过太多的爱。我不是一个公正的人,而我的妈妈却不是这样,一直以来她都很了不起,也许其他人对我会更好一些,如果我自己没有把一切都搞砸了的话。

我有丈夫,可以说他是一个事业有成、令人尊敬的男人,我出于爱才嫁给他的。我非常期望这份爱能够持久和存在下去,我一直这样期望并且对这份爱忠贞不渝,对自己的丈夫忠贞不渝,然而我在恐惧中看到,这份爱怎样地蒸发殆尽,被指责、争吵或冰冷的沉默所取代,只剩下一成不变的习惯:准备早餐、购物、做饭、打扫房间以及堆出一脸笑、佯装彼此依恋地一起访友或待客。我有两个儿子,萨沙,由于我的轻率让他在幼小的童年就失去了父亲;阿莱谢克,他还小,我决不能再让他失去父亲了,这一点我很清楚。

有时我在夜里醒来,忧愁包围着我,这我无法用语言向您描述。我焦虑,感觉自己在浪费生命,唯一的生命。我的日子,无法重复的每一天,然而我却在空虚中度过,在履行各种各样我绝大部分不想履行的职责中度过,在生活里没有爱,没有真诚,虽然在家里我为此进行过几次长谈。

有时我想振作起来逃离到某个地方,或者紧贴我的丈夫请求他:跟我在一起吧,你就属于我,抱住我,保护我。然而他沉沉地睡着,假如我把他弄醒,就会招来一通斥骂,说我令他生厌。对他来说我如同一个部件,家庭的某个部件,哪里需要就把我放到那里:殷勤听话的(打扫和做饭的)零件。但是在这一刻,我是否把自己的请求转向了正确的方向?您是幸福的,因为您可以祷告,有倾听您的人,或者至少您有信仰。这是一种安慰。这是一种希望。

您给我的来信和建议,那也是一种希望,同时我感觉到,如果一个人要按照您所建议的那样去生活,一定需要一种强大的力量,需要耐心和毅力。

您对我如此仁慈,让我有勇气说出自己的请求,我是否能够,并且请您允许我,时常可以来找您并与您探讨这些事情,尽管我不属于您的教区。我知道,时间是人所拥有的最珍贵的东西,如果您能给予我几分钟,我会永远对您心存感激。

您的芭拉·穆齐尔
写于我们似王宫般的腐朽的城市,
连共产党人和我的丈夫都无法摧毁的城市
于星期三午夜之前

*　*　*

维德拉，你这个吉卜赛人的使者：

　　我观看了你在电视上的风采，我直想吐。你郑重地建议大家用爱心去对待那些"可怜的"罪犯，甚至吉卜赛人！你没有和他们同住在一栋楼房里吧？而我有。你只要在路上遇见他们，他们的手就去摸刀。他们醉醺醺地在窗下冲你喊叫。如果没有光头党，他们会伤害我们所有的人。他们总有一天会这么干的，等他们的人数超过了我们，而这一天很快就要来到了。到目前为止他们没有动手只是因为必须有人养着他们。你已经忘了，你们基督徒都做了些什么？有多少人被你们烧死，仅仅因为他们坚持地球是圆的这一事实？

　　你们祝福了武器结果又怎样？让你的狗屁爱见鬼去吧，甭在电视上丢人现眼了，没有人对你感兴趣。

　　　　　　　　　　　　　　　　　　　　　乌斯季城的一位观众

*　*　*

亲爱的露丝：

　　你是知道的，我最不擅长写信。你远在天涯，所以在我看来，把在我们生活里发生的琐事告诉你似乎没有必要。那么，剩下的就是一些重大事件了。我对你隐瞒了一个关乎你我两人的重要信息。大概在两年前，一本捷克杂志刊出了国家安全部的告密者名单。这份名单是从非正常渠道获得的，并且它的出版未经任何官方确认。它包含了超过十万个人的名字：涉及在世的以及已经去世的人，包括那些明显出于名利签名的人和那些在监狱里被迫签名的人。在这份名单上我发现了我们父亲的名字——真实姓名、假名字以及出生日期。就这些，没有更多的信息，需要核实信息的话，只有出现在名单上的那些人才有权利。如果在此期间去世了，那就无计可施。你一定想象得到，当我看到父亲的名字出现在名单上时的感觉。我本想不告诉你的。这两年,我也听够了人们对整个事件的反感议论,我自己不知道该怎么去想。人们也谈论到错误地出现在名单上的人,或者有的人在一张没有意义的纸上签了字,之后也从未做过任何见不得人的事情。现在我觉得,我们该尝试为澄清父亲的名誉做点什么了,如果他是无辜的,就像我认识和记得的那样。我无法相信他为了自己获取某些利益或免遭苦难而去伤害别人。我忽然想起,在他从监狱回来的那些年,你作为姐姐可能对他了解得多一些,注意到了一些我没有看到的东西,甚至你从他那里听到了某些你认为不适合让我知道的事情。因此,我提笔给你写了这封迟到的信。

我经常想起你,可惜,我们是在母亲死亡的阴影之下相见的,没有足够的时间,让我们真正在一起度过。

你的丹

* * *

尊敬的芭拉·穆齐尔夫人:

感谢您真诚的来信。任何人,如果觉得有必要跟我谈"这些东西",我都欢迎。我附上一张工作时间表,您可以按照上面的时间在我的办公室找到我,它跟小教堂在同一座楼里。同时,请不要再提感谢之类的话,如果您不知道您想得到什么。

热诚地问候您!

丹尼尔·维德拉

* * *

尊敬的牧师先生:

我以为我会去教堂,但您了解我们这些异教徒。最后我们忙于别的事情，而不是为自己的灵魂服务。所以宁愿给您写封信，您也许已经猜到，关于那个年轻人彼得·库贝克，在您的推荐下，我接纳了他，安排他和车主一起出车。我对那个年轻人没有成见，他只是让我有点担心。我长话短说：库贝克想好好地工作，但他不喜欢这份工作，他有别的雄心壮志。也许您会称之为精神层面的修炼，但我觉得并非如此。您知道，这是一个很帅气的小伙子，有一张端正的脸和一个黑暗的过去。我雇用的大多是妇女，其中有的还很年轻。不，不要认为他诱惑她们做了错事，如果有几个女孩让他倾心，这是正常的，但是他常给她们讲道，在上班的时候。您知道，每年的这个时候，花园里的活儿忙不过来，他不管任务不任务的，拉下引擎，开始谈论圣灵、爱的生活与社会，认为每个人都应该改变生活。他感觉，自己被召唤了，开始了这种改变。女孩子们茫然地附和他，这让他忘乎所以。但是我的田垄长满了杂草，康乃馨也干枯了。或许，牧师先生，您跟他谈一下比较好。请给他解释，他去花园是为了工作而不是给女孩子们讲什么圣灵。

祝您一切顺利！

您的布瑞基斯拉夫·赫岱克

第三章

一

苏库普坐在丹尼尔的办公室里近一个小时了,两人无法谈拢。
"牧师兄弟,您在谴责我!"
"我从来不谴责任何人。"
"我知道,但是您认为我伤风败俗。"
"准确地说是不负责任。"
"您针对孩子而言?"
"针对所有的事情。"
"可您知道,我不是一个不负责任的人。"不久前苏库普刚刚当选为印刷公司管理委员会主席,这个职务在他心里分量很重。他现在每天都穿着白衬衫,即使在当下炎热的六月天里,他还身穿西装,系着领带。

"人也许在工作中会承担更多责任,但是对自己亲近的人则未必。"

"牧师兄弟,如果您知道那一个个不眠之夜,您就会相信,在我做出这个决定之前承受了多少煎熬。"

"我相信您。"
"玛莎是我生活里第一个女人。当时我对生活还懵懂无知。"
"那个时候也许是,但现在您是四个孩子的父亲。"

"可是，牧师兄弟，我应该怎么做？我已经不爱她了。"

"一个人爱谁或者不爱谁，在于他自己。"

"不，我已经无能为力了。她简直让我无法忍受。早晨，当我看到她萎靡不振、泪眼婆娑看着我的样子，一整天我都心情不爽。"

"她是因为您才崩溃的。"

"因为她自己。她不属于这个时代，不属于任何时代。她就像，牧师先生，请您原谅我这么说，毕竟她还是孩子们的母亲，她就像块抹布。"

"也许她没有得到您足够的关心。"

"您可不能这么说，她想要的我都给了。"

"也包括爱？"

"尽可能，也包括爱。"

"您对她难道没有些许同情？"

"将就的话，我曾经有过，但现在我只有厌恶。她妨碍了我的生活。"

"这些话已经很过分了。"

"牧师先生，是您逼我说出这些话的，因为我感到您在内心里谴责我。"

"我从来不谴责任何人。孩子们什么反应？"

"孩子们跑来跑去，哭哭啼啼的。将要发生的一切，让他们害怕。那个最小的，小不点儿，不停地恳求说：你们不要吵了。您觉得这还像个家吗？等我把孩子们带走，他们会过得更好。"

"没有母亲？"

"她是个不称职的母亲。像她这样的人，没有任何可取之处。"

电话铃响起。

"请原谅。"他对苏库普致歉。

"我是芭拉，芭拉·穆齐尔。您还记得我吗？"

"当然。"

"您在给我的信中说，我可以去找您，最好在星期一或者星期三。"

他感觉那个女人没有必要如此叫嚷，连坐在对面沙发椅上的人把她说的每一个字都听得一清二楚。"当然。"他尽量用没有感情色彩的官腔回答。

"就是说，今天就可以？"

"您多久以后能到？"他看了看手表。

"这取决于我到您那里的车程。"

"那好，您过来吧。"他很快挂上电话，生怕她再说什么。

"那我告辞了，牧师兄弟，反正您不理解我。"

"理解并不意味着认同。"

"那您谴责我吧。"

"我从来不谴责任何人。"他厌倦地重复道。

"在你们眼里我是个破坏家庭的人，我触犯了好几项戒律。"

"我们所有人都时常会触犯戒律，但是您不能让我为您的举动欢呼。"

"有一些戒律，很难不触犯。"

"我们今天不是来评判戒律的。"

"对，我知道。但是有些人，能动手杀死那些碍事的人。毕竟平和地分手更好吧。"

"那肯定。最好是在和谐中生活。"

"这已经不可能了。"

"好了。您凭良心而为吧。您要有这个意识：人的行为有一天会有因果报应。"

苏库普当面致谢，从沙发椅上起身。他脸色惨白，紧闭的嘴唇几乎像消失了一般。

丹尼尔记得他，当时自己还是青年团成员，他们在夏令营相识。一个热衷近乎狂热的《圣经》解说者在竭力证明，若不依照十诫生活，便不能成为基督徒。马丁·哈耶克同他争论，说这样的话世界上恐怕一个基督徒都不存在了。这是多少年前的事了？至少十五年了。人们甚至记不起上周发生了什么，记性好反倒不利。

他脑子里突然一闪，这个人没准有一天真的会杀人。最可气的是，他还会要求其他人理解他，他只不过在消除他生活道路上的障碍。

有人敲门，随后那个女建筑师走了进来。在这样的热天里，她身穿短袖衬衣，半身裙长及脚踝，光脚穿一双磨了边的帆布鞋。他的访客黑裙白衫，肩上挎着黑布包。

她在会客桌旁边的扶手椅上坐下来。"我总算到您这儿了，"她说，"过一会儿您会后悔，当初应该回绝我。"

"我没有逃避的习惯。"

"是的，您也许不能那么做。你们是不可以撒谎的，但是您可以推说没有时间，或者我在您这儿没有什么可说的。我会十分感谢您。"

"您在等我回复您说您没有什么可说的吗？"

"不，我不希望听到这句话。"

"那就不用感谢了。没什么可感谢的。"

"有。您自己的烦恼够多了，您一定已身心疲惫，为了日夜倾泻而来的思念。"她从包里扯出白手帕，紧张地揉搓着，同时死死地盯着他。她有一双像闪米特人那样的大大的、深棕色的眼睛。这样的眼神让他不安。

"有更累人的活动。我所做的这一切，是我自愿选择的。"

"可我真的不希望错过。我有一份有意思的工作，忠诚于我的丈夫，优秀的孩子，出色的女友，还有慈祥的妈妈。我曾经想成为演员，可后来决定从事建筑设计，至今在做，也有点儿成绩。其实我是个幸福的女人。"

"幸福的人不多。"

"您不幸福吗?"

"我不抱怨。"

"对不起,我问了这么愚蠢的问题。我只是想说,处在我的位置上,许多人都会感到幸福,我意识到,命运还是眷顾我的,我应该说上帝,既然我坐在教区牧师的办公室里。那幅画上是考门斯基吗?"

"是考门斯基。"书架上还有两尊小雕像,他很高兴,她显然没有注意到。

"属于你们教会吗?"

"不,不过这好像不重要。我不以人们隶属哪个教会来区分他们。"

"那您如何区分呢?"

"我尽量不去区分。"

她从包里拿出一盒香烟:"和我一起抽一根吗?"

"我很久不吸烟了。"

"这我想到了。您介意我抽烟吗?"

"您自己不介意就行。"

她点燃香烟,把烟圈吐向一边:"那我请教您,既然您在给我的信中写到了爱,您对这个词怎么理解呢?"

"这个无法准确回答。每个人对这个词的理解都不尽相同。"

"但是您是怎么理解的?"

"比如说甘为另一个人牺牲,或者奉献,或者当一个人需要时,能够伴其左右。"

"这也是一种奉献。这样的爱是单方面的啊。如果每个人都想去牺牲或者去奉献,那就不存在可以为之牺牲和奉献的人了。"

"这也是摆脱忧虑的途径。"

"从何而来的忧虑?"

"孤独,死亡。"

"但是您首先爱上帝,基督。我没有说错吧?"

"应该是上帝爱我们。至于说到我们的爱，我更倾向于对人类的爱。我想，过去和现在，耶稣也始终如此。"

"从哪儿看出耶稣爱我们？"

"耶稣牺牲了自己的生命来拯救人类。"

"很多人都牺牲了自己的性命。但是这个很早就发生了，从那时起是如何表现出来的呢？"

"他的牺牲至今有效，依然在产生影响。"

"您怎么知道的？自那时起发生了多少恐怖的事情啊！"

"您说得对。有些事情确实很可怕，我都不敢想象。但我还是相信，他的爱在延续。"

"普通人的爱可以持续一生吗？"

"我觉得可以。"

"您也常说，当我们和某一个需要我们的人在一起的时候，爱就体现出来了。我想认识一个能够这样爱的人。"

"目前您还没有遇到吗？"

"没有，还真没有，除了我妈妈。但是那样的人我没遇到过。假如有的话，我就不会来这儿了。"

"来这儿，您高兴吗？"

"您指现在，在这儿吗？"

"我指，在世上。"

"此时此刻我很开心——别的，我不知道。或者，有时候开心，有时候不。我也曾经决定在世上消失。我没耽搁您时间吧？"

"没有，我给您的来访预备了时间。"

她又点燃一根烟。她的手指纤长，连这一点跟他的第一任妻子都很像。

"在我十七岁那年，我在一个乐队里唱歌，这是很久之前的事了，但我还要从更早的时候说起。那时候我真的很小，夏天我们会去离塞德羌城不远的小乡村，不知道您是否知道那个地区？在什么地方其实并不重要。那里住着一个肮脏的神经兮兮的罗锅儿,常年穿一双沾满污泥的雨靴,他双手乌黑,汗毛长长的,像大猩猩。他猎杀鸟类,小红尾鸲、鸫、燕雀等等。只要看见树上有鸟窝,他就会爬上去,拽出雏鸟,拧断脖子,一把扔到树下。我特别怕他,一见到他就哇哇大哭,妈妈不得不把我抱在怀里,那时我五岁。"

"人们就听任他胡作非为吗?"

"可能制止过他,但不能因此把他关起来,那个时候也没有这方面的法律。也许至今都还没有,即便应该有。也可能他已经不这么做了,更可能不在世了。为了不耽误您太久,我接着讲。我在乐队里唱歌,一个在我们乐队弹班卓琴的小男孩,去了趟墨西哥,从那里带回一样很奇特的东西——蘑菇。是干蘑菇,可以吃或者当烟抽,也能用它煮成饮料。味道很苦,没有一点儿蘑菇味。我们所有人都尝了这蘑菇,然后每个人都产生了一种美妙的幻觉,有做爱的欲望,只有我做了噩梦,梦见自己已经不是人,而是鸟窝里的一只雏鸟,我看到了那个恶心的家伙,他挤过树丛树杈逼近我。我开始出奇地害怕。"

她的眼中突然掠过一丝恐惧。在叙述的过程中,她的身体向他倾靠过来,他能闻到她的体香。蓦地她一把抓住他的手,握得那么紧,痉挛一般:"据说我开始尖叫起来,没有人有办法让我安静下来,我破坏了他们的蘑菇宴。我为什么要说起这个呢?因为,对我来说,有时活在世上不容易。真的不易——那个罗锅儿突然跳到我面前,掐我的脖子。我不需要吃什么蘑菇,只需在夜里,在黑暗中醒来,我知道,这件事早晚要发生,死亡会找来,掐住我的脖子,没有人,任何人都救不了我。我耽误您时间了吧?"

也许现在她的体内有某种毒品,他想到,要不她不会痉挛似的摁着他的手。在死亡面前人人都会逃跑。他也逃跑,只是选择了另一种逃避的方式。

"没有耽误,您是因为这个来找我的?因为那个恐惧?"

"都有,您别生我的气。我丈夫说我歇斯底里,也许我有一点,但我只偶尔发作。请告诉我，这一切都意味着什么？"她总算放开了他的手。

"您指什么？"

"生活。我活在世上，不，别告诉我这是上帝的旨意，因此父亲在某一天让我降生在这个世上，因此几十亿的人生出越来越多的孩子。这不会是上帝的旨意吧，这样的话，上帝的脑袋里必须装计算器，只是计算器没有爱的能力，那么这样的上帝有什么用呢？"

"不要纠结于这样的问题了。上帝是常人无法想象到的，他的旨意亦如此。"

"而您知道上帝存在，尽管他是无法想象的，尽管对上帝您也无法确信。"

"世界上或宇宙中有许多无法想象的事，但我们依然相信其存在。上帝并不比宇宙更容易理解，而宇宙也不比上帝更好理解。"

"您认为这样好吗？"

"我没有这么说，但是事实如此。"

"对此我会思考一下。我不能再用别的问题烦您了。"

"您没有烦我。人们大都害怕问太直接的问题。"

她站了起来："您不会生气吧，我耽搁您这么久？"

"我没有理由生气。"

"您太客气了。"她把手伸给他。

"您开车来的？"他问。

"不，车子是我丈夫的。只有他用公司的车时，我才能用他的日本车。我一般都坐公交车或电车。"

"如果您允许的话，我开车送您。您知道的，我欠您很长的一个车程呢。"

"您什么也不欠我，"她说，"而是我亏欠您，您那么耐心地回答我那些歇斯底里的问题。"

车站旁边有个卖花的小亭子。他停下车，没熄火，选了三朵深红色的玫瑰，重新回到车里。"您住在汉斯巴尔卡区的什么地方？"

"您居然还记得？是的，在芭比街。您只需把我送到公交车站就可以了。"在车上她问道，"您觉得，我什么时候还可以再来打搅您？"

他回答说，如果她觉得有益处，自然可以。

"谢谢您。那您再告诉我什么时候可以过来。"

"只要您时间合适，就来吧。"

"具体呢？"

"一周之后的星期一？"

"好的，周一很合适，我丈夫经常下午开会。几点钟呢？"

"您自己定吧。"

"那么两点好了。"她提议。"我不知道说什么好。"当他把花递给她的时候，她说。

"我没有别的意思。我只是觉得，我能感同身受，当您说到那个恐惧的时候。"

"已经许久没有人送我花了。"意外地，她亲了他一下说，"谢谢您。不要离开我！"

二、日记摘录

彼得把以前茨冈狱友的妹妹带到了青年大会上。她叫玛瑞卡，大约十六岁，看起来却起码有二十了。第一次赴会她几乎没有开口，眼睛光盯着地面，不敢看人。可是，当大家开始唱歌的时候，她迅速抓住了旋律和我们一起唱了起来，没有半点走音，尽管她的嗓音，我不知道如何来形容，也许最恰当的形容词为：野性。

我曾担心其他人不会接纳她，好在大家对她都表现出友善，称赞她歌唱得好。年轻的戈德特在分手时说，期待下次再相见。我问她跟我们在一起的感觉如何，她说好。

　　　　　　＊　＊　＊

　　一种我无法理解或者无法接受的状况出现了。当穆齐尔夫人进门时，我感到有一种特殊的期盼，这与我的布道和我的职业没有联系。我看着她坐下来，内心激动起来。我对自己说：黑蝴蝶还是蛾子，是死亡的头蛾。我还给她买了玫瑰，是出于同情还是为了引她对我感兴趣？或者我给自己解释说，现在我有能力抛撒鲜花？

　　不忠的行为我从来没有过，起码没有那种真实的身体接触，然而在精神上呢？即使那种我也回避，但面对自己我不能否认，有时陌生女人让我感觉愉悦，她们吸引我。伊凡娜夫人来教堂已经十多年了。我记得她第一次出现时，我惊讶于她的外貌，纯净、典雅、具亲和力，当我第一次与她对话时，她的声音也震慑了我。

　　我从来没有触碰过她，但那几个月里我感觉自己的讲道首先是为她准备的，其间我不断往她坐的地方打量，频率超过其他地方。不妙的是，我觉得我也在吸引她，看得出来她跟我说话的样子跟其他人不一样。别人处在我的位子上，可能会很难把持。我的自制力来自我的信仰？我的地位？或者干脆是那种信念，让汉娜失望是不道德和不公正的？

　　我没有尝试去拥抱她，在梦里却拥抱了她好几次，在梦里我甚至上了她的床。当我醒来时，我感到惭愧，好像我有力量和能力控制梦境似的。然而，梦展示的难道与我们心底的愿望或焦虑不是一回事儿吗？

　　然后还有白天的梦想与潜意识。几天前，在我给新雕刻的作品打磨脸庞时，我惊讶于雕像与她如此相像。窄而狭长的脸庞，性感的嘴唇，眼距较宽，高高的额头，鼻子，挺直的鼻梁让人想起阿芙罗狄蒂（维纳斯）雕像。我惊讶地发现，这个面孔跟我以前的雕刻作品的面孔不再相似，它呈现出那个前来探讨爱情话题的女建筑师的特征，她在告辞的时候，提出了一个不寻常的要求：不要离开我！

* * *

埃娃最近很奇怪，像在梦中一般。晚上全家在一起唱歌的时候，她要么不开口，即使开口唱了，也是一副魂不守舍的样子。她推说必须准备毕业考试，事实上，我走进她的房间时，她面前摊开一本教科书，可我注意到，依然是昨天的那一页。

我送给她的那件毛衣她穿了好几天，后来就看不到她穿了。我问她为什么。她涨红了脸，说是把毛衣丢了。

在哪里丢的？

在学校里，在体育课上。

我觉得蹊跷，但又觉得不能瞎猜想，她不会做那样的事情。后来我们没有再提起毛衣的事。

* * *

一百二十亿光年，马瑞克曾经说过，不知他是否想到，与我们生存的时间片段相比，这是何等难以想象的时间域？两千年以前发生了奇迹：上帝把他唯一的儿子，他自己的一部分，整个自己派往人间，那么久远，又似乎在不久前。奇迹在宇宙的维度里，或者仅在这里，在我们人类的尺度中？但是到什么程度是我们永恒的维度？我们做关于永恒的上帝的梦，或者反过来，我们是上帝的梦，而我们根本不是？

马瑞克当然想以某种方式渗入时间的深度。不是冥想或沉思，而是通过观察。他跟罗伊奇科制成了一架望远镜，看起来像一个火箭筒或者小火箭炮，两个男孩欣喜万分。罗伊奇科热爱模型制作。柜子上立着好几架飞机和阿波罗飞船模型。马瑞克钦佩罗伊奇科。两人都对与物质相关而不涉及精神的东西更感兴趣，也许是年龄的影响。但我记得，在我十四岁时，我整天趴在书本里，甚至登山在我眼里也是一种让人远离世俗的行为。

我不否认马瑞克爱动脑筋,但他急于草率地下结论,也过于自信。有一次,当时他还不到八岁,我发现他在浴室里,手上拿着一块手表,目不转睛地盯着。我问他在做什么。他解释说,他把盥洗盆里注满了热水,把一杯冷水放进去。现在,他在测量需要多久玻璃杯里的水会热起来。

我称赞了他的好奇心,他说,等他计算好之后,要把结果发给报纸。我奇怪他为什么要寄给报纸。

为了让所有人都知道啊。

我说,虽然他的实验很有趣,但报纸只刊登重要的有意义的事情。

可是,这是一个伟大的实验啊,他反驳我,还没有人想到这一点呢。

最近一阵他在天文学和生态学之间徘徊。关于核电站、臭氧洞和温室效应,他想知道我的看法。他认为,我们不应该买任何用塑料包装的东西,在祈祷室不应该点灯。在我宣布打算给家里买一辆新车时,他也表示抗议。

我说,汽车我不会经常用,但有时我确实需要它,例如,周日我连续在不同的地方有宣讲。

那就不要连续!他劝我。

我不能光写批评他的一面。他和罗伊奇科一起去看望了费多尔。我问他为什么要这么做,他这样解释:"他在这里没有亲人。"据说手术进行得很顺利,费多尔很高兴。他曾担心自己会成残废。

"请告诉我,'残废'这个词俄语怎么说?"我问。

"一样的词呀。"他以一贯的自信回答。

我找出捷俄大辞典查阅。自然,俄语单词是不一样的。

* * *

在系里,我的大多数同学都来自于传统上信奉新教的家庭,有些甚至是牧师的孩子。

在我们家，父亲能够容忍母亲的信仰，因为他在信仰问题上比较宽容，然而在不经意间他也会透露出，神于他而言仅仅是人们主观的臆造：人类创造了神，而不是恰恰相反。

对于许多事，我的同学们习以为常，我却不得不自己求索答案。我总是执拗地希望父亲不再发出怀疑的声音。但同时我也没能激发对一系列问题的兴趣，这些问题几个世纪以来让教会的神父们，甚至出乎意料地让我的一些同学感到不安。为这些问题争论不休究竟有什么意义？堕落的天使能否改正自己的过失，死亡是否是原罪的结果，抑或是人们究竟服从于单重还是双重的审判：对肉体的审判和灵魂的审判？

最困扰我的是有关耶稣的形象和他划时代的使命问题。有那么一段时间，那时我大概还不到二十岁，我决定写一本有关耶稣的书，并着手搜集和研究有关的文献。令我大吃一惊的是，关于这一主题已经有了如此之多的著作。从《福音书》所记录的不多的资料中，已经诞生了上千种相似的甚至完全对立的解释。一类观点认为耶稣是神明；另一类观点认为耶稣具有双重天性，因此是一位被神化了的人。其他人则认为耶稣虽然被赋予了先知的能力，但仍然是一个人。另一些著作则认为耶稣是弥赛亚，是救世主，或是苦行教派的领袖，或相反是犹太人的叛逆。当然我也读到了一本著作，认为耶稣根本就没有存在过，仅仅是《福音书》的宣传，将两个不同的人物结合成一个形象。

我领悟到，其实我根本不能梳理出耶稣真正的形象，任何时代的任何人都无法整理出耶稣的形象，包括将来亦如此，我无法弄清楚我所读之书是著书者的一家之言，还是真正对书中内容的深入研究。直到后来我意识到，这是所有书的命运，如果那本书想要探讨的是曾在这个世界生活过的人。他人的命运是不可被记录的，更别提作为神之子的耶稣，有关他的信息记录不仅极其分散，而且充满着明显的偏见、迷信和远古时期的信仰。

对于年轻时候的我来说，信仰首先意味着大行于世，面对令人生畏的生活方式之外的另一种选择，也意味着日渐消退的幸福感之外的另一种替代，这种幸福能够被计划并严重依赖于人可能或能够拥有的事物的数量。在《圣经》中我找到了情感共鸣之所，这令我心满意足，也帮助我驱逐了对神的怀疑，甚至对其使命的悲观。

当我对父亲说，我想去神学院学习时，他很诧异。然后他问我是不是已经深思熟虑过了。我回答道，是的。

"既然这是你的决定，"他仅此回答，随即他补充道，"人应该权衡自己的决定，但一旦做出决定，就要接受由此引发的所有结果。"

我答复说："这是当然。"

* * *

我参加了一个关于密宗和轮回的讲座。其间那位德国心理学家宣称，依据宇宙中基本规律之一的律动法则，生和死的有规律交替正如清醒和睡眠，生和死不过是生命不断循环流动的两极。所以死亡不是不存在，而是存在的另一极。人死之后，即穿越了两个世界的边界：此世和彼世。对于进入彼世之人来说，彼世即成为此世，我们的世俗世界则化为彼世，直至他重又归来。生命的诞生，即是来到我们的世界，这也是从彼世的星域离开。相应地，在彼世他则被认为已经死亡。

演讲者暗示道，灵魂从过去的生活中带来了潜藏的记忆尤其是认知，在世俗世界的新生中这表现为天赋与某种兴趣。据说在对患者的试验中，不仅成功地促使参与者回忆起了在母体子宫内的感觉，甚至也忆起了上一次转世前灵魂在彼方世界的生活。演讲者在这一问题上延伸得如此之远，以至于开始探讨每一次转世所需要的期限长短（据说这个期限一直在变短，已经用不了十年时间），以及在转世的过程中是否会发生性别的变化。

尽管我试图在人们谈及人之灵魂在世及辞世后的命运这一话题

时，能开诚布公，我也知道《圣经》中不仅预言过耶稣基督的复活，甚至预言了先知伊利亚的复活，并且我们都相信肉体的复活和凌驾尘世之上的灵魂永存，但我依然难以消除那种不舒服，感觉在聆听一个江湖郎中的信口雌黄。

* * *

我祈祷时的态度不对。我不是指布道时大声朗诵的祷告，而是指内心无声的、用以向主请教自身困惑的祷告。我甚至对主谈不上亲密，在最根本的问题上我都保持了沉默，我闭口不言我的焦虑、我压制的欲望以及自己的挫败。

在这些日记中我同样如此。我很担心，若有朝一日有人读到我的日记，不免会说：他怎么可能没有任何烦恼，从来没有因某事大失所望，甚至从没在某一时刻感觉空虚和徒劳的逃遁？（但是很可能没有人会读我的日记。父亲去世后留下了许多手稿、文件、笔记；母亲去世不久我就把两大箱这些东西抱回了家，然而我从未打开过，也不知什么时候才会打开。）

我把自己的忧虑，即在祷告中无法做到足够亲密，告诉了马丁。他说，我明白这一点，我太懂得这一点了。但是祷告，这已经是最高级别的亲密了。

第几级？我问道。

至少是第二级，他说着笑了起来。

那哪个算第一级呢？

他思忖了一会儿，譬如，你对妻子讲解你的梦的时候，那也是很私密的。

我从未对汉娜解说过我的梦。我至多把它们记录到这个本子上。我跟自己的日记保持了最高级别的亲密。

* * *

梦见母亲:她年老多病,躺在床上,我坐在她身边。突然她说:丹,有一件事我必须告诉你。

说吧,妈妈。

这件事我从来没有告诉过任何人,她说。然后她问我,我是否还记得那条修在我们房屋旁边的新公路。我说,我记得(我们从来没有住过那房屋,旁边也从来没修建过这样的公路)。又问我是否还记得那位年轻的建筑师,当时租住在我们家里。我不记得了。母亲不依不饶,说,那段日子爸爸被关押起来了。我说,我想不起来。

建筑师不想住在简陋的工棚里,妈妈解释说,而我需要钱,你爸爸已经在监狱里两年了。我接纳了这个房客,尽管我知道,人们对此会有谗言。他已经不是特别年轻,但是个汉子。他的眼睛像那个勾引了维克多尔卡①的猎人。于是,我跟他有了关系,丹。你知道吗,你父亲被判了十年,我没有想到他会被提早释放。我给你父亲写信,寄包裹,在允许探望的日子去看他。但我依然犯了罪,而且我从来没有告诉他这件事。

我原谅你,妈妈,我惊呆了,主也会饶恕你的。

他还是离开了,那个建筑师。半年之后他就搬走了,他给我写了信,但我把来信烧掉了。

不要担心,妈妈,你知道耶稣怎么说吗,当那些人把一个通奸并准备施以石刑的女人带到他面前时,他说:你们中间谁是清白无罪的,就可以投石头打她。人们一听到这句话,一个接一个消失了。然后,他问她:"那些告你的人在哪里?没有人定你罪啊!"她回答说,主啊,没有人。而我们的主对她说了什么?我也不会谴责你,你走吧,不要再犯过失!

---

① 捷克小说《外祖母》里的人物。

一个奇特的梦。是关于母亲的,还是关于我的?为什么在梦中出现了那个职业:建筑师?一个人历经一生,哪怕一次都不能欺骗信任吗?所以他说:"我也不会谴责你。"

三

埃娃的毕业考试进行得很顺利,但丹尼尔始终觉得,她好像变了一个人,消沉,而且拒身边的人于千里之外。

"毕业考试结束了,你不开心吗?"当埃娃前来告诉他考试结果时,他问。

"也许吧。"从秋天起埃娃将去音乐学院学习,随后她补充道,"人总要面对,有些事情结束了,新的事情随之又来了。至少认识了,结束了的事情是怎么回事儿。"

"你害怕尚未认识的事情吗?"

"不,我不害怕,只是我不知道,自己是否对此有所期待。"

"这是因为你现在累了。"

埃娃看着他,说:"我不累,爸爸,我只是无所期待!"

"生活中这样的时刻来临,然后再完全相反。"

"那你有期待的东西吗?"

"当然,我期待家里所有人能在晚上相聚,我期待和我所爱的朋友们在一起,我期待在生活中了解新事物。"

"是的,"她认同,"我也这样。"

这一天傍晚时分,当全家人正坐在桌边用餐时,彼得来了,带了一大束玫瑰花送给埃娃。

"彼得,你疯了,这么多的玫瑰,我们家都没有这么大的花瓶能装下。"

"不是我买的,当我跟赫岱克先生说,这些花我准备送给你,他就给了我。"他已经连续四个星期跟老板一起出车,脸上装作很喜欢这份工作的样子。"还有这个,"他从纸袋里拿出了一个包装好的东西,"这是我亲手为你做的。"

埃娃接过礼物,脸都红了。纸袋里是一个用皮绳拴着的铜鸽子。

"她的毕业成绩里只出现了一个二分。"马瑞克替姐姐炫耀道。

"如果我去参加毕业考试的话,"彼得尽可能咬文嚼字,"那肯定全部要颠倒过来。"

"可是彼得,考试并不能代表一切啊,"汉娜说,"没有上过大学的人同样也可以有出息。"

"现如今,如果一个人没有学历能做什么呢?至多也就干我现在的活——转动方向盘。"

"那你想做什么呢?"埃娃问他。

"传道讲经。我想告诉人们,如果不知道耶稣和他赋予的爱,如果撒旦掌控了一切,将会多么可怕。牧师兄弟,您知道吗,我昨天看到他了,他在我身边出现了。"

"你看到谁了?"

"他个子特别高,比您还高呢,头发和罗伊奇科一样,是火红色的。在我去姐姐家的路上,他突然出现在大街上,就在努斯莱桥下,您应该熟悉那里。他对我说:朋友,我们以前在哪儿见过吧。牧师兄弟,我记得每一个我遇到过的人,这个人我会特别记住的,因为在他脖子上有文身,身上像熏鱼一样发出臭味。"

"你和他说了什么?"埃娃好奇。

"我告诉他说,我不认识他,他就开始嘿嘿笑起来,说:彼得,彼得,你可以否认基督,但你不能否认我。"

"他这么说的?"丹尼尔不喜欢这个故事。

"我发誓,牧师兄弟!"

"彼得,把你的发誓留给更重要的东西。"

"这件事对我就很重要,牧师兄弟。因为他让我跟他走,说去做

107

个交易,如果我不去的话,他说我会后悔的。我对他说:滚开,撒旦,你这个地狱来的家伙。他又嘿嘿笑起来,然后倏地就不见了。真的,我发誓,牧师兄弟,那边的人行道上为了铺什么管道被挖开了,我还跑过去看了看,他是否掉进某个洞里了,但哪儿都没有。"

丹尼尔注意到,彼得关于撒旦的叙述让汉娜听得津津有味,这与她坎坷的人生经历相吻合;于是他反驳道:"什么事都在不断发生,人无法理性地解释一切,然而我认为,你遇到了真正的魔鬼。"

"那个人到底是谁?"

"譬如,某一个从其他人那里了解了你情况的人。"

"那他蒸发去哪儿了呢?"

"这我不清楚,我没在现场,可能他在那儿停着车,他上车了,你却没注意到。"

"牧师兄弟,您忘记我是干什么的了。真正的罪犯可眼观八方,前后兼顾,我不可能没注意他旁边有车,并且事后坐进了车里。"

"那好吧,"丹尼尔说道,"那天你碰巧没有喝酒吧?"

"即使我喝了,我也清楚我看到了什么。后来在夜里我醒了,好像有人在卧室里走动,我就打开灯,人影子都没有,我只闻到了熏鲑鱼的臭味。我前一天晚上放在椅子上的衬衫和裤子,此刻被揉成一团扔在了地板上。牧师兄弟,您能认为这一切都是我在做梦吗?我现在特别想向人们传道,告诉他们面对的威胁。因为我亲身体会了,我知道当人们在旅途中迷失,觉得找不到回去的路时会害怕,吓得连牙齿都打战。我知道那意味着什么,当人内心的兽性被唤醒时,他只想胡吃海塞,找女性寻欢作乐。像电视里放的恐怖片、枪战片,那只是吓唬小孩子的童话,虽然偶尔会闪现某一个男人在食人内脏的镜头,这样的人我也见识过,真有这样干的人。"

孩子们,尤其是埃娃,像往常那样都专心倾听着彼得的描述。丹尼尔不确定这种场合是否合适,至少应该把玛格达打发走。

彼得很有演讲的天赋,毫无疑问他能为自己的表演或者计划拉来听众。他以前能成功策划罪恶，显然现在同样可以得逞，一旦他做出决定，如他所希望的那样，得到恩典来做一些善事。

这份恩赐不应该被浪费，也不能被人滥用，谁会理解，彼得利用它来实施自己的目标。

"我们看吧，彼得，"丹尼尔打断了他关于罪恶的宣讲，"我们会想出办法，让你能告诉众人自己想让他们知道的东西，上学的事情也可以想办法解决。"

"谢谢，牧师兄弟，可我并不想在今天说我的事，既然我们在为埃娃庆贺。"

所有人都坐下来共进晚餐。桌子中央放着一个五升容量的装酸黄瓜的瓶子，里面的十五朵玫瑰散发出阵阵香气。埃娃的脖子上挂上了那个铜鸽子，这一刻她看起来很满足，甚至很幸福。

四

萨姆埃尔傍晚出发去了布尔诺，因为明天早上他要参加一个重要的谈判。这是一个上百万的运动场地项目，这种合约总能吸引很多有兴趣的人，这些人自己不用操心，也不支付"中介费"，很棘手，因此他必须提前和几个对这个项目有决定权的人会面。萨姆埃尔并不想去这种地方。他对行贿很反感，行贿使他蒙羞，并且他也心疼钱，虽然他清楚，扔出去的钱他最终会赚回来。最近一段时期他也不喜欢旅行，因为这耗费很多时间，并且来回奔波使他精疲力竭。此外，他不得不把芭拉留在布拉格，他太了解她了，他能想象，不在他的视线范围内，她会如何消磨大把的时间，那个地方他肯定不会出现，至于丈夫去哪里、跟谁在一起、干什么，她根本不在乎。

他至少应当带上建筑师翁德拉，他几次察觉翁德拉与芭拉公然调情。带他去的理由是，翁德拉是摩拉维亚人，认识许多官场人物，这是谈判过程中必需的环节。他还会带上女秘书柳芭，她很能干，除此之外，萨姆埃尔很喜欢她。

芭拉像往常一样，为他收拾行装，最后把他送到汽车旁。两人拥抱亲吻，只是在这拥抱和亲吻当中已没有了往日的激情，她也没有表现出离别的感伤，虽然她的第二职业就是演员。她按捺不住内心的喜悦，终于能摆脱他片刻了。萨姆埃尔发动了汽车，他回头看到芭拉站在马路便道上向他挥手。她依然那么美丽、高挑，像雕塑一般优雅。他突然感受到一丝痛楚，感觉某个东西将要不可挽回地失去，他也为自己感到难过，生活没有按他的想象带他去彼岸，而总是把他推向别处。

在工作室里他取了所需材料，还突发奇想，他可以给家里拨个电话，看看芭拉是否还在，最终他放弃了这个念头。并不是因为担心这会使自己尴尬，而是他害怕万一妻子没有接的话，他会惴惴不安，或者这种不安会让他无法集中精力进行谈判。

他让柳芭坐到自己旁边，她浑身散发着加芙列拉·萨巴蒂尼香水和青春胴体的芬芳，这让他把芭拉抛诸脑后。

等他们开上高速公路后，柳芭很想给他叙述连续剧《陆军野战医院》的最后一集，以此取悦于他。出乎她意料，萨姆埃尔根本不屑于把时间浪费在听别人讲述电视剧内容上。之后柳芭还说了一些其他东西，聊了聊工作室里的八卦闲话，谁跟谁约会，谁跟谁上床，谁跟谁说话或者相互不理睬，萨姆埃尔对此丝毫不关心。当然，有一个例外，那就是关于他的妻子，她没有提一个字，尽管每个人都知道他还不知道的事，他可能永远都不得而知的事。

翁德拉又说起了纽约和波士顿，不久前他在那里度过了整整一个月。他谈起了音乐剧《猫》的演出，差强人意地唱起了韦伯关于月亮的选段，然后十分兴奋地谈起克利须那觉悟会①的会议。他在那里

---

① 宗教教派，主要在美国及其他西方国家活动，其信徒常穿金黄色长袍，主张独身生活，奉行素食主义，咏唱以印度克利须那神的名字为主要内容的曼特罗祷文。

了解到，人来生的肉身决定于上一世的生活方式，人可能托生为半人半神，世界上总共有三千三百万个半人半神，而人也可能托生为猫或者猪，以自己的粪便为食。据说我们的身体就像水面上形成的气泡，一会儿气泡就会破裂并且再也不会出现。我们的灵魂只是从一个气泡转移到另一个气泡之中，而我们愚蠢地以为那里蕴藏着我们的幸福。

"那幸福在哪里呢？"柳芭饶有兴趣地问道，像所有梦想着幸福的女性那样，她对这一问题兴致盎然。

"幸福在于消逝，"翁德拉解释，"在于与克利须那融为一体，这是最高人格的神性，就好像是某种绝对真理的人格化。"

"我可不想消逝。"柳芭说。

翁德拉向她保证，她不会消失，在她死后会变成某位女神，肯定是美与爱的女神。

这种聊天方式让萨姆埃尔感到刺激。现在的年轻人都倾向于贬低自己所不了解的东西，轻视一切他们买不到或者无法拥有的东西。

但是翁德拉已经聊完了这一话题。"如果你感兴趣的话，"他又转向柳芭，"据说克利须那觉悟会会员在我们国家也存在，他们给你的解释肯定比我好。"然后他换到了一个他懂得更多的话题。他稍带轻蔑地谈起了先锋派的作品，那些布尔什维克知识分子的作品，那些人在三十年代从欧洲逃亡到美国，在长达几十年的时间里，影响了美国大多数城市市中心的容貌，尤其是纽约。他认为，这种影响是灾难性的，它把美国城市全变成了广袤的墓地，城市里各种水泥纪念墓碑林立着。事实上，那些都不是墓碑，因为那上面都刻有各种装饰，至少是鸽子与天使。这些建筑与大型的墓碑石十分类似，窗户取代了墓碑上的字，无法打开，电视天线取代了天使。

翁德拉说这些话，部分原因是想在柳芭面前显摆一下，主要还是为了羞辱萨姆埃尔。他了解萨姆埃尔，他不喜欢前沿的东西，即使在那个年代里他也原则性地保留和维护某些东西。

萨姆埃尔完全可以惩治一下这个不知天高地厚的年轻人，可以向他展示世界上几十栋建筑，告诉他前沿的东西是什么样的。但是他不想引发争执，他什么都不想做，他又感觉一种失落感向他袭来，头也开始疼起来，他应该吃几片药了，可是药放在了包里，而包放在了汽车后备箱里。他加快车速，不是因为他想快，而是因为紧张，或者因为他想甩掉那些话语，无论是关于音乐的、灵魂轮回的、转世的，还是关于包豪斯建筑学派的。

在一次旅行中可以无所不谈，对什么都有所评论，对一切都表示怀疑和轻视，或对一切都兴高采烈。但是事实上一切都错综复杂，充满了神秘，生命即如死亡。有多少次他发现自己站在自己生平从未到过的地方，然而他分明觉得眼前的景象似曾相识。他穿过小巷到阿姆斯特丹的绅士运河，突然他想，如果穿过马路，进入其中一座房屋的过道，就会发现一个跳蚤市场。他怎么可能事先知道这个地方呢？他明明是第一次来阿姆斯特丹，从来也没有人告诉过他那里有个奇妙而隐蔽的市场。为什么他和狄恩森霍夫①一样出生在九月一日？并且当他在一本书里看见他的肖像时，那一刻，他看着那美丽而蜷曲的假发，惊讶于自己跟这个男人多么相像啊。当他首次遇见芭拉的时候，好像宿命一般，她的面庞是那么熟悉。只是他不知道，在这一点上，他的预感抑或回忆是十分模糊的，他不知道这种命中注定对他来说是福还是祸。

当汽车驶近伊赫拉瓦城的时候，他有一种仿佛置身于另一个世界的感觉。他以前曾在路边搭车去布拉迪斯拉发，去见他的第一任妻子，当时几乎没人能想象有朝一日出现高速公路，正如很少有人预料到共和国会分裂，而布拉迪斯拉发将会位于国境之外。自然，他开车的时候不多，时不时要停歇，有时比乘坐火车还要快，到得早。他回忆起从前的爱情，热烈的拥抱过后陷入突然而起的绝望，当他顿悟自

---

① 狄恩森霍夫，18 世纪捷克著名建筑师，有德国血统。

己已经不再被人爱和需要时。他与自己的第一个女儿琳达未曾谋面，便失去了联系。不久前，大约在半年前，女儿出现在他布拉格的家中，如今女儿已是法定的异国之客。他没有认出她来，随后意识到，女儿与他非常相像，真奇怪，她叫他爸爸。还真是邪门儿了，他的二女儿丽达也已经几年杳无音讯，算算自己跟她丈夫也只见过两次而已，或许是三次，他们不住在布拉格。

萨姆埃尔经历了两次家庭变故，他没有足够的时间，或者说足够的毅力留下自己的孩子。他的第三次也是最后一次婚姻呢？都是虚假，或者仅剩下惯性，抑或缺乏勇气宣布那明摆着的名存实亡。生活里没有什么是永恒的，生活本身就好比一瞬间，像水中的泡泡。奇怪的是，即便面对那一瞬间，人们也无法维持更深层次的情感、忠诚和奉献。也许令人沮丧的事态亦会影响到关系，因为生活在这条高速路两边的国家，变化早已是天翻地覆。富者变穷，穷者变富，掌权者失权，甚至丧命，被他人所取代。美丽的名胜古迹日渐残破，丑陋的新建筑拔地而起，一切都在近乎疯狂的节奏里上演，跳着疯狂的舞蹈或者傻瓜式的舞蹈。人们要么屈从和默许这一改变，要么被时代的车轮甩出去，直接消失在深渊，而在深渊的边缘人们正轻歌曼舞。

他没有屈从，而是随即对自己稍做调整，这样他设计的作品，很快获得了公认，毫无疑问比现在荣耀更多。如今身边四处充斥着贪婪的年轻面孔，他们完全不知道什么是界限和阻碍，他们只有一个目标——轻松而尽快致富。这些人在下辈子都会变成野猪或者老虎。这想法有些幼稚和可笑。不容乐观的是，他已年近六旬，早已失去了往日的活力，而且有种迟暮将至的预感。

车驶过大梅济日齐城。在这个地方他曾跟卡特琳娜约会过，与第一任妻子在广场上的小旅馆里过夜，当时的住店费便宜得可笑，和一顿午餐的花销差不多，当然他当时的收入也低得可笑，但发达的未来摆在他面前：可观的项目、大型建筑、频繁的出差、出国，有意义的聚会、学术会议、讲座、论文、鸡尾酒会、荣誉和竞争，还有两次离婚，另外两次婚姻和成为继父。对于孩子他从来没有花费太多的精力，尽管他不能算是一个不称职的父亲。一种突如其来的失落感涌上心头，对逝去的时光，对往昔的生活，甚至对一系列的事情，那些事他虽然不喜欢，不认同，却已习惯，在其中他学会了交际甚至脱颖而出；还有对自己的青春时光，对渐渐老去的生命的惋惜。留给他的还有什么？为订单而争论不休，对人行贿，因为金钱比他的名字、他的能力和经验更加管事儿。

此外，每一手新的订单都接近最后期限，新的单子不断涌来，每个单子眼看在接近自己的尾声。那么他的生活到底是什么呢？他的下一次转世又会是怎样的，如果在神秘的生命循环中真能发生那种现象？

他出其不意地问年轻的野心家翁德拉，他们应该支付多少佣金。翁德拉认为至少需要总价的百分之十三，萨姆埃尔觉得太多，什么都不做就索取几十万元佣金实属无耻，而且对他们这方来说，提供这么多佣金也太愚蠢和动机不良。但翁德拉提醒说，百分之十的佣金每家公司都会提供，如果想把订单成功拿下，就得出手大方一些，算是不道德中的大手笔吧，他补充道。柳芭听后笑了起来。

但是这种项目别人不会像我们这样给佣金吧，萨姆埃尔反驳道。翁德拉表示赞成，只是决定因素不在于项目质量，而是在于支付的佣金额度。这是通行规则，如果还有别的方式，那最好不过。

萨姆埃尔比计划中的会面时间几乎早到了一个小时。约在洲际酒店见面的人是体育俱乐部主席，一个潜在的投资者。他与同事们暂时告别。另外两人一起离去，虽然有各自的房间，却很可能会睡到一起，就像老虎和猫。萨姆埃尔已经不去为这些事分神了，跟芭拉他几乎不再做爱，其他女性更让他惧怕，害怕艾滋病，害怕并发症。

在这个称得上足够豪华的房间里，他从行李箱里取出设计图，再一次仔细审阅，确定这些设计独一无二，充满趣味性。屋顶是缆绳悬索结构，这可能在小场馆会显得多余，但这样的设计恰恰会让空间显得宽敞、高雅而不同寻常。人们就追求不同寻常，即使已无法做到标新立异，至少让人惊喜一下吧。他把设计图重新折起来。时间过得很慢，他有宽裕的时间冲个澡，换身衣服，甚至还可以躺下休息一会儿。

床边的小茶几上有部电话，他可以给家里打个电话。每次外出，他都会打个电话回去。芭拉曾把这种表现看作他的爱和关心，可今天却被视为对她的查岗，是嫉妒者不信任的体现。如果她在家的话，她会接电话。可是，如果她不在家，或者即使在家，不是独自一人，正在与人调情，那他从电话里也无法得知。她可以坐在情人的大腿上，却对着电话殷切地请求他早日归来，因为想念他了，而且害怕一个人在家。这种表演哪怕演技再拙劣的演员也演得出来！他压制住驱车回家的念头，而是吞下了一片舒马普坦药片，还有一粒红色的度硫平胶囊，随即下楼来到大厅，要了一瓶矿泉水，因为药片不能同酒精一起服用。他心情落寞地坐在那里，等待那些要跟他商谈的人以及他必须行贿的人到来。

五

丹尼尔注意到，埃娃从毕业晚会上回来的时候，非但不快乐反而一脸沮丧。他很想安慰自己的长女，"怎么样，"他说道，"既然你已经成年，什么时候咱们一起出去旅行？"

"就我们两个吗？"

"这次例外，就我们两个，如果你愿意跟我做伴的话。"

"我们以前从来没这样过呀。"

"在你很小的时候好像也有过。那时我们俩一起生活，但这个你不会记得了。"

"那我们去哪里？"

"我想了，是否可以去普拉霍夫岩石？那儿的景色很美。"

"你经常和妈妈一起去攀岩的地方，是吗？"

"是的。甚至在那里似乎发生了一件跟你相关的事情。"

"发生了什么?"

"我和你妈妈在那里扎帐篷,那正好是你出生前的九个月。"

"耶,你还能找到那个地方吗?"

"当然能,虽然在那之后我再没有去过。"

"可是攀爬岩石我不怎么会。"

"我们不攀岩。如今我这身板,估计已哪儿也攀不上去了。"

找到那个地方确实很容易——它位于皇家走廊和其他登山步道一侧的凸起平台上。几棵桦树和两棵高大的落叶松直上云霄,树叶与草的颜色让人看了神清气爽,同时也传达出春天的气息。沙质岩小岛中央遗留着古老的壁炉痕迹,放眼四望是成片的石柱、陡峭的岩壁和岩廊。

"你们在这儿生过火吧?"

"我想是的,但那之后其他人肯定也点过无数次的火了。"

"妈妈很喜欢攀岩吗?"

"我们两个都喜欢,合作得非常默契。后来我们还一起去了国外,当时南斯拉夫还是统一的国家呢。去那里很容易,比去阿尔卑斯山还容易。我们在杜米托尔山①攀爬了博博托夫库克峰和其他山岩。在那里我被卡在一个烟囱里,突然间感觉上不去也下不来了。"

"那你做了什么,祈祷吗?"

"没有,当然没有。当我遇到麻烦时,我从来都没想象过依靠神的救助。你妈妈和我在一起,准确地说她在我的下方,这点让我安心,终于我攀了上去,和所有人一样。"

"妈妈的攀岩技术好吗?"

"我们每个人都必须过关,不然就无法共同到达同样的高度。你

---

① 在黑山共和国境内,属迪纳拉高山地带,有15座高峰超过2000米,最高峰博博托夫库克海拔2522米。

妈妈对山有一种特殊的感情,她说,山岩是古代石化了的巨人,它们一定都曾存活过。"

"你没有劝说她吗?"

"为什么要劝说她呢?她可能是对的。也许那些山岩今天还活着,只是我们无法感知它们的生命而已,因为它们存在于另一个时空维度。"

"爸爸,你在传道的时候不会讲到这个吧。"

"也许不会,"他坦言,"但这是一个错误。"然后他指着附近的几处岩石,说他在哪一座上面滑了下来,或者徒劳地尝试了一次又一次。还有几处被她妈妈征服了的岩石。

"这我可能做不到,我妈妈一定很棒。"然后她补充,"对我来说有点奇怪,把她当作自己的妈妈来谈论,毕竟我从未见过她。我不记得自己什么时候见过她。"

"可她一直注视着你。"

"你真的这么认为?"

"你不这么认为吗?"

"我无法想象,她可以看见我,我却看不到她。"

"这可能是另一种视觉,是我们无法想象的,但她一定会为你高兴的。"

他看着一株落叶松,那里曾张开一顶天蓝色的小帐篷。随着岁月的流逝,蓝色逐渐变得苍白,里面的温度早就消散了,布料碎成了片状,如同我们的回忆。遗憾哽咽了他的喉头。

"不,"埃娃说,"她不会为我高兴的,如果她能看到所有的事,应该为我哭泣。"

"你为什么这么说?"

"就这样。"埃娃遗传了她母亲的头发颜色、身材和脸庞。如果他眯缝起眼睛,俨然在他面前站着的就是他的第一任妻子,没有沧桑变化,跃过了年代的鸿沟,她正走出帐篷,聆听山谷的幽静。他想问女儿"就这样"这句话暗含了什么意思,但奇怪的是他对女儿欲言又止了。

"我把食物打开好吗?"她问。

"好的。"

他们坐到被太阳烤得炙热的石头上,吃起了面包。

"你和妈妈怎么认识的?"她问。

"不是在这个地方,但同样是在爬山的过程里,在塔特拉山①。那时我已经在卡梅尼采当牧师,人们称我为登山牧师。你妈妈当时还在音乐学院学习,我很喜欢她。"

"可你们等了很长时间才结的婚。"

"我们没有那么多时间见面,她在布拉格学习音乐,而我在维索钦纳高地传教。一个月我们见两次面,都是在公路边搭车去见对方,我们没有钱。"

"可是,如果你们结婚的话,早就能呆在一起了。"

"你妈妈还得读完大学。不过在夏天,我们呆在一起的时间很长。在我们相识的时候,你妈妈只比现在的你大一点点。她很少说话,歌唱得很美,弹一手好钢琴,脸上总是带着微笑,不是用嘴巴,而是用眼睛。"

"可能她只是对你笑吧。"

"我们彼此相爱,从相遇的那一刻起就那样。说说你吧,"他问,"你恋爱了吗?"

"爸爸,你在想什么呢?"

"我已经想过很多次了,但不愿意问你。"

"我已经爱过很多次了。"

"很多次?"

"但他们都不知道,那些男孩子。"

---

① 斯洛伐克最高的山脉。

"一个都不知道吗？"

"也可能一个，或者两个。"

"他们是哪里的？"

"比如有的是同班同学，有的是在萨尔瓦托雷认识的，我也去过几次降灵节。"

"但你从未跟我说起过。"

"我是怕你生气，这一次我和彼得一起去了他们的青年社团。"

"和彼得？"

"他对那个社团非常感兴趣，于是我把他带上了，他很兴奋。他告诉他们说，他有一种感觉，某个无法描述的东西降临到了他身上，那是在夜里，他醒过来，看到奇怪的发光物体径直朝他走来。他无法解释，然后他领悟到，也许那就是圣灵。"

"这样的经历他从没跟我提起过。"

"你看，爸爸，我们认为——是他认为，"她纠正道，"你应该为此给他讲讲。"

"可能应该吧。"他想，彼得的生活经历已经让他学会了如何在不同的场合讲述一些让人爱听、认可甚至钦佩的东西。

"的确，爸爸，在他身上确实发生了一些事，如果你听到他描绘，他是如何生活和如何改变的。所有的人都凝神屏息听他叙述，最后要求他一起唱祷告文。但他的祷告令大家身体发冷。"

"这很好，来自灵魂深处的祷告是极好的。"

"但还有别的祈祷方式吗？"

"人们可以因各种原因祈祷，但我不想怀疑他。"

"他对自己未知的一切都感兴趣，他希望听到基督复临信徒和耶和华见证人的讲道。"

"你会和他恋爱吗？"

她耸耸肩："我们想了解别人信什么教，这没有什么不妥吧。"

"当然没有，"然后他又问，"你喜欢彼得吗？"

她的脸红了,迅速摇了摇头:"这不是喜欢,他这个人让我觉得很特别,跟其他男孩子比起来完全不一样。"

"那当然不一样了。在你爱上他之前,一定慎重考虑一下。"

好像这种事情是可以考虑似的。

六、芭 拉

芭拉感觉幸福突然就来了。萨姆埃尔前往摩拉维亚去参加一个商务会议,他要在那里过夜,因此整个晚上芭拉都将是自由的。她为他准备好旅行袋,什么都没落下,哪怕是一小瓶药丸,然后送他上车,与他拥抱吻别,萨姆埃尔发动了车子,她还向他挥了挥手,然后就拨通了以前的同学海伦娜的电话,与她说定晚上的约会。她将阿莱谢克送到母亲那里,还做完了一个意大利喜剧的电视改编方案。有意思的是,在没有人监视,也没有人缠着让她做这做那的情况下,她工作起来顺手极了。

傍晚她匆匆换了装,她选择了白衬衣,下面一条暗绿色长裙,暗绿色适合她头发的颜色;披散至半腰的头发,用黑色蝴蝶结系起来,然后用铅笔描画眼睛,戴上草帽,就进城去了。

距离与海伦娜约会的时间还有一个小时。她坐车到德伊维采,换乘地铁前往小城区。穿过华伦斯坦大街和华伦斯坦广场,来来往往都是游客,但芭拉并没注意他们。她发现,托马斯大道上的几处大楼修葺一新,这让她很高兴;她生于斯长于斯的城市穿上了新装。

然后她往上走,穿过聂鲁达大街到达布拉格城堡。她意识到,自己已气喘吁吁,平时应该少抽烟了,对于这样的陋习她应该果断戒除。然后她靠在城堡广场东边的石墙上,俯瞰脚下的城市。她思绪万千,她原谅了那些用牢笼般的灰色楼房将城市丑化的人,她原谅了自己的丈夫,他设计的几幢丑陋不堪的大型建筑加剧了城市的丑化,而没有锦上添花。她突然想到,她的这座城市,层次交叠已经屹立了几个世纪,其间积淀的美是驱散不了的,除非核武器将它摧毁。

等她恋恋不舍地把目光从远处的遐想中收回,她注意到,广场上的电话亭破天荒空无一人。她突然特别想进行一次情意绵绵的电话交谈,她的生活里已经很久没有那种令人激动的爱了,她生命中对爱的体验实在太少。她走进电话亭,那个号码印在脑子里,虽然她只拨过一次,但她下了很大的决心。

电话当然是牧师的妻子接的。芭拉可以不出声就挂掉,也可以说,她想跟牧师先生通话,然而她没有,她说:"是电视台吗?"

"不,这里是福音派牧师住宅。"

"奇怪,我想找电视台。"

"您大概拨错号码了。"

"可他们给我的就是这个号码!"说着她念了一遍牧师住宅的电话。她重复了三遍,那个仅在祈祷室打过照面的女人才下结论说:"显然他们给错了号码。"

"真糟糕,我在电话亭里打电话,手边没有电话号码簿,请问您知道电视台的号码吗?"

那个善良的女人让她稍等,她去电话号码簿上查一下,于是芭拉挂了电话。

半个小时后,她跟海伦娜一起坐在了洛丽塔酒吧的餐桌旁,两个人慢慢饮着这个酒吧的陈年佳酿。

海伦娜与她同龄,但体型发胖了,看起来显老一些,虽然只有一个女儿,却婆婆妈妈的。她跟丈夫生活在一起,那是个工程师,非常不起眼,但赚钱不少。

她们聊了一会儿各自的丈夫,想确定两个男人中,哪个更欠独立,离不开自己妻子的照顾,最后达成共识:如果抛弃这些乳臭未干的男人不管的话,大概他们只有去死了。芭拉抱怨说,她的丈夫越来越不关心她,性取代了交流,蛮横代替了柔情。如果她不按丈夫要求的时间,而是迟回家半个小时,他就会以离婚相威胁。海伦娜安慰她,那只是说说而已。芭拉当然清楚,没有她,萨姆埃尔可能会死于他患有的五十种疾病当中的某一种,偏头痛、肠痉挛、肌肉抽搐、胆囊炎和肾痉挛等等,他痛苦的心脏早就停止跳动了,也可能他吞下大把药片,或者在极度的焦虑和绝望中自杀。芭拉支撑着他生活,而她为什么要生活在奴隶主鞭子一般的责备之下呢?

离开他?

她不能离开,她不能对这个老小孩做出这样的事,她也不能剥夺亲生儿子那个有父亲在的家庭。她已经有过一次这样的经历,她认识到,新爸爸永远不能取代真正的父亲。可怜的萨沙为此没少受罪。

喝完了一瓶葡萄酒,她们起身朝着斯特谢肖维采方向走去,途经奥瑞霍夫卡又发现一个小酒吧。她们进去点了夹肉的面包吐司,又要了一瓶普通的弗兰卡红葡萄酒。

海伦娜说,她的那个傻瓜丈夫倒是不责骂她,反而可怜兮兮地自怨自艾,有时抽身出门,去啤酒馆借酒浇愁。他不会喝醉,只是整夜不消停,没完没了上厕所,第二天还犯头疼。

有一整夜属于自己的自由,芭拉深感幸福。她一边抽着烟,一边给女友讲那个牧师,说牧师站在神坛上热烈地讲解爱的时候,他自己都不知道他多么有魅力。他谈论耶稣之爱,耶稣希望宽恕人类,帮他们摆脱死亡的控制,同时,人们显然渴望人与人之间普通的爱。那些诗意的句子表达了崇高的愿望。

海伦娜想知道他们是否已经接过吻。芭拉回答说只有一次在他们告别的时候,由此留给海伦娜的印象是,他们已经告别好几次了。"然而,他像个害羞的小男孩,而且他一定受偏见约束,觉得已婚男女授受不亲,太阳也与上帝的训诫相悖。可是在我眼里,他是个有情之人。"

芭拉的话引起了女友的注意:"他的职业让你激动,是吗?"

芭拉承认说:"他身上有一种……"芭拉想着用什么词表达,"一种完全不同的东西。"

"刚开始的时候都这样。"

"不,并非总是如此,而是前所未有。大多数情况在一开始就很明显,都是老样子。"芭拉笑了起来,然后起身去走廊呆了一会儿。她注意到那里有个公用电话亭。

这一次是牧师本人接的电话,也许他妻子已经睡了。

"丹尼尔,"芭拉的声音都透出了异样,"我爱你。"话机的另一头沉默。然后牧师问道:"您是谁?"

"是我呀,丹尼尔,我的声音你都听不出来吗?太遗憾了,对我来说真的很遗憾,你不认识我了。"芭拉说完挂断了电话。她非常遗憾,此刻不能和这个男人呆在一起,她对他满怀激情,视为情人。

走出酒吧时,两个人轻松而快乐,她们并不确定到底要往哪儿走,于是返回到博霍瑞莱茨那一站,在第谷布·拉赫和开普勒的雕像前,两人看见一大群夜晚出来观光的游客。那些德国人要么喝醉了,也许迷失了方向,要么思念家乡了。芭拉想不明白,身处这个世界上最美丽的城市,怎么还有人会思念纽伦堡或汉诺威,于是她决定给他们的情绪里添加点兴奋剂。她倚靠在雕像底座上,开始唱起歌剧《水仙女》中的咏叹调月亮颂。她唱得动情极了,她的嗓音在如此开阔的地带出奇地浑厚美妙。唱完后,她把头上的草帽递给海伦娜,海伦娜绕着兴奋的听众走了一圈,游客们为意想不到的听觉享受出手大方,好好赏了芭拉一把。

等游客们拐过街角,两人痛快地笑了一番,决定把收来的这些钱捐给波斯尼亚难民。

海伦娜提议去她家里呆一会儿,因为她家所在的居民区离这儿不远。芭拉很好奇,海伦娜的丈夫会怎么说。海伦娜向她保证说,丈夫早早就睡着了,什么都弄不醒他。

早就过午夜了,出租车把她们送到一栋塔楼前,海伦娜住在七楼。电梯已经停了,两人只得步行上去。芭拉爬得气喘吁吁的,但十分期待从高楼鸟瞰风景。从海伦娜的房间可以将布拉格尽收眼底,甚至能远眺高耸的流光溢彩的布拉格城堡。芭拉走向窗口，拉开窗帘，打量起笼罩在淡淡晨雾里的城市。海伦娜从储物柜翻出一瓶弗兰卡红葡萄酒，倒入酒杯，但芭拉没有了饮酒的欲望，而且她担心，有人闯入房间破坏了这后半夜的情致。她宁愿欣赏城市，还是觉得楼层不够高，周围的建筑物遮挡住了她的视线。假如爬上屋顶去会怎么样呢？这种类型的塔楼，她记得，铺设有平面屋顶，有楼梯通向那里。

海伦娜赞同芭拉的提议，楼顶上有长椅，供人晒太阳用的。棒极了，那她们就进行月光浴。爬上剩余的五个楼层，海伦娜打开金属门，然后跨上去。高空悬挂着一轮圆月，仅差一天就是满月了，露台洒满了铁青色的月光。

海伦娜走向长椅，可惜长椅不够高。梯田状的屋顶环绕着齐腰的护栏，可惜不是栏杆而是混凝土基石，足够宽，人都可以爬上去。芭拉建议海伦娜试试，海伦娜有恐高症，基石的外面就是深渊，十二层的楼高让她双腿发软。芭拉虽然也会犯头晕，但此刻却阻止不了她的决心，人应该不断攀援上升，一旦停下来，就开始了真正的下坠。

她用双手扶住墙，身子向上一纵，稍微摇晃了一下，很快就平衡了。"快看这个城市，就像一艘船在摇曳，水面上的灯光，就像晃动的威尼斯和阿姆斯特丹，这是在世界上最美丽的港口。"

"你像一座雕像，"她的朋友注视着她，很是羡慕，"可惜，我没有带相机上来，如果你在上面保持这个姿势，我马上把相机取来。"

"我不呆着！"芭拉决定顺着栏杆基石走几步。她张开双臂，像走钢丝似的，摇摇晃晃朝前走去。

"真的像一艘船，我感觉到了它的摇摆，"海伦娜坐到了长椅上，"我快要晕船了。"她宣称，居然在这么高的地方晕船，她觉得自己的想法很好笑。然后她盯着芭拉蹒跚向前，建议说："下来吧，你会掉下去的。"

然而芭拉笑道："我长着翅膀呢！"她真的长出了翅膀，因为她感觉，爱情融入了她的身体，爱赋予了她一双翅膀。她一直走到墙壁尽头,在边缘停下步子,突然间芭拉意识到了面前和周围的深渊。

"我动不了了,"她哀怨,"有人在我面前挖出了一个大洞。"

"那回头吧!"

"我怎么回去啊?"

"掉头!"

"我无法转身,四面八方都是空洞。"芭拉一动不动站在上面,她的腿突然发软。她知道,自己无法转身也无法回去了,只能这样一直站着,等待某一刻巨大的海浪滚滚而来,把船只掀翻,她双腿一软就坠入深渊了。她感觉到了海浪在撞击着船舷,也许几分钟后就会翻船,她感觉到地板在摇摆,她快站不住了。

"等等,我去把我家的工程师叫来,让他把你抱下来。"

"不要离开我!"

"那你等着啊!"从遥远的海岸边传来她女友的呼唤,海伦娜从长椅上站起身,到了码头,可步履蹒跚,"不行,我又晕船了。"她没有走向芭拉,而是冲到墙边,吐了起来。

芭拉仍然站在悬崖边,突然她想哭泣,她那么孤独,孤身伫立在天空下,没有一个人前来帮她一把。她想打电话给爸爸,可是爸爸正在某个地方填彩票,或洗牌,或者坐在家里,双脚放在桌子上看着电视。他并不在意,他的小女儿曾为了他割腕,此刻又站在悬崖边。他什么都无所谓,因为他很久以前就把自己藏进了坟墓里,即使把坟墓挖开,他也不会来。在她需要父亲的时候,他从来不会出现。唯有妈妈会来,只是妈妈已经七十七岁了,她来不了,没有电梯她也爬不上十二层楼。连萨姆埃尔也不会来,他在远处的某个城市艰难地开拓着自己的事业。只有她会来,如果萨姆埃尔站在这里的话,她会把他抱下来,用绷带把他割伤的手腕包扎好,并轻声安慰这个老小孩。

"你看起来似一尊阿芙罗狄蒂雕像,"另一端的海伦娜喊道,"你站在那里,整个就是一尊雕像。现在我知道这里缺什么了,这里就缺阿芙罗狄蒂和赫菲斯托斯雕塑。"她又俯身呕吐起来。

这时芭拉想起了牧师,他那么慈爱地看着她,那么羞涩地看着她,他会来,如果给他打电话的话,他一定会来,因为他也已经爱上她,尽管至今他仍克制着自己。芭拉霎时感到一阵轻松,她又可以挪动了。她转过身来,面向露台,往下一跃跳到了地面上。

海伦娜说:"你太美了,你看起来就像美丽女神。"

芭拉说:"我知道,我比所有的女神都要美。"说完放声笑了起来。

七

为了给唱诗班的年轻人谈教派问题,丹尼尔邀请来了自己的朋友马丁。这是马丁研究多年的课题。为什么荒谬的学说总比教会的教义更吸引人呢?是否因为教会停滞不前了,已经不再探索如何向人们宣讲布道,或者甚至连演讲的内容都没有了?

马丁首先逐一介绍了教派,然后设法解释教派之间的共同点。大多数人都想拥有一种感觉,即他们参与的是命运的专属,他们的信仰有别于其他的世俗常人。他们想相信,除了早已死亡的救世主,他们遇到了新的、活生生的、强有力的和充满魅力的救世主,他会引导他们,如他们所期望的,走进天国,带领他们走入确保救赎和永恒的生命之路。他们常常轻信简单的伎俩,被骗子们欺骗,准备放弃财产就像放弃自己的思维一样,离开亲人,把命运交到他们崇拜的人手里。同时,他们的经历往往是神秘而真实的,也许比大多数基督徒经历了更多反思。教派的典型特征就是拥有自己的先知,而且该先知是《圣经》或所有圣书的唯一解释人,教派成员相信世界变化甚至世界末日就在当今,在可及的眼前。一些人相信禁欲主义,另一些人承认自由放任,一些人生活在爱之中,另一些人却在仇恨中不能自拔。一些人鼓吹排他性,另一些人却相信他们将成为唯一的包容社团,但两者都认为自己不容置疑,强调唯独他们选择的道路是正确的。

让丹尼尔感到可惜的是彼得没有来,因为彼得,因为彼得和埃娃,丹尼尔才邀请了马丁。埃娃虽然坐着这里,但似乎有些分神,而马瑞克和罗伊奇科,他俩一起到的,两人在听讲演时却不断在窃窃私语,虽然马瑞克宣称这个主题真的吸引他们。

马丁结束讲演后,询问大家是否有问题,一如往常,静默无声。后来罗伊奇科意外地要求发言,平时他在参加类似的聚会时,大多默不作声,大概是马瑞克鼓动他提出问题的。

教派和原始教会的区别是什么?那个时候人们相信万能的救世主,放弃了财产,接受自己的信仰并把它视为唯一正确的,即使因此遭受迫害。

马丁承认,每一种宗教的产生都好像横空冒出来似的,因为那个被选中的人似乎听到了神的声音,并且追随神的呼唤。第一眼吸引他们的是共识,首先针对那些听讲道的人,他们经常被对信仰、对改变、对安慰和希望的期待蒙蔽了双眼。事实上只需一点点的用心,我们就能分辨出真正的圣人之声与骗子之声的区别,骗子以自负说服自己和别人,吹嘘自己是《圣经》唯一无误的解释者。他总能从传言中断章取义,选择符合他意图的那一部分。

丹尼尔不觉得这个回答会让罗伊奇科信服。他自己都不怎么信服,虽然他自己站在马丁的位置上大概也会如此回答。几个世纪以来我们给所有的问题都预备了答案,那些答案似乎让我们可以接受,但它们的真实性我们却通常无法检验。

没有人提出其他问题,之后大家唱了歌,做了祷告,聚会就结束了。

吃晚饭时汉娜又把话题引到了讲座上。不久前在他们医院,住进了一个烧伤和被鞭打所伤的年轻人,据说是撒旦仪式的牺牲品。男孩子伤得那么重,必须给他注射麻醉剂来止痛。但是当他被问起身上这些伤的来历时,他要么一言不发,要么说自己什么也不记得了。

"出事的时候,他可能被打晕了。"罗伊奇科解释道。

"即使是那样,"马丁反驳,"他一定知道自己常去哪里做黑弥撒。同时他也清楚,如果他泄露消息的话,下场可能会更惨。教派通常不会轻易放过叛变的人。这不仅针对宗教派别,大多数封闭的社团都是如此,不管是神秘使团或者革命家。"

晚饭后马瑞克和罗伊奇科想给客人展示他们的望远镜,据称可以看到土星的光环。

然而马丁什么都想看一看。马瑞克提醒说:"我认为你们太无视科学了。"

"你指的是谁,你们?"丹尼尔问道。

"在你们传道的时候,"马瑞克解释,"那些写《圣经》的人,他们看世界跟我们今天不一样。"

"比如他们对星系一无所知?"

"是的。他们相信死者能复活,人身上有邪恶的灵魂,天使会出现。"

"你认为这是《圣经》的中心所在?"

"既然他们在某一处出差错,在另一处也会出错。"

"人们总会在一些事情上弄错,但不能由此而得出结论:他们在所有事情上都出错。"

马丁喊起来:"我觉得我看到土星了。"

"他们连望远镜都不了解。"罗伊奇科插话道。

"罗伊奇科,你用望远镜同样也是看不到上帝的。"

"你不该这么说,爸爸。"马瑞克挺身站在好朋友一边。

"不好意思,两位,"丹尼尔道歉,"我只是想说,有时候不用望远镜也能看到本质的东西。有时看得太零碎了反而让人看不到整体。"

"星系可不是零碎的东西。"

"人们之前可能对星系一无所知,但他们却认为,人不一定就是整个宇宙里最高级和最完美的。"

他们让两个男孩子继续看望远镜。马丁说:"我理解他们。我们过于执着于捍卫超自然的力量,没有意识到在他们面前已经没法辩护了。"

"那么，"丹尼尔承认，"放弃耶稣的神性，放弃复活，放弃圣灵，那还留下什么呢？上帝也是超自然的，也放弃主？但耶稣是以主的名义在传道。只是没有上帝的宗教是荒谬的，留下的只是某种教义，像耶稣教、佛教那样。"

"留给你的当然是爱的信息。每个人都懂得爱，几乎每一个人。"

丹尼尔想起了那个想和他讨论爱情的女建筑师，出乎意料的是想起她时竟然激起的是厌恶。"爱在生活中是基本的，但必须有些东西凌驾于爱之上。披头士就带来了爱的信息，"他表示异议。"披头士也许吧，对教会来说，通常已没有位置留给爱了。"

八、书　信

尊敬的牧师先生：

我觉得我还没有好好地感谢您送我的玫瑰。它们就躺在我面前的桌子上，我正看着它们思考着，您是怎样一个特别的人。我丈夫自然问起过这花是谁送我的。我说，当然是你了，亲爱的，你不间断地送花给我，只是你已经有点忘记你在做什么了。我想，我的这番话把他惹火了。

我也要感谢您的耐心，不厌其烦地听我讲述我生活中的事情和我那些愚蠢的问题。传教士们当然就是那样，只会传教而不倾听，但您却懂得倾听并且努力去理解、领会对方。上次您回复我说，您认为，伟大的爱情可以持续一生。您真的这样认为吗？您是相信这句话呢还是这是您自己的认识？如果是您的认识，那么您肯定还知道，人应该为此怎样去做吧？我认为，伟大的爱情只发生在拥有完全自由的人们之间。您给我写到了内心的自由，但我所思考的自由是我们相互间给予的自由。不仅在于我们把这份自由藏于自己的心间，而且还在于我们由衷地赐予对方。无论是奴隶还是奴隶主都无法生活在真正的爱情里的。

  我在小的时候，就从家人身上认识到了这一点。妈妈一辈子都没有从依附于爸爸的感情约束中解脱出来。我当然已经对您说过了，否则德国人会把她送到奥斯威辛集中营里，谁能在那里幸存下来呢？爸爸是她的保护伞，他接受了这个角色，并且一直可悲地扮演到他离开人世。

  我不能忍受妈妈的卑躬屈膝，后来我甚至也无法忍受爸爸，然而这种奴役性又转移到了我的身上，就像飞蛾扑进裘皮里一样，植根于我的骨子里。我感觉，所有美好的情感在我内心里被逐一扼杀了，但我一如既往地伺候自己的丈夫，就像我母亲伺候父亲那样，尽管萨姆在任何事情上都不曾保护过我，真的没有过，反倒是我对他处处呵护有加，省得他无处不在的恐惧让他散了架。然而，在这一点上我丈夫至少跟我的父亲相左，他对自己的工作、对我们之间的关系很认真。我应该珍视这一点，对吗？我珍视这一点。我钦佩过我的丈夫，我认可他是一个出色的人，至今我还这么认为，但这并不意味着我无足轻重，我的存在只为了他，我只是一面镜子，让他在这面镜子里孤芳自赏。

  请告诉我：人到底应该怎样去做，才能让这个最重要的东西在生活中恒久？不断营建而不是破坏？您说，这从根本上有可能吗？为什么所有男人——请原谅我的笼统，但这并不只是我个人的经验——在本该踮起脚尖的地方践踏，在本该亲抚的地方挥拳，在本该昂首挺胸的地方蜷缩成一团呢？

  我又把这些烦恼倾泻给您了。

  请您不要生我的气，不要离开我。

您的芭拉·穆齐尔

* * *

亲爱的爸爸：

  我到站时一切安好，外公和外婆在车站等候我。看到我之后，外婆忍不住大声喊起来："你跟你妈妈长得一模一样啊。"这里的一切还是老样子，我不在的这一年里似乎什么都没有改变，大概只有我变了，只是我无法看到我自己，除非在门厅的大镜子前打量一下，幸好天色昏暗了。

  星期六我跟外婆借了自行车，和外公一起沿着罗森伯格河的堤岸往前骑。两旁长着高大参天的橡树，可能还是科尔契诺①那个年代栽下的呢。我们也停下车来，坐到了其中的一棵树下，眺望河水，蜉蝣云集，时有鲤鱼跃出水面。

  外公告诉了我鱼塘该如何养护的知识，然后讲起妈妈小时候的事情。听妈妈的故事，我总是很幸福，但又忍不住想哭。我想起了你说的话：这是上帝的意愿。可是我随即产生了疑问：为什么？为什么有的人年纪轻轻就辞世，有的人一生下来就聋哑、失明或者心地残忍？为什么老天如此不公平呢？

  我也围绕这儿的教堂走了一圈，听到里面传出管风琴的声音，我闯了进去。教堂里空荡荡的，不知是谁在演奏巴赫的赋格曲，别具一格而美妙动听，我无法用言语来描述，因为音乐是凌驾于语言之上的。我坐下来，倾听，忽而感到生命的无穷尽。我的表达也许愚钝，但我感觉到了，虽然我独自一人，但上帝与我同在，因为上帝是不受限制的，他无处不在，出现在需要他的任何地方。我心生好奇，是谁在如此精彩地弹奏。我站起身来，轻轻地，担心惊扰他。我悄悄地走了上去，走到了唱诗台上，绕过管风琴，一位身材娇小、花白头发的女士正忘情演奏着，全然没有意识到，我就站在她的身后。

---

 ① 指16世纪。

爸爸，感谢你，在我踏上这个旅程之前，你带我一起出门远足。那次美好的郊游，我时时想起。你对我呵护有加，所有人对我都很友善，然而我是不配这样的。我活得很失败，尽管我通过了中学毕业考试，但我心知肚明，自己什么都不会，什么都不懂。我该如何来回报你们的恩慈呢？

我一直希望成为像你那样的人，至少在某一方面别具一格，拥有信仰、希望和爱，善待他人，懂得一丁点你所懂得的知识，至少会一样技能，譬如英语，或者像马瑞克那样擅长计算，或像罗伊奇科那样会组装望远镜，或者绘画、写诗、谱曲，然而我连簧风琴都弹得一团糟。你肯定听得一清二楚，但是你佯装什么也没听出来，因为你不愿意伤害我，因为妈妈的去世，你一辈子对我心怀歉疚。你总在我身上看到妈妈，可是我一点儿都不像她。她纯洁，善良，这我都知道，从你和外婆那里都听说了，而我……

我还想告诉你，如果现在或者将来我做错了什么事情，我会自己负责，与他人无关——至少家人对此没有责任，因为相比起我对你们，你们每一个人对我都出奇的好。

外婆和外公也问候你。

你的埃娃

* * *

亲爱的埃娃：

你在外祖母家过得愉快，在繁重的学业之后让身心得到了稍许的放松，我们都很高兴。我理解你写的关于世道公平的那段话，相信我，类似的想法在我脑海里也出现过很多次，虽然我知道没有人能够参透神的旨意。当你母亲去世的时候，我痛不欲生，甚至我一度想放弃讲经布道的工作（内心痛苦的人是不宜去说教的）。

拉德先生给了我很大的帮助，他在自己的著作《哲学的慰藉》

一书中这样表述：基督为人们带来了直接来自上帝的旨意，上帝的行为处事，如同基督行为处事那样；他从不胁迫任何人，他是完全不设防的，不显示奇迹，不给人们带来电闪雷鸣、洪水或者瘟疫；他不惩罚世俗的人们，不保护小麦免受土地里杂草疯长的危害，所以期待上帝直接干预任何事情等于徒劳地企盼奇迹的发生。但如果上帝是一个不设防的生命体的话，他在这个世界上如何运作呢？他通过耶稣来作用于世界。他设法爱人们，以毫无还手之力之人的方式来帮助人：教导，引领，赞美，树立榜样，提醒，警告。我给你写这些不是为了教训你，而是为了让你明白，我理解你。

你的信也让我困惑，甚至充满担忧。困惑是因为你过度地夸奖我，担忧源于你谈起自己的时候，像是在说一个罪孽深重的人。你那句不完整的句子"妈妈纯洁，善良，而我……"把我吓了一跳。我不知道你犯了什么错，当然这说明不了什么问题。你已经成年了，有权利拥有自己的秘密。但是如果你有秘密而这秘密让你苦恼，那把它倾诉出来可能会对你更加有益。你知道，我们是不会无故谴责你的；我们都明白这个道理，人活在世上不是为了去审判别人的（能审判我们的只有我们的主上帝），而是我们要设法去理解你，或者以某种方式给你提供帮助，只要你需要并且愿意。

你要更加坚信，埃娃，你的人生刚刚开始，大家除了希望你胸怀美好的意愿走入美好的生活，别无他求。而这样的意愿你是具备的。你从来没有伤害过家里的任何人，如果我忽略你那些稍微的执拗或者任性。至于说到信仰：那是恩赐，对此我们需要始终心怀感激，那是恩典，我们需要不间断地祈求。

恩典，正如你所知，虽然可以拒绝，也可以被赐予，甚至在生命的最后一刻。主是英明的，他不会听不到虔诚的祈求。

我想你，并且时刻想着你，我已经十分思念你了。问候外公外婆。

爸爸

附：你的簧风琴演奏得完美无缺，我听出来了，当然你自己也十分清楚。目前你在演奏上感觉欠缺的地方，音乐学院的课程会帮助你趋向完美。

* * *

尊敬的牧师兄弟：

在去度假之前，我给您打过电话，可惜您不在家。我要告诉您一个有意义的消息。我设法查到了在一九六三到一九六七年期间在您父亲"报告"里出现的人，他是个上尉，名叫布普尼科。在一九六八年苏联入侵后被安全部开除了；有一段时间以出租车司机为职业，后来做了仓库管理员。从中不难判断，这是一个正派的人，如果您私下去找他，没准他会透露一些有关您父亲的事情。布普尼科上尉已经退休，但仍然在一家建筑公司做夜间看守。我随信附上所有必要的地址和电话号码。

祝您的假期平和宁静。

法学博士：瓦格纳

* * *

亲爱的芭拉·穆齐尔女士：

在您优美的来信里提到了很多问题，也许我不能逐一解答，因为我不想给您说教式的回复，在其他方面我也不是样样精通。您不仅向我咨询爱和自由的问题，还问到了应该如何去做，才能建立起人与人之间的关系，而不是把它们破坏掉。

我和您一样，相信爱是人类生活中最基本的情感；如果没有了爱，邪恶会伴随人类，如果这种情况出现，那就像《圣经》中所说的那样，一切都将蒙上罪过。但爱不仅仅是给予，同样有请求和索取。不说别的，总是会从自己的自由里至少抽出一些什么，给予身边所亲近的人（也包括对主耶稣的爱）。现今的人们大多数自愿选择共同的生活，同时也就选择了责任，承诺自己将不再随心所欲地与其他人缔结这种亲近关系。在当今社会，这种责任让许多人感觉碍手碍脚，当他们违背了自己的承诺，当他们相互背叛的时候，甚至不再受到良心的谴责。有时让我感到震惊：我们把自由看得那么崇高，却把责任或者自己立下的誓言看得那么微不足道。

您不要以为我没有理解您所说的自由。如果一个人真正爱着另一个人，那么一定会给他自由，甚至给他离开的自由，一定会满足他完全离开的愿望。如果那个人知道，自己随时可以离开，那么他与另一个人的相处是轻松的，因为他没有忧虑，不会感觉进入了一个他无法挣脱的空间，如同身陷囹圄一般。

您也想知道，人应该怎样去做，情感才不至于消亡。这个问题很难回答。一个人看不到别人的内心，大概只有他能看到自己。我觉得，人若渴望自己的情感持久，就必须为之努力，要不断地寻求自己在那另一半生活中的位置，成为他眼里最好的那个人。只有这样，一个人才拥有吸引另一方的东西，就是对爱的理解。其他一切桎梏，或者如同枷锁的感觉，都是会瓦解的。

请记住我上一次提到的巴特的话。那些我们自身无法逾越的界限虽然存在，但是更可怕的是深渊，它引诱我们靠近并轻易将我们吞噬。您不要以为，我只是在客观地给您布道，我同样看到了横亘在我面前的界限和深渊。

诚挚地问候您

丹尼尔·维德拉

* * *

亲爱的牧师先生：

感谢您文字优美、充满智慧和人情味的来信。我想念您，我多么想与您促膝长谈。但人不可能拥有一切。这个箴言我一再重复，因为我想要拥有一切。与此同时，我总是以各种手段如愿以偿，但我知道，我必须为这种贪婪付出代价，也许以自己的服务、劳动和善行。我照料我的丈夫，对他的关怀无微不至。当他忧心忡忡时，我安抚他；当他对自己产生疑虑时，我赞赏他；我伺候他，忍受他因无端的嫉妒而爆发的歇斯底里。我充当他的妻子、秘书、女仆还有知心姐姐等多重角色，只因为我理当如此吗？我没有权利和时间与自己真正心仪的人相守片刻吗？

我一直期盼自己的付出有所回报，这有多么可笑，多么可悲啊。这种奉献已让我倦怠，我也想要不劳而获，就这样，因为我的轻率与不值当。我想给自己留点时间，而不要那样匆匆奔波，我想拥有闲暇和自由，好让我报答您为我付出的时间，也好让我能够重新占用您的时间。但我知道，这是我的奢想，我没有这种权利。

我不知道自己该怎么做，不知道如何去寻求真谛，不知道该怎样应对我需要应对的所有事情。我害怕时间，它总是在威胁我，提醒我。我不想生命就这样流逝，我想享受它：体面地好好地生活，在爱情、在善良和在希望中生活。所以我去您那儿听您布道，我想听听您对此怎么说。

我想在信中告诉您我的私人生活，但我怯于写在通过邮局寄发的信纸上，虽如此我依然将自己难耐的痛苦倾吐给了您。我给您写下这些文字，是为了让您知道，我不是冷漠的，我有感受，能感知痛苦与善意，我会对每一个亲切的词语心怀感激。我想让您知道，我也能拥有幸福感。如今我只要想起您的存在，想到时常能看见您，就幸福无比。我想念您，想您如何生活着，大概在做什么，在思考什么，在您的心里发生着什么，因为您有一个美丽的灵魂，也有一颗充满爱意和善良的心，这颗心让您如此善解人意。

我又把满腔的苦水向您倾吐了，别生我气，别抛弃我。

您的芭拉

　　　　　　　＊　＊　＊

亲爱的芭拉·穆齐尔夫人：

　　对于您的上一封来信，我思考良久。信中有很多的情感，很多的痛苦，许多的期望和对生活的要求。我在想是什么让您把那么多的赞扬用在我的身上，纵然您根本不了解我。我觉得，您是在某个方面有需求，还是说您需要有人相信。需求好的东西，相信好的人。而从您对您丈夫的描述来看，似乎您梦想着存在完美的男人。但没有一个男人是完美的，人都不是完美的，完美的人只有他——上帝。因此，您会始终处在失望之中，因为只有耶稣能让人满足，他是爱的化身和理解的化身，作为普通人的我们，唯有在他身上尽可能地寻找生活的榜样。您写道：不要离开我！这是一种恳求，我们针对他而发，唯有他能做到不离开我们，因为他的爱，他的善行不受时间限制。我们所有人在这个世界上只存在一瞬间，简短如梦，我们不知道我们的梦什么时候结束。

　　我们不想背叛，不想抛弃。我知道，只要我活着，我就不会离开我的妻子，我不会抛弃任何人，那些我亲近或者信任我的人。在这个意义上我不会离开您，然而我可以向您承诺什么呢？所以我只能请求您：不要在常人身上寻找神——除了神性——在我们每个人的身上。请尝试寻找上帝，他不会让您失望，也不会抛弃您。

　　在您身上我能觉出巨大的惶恐，我担心这会伤害您，在您想不到的地方。我们每个人都应该努力监督自己的行为后果。

　　衷心希望您能成功找到内心的平和。

　　　　　　　　　　　　　　　　　　　　您的丹尼尔·维德拉

　　　　　　　＊　＊　＊

亲爱的牧师：

　　我真的是一个异教徒，我无法去教堂了，最近风湿病也在困扰我。我很高兴,起码周日能休息了,如果花园里的活儿允许我休息的话。说起花园,您知道,我不是一个爱抱怨的人,但彼得·库贝克那个男孩越来越不像话了。上周有两天没有露面,然后若无其事地来了,根本没有一句道歉的话。领取报酬时——牧师先生,我支付的工钱不算低,我记得自己像他那么大的时候,一周的辛勤劳动所得有多少,而现在我给他的报酬,他俨然像个国王啊——还戏谑说,这点钱都买不起上吊的绳索,他就是这么说的。这个星期他没有出现,我只好自己跟司机出车,迫不得已时请负责暖房的马努代劳。所以请您告诉我,我是否仍然需要指望他,还是另找他人?以这个坏消息来打扰您,我深表歉意。

  致问候并祝身体健康!

您的布瑞基斯拉夫·赫岱克

第四章

一

芭拉·穆齐尔如约前来,仅迟了几分钟。"您不会生气吧,让您久等了?"她气喘吁吁地表示歉意。

"我这里跟在家里一样。"

"我特别不愿意让人等我。"

和上次一样,她依然穿着黑裙子,束头发的蝴蝶结也是黑色的,白色的衬衣领口敞开。丹尼尔觉得,她的外表永远带着一种挑衅的意味,不在她的装束,而在她的动作,或者她的眼神里。丹尼尔感到不安。"您喝咖啡吗?"

"我想喝一杯红葡萄酒,如果您有的话,再给我一小杯水。公交车让人窒息。我不知道我的到来是否会耽搁您。"

丹尼尔取来葡萄酒、矿泉水和两个玻璃杯,递给她。

"您不跟我一起喝一杯吗?"

"我不习惯在白天办公时间喝酒。"

"我也不习惯。可我坐在教区办公室里有点不自在,所以跟您要了葡萄酒。"

"这很正常。我很习惯坐在教区里。"

"但不是和我一起吧。"

他站起身来,又取来一个玻璃杯,还拿来一碟咸味饼干和几片现切的香肠。

"您太客气了吧？请不要浪费时间，我不愿错过每一秒和您在一起的时间。"她急切地端起了杯子，"为了我们的相见，为了不虚度这个下午，干杯。为这些世俗琐事喝酒，可以吗？我指在这里，在教区。"

丹尼尔与她碰杯。

"我来这里的一路上，脑子里有很多事想要请教您，可又觉得我的问题没有什么特别的，所有人都会问您同样的事情。"

"我不知道您指什么。"

"譬如质疑上帝。"

"大多数的人没有这样问过。他们要么没有疑问，或者即使有，也羞于在牧师面前直说。"

"那您自己呢，您怀疑吗？"她直直地盯着他，仿佛他的回答对她至关重要。他突然觉得，她母亲那一方的祖先可能曾在耶稣走过的那个地方呆过，或许他们曾见过耶稣，为他的行为惊叹过，可是，当耶稣如此惨烈地死亡后，他们转身离去了。

"我无法想象一个人不曾有过怀疑。"

"您这样回答很好。我担心的是您从来不曾怀疑过。我想问：您能想象宇宙吗？"

这不是他能回答得了的问题："我不能。我的儿子对天文学感兴趣，可惜他不在这里，也许他可以回答得更好。"

"他不在这里才好，我想听您的答案。您无法想象宇宙，是因为宇宙无比浩瀚吗？"

"是这样。"

"创造了这一切的上帝，怎么可能以一个犹太婴孩的形象出现呢？"

"这在于，上帝履行了对亚伯拉罕的承诺：您的后代必承蒙地球上所有国家的祝福。"

"不，您误会我的意思了。我想，作为一个有力量创造了宇宙的人，怎么可能会突然变为人类的婴儿。"

"然而，上帝是通过话语，而不是凭空造出宇宙的。"

"通过话语指什么呢？"

"您可以称之为：指令。"

"像计算机的指令吗？"

"最好不要把上帝与任何物体相类比，我绝对不会把上帝等同于计算机。"

她叹了口气："我还是不明白。创造了宇宙和时间，而自身变成一个婴儿，逐渐长大、变老，最终在完全人类的时间里被某个罗马官员下令处死。这和印第安或印度神话有何不一样呢？"

"我不否认神话，这是通向认知的平台。"

"认知什么呢？"

"认知存在，开始和结束。"

"那您的神话，它也是一个平台吗？"

"可以这么说。"

"您非常善解人意，或者太过怀疑。"

"太过怀疑。"他又给她倒了些酒。

"您给我写信说，耶稣不会让我失望，也不会抛弃我，您怎么知道呢？他不是答应，在那些追随他的人的有生之年，他还会出现，并把他们带往天国吗？我说得对吗？既然他答应了，如果不来的话，那就无法收场了吧？从那时起，他给过自己的消息吗？"

"这种预期还为时过早，人们对上帝仅有的一次表达，太过望文生义了。那个时代不同于现在，那时人们相信奇迹，等待世界末日。他，他的所有活动是存在的，并成为一个谜，您可以接受或拒绝，这取决于信仰，相信发生的事情乃源自神的旨意，即在生死的永恒规律面前拯救人类。或者您可以用我们今天所使用的语言去说，神决定了，人在发展到了这样一个阶段，已经有必要脱离该法律的制约了。"

"为什么恰恰是人呢?"

"因为人是他的影像。这有别于所有其他的生物。"

"但是,所有这一切您必须先相信。您大概是幸福的,"她说,"幸福,因为您有某个您相信的东西,某个永远持续的东西,直到消亡,而对我来说,一切刚刚开始就行将结束,并很快结束得干净彻底。但是,即使在结束之前,我还想体验某种美好的东西,不,这个表达不确切:某种完整的东西。可我知道,这不可能,我没有权利,我已经浪费了自己的权利。"

"为什么?生命直至最后一口气才结束,之前一切都是开放的。"

"什么是开放的?"

"比方说,耶稣的恩典和爱。"

"这个问题我们谈过了。那么人与人之间的呢?"

"也应该是一样的。"

"您说的这些很美,谢谢您,您和我坐在这里,听我说话。"她饮尽杯中酒,站了起来。临走前,还环视了一下房间:"您这里的木雕很美,上次我就注意到了。她们是圣人吗?"

"我们不雕刻圣人。我仅有时玩一下而已。"

"您也是雕刻师吗?"

"不,祖父曾是木匠。他制作小提琴。在他去世之前,我时常去他的作坊,目睹了他如何加工木料。"

"这两个女人的面孔很相似,其实看上去更像一个女孩,而不是女人。"

"我的第一任妻子去世了,当时她还不到二十五岁。"

"这两个人物——是她吗?"

"在某种意义上讲是的。"

"您大概很爱她。"

"是的。"

"请不要介意,我这样问。我不知道您的妻子去世了。"

他点了一下头。她对他的情况，不了解的地方多着呢，远远超过了她所了解的。

"您认为您再也无法像爱她那样去爱别的人了？"

"我又结婚了。"

"您也为您的第二个妻子雕像吗？"

沉默。面前的女人让他陷入尴尬。

"您一定爱得很深，让您无法塑造其他的女人？"

"我不知道，"他猛然觉得，她不了解他最近的那幅雕刻，这让他如释重负，"我不知道这是否与爱情有关。"

"每一件作品都与她有关吧。"

"对此您不会比我更有发言权。"

"您也知道这一点。其实，您并没有回答我的问题。我想知道，如果一个人非常爱一个人，而且失去了他，是否不再可能经历类似的或更强烈的爱。"

"我真的无法回答这个问题。我觉得，爱情是无法测量的，测量人的话在我看来也是愚蠢的。您还是去问那些专业人士吧。"

"您自己不能吗？"

"您为什么对此紧追不舍呢？"

"也许我想知道，您是否能爱上我。"她笑了，很短暂，"现在您怎么说？不要说您已经结婚，我已经出嫁了，请您至少设想一下，您还没有结婚，我也没成家。"她自己斟上酒，"您生气了，不说话。沉默意味着您不想大声说：不！"

"沉默就是沉默。"他解释。

她麻利地把烟盒和打火机收到皮包里。"您觉得，我们还会见面吗？我指的不是在教堂里，而是像现在这样。"她面对他而立，等待他答复。"您沉默不语。您的沉默总是意味着仅仅是沉默吗？"

143

二、日记摘录

卡梅尼采的斯特拉科娃夫人到布拉格来了,顺便来我们家做客。我好几年没见她了,但她变化不大。有人从卡梅尼采来,我总是很高兴。那个地方,那个时期,有那些还记得伊特卡的老朋友。

我详细打听了那边教会的情况。她说,星期天来教堂听讲道的人越来越少了。没有人能讲得像您那样,我受宠若惊。然后她开始抱怨世风日下,去年在卡梅尼采有三个家庭离异了,男人们都昏了头,女人们失去了理智,年轻人除了金钱和享受,什么也不考虑。斯特拉科娃夫人把这一切归咎于电视。她说,我晚上睡不着,就打开那个电视匣子,牧师兄弟,电视里都是女人光着身子在跑,这个可要比您给我们宣讲的索多玛①有过之而无不及呀。

斯特拉科娃夫人给我带来了一袋子西梅和自家烤的点心。等她离开后,我觉得,她生活的那个世界,我也曾在那里居住过一段时期,现在也奄奄一息了。我怀念那个地方,尽管我知道,它关联着我最艰难的生活片断。

随后电话铃响起来,当时已经很晚了,我还没有睡,我在准备讲道词。是一个女人的声音,女中音,她直呼我的名字,并且说"我爱你"。那个声音听着似乎耳熟,却依然陌生。有一次,我在卡梅尼采的时候,曾有人给我打电话,斥骂我为牧师群体中的伪君子、败类,甚至还称我为犹大。但那些辱骂都比不上这个电话更让我震惊。

一种可能是,有人在夜里以拨打陌生号码来自我娱乐,然后胡说八道。但是这个女人知道我的名字,当然也有可能她是按照电话簿或教会年鉴列表上的人名拨的号。

---

① 位于死海的东南方,如今已沉没水底。据《旧约圣经》记载,索多玛是一个耽溺男色淫乱、不忌讳同性性行为的性开放城市。

* * *

上星期伊凡娜·博古尔娜来我办公室，抱怨说她的大女儿跟一个枪杀了自己父亲的男孩在同一个班级。我感到很惊讶，那个男孩没有被拘押起来。她解释说，谋杀发生在他年满十五岁之前，因此无法起诉他。他仅被送进了诊断研究所，但没有中断上学。最可气的是，她告诉我，那个男生在班级里被视为英雄，甚至教师们也那样认为。他为什么杀人？据说父亲揍了他，对他的母亲也动粗，也许父亲在外面有了相好。所以，儿子为什么不能把父亲干掉呢？

在最近一次青年会议上，作为道德沦丧的一个案例，我提到了这一幕。伊凡娜的女儿证实说，那个男孩不受良心的谴责。他自己声称，如果他那一次没有得手的话，下一次他还会那么做。

之后我们对他的行为议论了很久。这是一种变态，是无视道德的败坏行为，或者还存在别的动机？这怎么可能，男孩杀死自己的父亲后没有半点悔意？令我惊讶的是年轻人的看法并不旗帜鲜明，超出我的预想。他们解释说，父亲的行为显然在儿子眼里太卑鄙，儿子觉得有权干预。这个世界污水横溢，没有正义，人难道永远就那样袖手旁观吗？罗伊奇科发问。

我承认，人经常把过错归咎于父母一方，但不应该忘记，构建社会的根本原则之一是：孝顺父母。甚至《圣经》也教导我们："咒骂父母的，必要把他治死。"①

彼得则说，大多数罪犯不感到内疚，相反认为身边的人对自己不好，因为没有满足他们的期望。你们所有人，他转身对我们说，太纠结于良心和罪恶，人们对此根本不屑一顾，除非有人动了他们的什么，他们才会发飙。

我向他证实说，我们对别人的审判往往是无条件的，而审判自己

---

① 《旧约全书·出埃及记》第21章第17节。

时则倾向于宽容，然而谋杀，是永远无法找托词的。

到了晚上我又想，是否这种行为的产生真的伴随着绝望、受伤害或被冒犯的正义感呢？老话说，智慧之子使父亲欢乐，而愚昧之子让母亲哀恸。但是，淫乱的父亲或母亲，会给儿子造成怎样的影响？即使在今天，谁会跟儿子讲解三千年的《旧约》，谁会猜得到自己的父亲或母亲应该死呢？

道德犬儒主义、虚伪和伪善充斥于成人的世界，我对孩子们冷漠的道德观不禁痛心疾首。

* * *

星期天布道结束后，我跟玛瑞卡聊了起来（她独自来听宣讲的，没有带兄弟姐妹，我不知道她能领悟多少，但风琴一旦奏起，她便全身心地唱）。她很爱自己的哥哥，坚信他是无辜的，是帮派报复的牺牲品。当我问起她哥哥犯了什么时，她说什么也没有干。他们把他关押起来的理由是他在酒馆里打架，尽管那天晚上在酒吧发生争斗时，他根本没在场。她的话不是很有理，但我觉得她没有撒谎，她相信她哥哥是无辜的。让我惊骇的是，公正或者道德的概念在危险地发生转变，在我思考苏库普的婚姻危机时，产生过同样的想法。他坚持要离婚，因为爱上了他公司里的一个女人。而他的妻子，用全部身心爱他和关心他的妻子，被他拒之千里之外。他还要夺走她的孩子，而她在绝望中一筹莫展。而苏库普还自以为是一个优秀的基督徒。他可以欺骗妻子，但他没有那么做。他可以继续维持失去了爱的生活，但他宁愿选择生活在爱之中。所有这一切都符合基督教义，然而却是经不起推敲和伪善的。

有太多的人皈依基督，是为了填补内心的空虚。如果还做不到，又思量用别的东西来弥补——但耶稣活着，耶稣高高在上，这对他们来说一点不重要。十诫？如果他出现了，以十诫去要求人，他可能不会如愿。十诫属于另一个时代，如今，这种东西被称为范式。我们在寻找新的后现代范式,对此大家在研讨会上争论不休;人们争论,在如今什么都无所顾忌的情况下,无法再退缩的最后底线在哪里。不久我们会问,这样的界限是否真的存在。

* * *

在女建筑师准备告辞的时候,我建议她再呆一会儿。我不知道自己为什么说出这样的话。事实上我是知道的,她在场,她以一种特殊的方式让我兴奋。话一出口,我就害怕了。我的话会被理解为一种呼唤吗?我们又在一起坐了近两个小时。我感觉自己的举动不自然。一方面,我过于对她的私生活表现出兴趣,不停地打听她的丈夫,甚至她的前夫,还有她的两个儿子;另一方面,我心神不定,不知道她在说什么。我在想她说的一句话,我却沉默了,而我应当断然拒绝的:"也许我想知道,您是否会爱上我。"我看着她,意识到这是一个美丽而可爱的女人。

她跟我说起了自己的工作,谈到了现代建筑:弧形立体主义,功能主义。她说,布拉格的游客只关注老房子,却意识不到,遍地散落的是现代建筑艺术的宝石。

我知道,这是她的领域,她自己创作了什么,我没有见到过,但她饱含激情的叙述,同样感染了我。

然后,我开车把她送到她家楼门前。在回家的路上,我很庆幸自己抵制住了迷人的诱惑,同时我觉察到了那种似曾熟识的怀恋。多年前,当我与伊特卡阴阳两隔时,曾有过这种思念,没有了伊特卡,我的世界一片空白。那个女人还让我激动的是,她有犹太血统。我知道这是一种偏见,但我总觉得,作为后代,即使早就没有了由此产生的义务束缚,血液里却沉淀了一些特殊的东西。自然在整个家族潜意识里积淀了突破性,即我们都是神的形象,因此对神的冒犯就是反人类的罪恶,反之亦然,冒犯人就是对上帝的亵渎。

* * *

从母亲那儿取来的物件里，有各种旧课本和书。其中，令我没有想到的是我发现了一本一九四六年发行的《苏共党史》（二）。很显然是爸爸买的，他想了解相关国家的历史，那个国家的军队解放了我们。我们把这本书翻阅了一会儿，看到了父亲在每一页上做了旁注——有时只是叹号或问号，有时是感叹语：可怕，或者惊奇：这可能吗？

我饶有兴趣，几次读入了正文，惊讶于大量的谎言、粗话、歪曲和谩骂，父亲用波浪线把它们画了出来。我忍不住想：这可能吗？人们会相信这些空话、假话和狡黠的伪装？数以百万计的人，其中包括那些亲历过事件、有机会看到、与目击证人对话的人吗？

狂热，需要人们相信理想，蒙蔽了眼睛。什么时候我们可以至少确定，那些声明，能像所描述的那样，名副其实，特别是那些消息来自盲目忠诚于自己信仰的人？

我始终对历史事件证词的可信度问题兴致盎然。我们说，基督是现在和未来，但首先是过去。无论我怎样解释《圣经》，我都基于已经发生了的、在两千年之前记载下来的事件。因此，我的眼睛寻回过去。大多数人的眼睛则瞄向遥远的未来。我夸张了，其实大多数人既不看过去也不看未来，既不探究事实也不追究谎言，他们只看电视连续剧。

* * *

当我在卡梅尼采传教的时候，教会有一个秘书，名字叫贝格尔，原本的职业是体育老师。选上他也许是因为他的体魄和不酗酒。前一任教会秘书因为醉酒，随地一躺掉进沟里冻死了。每当我要去企业进行常规外的服务时，我就必须去向秘书汇报。有时候，秘书也来看我，坐到我的办公室里，伊特卡给他端上咖啡，然后他开始说话，想说服我付出一切努力都是徒劳,在我们国家不出两代人,一个基督徒都不会剩下,至多有那么几个走火入魔的老妪。他知道我每次宣讲的内容,警告我别去那些政治暗喻。我向他保证,我对政治不感兴趣,但是我明白您的意思,当您谈到犹太人陷于奴役的时候,他们从来没有停止过相信弥赛亚会来搭救他们。我反驳说事实就是如此,他说:有时候我真的搞不懂,您真的是老到还是幼稚。

伊特卡去世后,他来参加了葬礼。死亡是可怕的,牧师先生,他对我说,我与您感同身受,我希望您的信仰能缓解您的痛苦。

几天后我去拜访他,提到我一定要想办法回到布拉格,那里有我的父母,他们能帮我照顾埃娃,当时她才七个月大。

他说,他理解我,也许能办得到。我不知道他是否真的帮忙了,反正那道不允许我在布拉格布道的禁令,暂时被取消了。

* * *

我写下满篇的文字,为了不去想那个占据了我满脑子的女人,为了在笔下不流露出我想念她。我忍不住想再一次见到她。这种欲望是爱还是罪呢?

新教徒马蒂不久前说过这样一句话:"宗教与色情,狂热但不可分割的一对。虽然相互对阵,谩骂,诅咒,但谁也离不开对方。如果宗教奄奄一息,那么色情就形销骨立,即指单纯的性。如果色情行将就木的话,宗教在抽象的形而上学(如同从前)中,或在枯燥的道德(今天的状况)里枯萎。"

我也提醒自己,在达雷尔的《贾斯廷》①一书中,秘术师巴勒塔萨说:"目前没有哪一个大宗教除了禁止,抖出一长串禁令,可以做到更多。然而,禁令恰恰生成欲望,那种应该抑制的欲望。在我们的

---

① 英国作家劳伦斯·达雷尔(1912—1990)作品《亚历山大四重奏》中的第一部。

圈子里我们说：莫沉溺于享乐，而要完善自己。我们穷尽一切手段，为了让个人的完整性与宇宙的完整性平衡起来——不排除快感，在欢娱时刻那种毁灭性的精神收缩。"

哪里是自由和随性的边界，责任和自我约束的界限又在何处？它已经不服务于生活，而是不动？不动，乃是死亡的标志之一！

* * *

近一个月来我没有记下只言片语。我失去了忠实于自己日记的勇气，还是我发现了别样的亲密方式？

事态的结果，我甚至决然不敢往深了去想。一个月前，B给我打电话，问我是否有片刻时间。她的声音听起来如此急切，我想，她一定遭遇了不测。我说，当然，我马上腾出时间。她还请求我们能否在小城区见面，她在那里有个洽谈。她给我描述，在卡尔梅里茨大街中段有个小酒馆，我们可以在那里碰头。

不到半个小时，我赶到那里，当我在桌边坐下来时，依然无法排除那种不对劲的感觉。幸好小酒馆里没有客人，但在不易察觉的某个地方，扬声器里飘来甜美的旋律。

她晚到了一小会儿。以她一贯的夸张表示道歉，感谢我如约前来。我为两人点了葡萄酒，问她发生了什么事情。

她说，她的抑郁症犯了，她焦虑生活中没有什么可以持久，她的生活，别人的生活，地球上的生活，甚至宇宙的生活。

我反驳说，在生活和宇宙中永恒的东西是存在的。

您指神吗？她反问，立刻说，她不需要任何虚假的安慰，宁愿醉酒不要任何幻想。然后她谈起自己的婚姻。如果一个人在他的生活伴侣身上能找到某种支持，便能承受一切。她声称，她爱她的丈夫，但得不到他的支持，反过来，她必须支撑他。您不一样，她告诉我，您很坚强，您不会给人压力，反而分担他们的压力。

跟上一次一样，我又有那么一会儿无法集中精神听她的诉说，我仅在感受音乐的旋律和她声音的色彩、她的眼神,她那伴随音乐节奏下意识敲击着的手指,也让我分心。

等我们走出酒馆时,天色已黑了。我想说再见,但她叫住了我,说离这里几步之遥是她母亲的寓所,母亲现在温泉中心疗养,但她有公寓的钥匙,需要常去给花浇水。她说,她可以带我一起去看看。

我没有说话,她问,是否我的沉默意味的仅是沉默。我依然沉默。

她母亲的公寓位于小城的一幢老房子里,只有一个房间,从窗子能俯瞰狭窄的庭院。老式家具,还是本世纪初的风格,高高的书架上摆着黄铜烛台。沙发上放着一个黑色靠垫,绣着白色的六角星。房间里摆满了绿色植物,在角落里是无花果盆栽,花盆巨大,窗台上盛开着天竺葵和倒挂金钟。

她走进浴室,往水壶里灌水。她问我被带到这里,是否不高兴了。我回答说,如果我不愿意的话,就不会来了。她浇着花,同时跟我搭着话,话题也围绕我,说我是一个特别的人,她认识的人里最特别的;她感觉到我有一颗善良的心,同时我很有智慧;我内心藏着一些话,不敢说出来。我回答说,她也很特殊,我觉得她充满激情和渴望,渴望知识,渴望理解,渴望爱。我重复了我在信中写给她的那句话:她在寻找上帝,却把自己的寻找转为对人的寻找。

她说,她只寻找好人,寻找有生命力的人。她说,我一直在寻找你。她走到我面前,我没有后退,没有迅速抽身而去,而是一把抱住了她。

奇怪的是,在那一刻我意识到,我第一次见到她的那一天,我的母亲去世了。就在那一天,是谁的手,把她推入我的命运?

然后我们做爱了。巨大的快感让我感觉不到其他的存在,除了身旁的她,她的柔情,我早已遗忘了的那种在我的第一任妻子身上感觉到的柔情,在这一时刻回来了。

当我挣脱她的怀抱时,我才如梦初醒,我做了什么?恐惧攫住了我,我绝望地希望这一切是一个梦,我可以重返昔日的纯洁。

忍受试探的人是有福的,因为他经过试验以后,必得生命的冠冕,这是主应许给那些爱他之人的。人被试探,不可说:"我是被神试探";因为神不能被恶试探,他也不试探人。但各人被试探,乃是被自己的私欲牵引诱惑的。私欲既怀了胎,就生出罪来;罪既长成,就生出死来。①

"相爱是我们的权利,"她觉察到我的低落情绪,"爱情并不是什么坏事啊。"当我们分手的时候,她问我,什么时候再见面。

我没有回答说我们不再相见,我们不能以这种方式会面,相反,我却问她是否真的想见我。

你不想见我吗?她一脸诧异。

我没有勇气对她说不。

后来我们又相会了四次,在她母亲在疗养院期间。我几次想对她说,我们不能那样继续下去了,可是我一看到她,一句决断的话也说不出口。我们做爱时,她说:爱不是罪过,这你是知道的。

我在内心里抗拒:那要看什么样的爱,在何种情况下。然而当我凝视着她犹太人的黑眼睛,里面闪烁着激情、忧虑和痛苦时,便把一切置之度外,我告诉她:我爱她。

最可怕的是,这是我的真实感受。

她会说,这是最可怕和最美丽的,因为它结合了无法结合的,也许,生活就是如此。

---

① 见英王钦定本《圣经·雅各书》第1章第12—15节。

三

开完主教理事会回到家里,天已经黑透了。在远处,丹尼尔看到一个男人的身形,直直倚靠在祈祷室对面的灯柱上。

"你在等我,彼得?"他走上前去,发问。

"也算吧,牧师兄弟。但如果您有事,我另找时间。"

"进屋吧,你来,我总是很高兴。况且你很长时间没有露面了。出什么事了吗?"

"没有,除了我姐姐要结婚了。"

"这是个好消息,不是吗?"

"那个要娶我姐姐的家伙还不赖,只是我无法在他们家呆下去了。"

"嗯,我忘了,你住在姐姐家。那你有地方去吗?"

"目前还没有着落。"

"咱们一起想办法。实在不行的话,我这里还有一间客房。但我先得和长老会商量一下。"

"谢谢您,牧师兄弟。我知道您不会袖手旁观的。"

在他们上楼梯的时候,彼得脚下绊了一下,在跌倒前丹尼尔一把扶住了他。

"我在姐姐家喝多了。"他解释说,步履踉跄。

"只要你没做什么出格的事……"

"上星期我辞工了,我不喜欢园丁的活儿。"

"我知道,霍德克先生给我写信了。那你觉得什么工作更合你的意呢?"

"这跟兴趣关系不大,牧师兄弟,而是我想活出个样子来,同时学点本事。我还需要赚些钱。"

"你想证明什么,彼得?"

"我对您说过的,牧师兄弟,我想布道,就像您那样。我想告诉人们，他们必须背离黑暗，走向光明。牧师兄弟，对此您仅有一点点感受，而我有切身体会，那种恐惧，人们生活在其中。"

"我赞同你的决心，彼得。但你是否知道某个你可以胜任的工作，还能赚更多的钱？"

"应该有吧。但我不知道您是否会认可。"

"只要是正经事，我不会阻拦。"丹尼尔把他带进放钢琴的那个房间。汉娜和孩子们已经睡了，于是他自己去煮茶。他预感到一丝不祥。牧师们存在就是为了消化坏消息的。最糟糕的是，他自己内心里隐藏着坏消息，没有人可以帮他减缓那个女人带给他的压力。

他端起茶水回到房间："那你打算如何养活自己？你不介意这个问题吧。"

彼得耸了耸肩："我可以做分销商。"

"分销什么？"

"什么都可以。"

"这听起来不错。如果你被抓住了怎么办？"

"抓不住。"

"这样的话你曾说过一次。"

"当时我还比较笨，单枪匹马，而且那一伙人同样愚蠢。况且不干正事，偷东西。"

"那现在你决定要正式地经营毒品。"

"我现在还没有做任何决定，牧师兄弟，我决定做有意义的事，为此，我已经跟您说了，我需要挣钱。如今，离开钱寸步难行。"

"这话我不爱听。我有一种感觉，你决定要过另一种生活。"

"是啊。目前我还什么都没有做呢。"

"目前，目前……彼得，你还记得你说过的话吗，当初我去监狱看你的时候，你说以后再也不要被关在铁窗后。刚才你还告诉我，你想传道。"

"我确实想。"

"如果你是认真的,你就不应该考虑刚才的计划。"

"我是认真的。您自己也说过,人不可能不犯错。"

"是存在罪孽和罪恶,彼得。一个贩卖毒品的传道者,不会是一个好的传道者。一个宣讲十诫的传教士,自己却不身体力行,不可能是一个好的传教士。"

"反正没有人会得知。有些事情是无人知晓的,除了上帝,而上帝是仁慈的。"丹尼尔无言以对,男孩捕捉到了,"说真的,牧师兄弟,这里边的风险,比您做的那些事要小,干这一行的都是些经验丰富的人,什么都有几重保险。"

"你什么意思?我有什么风险吗?"

"您讲道啊。不久前您还不是惹出了许多麻烦吗,跟警察。"

"那是不同类型的麻烦,彼得,而且在那个时代。"

"可当时有谁帮您了?如今,一个人被拘起来,总有人安排把他捞出来。"

"怎么安排?"

"您,牧师兄弟,您是一个圣人,你对生活知之甚少。什么都可以安排,就是花钱买,只要有大把钱。"

"我不是圣人,恰恰相反。至于说到大钱,彼得,这跟你关系不大。"

"没错。如果我就跟人出车,至死我都会欠一屁股债,我能……我什么也做不了。"

"那我告诉你,彼得。一个人只要过得体面,就足够了。这对你和对我都一样。"

"牧师兄弟,我还没做任何决定呢。可您知道,我必须支付监狱的费用,一个月之内必须从姐姐家搬出来。即使您收留我,我也不能一辈子住在您家里。我想过体面而有意义的生活,我想周游世界,同时帮助那些像我这样没有能耐的人。所以我请教您,您是否知道别的生财之道?"

一种突发的联想把丹尼尔吓着了："你还没有下手吧？"

"您指什么？"

"卖毒品。"

彼得的回应似是而非："具体还没有！"

"真的吗？"

"我不明白您的意思。"

"譬如埃娃，你没有卖给她什么？"

"行了，牧师兄弟，这就好比我向您推销东西。"

"你会卖给我吗？"

"不会，永远不会！"

"然后呢？"

"这要取决于您，您是否想要。"

"埃娃想要了？"

彼得犹豫了一下。然后他说："她不想要。"

"她没想试一下？"

"每个人起码想尝试一次。"

"你这个混蛋。"丹尼尔上前一步，扬起了手。彼得跳开了，用手挡住脸。

"不，牧师兄弟，您不要往我身上推。我可劝说她了呢！"

丹尼尔虽然把手扬了起来，却没有抡过去。

"我确实劝她了，牧师兄弟，我劝她不要吸食脱氧麻黄碱，我给了她一点点大麻，这比普通香烟的危险性都小。"

"马瑞克和罗伊奇科呢？"

"没有，没有给其他人。我发誓，牧师兄弟，我没有给任何人提供，埃娃是自己提出来的。她说，她用了几次麻黄碱，感觉很爽，但没有钱再买了。我告诫她别使用麻黄碱，把大麻送给了她，省得她再想别的招。我觉得自己没有做错。"

"我觉得你真是做了一件大好事，彼得！"

"牧师兄弟，假如我不给她，别人也会帮她弄的，而且会给她更厉害的，最终让她上瘾。就像我以前那样。您不清楚，牧师兄弟，人总想用最高级的东西，而埃娃刚入道，还不懂。"

"你是大恩人，彼得。"世界充满欺骗、大话和卑鄙行为。他感到一阵胸痛袭来，呼吸也不畅了，他断断续续地说："滚吧，你这个混蛋。我不想再见到你！"

彼得站起来，告辞，但他在门口停顿了一下："您给我提供的住处，还算数吗？"

"算数。"丹尼尔咽下了心里的真话，"你最好消失得无影无踪。"

"谢谢，牧师兄弟。"

"但有一个条件，你别把我的教区弄成鸦片窟。"

"可是，牧师兄弟，我真的劝说埃娃来着。"

四、汉　娜

在星期五将要出院的那位记者，给汉娜送来了一束紫色的鸢尾花。

"您怎么想起给我送花？我一样没法照料它们啊，"她解释说，"我下周要去度假了。"

"那您把它们放在家里，或者送给别人。花可不能退还的！"

汉娜表示了感谢，突然脑子里闪过一个念头，那个记者长得像那个人。可惜，贝比克没有留下一张照片，他去世已经三十五年了。然而个头跟眼前的记者一样偏瘦小，滔滔不绝地告诉她那个遥远的国度和原住民，也送过她一捧紫色花束，采摘来的，或者偷来的，因为家庭花园里不栽培这种花。

回忆把汉娜拉回到过去，第一次接吻，那个长眠了永无机会相见的男孩。汉娜把花束插入花瓶里，无暇去欣赏它们。在离开医院之前，还有一大堆事情要处理，要提前几个星期安排好值班护士，盘点床单和药品。每年假期的头几天她和孩子们去母亲那里，但最近几年里就她自己去住几天，她节省着假期，这样就可以与丹尼尔在一起。她同样无法休完整个假期，宁愿领取医院的现金补贴。日子过得拮据，每个克朗都需要盘算。今年，丹尼尔说服她另外再休四周无薪假期，家里不需要钱了，而她却需要休息。

真正需要休息的是丹尼尔自己。汉娜发现，最近几个星期以来，丹尼尔好像变了个人，面色憔悴，沉默寡言，魂不守舍。她归因于丈夫还没有从母亲的离世中调整过来，也许他分担的工作太多，太劳神了：他负责整个教区的工作，每个星期日要宣讲，还要去监狱看望囚犯，在电台和电视台里讲话，为报纸写文章，组织唱诗班合唱日，此外还在筹备自己的雕塑展。事实上，他现在可以做一切以前被禁止的事情。

她想帮他一把，可插不上手。她不知道跟他说些什么，能既不耽搁他时间，又可以让他高兴，甚至爱听。她建议他请假，跟他们一同去度假，他坦承想去，但挤不出时间。

也许他真的忙不过来，也许并不希望和她一起去，汉娜觉得丈夫最近好像在躲着她。也许是他不再爱她了，每一种爱情都会日久生厌，这她明白，而且丹尼尔从来没有像爱他的第一任妻子那样爱过她。没错，他仍然帮着洗餐具，负责购物，并敦促她买一身新衣服，晚上跟她和孩子们聊一会儿天，但汉娜感觉，他的灵魂并不完全在场。有时她觉得，自己在那个困顿的时代里肯定是丹尼尔的支柱，然而现在他已经不需要她，或者仅需要她煮晚餐，或者按摩酸痛的后背。

插在花瓶里的鸢尾花散发出馥郁的芬芳，这让她想起生完马瑞克从妇产医院回家的那一天，整个教区插满了鲜花。丹尼尔对她说："对你我永远无法补偿。"时过境迁了，那时马瑞克还小，他们从一个教区搬迁到另一个教区，丹尼尔经常被叫走受审，他始终提心吊胆，怕剥夺他讲道的许可，不知道又被打发到哪一个教区。幸好局势好转了，可是这给她的生活带来了什么呢？在不好的时候人可以感觉比好的时候过得舒心。不自由让人抱成一团，而自由则带来分心的机会。

也许丹尼尔从来不曾需要过她，只是为了给埃娃找个母亲，因此让汉娜走入他的生活，而他的心留在了死去的前妻身上。汉娜回忆，当她搬到教区的家时，到处都是伊特卡的痕迹，衣柜里是她的衣服，门边两双女便鞋，丹尼尔的办公桌上是她的相框，儿童床上方挂着纸鸽子，在微风中抖动着翅膀。"这是伊特卡在医院里折的。"丹尼尔给她解释。她不知道如何处理衣服和鞋子，因为他不能扔掉他心爱的女人留下的东西。所以，汉娜不得不跟死者的东西共同生活了一阵，而她留下的痕迹，一辈子抹不去。丹尼尔从来没有谈起过伊特卡，而埃娃叫汉娜妈妈，在她八岁之前始终不知道她真正的妈妈已经不在世了。

而埃娃也长大了，可以离开她独立生活了，丹尼尔离开她也过得下去。如果她身边最近的那个人都不需要她，谁还会需要她呢？没有人了。带着这样的想法，人是很难生活的。

快两点钟了，汉娜还在写下午最重要的护理指导：给拉格林先生喂饭！

一周前病房里送来一个吉卜赛男孩。光头党在野丁香谷把他从崖上扔了下去，虽然没有摔死，但多处骨折和脑震荡，今天早上才中止了人工营养输液，让他正常进食。汉娜来到病房，她注意到，所有的食物原封不动放在那儿。她问他为什么不吃。

我拿不住勺。他举起手，让汉娜看到他的手在颤抖。

我们可以喂您啊。

我问了，可护士回答我说，她拿的工资，不包含喂我饭。

汉娜回到护士室，质问谁这么回答来着，当然没人承认。即使有人承认了，汉娜也不能开除她，因为找不到别的护士。

她需要度假了，她已经精疲力竭，不是因为工作，而是生活。对生活厌倦，生活纵然循序渐进，但没有一处让她真正期待。没有一扇门打开，让她期望迈进。丹尼尔经常满怀热情描述的天国，从来没有在她的脑海里呈现更确切的形状，她从来无法想象，天门后面等待她的是什么。汉娜为此感到羞耻，与丹尼尔比起来自己太世俗，太实际。也许自己的境界也可以提升，更深刻地思考上帝及其意图，可如何提升呢？这个月已有两位护士宣布离职了，其中一位被认为是她们住院部最出色的，准备去酒店当女招待。

去端盘子你不后悔吗？你在医院可是独一无二的。

可酒店给我高出三倍的月薪。

现在上哪儿去招来新护士？医院给出的报酬这么低，现在只能由部门的护士们分摊这两人的活儿了，不排除还有别的护士撂挑子走人。那怎么收拾？汉娜宁愿不往这方面去想。这是病房，只要一个小小疏忽，稍不留神就人命关天，同时有可能出现一些突发事件或术后并发症，就靠一名夜班护士，即便有分身术也回天无力啊。再加上现在是度假期，也许她不该听丹尼尔的话，还要额外休四个星期的假。

已经两点半了，汉娜把药品登记完毕，去更衣。清点止痛药和麻黄素单方制剂，是以防有人会偷出去供自己用，或者卖掉赚钱。到处只为了钱。人人都想尽快致富，而生活的根本在人们眼里消失殆尽。

什么是生活的根本呢？

信仰、希望和爱。

然而信仰已奄奄一息，甚至希望也枯萎了，人们又如何看待爱情呢？除了双方的身体接触，至多几句甜言蜜语，爱有什么相干。这不是她自身的经验，而是从电视剧和在护士室的女孩们那里听说的。

经常有人向汉娜吐露心声，因为她仁慈的外表，也许因为她是牧师的妻子，或者只是因为她有耐心倾听。她不冒犯别人，善解人意并尽力帮助。她建议她们忍耐，避免过度轻信并告诫她们不要草率做决定，要谨慎控制自己的情绪。

但有时，当她看到那种疯狂，期待爱的绝对投降，听到对方声音里无法抑制的兴奋时,她意识到,在自己的内心深处同样暗藏着思念,甚至期待出现不确定的变化,某种行为,把她带离这股单调的环流在同一河岸的水流。

也许,当她责备年轻的下属时,当她警告他们别愚蠢地发飙时,她会内疚、自责。她常告诫陌生人不要冒失莽撞,可在自己家里却对孩子的轻率行为视而不见。关于吸毒,因为职业关系她耳闻的比丹尼尔要多。在这个国家,每两个人里就能找出一名吸毒者,有人甚至自己都不知道。那些老爷爷、老奶奶,习惯于每天吞下几管药丸,不吃药他们就无法想象生活,因空虚引起的头晕、焦虑会让他们惶惶不可终日。他们不信上帝,一心依赖镇痛药、地西泮和抗抑郁药。也许这种生活方式会让他们善终,可那些十八岁就开始吸毒的孩子,该如何收场呢?她的继女埃娃被毒品侵害了,丹尼尔出于他的善良或者说天真,甚至做不到跟埃娃进行正常交流,更不用说惩罚了。他相信有朝一日埃娃自己会清醒过来,但在生活里究竟有几个吸毒者能自己变理智?这种仁慈和理解式的教育观念,唯一的后果就是,连马瑞克和玛格达都会陷入尝试毒品的诱惑。马瑞克还算有头脑,但玛格达对一切禁止或罪恶的东西都情不自禁,跃跃欲试。最近,汉娜在她的书包里发现了火柴盒。你每天带一盒火柴做什么用?

没什么啊,晚上有时需要照个亮。

你没想吸烟吧。

瞧你说的,妈妈,亏你想得出来?

她一脸的无辜也打消不了汉娜的疑虑。

那两个年轻的囚犯,他们的从良表现让丹尼尔感到骄傲,他对他们的呵护超过了对自己的孩子,汉娜打心里不愿意让他们进自己的家门。虽然他们受了洗,装出满腹的虔诚,但他们不该跟她的孩子们有来往。

如果丹尼尔有一点时间,她想跟他交流一下,让他有机会对她说,他爱她。

汉娜走出医院时，心情沮丧。在大门口遇见了那位记者，他刚刚给她送了鲜花，让她想起了她的初恋情人。记者名叫马修·沃列克，他跟她打招呼时，不同寻常地热情。汉娜提到要去度假，他认为以后很难再谋面，为了对她的悉心照料表示感谢，他邀请汉娜去喝杯咖啡。

"不用了，谢谢。我得回家，丈夫和孩子们等着我呢。"

"您的孩子多大了？"

"十二岁和十四岁。"

"不可能，护士，您在编故事！"

"我还有一个继女，十八岁了。您为什么这么问？"

"我想知道，离开您他们是否自己能应付一会儿？"

"不是这个问题。您已经给我送了花，我不能再接受您的邀请。"

"我只是邀请您喝杯咖啡啊。"

汉娜不明白他为什么邀请自己，肯定另有想法。这个人擅长分散他人的注意力，让人忘掉他的身份，对他失去戒心。

紧挨着医院就有一个小酒吧。圆桌后坐着寥寥几个人，但音乐声震耳欲聋，汉娜一点也不喜欢这里，但既然接受了邀请，就必须忍着。

记者点了两杯土耳其咖啡。

"咖啡对您的胃没有好处。"汉娜提醒他。

"您看，我一点儿没意识到，您了解我的身体状况。"

"大多数人通常不把别人给予的建议当回事儿，所以出院后很快就又住进来了。"

"其实我不喜欢喝咖啡，"他坦言，"在家里我只喝茶，真正的茶，不是酒馆里提供的那种。在东方，"他朝远处挥了挥手，"您一定要去茶馆，不仅仅因为茶艺，那是一种完全不同的东西，您品味的、感觉到的和看到的。比如，他们给您的茶壶里放入一粒小球，那是中国妇女在某处山茶园里用茶叶编织而成的。小球开始膨胀，变出一朵花来，舒展，绽放，而水浸润了茶的味道和香气，在我们这里您无法见到。只要我出国，我每次都购买大量茶叶存起来。哪天您有空，愿意来我家做客，我给您煮龙井或雪花茶。"

"您自己煮茶？"汉娜避开邀请的话题，意识到，在医院里从来没见记者的妻子来探望过他，虽然病历记录里写着他已婚。

"我自己。泡茶的工艺，我秘不示人。"接下来他告诉汉娜如何正确泡茶。茶水可泡三道：第一道最浓，第二道有味，第三道纯解渴。可在中国，您晚上去茶馆坐坐，他们把茶叶放入茶壶，然后不停地往里倒开水。"您知道吗，"他说，"我觉得，一个人会喝茶的话，就会忘记日常生活的嘈杂和喧嚣。"汉娜随后问起他的妻子，做什么职业，然而记者仅挥一下手说，克拉拉在酒吧工作，深夜才回家，白天睡大觉，他们两人难得见面。

显然他不愿谈起自己的妻子，也许两人的关系有些微妙，所以他妻子从来没有在医院露面。也许记者因此才生病的，大多数疾病并非来自疼痛的身体，而是痛苦的灵魂，汉娜对此早有认识。

她丈夫是做什么的呢？记者对此感兴趣。

她丈夫是位牧师。

"我还从来没有跟牧师的妻子喝过咖啡呢，跟牧师也没有。我父母不信教，我随他们。我登宝塔的次数肯定多于去教堂，因为我喜欢佛像。"

"您觉得您可以活着没有信仰吗？我指活得很好。"

"怎么说呢，护士，比信仰更重要的是人要有一颗善良的心。在中国，我遇到很多这样的人。他们没有信仰，但心地纯朴。您也是这样的人，所以您可以怀着爱心去护理完全陌生的病人。"

"医院里每个护士都这样。"汉娜有点不知所措，她不习惯与男人聊天。

"当然。然而您不一样。您对好人和坏人都一视同仁，因为心地善良。您让我想起我的母亲，她年轻时候的样子，"他很快补充，

"她是世界上最好的人。"

"每个人都这样看自己的母亲。"

"可我的母亲真的少有,是我见过的最无私的女人。"他又回忆起第一次去中国时结识的几位中国女性。她们的丈夫被关押了起来,她们的亲人被送到千里之外的公社去接受再教育,女人们承担起一切:照顾一家老少,挣钱,不让孩子饿死。这意味着她们劳累得直不起腰来。但她们没有怨言,谦卑而勇敢地接受了命运。

"也许您是外国人,她们不便跟您倾诉。"

"也许吧,"他承认,"但她们身上有一种特殊的坚韧和平和,忠实地等着自己的丈夫。"

然后他给汉娜讲了自己经历的黄河大洪灾。大水漫进了住房、马厩,冲走了家畜、财物和人。女人们跟男人们一样,肩背半米高的竹篓,里面装着黏土,帮助维护堤坝,抢救一切能抢救的东西。虽然无济于事,因为大水横扫一切,而且在平原地带没有山坡可以躲避洪水。

汉娜听得津津有味,她很喜欢,记者把女人们描述得那么好,尽管那些女人来自那个她永远无法看到的国度。

"您没有害怕吗?"她发问,并且告诉他说,她怕水,水在她的生活里从来起负面作用,差点儿要了她的性命。

于是马修开始道歉,自己无意说起了水的话题,可是在中国,水无处不在,河流,浩渺的大江,奔流在平原上、大山间,还有运河和稻田。在中国人的绘画和歌曲主题里也糅入了月光下的水面,坎卦表示水、雨还有危险。至于是否害怕,人在这样的时刻,只想着应该做什么,而不是面临什么危险,这跟地震是一样的,但地震如此之快,让人都顾不上害怕,要么活,要么死。也许,如果自己被掩埋在什么地方,可能会害怕。他还给汉娜讲了火山喷发,他唯一一次在华盛顿州居住期间的经历。那座火山有个美丽的名字叫海伦娜,但他目之所及却永生难忘,面前就像刚刚经历了原子弹爆炸,整个山顶都被掀飞了。他看着这种景象,刚开始并没觉得生命攸关,就好像在看电影里的科幻特技。直到火山灰和烟雾向他扑来,他才突然发现,自己无法呼吸了,然后漫天一片漆黑。

马修在讲述的时候,手指在空中比画着,平原、洪水、河流、蜿蜒穿行于峡谷,削去了峰顶的山峦。汉娜注意到,他的手异常秀气、柔软,像女人的手指。

"您知道吗,最令我感叹的既不是大白天里的漆黑、凝结的熔岩,或烧焦的枯树,而是死一般的沉寂。飞鸟、蟋蟀都默不作声,甚至连嗡嗡的苍蝇都不叫了。我周围的人几乎都吓傻了,而我却想起了中国先贤的名言,诸如象天法地,升天入地。我没有害怕,只感叹大自然的恢宏神奇。"马修在讲述可怕经历的同时,对汉娜却始终微笑。当汉娜惊叹他的微笑时,他解释说,遭遇类似的事情让他感觉幸运。他幸存下来了,丰富了自己的生活和阅历。他年轻时的梦想就是:体验,理解,然后讲给人们听。

"讲什么呢?"丹尼尔也痴迷于这种需求,这是男人的特性。丹尼尔也一再重复古老的神的传说,试图激发起别人的诚心,包括那些冥顽抵制的。为此他们一家生活困顿,有一阵只得去偏远的山村谋生,不许外出旅行。

"这无法用几句话概括。以前,我至少想告诉人们,他们没有看到的外面的世界是什么样的,那里的人们如何待人,怎样思考,生活习惯是什么。您知道吗,那时世界被划分为两部分,我们这一部分生活富裕,外面那一部分民不聊生,而现在正相反。世界只有一个,这个世界既有好也有坏,关键是今天的世界受到了生活其中的人类行为的威胁。我们拼命往前奔而不环顾四周。您尤其会意识到这一点,当您身处那个地方,自古接受另一种价值观,而不是进步,追逐成就和变化。等您回到家,忍不住会问:这一切如何收场?答案一目了然:我们最终毁掉的是自己,毁掉生活。"

"人们总在期待灾难,"汉娜说,"以前甚至等待世界的末日,我丈夫经常在布道中讲太阳变黑,月亮呈血色,星星纷纷落到地面上,天空也消失,这真是可怕的想象。"

"没错。"记者认同,开始热情地阐释,这只是一场噩梦。从海上浮现的野兽有七头十角。印度教徒相信,等卡利时代来临,诸神互相残杀,水火吞噬国土,重返创世纪时的混乱。波斯人则认为,生活毁于国家的阵痛,随之是火灾、水灾及天空坠落。它总是来自不可逆的上天的意愿。如今我们咎由自取,自寻毁灭,因为我们太过物欲化。人都应该寻求别的价值观:寻找远见卓识的爱,寻找和谐和支配大自然的秩序本质。

"我丈夫说,一切依照神的旨意在发生。没有它,头上连一根发丝都不会生长,也不会掉落。但是,神也呼吁爱。"奇怪的是,汉娜跟这个男人说话很轻松,在丹尼尔面前她从来不敢谈论这样的话题。丹尼尔太博学,严肃,太执着和有责任感。她担心自己在他面前露怯,显得自己无知浅薄。她喝完杯中的咖啡,"谢谢您的邀请,"她说,"也谢谢您的咖啡。"

马修问她的丈夫在什么地方讲道,她告诉了他。

"有时间的话,我会去听一听,也许还能在教堂见到您。"

汉娜与他道别,不理解为什么他还想见到自己。当她从烟雾缭绕、声音嘈杂的酒吧走到外面,她意识到自己的心情好多了,甚至感觉到莫名的快乐。不曾有人这样跟她一起外出聊过天。

五

布普尼科警官住在沃高维采的一座四层小楼里。丹尼尔顺楼梯往上爬时,无法驱除胃部四周那种刺激的不适感。他每次都有这种感觉,当他被传唤问话或仅是被叫到教会秘书办公室去时。

国家安全部已经不存在了,甚至警察制服都已改观,但曾经的体验和经历并没有消失,持续多年,大概在记忆里永远抹不去了。

在四楼他按了门铃。前来给他开门的是一位头发花白的老妇,围着花围裙。

在丹尼尔自我介绍后,老妇说知道他,丈夫正在等他。然后她问丹尼尔,愿意喝咖啡、茶还是啤酒,他都谢绝了,根据以往的经验,最好不接受这些人的任何东西。房门口现出一个男人,丹尼尔压下所有的反感和无措,上前打招呼。

"是牧师先生吧?"凸肚体型的老头年逾古稀,灰色脸上没有表情,微微发红的眉毛,廉价眼镜后面的目光惺忪呆滞。老人迎上一步:"欢迎您。"像多年不见的老友重逢那样,他紧紧握住丹尼尔的手,领他进房间。地板上铺有地毯,墙上挂满了画,天花板垂下十二夹臂的吊灯。

他们在刨花板的桌边坐下来,"牧师,"他再次称呼,"令人尊敬的职业,关照和拯救人的灵魂。我领养老金已经十三年了。我一直以为,一个人不用早起该多么惬意,可现在我四点就醒了,一样睡不着。身上的疼痛在增多,快乐却在减少。您在信中提到您父亲,是吧?我理解您,"他说,"他被审讯过,那些私下印制的名单害了不少人,尤其针对那些幸存者,因为如果有冤情,他们没有机会补救。"

"这样的事经常发生吗?"

"是什么冤情,牧师先生?"

"说冤情可能不正确,应该说是欺诈或伪造,如果他们经常在当事人都不知情的情况下,把他们列入名册。"

"我不这么认为,牧师先生。但这件事也没那么严重。有的人没有签名,甚至说了他不知道的事,而其他人签了名,但从他身上并没有得到实质性的东西。"

"我的父亲呢?"

"您的父亲,您的父亲,您说过,他曾是一名医生,维德拉大夫?"似乎他在尽力搜寻这个名字,然后摇了摇头,"我记不住人名了。以前我的记性多好,能记住过去二十年里斯巴达足球队所有球员的名字，但现在，您知道，老人就是这样子。"

"我带来了一张照片。"丹尼尔从包里掏出一个信封，里面有两张照片。当他把照片递给对方时，感觉自己做了件很不光彩的事，仿佛现在是自己在告密，提供生父的遗像。

"是的，"对面的男人发话，"这张脸我熟悉，至少我这样觉得。但是，并起不到什么作用。您知道，已经三十五年或者多少年过去了。您能记住三十五年前跟您谈过话的人吗？"

"我以另一种方式跟人谈话。但那些来教堂的人，我都记得。"

"您记性好，您比我年轻。但是我告诉您：我之所以不记得，说明您的父亲无足轻重，我指从利用的角度。对于那些真正的大鱼，不管过多少年，我也不会忘记。"

"您连一次提审也不记得吗？"

"不，真的不记得了。您别忘了，我是被他们扔出去的，人会设法排空脑子里的一切，开始操心别的事情。我脑子里只留存了那些不寻常的人，我指在信息方面，自然还有那些经常被使唤的人，恰恰是这些人常给我们提供信息。您父亲肯定不属于这类人。"他俯过身对丹尼尔说，"您这样追究没有意义，您应该最清楚您父亲的为人。即使一些文件留了下来，您把它们弄来读一遍，意义也不大，因为一切要比您读到的复杂很多。"

"谢谢您，也许您说的有道理。"

"您知道，如今人们把什么都戏剧化。在他们眼里，在安全部门工作的都是无赖、恶棍和偏执狂，但我们都是正常人。首先，我们几乎每个人都相信，社会主义会带来比以前比今天更好的生活，谁反对，我们就视为敌人。可是后来，当看到发生的那些事时，激动就过去了，人们只做分内必须做的事情。"

"我跟你们的人也打过一些交道。"丹尼尔说，"也许那些审查我的人，也是在履行分内的职责，即便如此，他们也足够过分。但现在我们不谈这个。"

"没错，您是牧师。以前对教会的干涉，没有依据，属于盲目行为，现在，我们开始自食其果。人们现在只相信财产，相信金钱和事业。"

丹尼尔无法识别，眼前这个人是在表演，还是发自肺腑的由衷表达。

随后，他意识到，这个男人曾经坐在办公桌后面，身后墙上挂着刽子手斯大林和捷克领袖的肖像，在他面前是在劳改营被关押了八年的父亲，这种难忘的经历理所当然让父亲倍感焦虑，他知道自己必须有所交代，但能否作为一个自由人走出这间屋子，则完全掌握在这个人手里，现在此人正面对他的儿子而坐，一脸友好，说话的口气好像他们同属一个阵营，对当今的物欲横流同仇敌忾。这个人不记得他的父亲了，而他曾是当时的提审员之一，可以为所欲为；而父亲假如在世，一定会记得他。警官属于那么有数的几个人中的一个，刻入了父亲的生活。现在他失宠了，或者其他警官介入了他的生活，现在他对那些人感觉愤怒。这些人与谦卑格格不入，更遑论悔改了。而丹尼尔的到来，更让他觉得自己是一个公正的，受伤害的，应该荣誉、赞美和信任集于一身的人。

丹尼尔兀然对自己的行动心生厌恶，自己谦卑地坐在这里，恭听甚至不加反驳。他站起身来说，他不再打搅，致谢然后告辞。

"如果您需要讨教什么，"那名前警官说，"或者想过来说说话，随时欢迎光临！"

六、马　修

马修·沃列克最近过得不舒心。食欲没有恢复，胃部也疼个不停，他既不能去啤酒馆，也无法去他一直合作的编辑部坐坐。他独自一人熬了三天，今天又到了星期天，节日总让他郁闷。他玩了一会儿魔方，没拼出什么有趣的图案来。又给几个朋友拨电话，一个也没打通，他们大都在自己的别墅、林间小屋或在海边度假。

天气燥热。马修起身打开了屋顶下的电风扇。风扇呼呼的声响更刺激了他，噪音及其搅动的热空气让他想起中国和新加坡的那些廉价酒店。他去翻找那盘中国音乐的光碟，期望音乐能让自己平静下来，甚至带给他不寻常的感受。他一边听着《海上生明月》，一边煮上一壶红茶，然后坐到已经咧开嘴的皮沙发椅上。

白色幕帘，后面是手势生动的一圈木偶，锣鼓和蒙古四胡，木制鼓槌，演员们身着色彩艳丽的丝袍，穿红袍那位武生手持宝剑。

公园的白塔，皇宫红墙，金色大门。鱼市和鱼儿一般密集的自行车，卡车押来死刑犯：反动的知识分子、诈骗犯、走私犯、贪污官员和杀人犯。好奇的人群马上盲目地围观。待人群越聚越多，被洗了脑的孩子们开始往火堆里扔图书，焚烧中国古代经典和海外名著，他们还揪着一位老者，老者头上戴一方形帽，胸前挂一牌子：宣传资本主义道路的臭老九。他们摁住他跪到毛泽东的画像前，背诵毛主席语录，然后跳忠字舞，往墙上挂效忠板报，大家齐唱歌曲《东方红》。这一切以无聊的、自我毁灭的革命的名义，发生在一个世界上最尊贤礼士的国家。

马修还剩下多少年，多少月，多少天？他想远离自己的巢穴，远离世界，在这个世界里电车叮当穿梭，骗子、水性杨花女人、癌症和伪诗人如鱼得水，他们的诗集却没人去焚烧。他想入静，除了自己的呼吸什么都不听，但风扇的嗡嗡声和寂寞压向他的脑仁，他依然看到和听见那群人在盲目吼叫。

他那不贤惠的定期来取钱的妻子也没出现，这一次她已经两个月没有露面了。显然她没有脸去医院，更确切地说，她知道他在医院里手里没有钱。但此刻，他会给她，要多少给多少，直到手里不名一文。也许她会跟他和好，甚至白头偕老。

马修自信具备特殊的天赋，能捕捉罩在每个人头上的光环，在闪光的瞬间他就能识别出，那人已虚弱不堪，生命时日不多了。但他无法瞥见自己头上的光环，这并没有让他心静。

他知道他应该放下一切烦恼，以及自我意识生成的担忧，扯断维系外部世界的脐带。不是沉湎于焦虑，而是带着冷静的思维迎接星系的碰撞大合并。昨天他看了一整天电视，以此排遣寂寞，分散思绪，至少抓住生活给予他的短暂一刻，也是命运所赐。可惜周日上午电视里播放的尽是儿童节目。他倒了一杯酒，脑子里跳出几句诗：

   斟一杯酒，不作为，
   冲淡
   无边的怀旧。

葡萄酒在他的胃里顷刻变成灼热的铅，涌到了喉咙口。

床对面的玻璃柜里，玉佛那温和安详的眼睛注视着他。僧人，关于痛苦的崇高真理：生苦、老苦、病苦、死苦、怨憎会苦，求不得苦……

他突然决定：既然是星期天，他要去听那个女护士丈夫的布道。也许他的说教能激励自己。

他走进教堂，布道已经开始了。教堂里一半椅子空着，也许这是常态，或者因为进入了假期。马修并没有坐到座位上，而是站在最后一排的长椅背后，眼睛搜寻牧师的妻子是否也在场。

不一会儿，有一个女人走了进来，着装华丽，齐腰的长发闪烁着提香的光泽。她站到马修的旁边，打开唱本，浏览歌曲，加入了合唱。

马修没有开口，他不识此旋律，歌词内容也似乎过时，展示的信仰，是他完全陌生的。

牧师的妻子就坐在第一排，他一眼便认出了她微微花白的头发，现在，它们没有隐藏在护士帽里，而是盘起了高高的发髻。马修的母亲也留同样的发型。

牧师又高又瘦,他的面容,在马修眼里俨然一副苦行僧或狂徒的模样。他口中诵读着《圣经》,似乎每一个字都在强调,每个词都是基石,都坚如磐石,无法撼动。"不要为自己积攒财宝在地上,地上有虫子咬,能锈坏,也有贼挖窟窿来偷。只要积攒财宝在天上,天上没有虫子咬,不能锈坏,也没有贼挖窟窿来偷。因为你的财宝在哪里,你的心也在哪里。"①

有趣的是,早在远古时代,人们并没有需要藏匿的财物、躲过盗贼的眼睛,这让人觉得我们生活在一个特别邪恶的时代。孔夫子生活的年代同样有战争、冲突和罪恶累累,但他相信,先前的社会曾一派和谐,正义与智慧统领,只要我们纠正这种状况,就能回归那个时代。

牧师继续诵经,圣经说,人不应该惧怕未来,也不必担心未来出现的温饱问题。然后牧师开始解释文本。在他看来,人们已经变成了捕食者,希望拥有的越来越多,他们不满足于已经拥有的东西,已成为某种形式上的盗匪,走到哪里猎取到哪里,而且弱肉强食,不管是弱势的人、动物、树,任何活着的东西都不放过,甚至把国家的不动产转化为巨大的利益,很快又变成成堆的垃圾。

马修感觉自己越来越兴奋。他熟悉这种状态,有时,在喝下几壶酽酽的绿茶之后,会生出这种感觉。此时物体变得透明,植物和一切有生命的东西开始环绕一圈柔色的光环,他能够察觉到过去的痕迹以及未来消亡、崩溃和腐烂的轮廓。在这一刻他意识到,牧师的光环在减弱,出现后又消失,就像遥远星辰的闪烁。牧师将不久于人世,也许他能预见,马修觉得,牧师的话语里透出某种焦虑的不确定性。特别的是,当牧师的眼光扫向马修所在的位置时,他会顿一下,甚至失去了讲话的条理,只有把目光挪移后,才能继续,或许语气更加重。

在最后一首歌声里牧师匆匆走开,马修身旁的女人也转身离去,

---

① 《马太福音》第 6 章第 19—21 节。

马修的兴奋慢慢褪去。

在门口站着一位中年男子,和每一个人握手。他也问候马修,"您今天第一次来这里,是吧?"他问。

马修认可,说自己住了一阵医院,是牧师夫人邀请他来的。

"您能来,非常好,"牧师兴奋地说,"我希望您在我们中间感觉愉快。"

牧师妻子也看到他了:"您真的来了,记者先生?"

"我对自己说,去一次教堂又何妨,其实我是在找借口,我来是为了再次见到您。"

"我有什么可看的,"她说,"可是如果您能常来,我丈夫会很高兴的。"

"我十分赞同他的宣讲。"他这么说意在取悦她。

"真的吗?那您应该告诉他,他会很高兴。"

"我不知道什么时候跟他说。"

"如果您愿意,今天没有别的安排,那跟我们一起走吧,"她提议,"您可以跟我们一起用午餐,我丈夫中午才回来,他今天还有一场布道。孩子们一定乐意听您讲故事。我在家里说起过您。"

她的邀请让他意外。或许自己真的让这个女人感兴趣?他谢绝说自己不能随意打扰。然而,牧师夫人驳回了他的异议,说他们家随时随地有人来吃饭的。

这样他便走进了教区长的公寓。

事实上,马修已经很长时间没有被人邀请去用午餐了,他没有朋友,只有熟人,跟这些人常在啤酒馆或者酒吧见面。

一走进前厅,马修丝毫不觉得自己身在教区,前厅的墙上挂着迈克尔·杰克逊的海报,旁边是一艘驶往土星的太空飞船,下方是一条张大嘴的巨大鲇鱼,在请求救援。

"这些都是马瑞克和玛格达布置的。鲇鱼的海报是我丈夫的姐姐寄给我们的,她在美国生活。"牧师夫人解释,把他领进房间里,墙上挂着的已经是正常的画,钢琴上放着花瓶,插着紫色鸢尾花。

"您看到了吧?我的病人多好,常常给我送花,"汉娜夸奖他,"如果您愿意坐在这里,书房里有很多书,您也可以弹钢琴,或者去花园里走走,我得去做饭了。"马修自然跟她一起离开书房,甚至向她提议,如果她家里有豌豆、干蘑菇、酱油、胡椒和肉汤料,他可以做一个中国酸辣汤。

他吃惊的是,牧师夫人欣然接受,给他拿来了他需要的那些东西,还把围裙借给了他。"我们已经习惯了,客人们在我们家特别随意,"她解释说,"假如您不乐意的话,您也不会主动请缨。您真的帮了我大忙,我还有包装的活儿。"

马修着手准备肉汤,女主人在他旁边削土豆,这样的分工天然自成,他感觉到家庭的和谐氛围。即使他跟妻子在一起过日子的时候,克拉拉也拒绝做饭。他自己动手做饭,或者去酒馆。有一次她对他说:"等你买了汽车,我再给你做饭,会让你像英国女王那样享用晚餐。"可他买不起车,她也从来没给他做过一碗米饭,中国的人力车夫都能享用到的。

一个女孩闯入厨房,满脸雀斑,戴着眼镜。牧师夫人说,这是他们的玛格达。马修有点不自在,因为他不习惯跟孩子打交道,他当然知道,需要有东西吸引小女孩的注意力。他想到一个古老的神话,关于一个巨兽,它可以变成鱼或者鸟。作为鸟它能飞到九万英里的高空,比卫星或火箭还要高。只是神话没有吸引人的曲折情节,更多注重生活教训,所以讲起来不精彩,更不用说讲给孩子们听了。

好在玛格达对他一点没有留意,从篮子里拿了根香蕉,问,她应该带上埃娃的黑泳装还是自己那件旧的。牧师夫人告诉她,明天陪她一起去买一件新泳衣。玛格达欢呼说,太棒了,然后就跑出去了。

"您女儿很漂亮。"

"不戴眼镜就好了。她的视力越来越差。"

"我十岁起就戴眼镜了,现在我的视力也差不到哪儿去。"

"医生说,到她青春期时视力就稳定了。"

"您说过,您有两个亲生的孩子、一个继女。护士,我提的问题是否过分:您丈夫是离异的吗?"

"您怎么会这么想?"她的声音听起来有惊讶,甚至愤慨,"他的妻子去世了,当时埃娃还很小。"

"您一直在医院工作?"

"是的。七七宪章之后他们不允许我丈夫在布拉格传教,派他去了维索钦纳高地的一个小教堂。我从那里上班需要乘坐近一个小时的公交车。"

"您必须上班吗?"

"我丈夫的薪水非常低。人们虽然常给我们送吃的,但我说了,这是一个小教区,养不活我们一家。"

"现在您不必工作了?"

她耸耸肩,然后说:"现在已经不必了。我丈夫在财产归还中收回了位于葡萄园街的公寓楼,卖了一大笔钱。但我不喜欢在家里坐享其成。"

"那您喜欢什么呢?"

牧师夫人再次耸耸肩,显然她不清楚自己喜欢什么。

"您可以一种更好的方式打发时间。"

"怎么理解?"

"这样的可能性不胜枚举。"

护士摇了摇头,他赶紧补充说:"我不是指某项娱乐,而是自己做主。"

"我不打算做生意,我也不会。"

"依我设想,您可以设立扶持残疾儿童或孤独祖母的基金会。"

牧师夫人陷入沉思,一言不发,也没有表示反对。至少她可以资助他出版诗集。

"那你们拿这笔钱做什么呢?"

"我不操心。我们给孩子们买了新衣服。丈夫买了汽车,他用得上,他还负责乡村的教会。"

"一夜暴富的感觉肯定很美妙。"

"不,我宁愿不去想这件事。"

他打量眼前的女人,头发已显花白,但双手的皮肤依然光滑,她圆润的脸上几乎没有皱纹。如果她把头发染一下,会显得更年轻。显然,她并不注重打扮,对金钱也没有欲望。这简直不可思议,一个人,一个女人居然不渴望金钱。他们能拿到多少售房款呢?那是多大的一笔款项啊!马修把钱看得很重,钱能让他自由生活。但财产归还跟他毫不相干,他的祖先不是普通农民就是工人。他的一位祖父是守林人,如果马修需要,倒可以归还他那杆猎枪。

不知道归还的财产是否夫妻双方权利均等?或许不会,至少受益者尚在世时是这样。如果这位太太离婚的话,就一无所有。她要富有,除非她的传道者死亡,这显然很快就会发生。如果他之前就跟她离婚呢,但牧师们一般不会离婚,鲜有听说。那他们的妻子呢?他不知道牧师的女人们会做何反应,可能跟所有世俗的女人是一样的。如果找到得当的方式,就能获得她们的青睐。只是这门艺术,他心里没谱。

汤快要煮好时,他提到家里不仅有东方菜谱,他还搜集中国和日本版画和其他有趣的物件,包括塑像,大部分是佛像。他说:"等您来我家做客,我拿给您看。"护士停顿了一会儿,回复说,"我丈夫肯定感兴趣,他很擅长雕刻,虽然雕的不是佛像。"尽管汉娜推说是牧师的爱好,实际上,她接受了他的邀请。

七

丹尼尔在斯米霍夫汽车站等候,顺路把埃娃捎回家。在埃娃上小学的时候,他时常这样等她从不同的夏令营活动归来。在埃娃已经不需要甚至不适合他接送时,他便来接她同父异母的弟弟和妹妹,他觉得他的大女儿可能会在意。尽管他不愿意承认,他说服自己说,他在等别的人。他时常担心她会去什么地方闲逛,如果放任她不管的话。

埃娃最后一个出现在公交车门口。"你在等我,爸爸?"

"为什么我不能等呢?"

"我还以为你在生我的气呢。"

"你为什么这么想呢?"

"为什么,你知道的。彼得写信说,他把我跟他要麻黄碱的事告诉你了。但是他劝了我,麻黄碱是别人给我的。"

"给还是买的?"

"他们要了一些钱。"

"你轻描淡写,好像你买了一份热狗似的。"

"可我只买了几次,然后彼得就劝退我了。"

"现在我们不谈这事。"

"对不起。我应该告诉你的,但我怕惹你生气。"

他可以呵斥说,已经发生了的事让他很生气,而不是她没有告诉他,他首先要驳斥自己的行为。跟别人透露自己的行为,这需要勇气,这种行为使他感到羞耻,明知是在犯错。人往往缺乏勇气,却申辩说不想让亲人伤心。

"家里有什么事儿吗?"埃娃问。

"妈妈带玛格达和马瑞克去外婆家了。马瑞克开始大量阅读。临行前那几天他搬到了书房里,如饥似渴地阅读。读得最多的是天文学和自然方面的书,还有我的神学著作。顺便说一句,我们了解到,我们的女儿开始吸毒了!"

他们走到了汽车跟前。"我们买新车啦?"她一脸惊喜,"你们在信里都没有提到啊。"

"没有写吗?也许我没想到你对车感兴趣。等我们下次再购置新车时,一定事先告诉你。"

"我也读了，"埃娃说，"外公有一本有趣的书，关于巴赫的。我钢琴弹得很勤。"

"很勤是多少？"

"大约三个小时。"

"整个这一段时间吗？"

"是一天内！"

"那就好。人不能荒废自己的才艺。"

"是吗？"她说，"如果真有才艺的话，不是像我这样的。"

"这样吧，"他提议，"我们有一段时间没见面了，你又这么勤奋地弹了琴，我们找个地方去坐坐怎么样？"

"去啤酒馆吗？"

"可以啊。"

"可是，我们可以回家啊。"

"家里总有人打扰，电话响了，客人登门了，你不是不知道。"

他们在小城区发现了一个花园小餐厅。酒吧里坐着几个客人，但花园里可口可乐广告的红伞下有一个桌子空着。老槐树的树阴下显得清凉诱人。

"你喝什么？"

"我可以要可乐吗？"

"你想喝什么，就点什么好了。"他的大女儿面对他而坐，脸上一抹红晕。跟她的母亲一样，肤色不易晒黑，最多有点发红。近年来不推崇日光浴了。为什么把女儿请到餐厅来？当然不是因为家里有电话干扰，而是因为他也这样邀请过另外一个女人，最近几个星期跟她在一起度过的时间比跟大女儿还要多，他忽视女儿了，甚至没有觉察她竟滑落到如此之远。此刻他试图补救，就好像被浪费的时光可以复返，已经发生的事情得以弥补。

"葡萄酒呢？"她问。

"葡萄酒你也可以点。"

他要了两杯葡萄酒。她手上的皮肤都没有晒黑,只是出现了多处斑点。他想象扎到手上的注射器和针,天知道是什么样的针啊!这种想象让他如同在做梦,怎么能跟他的女儿相关,他的小女孩。

真的,他留给自己女儿的时间太少了,他什么时候问过她的烦恼、她的朋友?什么时候询问过女儿在想什么、在做什么?给他看的那一首诗,是唯一的创作,还是她经常写,都读给谁听?虽然他每天在餐桌上见到她,星期天在做弥撒时给她无数的好示意,留意她的祈祷,了解她成绩单上的分数,跟她一起学习历史和文学史,甚至补充按照教学大纲不允许提及或被视作谎言的东西。但他对女儿自身了解得太少了,实际上在女儿最需要他的时候,他跟陌生女人坐在一起。他跟自己的亲生女儿也亲密不起来。

"剩余的假期你打算怎么过?"

"大概我会跟妈妈外出一周。然后我和马瑞克商量好了,我们用几天时间去抗议特梅林核电站。"女儿坐在那里,身姿有点僵硬,回答问题时,就像一个乖乖的小学生,一个听话的女儿。

"我不知道这主意是否好,在必要的时候,马瑞克能否保护好你。"

"你总这样看我,爸爸,好像我犯了多可怕的罪似的。"

"不是罪的问题,而是你会把自己彻底毁了!"他对她的过失了如指掌,而她对父亲的出轨却一无所知。谁毁得更多呢?谁更情有可原,或至少容易理解?"我还想知道,你是否准备歇手!"这是可能的,或者说更可能,如果一个人在欺骗周围的人,就会影响他们,即使他们不知道他的诡计。因为有欺骗行为的人,他的举止有别于心底坦荡的人。

"我只想对你说,彼得没有过错,他劝我别吸毒。"

"你为什么总要提彼得,而不谈你自己呢?"

"我不希望你冤枉他。"

"我没有冤枉他。你应该明白,我更关心你而不是彼得。至于说到他,难道我还要感谢他把你引入歧途?"

"不是他引导的。他一再劝我不要注射,在我自己弄到麻黄碱的时候。"

"你从哪里弄到的?"

"在学校里啊。"

"你还没有回答我,你是否准备停止。"

"我已经停止了呀,幸亏彼得。"

"幸亏彼得,他让你一次又一次中邪?"他竭力压制心中的愤怒。

"爸爸,你什么也不知道。彼得人不坏,相反,他想帮助大家。他劝阻了我说麻黄碱会上瘾,大麻不上瘾,而且我已经歇手了。这次我在外婆家只喝牛奶,吃维生素。"

"你为什么要吸毒呢?"

"我想尝试一下。为了买毒品我卖掉了你送我的毛衣,你不生气吧?"

"为了那件毛衣?"

"这是你给我的礼物呀。"

"让毛衣见鬼去吧,"他怒不可遏,"你为什么要在学校找那玩意儿?"

"因为在班里几乎每个人都试过了。"

"你夸张了。"

"他们也酗酒,抽烟,吸大麻,每个人都交友,相互睡觉。"她补充道。

"毕竟,人不必效仿别人做的一切。"

"不是一切,而是一些,尤其是……"她顿了一下,"尤其有一个当牧师的父亲,每个人都盯着我,好像我是用不同材料制成的。"

"真遗憾,但你选择了最好的方式向他们证明,你是以相同的材料制成的?"

"我做了最差劲的选择,而且是故意的。"她回答,出奇地执拗。

"我相信,其他人这么看你,你可能心存芥蒂,但肯定不是所有人都这么看你吧,我想你在班里也有好朋友。所以这不可能是主要原因。"

她缓缓啜了口酒:"不久前我告诉你了,那个原因。"

"告诉了吗?"

"空虚。"

"嗯,我明白了,我们家里的空虚。"

"还有我心里的。"

"对不起。我想,我以为,我们可以给你们一些东西来填补空虚,比毒品更好的东西。"

"确实也填补了,可是人转眼就忘了。"

"怎么?"

"你真的想知道?"

"忘记什么?空虚吗?"

"忘记一切,包括自己。忘记自己的寂寞。与麻黄碱做伴,吸食之后我也感觉自己很强大,我有能力做很多事情。"

"你想证明什么?"

"在学校里出色。与人为善,爱他们。似乎我可以尝试做一切,像你那样雕刻出一尊雕像,弹钢琴,如你所期望的那样。之后我觉得时间几乎停止了,时间一停止,人就不死了,至少不会像妈妈那样早逝。我特别想嘲笑一切。我可以大笑,这对我来说太美妙了。我的脑海里也出现了旋律和诗歌,真的,一些曼妙的诗句。"

"你写下来了吗?"

"不,这让人觉得多余。写,为什么?我幸福就行了,我脑子里冒出了诗句。"

"比平常感觉更幸福吗?"

"不一样的。事实上,不吸毒品我也从来没有感到过幸福。"

"对不起。"

"这不是你的错。这不是任何人的错,我就是这样的人。"

"埃娃,你知道的,毒品不会让你幸福。为了那片刻所谓的幸福,你付出了太多。"

"这我知道,爸爸。我已经停止了,真的,不吸了。"

八、书　信

亲爱的丹尼尔:

　　我和玛格达、马瑞克已经顺利到达。像往常一样,我们住在顶层紧挨屋檐的那间斗室中,从这儿能望见四周的美景,三个鱼塘就像能放入掌心一样,如此深沉的静谧充盈了整个世界。晚上,我从电视上看到一个断了手臂的女孩,还有一些在战争中被打得遍体鳞伤的人被拉到医院,我突然感到一阵羞愧,我此时在这里闲呆着,甚至多请了一个月的假。我的想法是,正好利用这段时间,我可以申请去那里,据说他们缺少大夫和医务人员。你觉得怎么样?

　　我认为这好像没什么问题,但是我在妈妈面前说起这件事情的时候,被玛格达听到了,她跑了过来,开始大声嚷嚷:妈妈,我哪儿都不让你去,他们会在那儿杀了你的!

　　玛格达是个好孩子,不过却懒得出奇,我让她去商店买酵母时,她的表情就好像我让她去往车上搬砖头一样。她今天一直睡到了十点半,我把她叫醒时她还一脸大惊小怪。昨天一只大黄蜂飞进我们屋里,她吓得像疯了一般狂叫,然后钻到了床底下,直到我把大黄蜂赶走她才出来。相反,马瑞克却替妈妈割了整个花园的草,并把储物间粉刷一新,不然他就窝在那儿看那本厚厚的太空类图书。有一次,我不小心打开了那本书,发现里边有好多被剪下来的黄色图片。我知道,这些玩意儿铺天盖地防不胜防,无论是日历还是电视上到处都有,但我还是为马瑞克感到遗憾。我什么也没有说,不过我觉得也许你可以和他好好谈一谈，跟他解释一下，那可不是欣赏女人的好途径，虽然他有时也会跟你拌嘴，但是你的话对他还是比其他所有人更管用。再过几天他们就要回去了，他们想跟埃娃一起去发电厂那边露营，我不知道这个主意到底怎么样。

丹尼尔，当下的世界里，想弄清楚什么是对什么是错，什么对人们有益什么是灾难，真的是太难了。妈妈行走很不方便，风湿又加剧了她的痛苦。你的脊椎还好吗？我为你在医药箱里放了每片四百毫克的布洛芬，万一疼痛袭来的话好有防备。

我们的保罗来呆了一天，你知道的，他收购了他们村里的小商店，欠了一屁股的债，现在为这事操碎了心，连礼拜天都开门营业，不过这有什么用啊，人们不怎么上他那里买东西。我还和他聊起了波斯尼亚的事情，他说：这都是咎由自取！我想起《圣经》里的一句话：你们不要论断，免得自己被论断。还有：谁的心肠刚硬，必陷入祸患。不过我的小兄弟只是想说，他自己的烦恼已经够多了，不明白为什么还要替那些自相残杀的山里人操心。我唠叨这些琐事一定让你厌烦了，那我还是打住不说了吧。

丹尼尔，别忘了给家里的花浇水，所有的花都要浇！求你了。如果天气持续这么热（据说布拉格都有三十四摄氏度了）的话，别忘了给花园里洒点水。

我们还要在这里呆上半个多月，可我已经非常想念你，过这么长的假期，我不太适应，而且我离开你还是有点担心的，因为我感觉到你可能会自顾不暇。如果需要，打电话吧，我会马上赶到。你知道的，在我的心里，你重于一切。

送上妈妈还有我的问候。

吻你，你的汉娜

　　　　　　　　＊　＊　＊

亲爱的爸爸：

　　我们过得开心极了。我们游泳，出去散步，跟村子里的女孩子们打闹。外婆烤了奶酪和罂粟子的甜面包，这些真是世界上最好、最大的美味。妈妈也说，这样的甜点只有外婆才烤得出来。我们这里有五只安哥拉兔子，它们看起来像毛茸茸的红眼睛的网球。我每天晚上做祈祷，在星期天我们都去教堂。爸爸，给你送上我的吻，巨大无比的吻。

　　　　　　　　　　　　　　　　　　　　　　玛格达

　　妈妈说，她在给你的信里写到我，说我懒惰。爸爸，我可不懒，我可是在度假。你给我们写信吧。我也知道，甜面包的尾字母应该是 y，而不是 i，可是在假期里，我可以随心所欲，想怎么写就怎么写，对吗？

　　　　　　　　＊　＊　＊

亲爱的丹：

　　我这已是在温泉疗养院的最后一周了，因为萨姆在这里疗养他众多疾病中的一种。要做一个贤惠的妻子，我就得忍受这里的无聊烦闷，陪伴丈夫做不同的疗程，在柱廊间散步，同他谈论建筑或者探讨他的病情。在他午睡的时候，我会悄悄溜出来，哪怕短暂的一会儿，到旅店前面的小花园里思念你。我很想你，亲爱的，真的非常想你！

　　对我来说，你就像是一个奇迹，缘起于一次又一次的相逢。它的神奇在于如此地出人意料，因为我从未期待过，在芸芸众生里真的生活着这样一个人。我可以大胆地对你描述你的样子，之所以大胆是因为我并不了解你，然而我却担心，我的勇气只不过是我的自以为是而已,自以为不会错看人。

不过我依然要尝试一下。虽然你是个男人,你是那么具亲和力,善良和坚强。你的心胸豁达,不伤害别人。你将生活置于成功之上,你知道,美好的生活是唯一之成功。你认为,你的信念给你带来幸福生活,我却认为是你的心引领你走向幸福。我还认为,你不会因一些琐事而指责、教训别人,因为你最希望的是人们好好地生活,活在爱的幸福里,如同你自己那样。我赞同你的想法,因为我的心需要爱,我的灵魂也不能缺失爱。如果世界上最优秀的男士经过我的身旁,而我却怀着一颗冷漠的心,那么就什么都错失了。我对爱的需求来源于对荒谬生活的恐惧,我担心在这样的生活里一切将终结,我所期望的,渺茫无法实现,期望持久的东西,只是昙花一现。我需要爱来抵御这冰冷的宇宙。有时,当我即将入睡的时候,我能听到自己的心跳,因我对它的折磨在绝望地怦怦跳动。这时我心生愧疚,这颗心是那么善良,它不应该被如此对待。亲爱的,请不要再折磨你的心了,不要再拒绝倾听它的声音。是你说服它相信,美好的生活植根于对久远诺言的诚信,而不是忠实于自己的内心。

我想念你。历经这些年的生活磨砺,我开始珍视自己。一切缘于你。我凝望自己,喃喃自语:我那么美丽,人见人爱,竟然有一位像你那样的男士爱上我。你爱我,虽然你一直在竭力抗拒,跟自己较劲。亲爱的,我真的感觉到了。我打量着自己,我知道,我是个浅薄而不完美的女人,没有耐心,有私欲。因为我不会一辈子属于你,那么对你来说这无关紧要了。

请让我生活在你温暖的爱的怀抱里,至少几天,不,几个星期,不,求你了,至少几个月。不要抛弃我,虽然有时我举止过分。

你的芭拉

一九九四年七月

* * *

亲爱的汉娜：

你寄来的长信让我倍感欣慰。当地的人们在虚伪的预言家和无耻的领导人的误导下相互残杀，而你决心去那里帮助他们，这份决心令我感动，甚至让我感到羞愧。

我不敢苟同你兄弟的看法。在我看来，对于所有人，哪怕是素昧平生，我们都应当视若亲人，从而去体恤他们的悲伤和痛苦。只是世人太多了，承受痛苦的人要比置身事外的人更多，而且若是把这些痛苦的负担累积起来，足以让火山口比最深的海沟还要深，这不是我们的力量所能承受的。至少在我们视线所能及、力量所能达的地方，伸出援助之手吧。

玛格达说，她不放你去那些枪弹激烈的地方，在这一点上她是对的。我想，那些枪林弹雨之地，绝非孩子们以及他们的母亲应当涉足的地方——他们应该从那里离开，而不是奔赴那里。何况孩子们需要你，甚至埃娃也需要你，我曾以为，她已经独立了。她的独立，在某些方面使我恐惧，不过我坚信，在她还没有被拖进罪恶的漩涡之前，正是你的经验和智慧帮助我们把她拯救出来。

请别自责，为你现在生活安逸、休息充分，这两项是你理应得到的，在生活中你为他人已经付出了太多，也承受了太多磨难。你也不用为我担忧，我感觉很好，而且现在我的工作也稍少一些了，这样我就拥有片刻的闲暇去阅读一些书，也可以抽空做木雕了。

想念你们每一个人，期待见到你们。

你的丹

* * *

爸爸：

嗨！

我们过得真棒，这儿简直太神奇了——我是说这里的人，因为从其他方面看，这儿仿佛在科幻片里似的。冷却塔从高处木呆呆地俯视每一个人，那么多的混凝土，足可以用它筑起一整座巨大的城市，那么可怕的混凝土的城市。我们举办讲座，互相用捷克语和英语进行交流。在这里，荷兰人为我们做饭，他们都是素食主义者。每年夏天，哪里在修建核电站，他们就去哪里举行抗议活动。不过，除了在我们国家，其他地方的人们几乎不再修建核电站了。昨天，我们在冷却塔上放映一些政客的肖像，大家想出的花样真不少。这景象相当壮观。现在，我们准备采取非暴力行动，那就是封锁。可能我们会身子挨着身子，躺到大门口。关于这件事我们还在讨论。这里的人们着眼于未来，他们不想受电视媒体的愚弄，这一点让我很欣赏。埃娃现在到乡村去做说服工作了，说服村里的人们应该节省用电，堵住窗户。她大概到晚上才能回来。

妈妈和玛格达已经回去了吗？如果已经回去了的话，请代我问候她们。当然我也要问候你。对啦，我们很健康，好着呢。

你难道不想来这儿看一看吗？已经有不少名人来过这里了，主要是一些歌手。他们所想的正如我们所想。你也可以告诉人们一些道理，让他们知道你认同他们的做法，甚至主耶稣也会认同他们，假如耶稣知晓哪怕一点点关于核电站的事情，他也会来到这里和我们在一起的。

快点给我们回信吧，最好能过来。我们带你一起去帐篷里住。

马瑞克

* * *

亲爱的、甜美的芭拉：

今天是一个分外温暖的夜晚。我无法入睡，于是我重新穿上衣服，出门走到花园里，看天上的星星。我的儿子，只要在家里，几乎每天晚上都要观察星星，然后问我各种问题，让我难以招架。你也曾以浩瀚的宇宙想问倒我。是的，那是难以想象的和无法克服的距离，但吸引我更多的是人与人之间的距离，那距离，在宇宙空间不足一个点，但往往，似乎不可逾越。

你把我写得太美好了。我已经几次跟你说过，你关于爱情的描述很精彩。我同意你的观点，尽管我们之间发生的事情让我心有余悸。同时，已经发生了的和正在发生的，让我心存感激，我感觉，跟你在一起产生的也许就是伟大的爱情，还有亲密相伴。我所期待的，我正在经历的，是和我的第一任妻子才开始经历的，唯独与她才有这种感受。我不再相信，我还能再次体验类似的情感。我有这种权利吗？我们有这种权利吗？

即使我如此扪心自问，我依然感激你在我生命中出现的那几天。这份感激之情，会绵延不息，即使我害怕表达出来。我感觉自己不像你，"从来我希望持久的东西，持续时间不长于片刻"，我认为，如果人们愿意，那么"从不"便不再存在，除非死亡。而死亡，我也相信它不必像你感觉的那样来表达。但人类的愚蠢可以导致死亡早几十年来临，我们经常自己准备"从不"，出自软弱，自私，无知，或者出于绝望。

我们该怎么办？

我还要对你说，你是一个特别的、特殊的存在。在你身上更多的是对爱情、对完全的渴望，这是在其他任何人身上我没有见到过的。我感到绝望，在我们之间永远不可能做到完全。也许能，为此我们必须舍弃什么，会伤及多少人？

所以我们，你和我，迂回在渴望完整和焦虑的"从不"之间，这很不完美，但人性化。

在你身上我感觉到巨大的爱，在这一刻我欲罢不能，即使我努力想做到。

你的丹

* * *

尊敬的牧师兄弟：

我要为自己所做的一切恶行深深致歉。我曾跟您讲过，我酗酒，只是因为我不幸，我不得不从姐姐家里搬出去了，我想做毒品分销，也不是实话。我只是需要赚更多的钱，这是当今世界的现状。现在，我试图寻求真理。关于生活，关于主耶稣，我认识到，每个人看到的都不尽相同。比如耶和华见证人或者罗马天主教徒，举个例子，他们是如何崇拜圣母玛利亚的。这个是我从一个印刷圣路易斯祷告词的牧师手里得到的，上面写道：你无限制地被天使、人类和恶魔统治，无法反抗，然后依照你的意愿无任何保留地由所有的神所控制。对此您说什么呢，牧师兄弟？事实上，这几乎是对上帝的亵渎。还有五旬节派，他们声称：一切根本和必要的，皆来自圣灵，我们必须相信他的力量，面对撒旦不退缩。我觉得这有道理，因为圣灵在五旬节被使徒们领受。另外，牧师兄弟，因为埃娃的事，我乞求您的原谅，我并不想伤害她，我只想把她从那些可恨的麻黄碱里拉回来。牧师兄弟，大麻不会伤害她的。我首先要跟您谈一下，所以现在乞求您宽恕。我祈祷了，希望您和主上帝原谅我。

您的彼得

* * *

亲爱的丹:

我不知道拿你怎么办。双重的生活是很毁人的,除非一个人不完全放弃成为一个整体的需要。原谅我,原谅我,我毁了你。但是,如果一个人连爱的需求都放弃,那么在特定的境况下别无选择,只能过双重的生活。至少当今世界的道德使然。大脑可以被愚弄,心灵却不能。我们的心是一个指南针,你知道的,你读得懂它。从一开始,当我第一次听到你的声音,就相信我可以把脖子伸给你,你不会让我难堪。我冒着风险,不仅仅意味着昂起脖子,还包含不设后路的对完整的需求。但是,那条后路我还是预留了,它通往我的家,我的丈夫和我的儿子们。但是,我的家同时是危险的地方。我总是提心吊胆,没有体贴的怀抱,这个家的男人却需要我的怀抱,同时背着双手。尽管我在家里竭力逢迎,一脸温柔,笑容满面,但我内心深处在焚烧,有些东西已无法恢复。我的内心有些东西已经死了,不能复活回生了。我的友善停留在表面,我感觉得到,萨姆也觉得出来,他不断地对我抱怨,不信任我,掐我脖子。我无法靠近他,也无法离他而去。我呆在他身边,苦不堪言。这里没有幸福的无知,可以掩藏一切,厄运的意识主宰这里。它伤着我,因为我需要快乐,这样我的生活才有意义。我不想生活里没有快乐,没有爱情,那我宁愿不存在。我不希望我的生活由一系列的义务构成。我不希望用责任来拯救世界而是用快乐。我期待离去,消失,唾弃一切,自由,飘散,不存在。我谈我自己,好像我不考虑他人。在我的日常生活中,我必须时刻考虑别人,我都没有时间想起自己。现在,当我思念你的时候,就想起自己了。跟你在一起,我感觉我能想起自己。你不恐吓,不勒索,不威胁我,你不嘲笑我的疯狂。你是真正爱我的人,不是因为我值得怜爱,而是因为你充满爱心。对你我怀有莫大的感激之情,因为我从没有见过像你这样的人。

现在，你遥不可及，让我想哭泣。我无法拥有你在身边，作为自己的拯救者，自己最亲的人，自己真正信赖的人，我知道，你不会让我去死，我可以向你袒露我的虚弱、不可思议和楚楚可怜，你不会拒绝我。

所以我为找到了梦寐以求的善良的男人而哭泣，但他不属于我，将来也不会，我明知这一点。我找到了这个男人，我要感谢主上帝，是他让我认识了你。

你惊讶吗，我写到了主，你认为我这样做，是为了讨好你。但我不想有悖于十诫活着，我理解他，尊重他，除了其中一条：不可贪恋别人的丈夫。我明白，生活需要秩序，要提倡美德，只要不是虚伪。

我把生活弄得残缺不可收拾，但现在我很幸福，幸福得死而无憾了。但我不想死，我要和你在一起，很长很长时间，至少一个通宵。

我爱你，太爱你了，我简直度日如年。我们三天以后回来，我能见到你吗？

你的芭拉（爱你）

* * *

亲爱的马瑞克和埃娃：

我很高兴，你们的露营生活如此开心。这实在太好了，我们生活在人们可以自由地表达自己观点的体制下了。我在你们的年龄，很难，绝对不可能这么自由。谢谢你们的邀请，但我无法成行。我不清楚这场纷争里哪一方是正确的。我认为，人们应该简朴地生活，对此我在布道时讲得够多了，我觉得人们应该更珍爱大自然，珍惜生活，珍视自己行为的结果。但说服他们不是一件易事，这我深有体会。大多数人都被财富吸引，而不是简朴。今天的人们相比几个世纪以前，在这方面更加变本加厉，因为致富更容易，谁会自愿生活在贫困之中呢？这只会引来嘲笑。于是产生了电，你们也在使用它，你很难想象没有电的生活是什么样子。是否从煤炭、从石油或铀裂变中生成电更好一些，我无法判断，我是外行，就像我不会解多次方，不知道如何理解黑洞或类星体。而你，马瑞克，我只希望你不要轻易做出判断，好好权衡其利和弊。现在如此，将来也如此。因为当一个人停止掂量自己的时候，就会被利用。你关于主耶稣的想法，是否与你同在，是否会在世界上出现，让我心动。耶稣肯定会站在那些谦虚的、以爱支配自己行为的、在上帝的威严面前谦卑的人那一边，但我仍然认为，我们不应该把耶稣扯入我们过于世俗甚至政治化的纷争里。耶稣为我们打开大门，旨在引领我们超越自己，超越短暂的生命，赋予我们的生命意义和价值。因为没有这些，剩下的仅为布满星系的冰冷的宇宙，那些星系你经常提到。至于用什么或者如何发电，不是至关重要的。

问候你们俩！

你们的爸爸

第五章

一

丹尼尔被电话吵醒时,已经睡着了。

"是我,丹,这么晚给你打电话,你不生气吧?"

"我不清楚现在几点了,快半夜了吧?"

"我也不知道。我跑出来时没有戴手表。我需要跟你说话,怕你不方便。"

"我独自在家,妻子仍然在外面度假。"

"那你能来找我吗?"

"你在哭?"

"也许吧,我心乱如麻。"

"出什么事了?因为孩子们吗?"

"不,孩子们睡着呢。所有人都在家里,暖暖和和的,就我在公交车站边的亭子里,快冻僵了,像在玻璃棺材里一样。我倒宁愿在木棺材里,什么也看不到,什么也不知道,把我推进火炉,至少那里是暖和的。"

"我马上到。"

午夜后的半小时。外面的寒冷不似七月天,风驱赶着天上的云朵,云层的边缘镶着一圈苍白的月色。

打老远他就看到芭拉站在公交车站边,这个时候公交车都已停驶了。她在蓝底黄色斑点的短外套里缩成一团。

他紧靠车站停下车,打开车门。

"我的手冰凉冰凉,"芭拉说,"两腿也是,浑身都冷,你终于来了。"

他问:"发生了什么事?"

"我逃出来了。他拿尺子往我身上扔。"

"你丈夫吗?"

"还有谁?我们吵架了,因为萨沙。可我不希望我们就这样坐在车里。"

"我不知道去哪里。"

"那好,走吧,一直开!"

"嗯,告诉我到底出了什么事?"

"你不介意我向你道出那些污秽?"

"所以我来了,就为了让你告诉我发生的一切。"

"你不是因为爱我才来的?"

"这是一回事。"

"我知道,那你握住我一只手好吗?"

她的手冰凉,就像那次她开车送他一样。那件事距今多久了?

"他恨萨沙,"她开始说丈夫,"总是排斥他,禁止他做这做那,骂他无能,懒惰,不爱学习,放学了不回家。今天他又冲萨沙叫嚷,让他别异想天开,说抚养他够久了。我说,你别搞错了,是我在养活他,他是我的儿子,萨姆开始对我们俩吼,说我们是寄生虫。我让萨沙先离开,然后我告诫萨姆,我不能容忍他这样待我。他没有想到我敢顶撞他,因为他自视为人物,而我只是一只爬进他外套的跳蚤,一个在他不如意时往里撒气的烟灰缸。他一把抓起钢尺朝我抡了过来,如果我躲闪不及被打中的话,我肯定丧命了。天哪,你别怪我告诉你这种恶心的事。我从家里冲了出来。可我去哪里?我可以去我妈妈那里,可这么晚了,我怕她受不了,所以我给你打了电话。"

"你做得对,给我打电话。"

"我永远感激你,你来找我,没有扔下我不管。现在,你也无法睡觉了……你把我带到哪里去呢?去机场吗?"

"不,就这么开着吧。"

"我想和你一起飞走。去很远的地方,去海边,去温暖的地方。譬如巴塞罗那,那里一定暖和,还有高迪。可和你在一起就够了,我觉得浑身温暖,那温暖来自你的心。不要担心,我不会强迫你去什么地方,也不会缠着你不放,我这就回家。不,不要停下来,再跟我呆一会儿,带我去什么地方,至少再呆一小会儿。"

汽车在红山路口驶离了主干道,在一栋大楼前停了下来。"楼上有一套公寓没人住,我母亲留下的。"

"那天你母亲去世了,我知道。"

拧开门锁的同时,他巡视了一下走廊,生怕被人看见,但这个时候人们都沉睡在梦里。

母亲去世已近五个月了,房间里的那股熟悉的气味,依然没有消失。

丹尼尔帮芭拉脱下外套,两人面对面坐下来,芭拉看着他,眼中充满了温柔,至少他这么觉得。他意识到,其实自己心里很高兴:没有把时间浪费在睡觉上,而是跟她共度。

"这里能找出酒来吗?"

"既没吃的,也没喝的。只有番茄酱。"

"没关系。为什么你离我那么远?"

"我挨你很近啊。"

"我想让你坐得更近一些。"

他坐过来,两人的膝盖相碰。

"以前他确实养全家人,"她说,"当时阿莱谢克还小。可是我也全心全意照顾他们了呀。在家里他什么都不用动手,到了晚上我还帮他誊设计图。革命后我跟他一样开始搞设计,也许干的活更多,因为他就在工作室，而我时常还参与电视拍摄、做家务。你说，我怎么成了寄生虫？怎么是他抚养了我的儿子？"

"我并不认为你是寄生虫啊。"

"可他这么认为。"

"可能他也不这么认为。"

"那他干吗这么说？"

"我不知道，我不认识他。也许他是想刺激你。巴掌疼一下就过去了，冤枉会伤害更久。"

"为什么呀，告诉我为什么，他为什么要刺激我？"

"也许嫉妒你的儿子。"

"他为什么要嫉妒我的孩子？"

"你给了儿子爱，他想独享。"

"你不觉得恶心吗？"

"这是人的本性。"

"你对我的萨沙也会吃醋吗？"

"不会。人没有权利掠夺别人应得的那份爱。"

"我知道。你一定不会折磨我的。"

"在生活里我做了许多不好的事情，但我想，我不曾折磨过任何人。"

"你做了许多不好的事情吗？我只知道一件。告诉我，这样长时间里，你为什么不来找我？"

"我怎么去找你啊？我都说不上了解你。"

"是呀，你并不关心世界上存在什么芭拉。你心安理得把我留给那个往我身上扔钢尺的家伙。"

"不想这件事了。"

"你说得对。请原谅。我跟你在一起，却一直在聊别的男人。告诉我，你还记得你的第一任妻子吗？"

"我不明白你的意思。"

"你是否还想念她?"

"当然。"

"经常吗?"

"我不知道什么算作经常,现在比前几年少了。但我经常想起某个场景,我们俩特别幸福,或者,正相反,我伤害她的时候。"

"你也会伤害别人?"

"譬如,某件事情,我没有满足她或者没有尽量阻止她。在我们相恋的时候,我们相距很远,需要好几个小时的车程。有时候我受不了路途奔波,不主动去看她。有一次,她已经怀了埃娃,她被传唤受审。我坦然让她去了,甚至没想到去她上班的地方等她,只顾忙自己的事情。每当想起这件事,我就愧疚,自己在这样的时刻没有陪伴在她身旁。"

"因为她去世了,所以更加让你痛苦。"

"是的,我无法弥补。"

"你可以弥补给活着的人。"

"自那时起我一直这样努力的。"然后他说,"你也让我想起她。"

"你觉得我跟她长得像?"

"不是,而是我感觉到的那种亲近,那种亲密。"

"她的去世,对你来说一定很难承受。告诉我,你没认为它不公平吗?"

"死亡没有承担公平的义务。"

"那上帝呢?"

"上帝是公正的,但他的公正有别于人类。"

"你认为可以存在两个不同的公正吗?"

"不是不同的公正,仅是维度不同。"

"你相信第四维度?"

"我指上帝活动的维度。"

"我妹妹去世的时候,我也觉得不公。为什么死的是她?"

"你妹妹去世了？你没有说起过。"

"已经十年了。我不愿谈起它。"

"就是那个在你企图自杀的时候找到你的妹妹吗？"

"我只有一个妹妹。卡佳对我非常好，除了妈妈，她最善良了。"

"她得了什么病？"

"没有。她驾车时打滑了。五天里都神志清醒，大家以为她痊愈后至多无法行走而已，然后她就失去了意识，在医疗仪器上维持了六周生命。仪器一关闭，她就走了。灵魂什么时候离开躯体的呢，在关闭仪器的时候或者之前？"

"我无法回答。"

"你认为这公平吗，那些年轻、善良的人早早夭折？"

"善恶之人都有一死。我们同样。"

"是的，从此我知道，在早上告别了我爱的人，便再也看不到活生生的他了，他也看不到我了。这是可悲的，是可悲的安排，你不这么认为吗？"

"那你想要什么呢？那生活应该如何安排？"

"我想知道我还剩多少日子，可以活着，可以与你相爱。"

"肯定还剩余很多。"

"你怎么能知道呢？"

"我会为此祈祷。"

"你将祈祷，为了我不死？"

他点点头。

"我也为我的妹妹祈祷过，但于事无补。"

"不说死亡了。"

"你说得对。不要生我的气。和你在一起，我却谈论死亡。因为我情绪不好。那你能跟我一起躺一会儿吗，或者你着急要离开？"她站起身，轻松地找到了浴室的门。

他听到了流水声，流淌出的应该是锈水，这几个月里没有人来放过水。他忘不了自己的第一个妻子,特别是她去世后的头几年。也许正因此他始终跟汉娜无法完全亲近。他对第二任妻子充满感激,他爱她,但他已做不到像爱第一任妻子那样去爱汉娜。他甚至觉得很自然,一个男人毕生只能一次全身心地爱另一个人。那他现在的感受是什么呢?这是真正的爱情,抑或某种自我安慰的错觉呢?

芭拉走出浴室时,全身裹在毛巾里,他的第一任妻子也经常这样。

"我拿起来就用了,"她指毛巾,"你母亲的毛巾,然而如果她知道我在这里跟你在一起,并且我爱你,她肯定愿意借给我。"然后她要求熄掉房间里的灯,就让前厅亮着,因为她害怕黑暗。

他们在那张旧沙发床上做爱,他童年记忆里就有那张床了。"亲爱的,"芭拉低语,"我喜欢你抱着我,我喜欢你,喜欢你的嘴巴、牙齿和你的眼睛,蓝灰色,就像布拉格的天空。如果没有你,如果你不来找我,也许我已经不在世了,我需要生活里有爱,没有爱我宁愿死,没有你我宁愿死。"她高潮的呻吟里夹杂着请求,"保护我,你会保护我吗?"

"保护你什么?"

"躲开所有的邪恶、暴行,躲开世界,躲开自己,躲开死亡。你能做到,你有这个能力,你什么都能做到。"

"宝贝,我没有这么大的权力,但我爱你。"

"你有,你有给予爱的权利。"

前厅射来的光线落在她略显苍白的脸上,她的头发闪烁着金属光泽,眼睛黑幽幽的。

"我已经说了,我不是神。"

"人相爱不需要神,爱在人的心里,在我的,也在你的心里。"

现在几点了?自己怎么会在这里?这是罪过吗?背叛了所爱的人,背叛了自己?或者反过来,如果他不来这里,如果他放弃这超越一切感受爱的时刻,他背叛了自己吗?

芭拉紧紧抱着他:"告诉我,我在晚上把你叫出来,你不介意吗?"

"我很高兴。"

"我们从来没有在一起过夜,过一整夜,从来没有。即使今天大概也不可能了。可我想在清晨醒来时,躺在你的身边,至少有一次。"

"我也是。"

"你愿意和我一起去某个地方,呆上一整天、一整夜?"

他凝视着她蜂蜜色的眼睛,她说:"嗨,是我!"

"我想和你一起去,一天一夜,一天一夜……"

"不行,你自己知道,那永远也不可能。清晨当你醒来,你会发现我满脸皱纹,你会留意到我已经老了。"

"你不老啊。"

"下个月我就四十一岁了。你知道吗,这有多么可怕?"

"不,这不可怕。"他坐了起来。街上的灯光也投射到床上。他想到,可怕的是生活在谎言里,欺骗自己的亲人,但他没有把心里所想说出来,只说,在他眼里她还是一个小女孩。

芭拉把手伸向他,好像要把他拉到自己身边,然后她也坐了起来。"你想走了吧?嗯,我知道,我们都该离开了。"却依然紧紧抱着他,"不要离开我!"

"我不离开你。"

"可是你会离开我,最终会离开我的。现在你在想,跟我在一起有多么难。"

"不,我在想,我欺骗了我的妻子,你欺骗了你的丈夫。"他站起来,走到窗前。窗户底下的风车在无声地旋转。

"我知道你会在意的,我也感觉到后怕,不敢想象回家后等待我的是什么。"她匆匆穿上衣服,"没准有一天他会杀了我,你都不会知道!你会继续宣讲,大家彼此相爱有多么重要。"

二、日记摘录

我跟埃娃说话时语气平和,没有责怪她,装作似乎一切都正常。但那种担心,因为自己的疏忽导致的可怕后果,挥之不去。我总想在孩子们面前以身作则,真诚和爱不仅仅停留在口头上,而是身体力行。然而,假如我的行为举止反而让她感到自卑和自惭形秽呢?年轻人要么夸张地相信,要么偏激地不信,这取决于性格,取决于他与谁做比较。我在童年时几乎没有和父亲一起生活过,他被羁押了。等他终于回到家里,在我眼里他成为英雄,他的行为那么自然和务实,那么"有罪"地竭力享受生活,对我来说有时很刺激。假如我偶尔口吐脏话、玩扑克牌或哪怕有一次醉酒,也许对孩子们来说更好一些。但是,万一他们有一天知道了我正犯下的罪孽呢?

众所周知,做名人父母的孩子有多难。牧师不是名人,但他们的孩子也不容易。他们对父母包括对他们自身都期待楷模行为。但一旦出差错了,每个人都对他们苛刻地指指戳戳,没完没了地八卦他们的丑闻。

我脑子里一团乱麻,如同我的生活。我为自己的行为寻找托词。

当然,成为孩子们眼中的完美形象,我还相距甚远。我只是想遵循自己所宣讲的信仰那样生活。我没有凌驾于任何人之上,包括自己的孩子,我没有让他们承担任何责任的重负。至多我借《传道书》里的箴言,提醒他们,这些话在我看来始终是明智的:

> 好了,我心里说:来吧,我以喜乐试试你,
> 你好享福!
> 谁知,这也是虚空……
> 我心里察究,
> 如何用酒使我肉体舒畅,

又如何持住愚昧，
等我看明世人，
在天下一生当行何事为美……
我又为自己积蓄金银和君王的财宝，
并各省的财宝；

又得唱歌的男女
和世人所喜爱的物，
并许多的妃嫔。
凡我眼所求的，
我没有留下不给他的；
我心所乐的，我没有禁止不享受的……
后来，我察看我手所经营的一切事和我劳碌所成的功，
谁知都是虚空，都是捕风；
在日光之下毫无益处。

我不知道，他们是否能理解这段文字。我是否也理解呢？我始终会把它视为至理名言吗？如果是这样，我会宣讲。不，只要我接受了，我就依照它生活。

* * *

我被邀请到广播电台参加节目，也许为了讨论当下的主题：为什么人们对教会失去信心。在座的还有M牧师，天主教徒，一个宽容大度的人，还有一位社会学家和编辑。听众打来电话提问题，大多是攻击天主教徒的，指责他们贪图财产，企图占有大教堂，说他们以权力迫使人们皈依他们的信仰，烧死无辜的人。我一直等待有人提出一个实质性的问题，譬如质疑基督的神性，玛利亚的贞操，说我们所信奉的都是建立在有违当代人常理的信念之上。可没有一个人提到这类

问题。最后，我带着沉重感离开了电台，人们的想法仅浮于表面：着眼于财产、暴力和旧的恩怨。考门斯基在他的自传中写道："我已经观察到，人们什么都不说，而是人云亦云，也就是说，他们的思维中交流的不是事情或者事情的意义，而是彼此之间交换不理解、理解不多和不正确的话。不仅普通人这样做，而且还有那些受过一些教育的人……"

* * *

摘自米拉达·霍拉科娃夫人在一九五〇年六月二十七日写于她被行刑前几小时的最后一封信。

"我非常平静并做好了准备。牧师先生来过了，尽管库切拉博士没能来，但对我是一个动力，我请求他现在同样也帮助你们。请倚靠一切可以和愿意扶持你们的力量。活下去，活下去！……你们身边有那么多人——而我独自一人，我必须给自己鼓劲儿。

我从来没有怀疑过你们的力量，但你们还是让我感到惊讶。它还会疼一会儿，但随后越来越小了。到草地和树林去吧，在花的芬芳里你们会看到一部分的我；去田间原野吧，欣赏那些美丽，我们始终在一起；看看周围的人，他们都映照出我。我并不无助和绝望——我没有伪装，我内心如此平静，因为我的良心是平静的。

……在这最后时刻，一切在我眼里似乎都不真实了，我以分钟计算时间了。但没有那么糟糕——现在只关乎你们，不是关于我。你们要坚强！我如此爱你们，这样的爱是不会消失、蒸发的。世界上任何东西都不会消失，一切都以自己的方式继续生长、再生——请永远怀着贴近生活的信念。相互依偎，相互紧靠！

还是那句话：即将来临的新的生活让我感觉坦然。——我演完了，帷幕要落下了，但新的一幕将重新开始……也许我演得不好，但我真诚地思考它。你们可以相信我，我是虔诚的，服从于神的旨意——神给我指定了这项测试，我带着唯一的愿望走过它：遵从神的戒律，维护自己尊贵的人类名字。"

在这种情况下，我会写下什么文字呢？我的最后一封信会寄给谁呢？

* * *

我和芭拉在母亲的公寓里定期会面，一周不超过两次，每次都匆匆忙忙，我们没有时间。她给我描述她的工作，她的生活。有几次给我带来了在这期间她写给我的信，但她不愿意我马上打开阅读，她不想因此浪费跟我在一起的时间！她的信给我迷醉的感觉，虽然我知道她用在我身上的溢美之词，我不能接受。

我告诉她，万一出现她的丈夫拒绝支付她儿子学费的问题，她可以指望我。她回答说，她无论如何不会接受的，但我这么说对她至关重要。

据说这几天她的丈夫对她和对继子都表现仁慈。我问她丈夫是否为扔尺子的行为向她道歉了。

道歉？给我？他绝不会这么做，在他眼里我不是一个完整意义上的人。我只是一个女人。

我也对她吐露了那件事，我在警方线人的名单里发现了我父亲的名字。

她问我是不是很难受？

我回答说，我想知道事情的真相。

你永远无法了解事情真相的，她说。

我说，假如找不到真相，那世界上就不存在公正了。

确实也不存在啊，她说，真的不存在。

* * *

奇怪的是，玛瑞卡自然地接受了耶稣神迹的见证。对她来说，奇迹仍是生活的一部分。不洁的灵魂在我们之间游荡，通过手触摸就可以治愈病重的人，波涛汹涌的大海只要一个指令就风平浪静。她的祖母能够驱赶邪恶的鬼怪，已故的父亲在梦中拜访了她的盲人女友，告诉她说，她将重见光明。

她重见光明了吗？

嗯，当然啦。

在她的世界里活动着亡灵，继续跟她生活在一起，虽然他们对我们活着的人来说是无形的，但他们会出现在我们的梦里。她相信，太阳、月亮和风都能被诅咒和侮辱。我只好给她解释说，这些都是迷信和谬误，奇迹的行为只有我们的主可以做到，因为他是神的儿子吗？或者我反过来说，《圣经》的消息只有像她这样的人才能够充分地、毫无疑虑地接受吗？

马瑞克和罗伊奇科带她去立本区观看了五旬节。回来时他们很兴奋，因为经历的事情非同寻常，甚至说的话，用马瑞克的话说："真正的神圣。"他们的热情并没有感染我。人们在发生改变，不是在内里，而是转向表面。我记得那次我去俄勒冈州露丝那里，在电视上我看到了使徒教会的礼拜，然而作为宗教活动它更像一个电视节目。传道者在偌大的舞台上跑来跑去，喊叫，哭，大笑，讲述篮球运动员和赛车手的生活故事，唱歌，呼吁圣灵，最终在每个故事里扮演一个令人印象深刻的角色。他准备了一沓餐巾纸，擦完汗津津的额头，然后随手扔在舞台上。我告诉两个男孩，说话比表达信仰更多地表现了思维混乱，在虚假恍惚中人们以为是我们的主在跟他们说话。如果缺乏清醒的头脑，就会把什么都往脑子里装，大多是不好的东西，而不是好的。

彼得有几个星期没有露面了。我问过马瑞克和罗伊奇科是否有他的消息，现在他住在何处。罗伊奇科回答说不清楚，而马瑞克，我发现他在回答前踌躇了一下。好像他知道什么，又不敢说出来。我想呵斥他，但我忍住了。不信任潜入了我们的家庭，我对此不是没有责任的。

*　*　*

我和马瑞克谈论爱情和女性的身体之美。我说，男人所钟爱的那个女人，在他眼里是最美的。蓦然我意识到，我指的是芭拉，于是我想，我有什么资格给马瑞克讲道呢？几乎每天夜里我都在沉重的谎言压迫下醒来。我应该中止讲道工作了（不仅针对自己的孩子）。我如何去谈论道德，谈论爱和诚实，事实上我自己过着口是心非的生活？

芭拉相信，虔诚的欺骗行为对于被我们欺骗的人来说体现的是仁慈。我不会离开往我身上扔钢尺的丈夫，你也不会抛弃你的妻子，她照顾你，帮你抚养女儿，后来又为你生下两个孩子，她爱你。所以一切将保持原样，我明白这一点，为什么要给他们造成痛苦呢？

我无法接受这种理念，但我不能，也没有勇气提出别的论据。

*　*　*

今天早上 B 打电话给我，说她病了。星期天她和丈夫去郊外，挖了一垄地，显然着凉了。坚持开车回到家，但今天早上起不来床了。好在丈夫还在别墅，想在那里安安静静绘图纸。她嘱咐两个男孩，放学后去姥姥家，现在她病歪歪地独自躺在家里。

我说，这种痛苦我了解，我可以给她送点药过去。

她说不要药，她痛恨药丸，但如果我愿意，能腾出一会儿工夫去她那里一趟，至少我可以看到，她住在哪里，过得怎么样。

我买了一束玫瑰和一个玻璃小花瓶。

你疯了，她一打开门就说，你根本用不着在购物上浪费时间。她身穿褪色的针织衫和旧牛仔裤。我躺着去了，她宣布，你不会介意吧，在我病歪歪的时候，却邀请你第一次登门？

我们穿过宽敞的大厅，那里放了几盆盆栽柑橘，无花果树高达天花板。

这样的家庭我肯定没有见过几个，让我不太理解的是，豪华的芬兰家具和没有情感色彩的抽象画装饰着白色墙壁。她注意到了我的表情，问我是否痛恨现代艺术。我回答说，只有几幅画让我不甚明白，感觉画的创作者除了想表现独特，什么也不想表达，而我总希望与画能有沟通。

你是牧师，她说，你对所有物体都要找到沟通点。而我只要感到愉悦或色彩宜人就满足了。她补充说，公寓里的家具不关她事，虽然内部装修是她的设计，但所有家具设备，除了她的房间，都是萨姆埃尔一手选定的。如果房间布置不合他的意，他是断然不会住的。

然后，我们来到她的房间。一张巨大的桌子吸引了我的视线，它占据了整面墙的空间。嵌在钢架结构里的桌面，由不大的木方块拼贴而成。这个，她指着桌面，原先是一个老别墅楼里的地板。那些野蛮人想在上面铺设地板革，于是我从他们手里买下了木地板。他们把地板革铺在了混凝土地面上，而我有了一张美妙的古色古香的桌子。

房间里还有沙发床和沙发椅，金属落地灯挨着，我注意到，灯的底部支架是三个金属叉子的尖端。你瞧，她说，这盏灯只能放在这里，萨姆埃尔不接受任何疯狂的东西。她躺到床上，呻吟了一下，请求我把椅子上的格子花呢毯搭在她身上。我问她，我还可以为她做什么，她是否口渴或者想吃点东西。她说，我来这里不是来伺候她，从来没有人伺候过她，她唯一希望的，是我坐下来陪伴她。如果你不来的话，她说，她想到的只能是无奈和死亡。

我们聊了一会儿，就像不常见面的亲人那样。我把埃娃吸毒的事告诉了她。她安慰我，说这种事如今很寻常，算不了什么，她自己在十八岁的时候，凡是禁忌的东西她几乎都尝试了一遍，所以没有什么能特别禁止得了的。她需要有别于她生活其中的世界，她最终割了脉。

她桌上的电话响了好几次，她和几个我不认识的人通了话。

一会儿她让我把桌上的一个黑文件夹递给她，里面是她最新的装修设计，还有几个内景布置。她第一次向我展示自己的作品。她给我看了乡村教堂的布置,当然是天主教堂。她解释说,她试图使用保存在教堂里的那些旧家具,只需补充几把椅子,可以按照上世纪初申克尔①油画上的椅子图订制。我不知道谁是申克尔,但我没有问。我不懂家具,在我们家里,家具的配备是按照需求逐步完成的,有买的,有继承来的,也有别人送的。我一直觉得,东西无所谓,关键是实用,不要太花哨,审美也好,独一无二也好,并不重要。我意识到,她在期待我对她的作品进行评价,于是我说,我喜欢,我喜欢她的风格,包括这个台灯的构思。

随后电话又响了,她的脸色一下子变得警觉起来:是你吗,亲爱的?你能打电话来太好了。她哀求的眼神看着我。

我明白了,她的丈夫打来电话了。我悄悄退出了房间。我在宽敞的房子里溜达,直到走进了厨房。我找到了一个锅,冰箱里有番茄酱和牛奶。架子上码着盐、糖,还有装大米和面粉的容器。中午早过了,我想到,趁她打电话的工夫,我可以做个汤。

"你为什么对我这么好呢?"她问,当我把盘子端到她面前时,"你让我过意不去。我们可以就几片面包。"然后她说,她丈夫打电话了,已经完成设计了,今天下午就回来。

我想站起身来,马上告辞。

"哎呀,穆齐尔起码要过两个多小时才能到家呢。"她嗔怪道,"难道你不和我亲热一下就离开吗?"

* * *

我做了一个梦。两名男子领着我走过一条长长的走廊。走廊尽头有一个洞,很逼仄,连猫在里面也转不过身来。然而两个男人在此停下脚步下令:穿过去!

---

① 卡尔·弗里德里希·申克尔(1781—1841),生于勃兰登堡,逝世于柏林,成立申克尔学校。普鲁士建筑师、都市规划师与画家,被誉为普鲁士古典主义者。

我无奈地站在洞跟前,其中一个男人用脚掌踩大了孔眼,另一个往前推了我一把,我掉进了洞里。我不知道过了多久,出现在一个简陋的办公室里,没有一个人,门外躺着一条巨大的藏獒。

"坐下,"一个声音从看不见的地方冒出来,"您知道您为什么来这里吗?"

我在办公桌对面的椅子上坐下来,回答说:"我不知道。"藏獒抬起头,咆哮起来。

"牧师居然说谎。"

"我不知道为什么在这里。"我又重复了一遍。

"犯了什么罪?"

"我不知道您在说什么。"

"您传播罪恶,而且您赤身裸体出现在讲坛上。"

"这不是事实。"

"您还让人拍了照片。"

我一拳砸到桌子:"这不是事实。"

"那么周日学校的那些小女孩呢?您跟她们说了什么?"

"我给她们解释神说的话。"

"不,您散布淫秽言论。我们手里有一堆投诉,直接出自孩子们之手。"

我面前的桌子上突然冒出一摞信封。

"譬如这一封,您自己读吧。"

我的手里冒出一张纸,上面真的是孩童幼稚的字体,可我却连一个字母也破译不出来。但我知道,如果那些信是真的,不会针对我。信肯定不是真的。

"现在,您还有什么可说的?写得很美,是吧?这些信一旦公开,您夫人会怎么想?"

"哪个夫人?"

"您有几个吗?"

我恍惚起来。这个地方不太对劲，出问题了。我的妻子不正躺在病床上，奄奄一息了吗。"您不能那么做。"我喊了起来。

"这就决定于您了。"

"您要我干什么？"

"您很清楚！您可以效仿您的父亲，他知道该如何表现。"

房间里突然站满了穿灰色西装的汉子，像一个模子里刻出来的，都是陌生面孔，脸上似乎还友好地微微笑着。其中一人甚至还给我拿来了一杯葡萄酒。"我们会合作得很默契。"递给我酒的那个人说。

"我们彼此理解。"一位花白头发的肥胖男子走进屋里，显然是他们的头目——我认识他呀，不是贝格尔吗，我的教会秘书？

可是教会已经没有秘书了呀，我猛然醒悟到，松了一口气，我们重新自由了，只有这些人还不知道，他们威胁我，还试图用一杯酒收买我。

我拿起酒杯摔到地上。酒液在地板上汪出去，鲜红如血。这时候我意识到，伊特卡，我善良温柔的妻子，早已不在人世了，留下我孤单一人。我重新沮丧无比。

三

在八月下旬丹尼尔开始休假，除了在布拉格呆几天，大部分时间与汉娜和孩子们去乡村的几所教堂，丹尼尔的朋友或者同学在那里供职。

今年他们第一次有钱外出度假，跟以往不一样。

他向汉娜提议，全家人可以出国旅游。他心里想的是，与其说想去国外，不如说自己期望远远地躲到国外某个地方。为躲避另一个女人吗？不，他在躲避自己。然而人是躲不开自己的。

汉娜首肯，丈夫应该好好休息了。人需要调养自己，恢复体力，否则终有一天会崩溃的。可是，为什么非要出国去呢，还把孩子们丢在家里？万一他们发生了意外，怎么办？

　　孩子们可以去外婆家，我们也不必去远的地方，去阿尔卑斯山就很不错。

　　汉娜对阿尔卑斯山并不向往。她觉得舒马瓦山①更实际，起码语言沟通不成问题。

　　好吧，我们就去西波希米亚，从那里也可以出境旅游。

　　汉娜在整理行装，丹尼尔匆匆处理信件。电话响了，他没来由地心头一颤，甚至犹豫再三，才拿起听筒。

　　"丹，是我，"那个熟悉的声音传来，"我现在从乡下城堡给你打电话。萨姆埃尔钓鱼去了，我想没准还赶得及跟你说几句话。"

　　"没错，过一会儿我们就出发了。"

　　"那你介意吗，我打电话？"

　　"不，我很高兴听到你的声音。"

　　"家里就你在吗？"

　　"妻子在整理行李。"

　　"那你赶紧去帮她吧！我只是想对你说，我想你，我思念你，你跟我一起在这里就好了。"

　　"我也想你。"

　　"想我的好还是坏呢？"

　　"这个问题不确切。"

　　"我想问你，你是否会忘记我？"

　　"我有记忆，记忆是无法抹去的。"

　　"你会那么讨厌，把我抹去吗？"

　　"我没有这么说。我只是说，我有很强的记忆力，而你是永远不会被抹去的。"

　　"那我放心了。祝你享受充足的阳光。我的意思不仅仅指天，还

---

　　① 位于捷克西南部。

有你的内心。"

"我不知道我的内心是否拥有过阳光,即便有,是否还罩在云层之后。"

"那你觉得我就是那云层?"

"不,如果一个人内心能够拥有太阳,云自然随之产生了。"

"是呀,你心中有爱,太阳自然会照耀。我得挂电话了,你去整理行李吧。原谅我,如果我伤害了你。"

"你怎么会伤害我呢?"

"人是会伤害别人的,在不经意间,即使她爱他。"

"人伤害最多的是自己,然后就是他所爱的亲人。"

"这我知道。我要跟你告别了,不要抛弃我。"

丹尼尔和汉娜住在一个新酒店里,离多玛希日采城不远。房间里有浴室、彩电,在每个床头柜上还安有电话。

"喜欢这里吗?"他问妻子。

"太奢侈了,没必要的。"

"明天我们可以去游览雷根斯堡。"

"为什么去那里呢?"

"距离这里很近,而且城市美丽,有个很古老的大教堂。"

"只要你高兴。"

"我想让你高兴。"

"对我来说哪儿都好看,只要跟你在一起。"

"晚饭之前你想去散会儿步吗?"

"这是个好主意,我换一下鞋。"

"事实上,我们已经很久没有在一起散步了。"两人走出酒店时,丹尼尔说。

"这是因为,我们太忙了。即使你有片刻的空闲,还要去看望妈妈。另外,你揽下的工作太多了。"

他认为,即便母亲没生病的时候,他们也没有在一起散步。有时他觉得,妻子似乎害怕单独和他呆在一起。也许不是害怕,而是害羞。而近期,是他避免跟妻子交谈。

他们走上了蜿蜒在草坡间的小道,草地上开着黄色的山菊和猫眼耳,红隼在草地上空盘旋。

"此刻孩子们大概在做什么呢?"汉娜说。

"他们会很兴奋,摆脱了我们。"

跟汉娜的话题大多围绕孩子们。此外,有时她会说到医院里的事情,他会告诉她教会里遇到的麻烦。他们几乎从来没有讨论过某一本书,即使汉娜有兴趣,她也没时间读书。剧院也很少去,而电视他是不看的。有时家里来了客人,每周不少于一次,她会照料他们吃喝,为他们换上干净的被单,但他们的交谈,大多涉及神学问题,或教会的状况,她几乎从来不参与。

此外,丹尼尔不跟她交流自己在思考什么,他准备的布道演讲,从不跟她提起。

无论性格和外表,汉娜跟他的第一任妻子都没有相似之处,也许正因此丹尼尔永远不可能完全走近她。虽然无法走近她,但直到不久前,他对妻子什么都不隐瞒。

两人来到一处灌木丛,黑莓熟透了。他弯下腰,摘了满满的一捧,递给妻子。

"你对我这么好,丹。"

"这算不了什么。"

"这里真美啊。可惜,我们把玛格达带来就好了。"

"玛格达在外婆家会过得很开心。"

"我知道,我只是想,如果我们在一起会好一些。"

他抚摸了一下妻子的头发,然后拉起她的手,继续往远处的村子走去。他不记得最后一次在何时,他们像这样散过步,手牵着手。但它必须出于真挚的情感,而他现在的所谓殷勤努力,是出于对自己不当行为的赎罪,所以订了昂贵的酒店,计划去雷根斯堡游览。他还可以在那里为她买衣服,什么都可以,只要她喜欢——好像借此可以改变和补救已经发生的事,可以延迟那个时刻,等他找到足够的勇气,也许会向她坦白自己犯下的罪孽,哪怕是一部分。

"我还有点担心埃娃,"片刻沉默后汉娜说,"人一旦开始吸毒,会不断受到诱惑去复吸。我们不应该这么长时间让她独自在家里。"

"我们同样看不住她。当一个人真正为一件事费尽心机时,别人是看不住的。监狱里的囚犯都看守不住呢。你唯一能做的是,解释,要求,请求和信任。"

"一个人满十八岁之后,独自呆在家里,这对她是一个诱惑,况且她喜欢彼得。"

"你也注意到了?"

"这不太好,至少对埃娃来说。"

"别担心。等她上了音乐学院,进入另一个环境,她会和别的朋友交往。"

他们在酒店的餐厅里用餐,他要求妻子别在意菜的价格,点她真正想吃的菜。

晚上,像往常一样同床而眠。广告牌的蓝色霓虹灯反射到房间里。丹尼尔起身,拉上了窗帘。汉娜说:"我这一天过得很愉快。丹,你呢?"说完很快就睡着了。他已经很久没有亲抚她了,他知道,妻子没有高潮的感觉,因此他常觉得自己在打扰她,甚至在利用她的身体。

他无法入睡。他习惯在临睡前思考,回顾白天发生的事,或考虑接下来的几天里要做的安排。如今仿佛一切——过去和未来,都以责备的眼神瞪着他。他试图祈祷,在脑子里考虑祈祷词。使用哪一段文字呢?"就要脱去你们从前行为上的旧人,这旧人是因私欲的迷惑渐渐变坏的。又要将你们的心志改换一新,并且穿上新人,这新人是照着神的形象造的,有真理的仁义和圣洁。所以你们要弃绝谎言,各人与邻舍说实话，因为我们是互相为肢体。"①

有一刻他试图唤回他第一任妻子的形象，回忆自己跟她倾诉过的话，温柔的话语不断涌现。但这形象不像他的第一任妻子，在她的位置上是那个在母亲去世当天出现的女人。她给他带来了什么呢？又在提醒他什么呢？母亲的爱还是死亡？为什么恰在那一天现身？谁送她来的，哪一股力量？

他试图摒除对那张面孔的想象，然而她的声音冒出来了："不要离开我！"

人怎么能不离开那个不该同处一室的人呢？或者那个呼唤的声音充满绝望、感到被抛弃？被谁抛弃呢？

我的上帝，我的上帝，你为什么离弃我？

突然他床边的电话响了起来。他迅速拿起听筒，虽然毫无意义，他等待着听到那个声音，自己在思念的女人的声音。

"这里是前台，"电话里说，"对不起，打扰您了，您的身份证里盖有福音派教会的戳，所以我认为您可能是牧师。"

"是的。"

"我想请您帮忙，我们的一位客人，一个老先生，病倒了，我们已经叫了医生，但他也要求见牧师。"

"可我不做临终者的祈祷超度的。"

"如果您觉得不太费事的话，我对此是外行，既然他请求了……"

"那好，当然。"丹尼尔说着开始穿衣服。

四、马　修

马修被能量恶魔附身了。他几乎不睡觉，在九月份他写了十六篇文章，其实不是他自己写的，实质上是某个令人排斥的陌生物体所

---

① 《新约全书·以弗所书》第4章第22—25节。

为。它时常潜入他的思维，不等他驱赶，它就开始一系列不明智的行动。现在他知道了，只要这个东西不对他的笔耳语几句，他就无法署上自己的名字，至少有一年了，他都以卢卡士·斯拉比的名义虚构文字。

马修每周给八卦小报发送有关青少年吸毒的报告，表面上看那些文章都是他写的。近日，他对编辑说，相对其他作者，他似乎更擅长写吸毒、卖淫、凶杀和几十亿的巨额诈骗。但他的优势在于，他的调查结果可以补充更多经验，比如在香港或新加坡的大麻窝点。说实在的，他觉得那里比现在的捷克安全多了。编辑对此点头称是，马修的文章好读。然后他和马修去廉价的酒窖喝酒，第四杯酒下肚后马修提到，他的前妻克拉拉经常在欧罗巴酒店陪外国人，不仅陪酒，可能也陪睡。

马修经常把克拉拉说成前妻，虽然他们至今没有离婚，他也不流露这件事对他的触动。他只说："她一直是一个荡妇。"他跟同事们的看法一致，女人天性就是妓女，只是一些人缺乏胆量，不敢如此明目张胆而已。

当回到家里时，他却意外地感到悲伤、失望和辛酸。那个女人至今使用他的姓，即使离婚了她甚至也有可能不改姓。最初他们相识的时候，她像个清纯无辜的小女孩，他爱她，信任她，把她带到家里，家里的平和宁静很快就被破坏殆尽。

他坐到电视机对面的沙发椅上，打开了电视，这个时段是新闻报道。看新闻是卢卡士·斯拉比的任务，他的谋生义务。屏幕上正抬着一具浑身是血的妇女尸体，另一名女子在撕扯自己的头发，不是塞尔维亚就是波斯尼亚妇女。马修无动于衷，有太多的陌生人死亡，已经触动不了人的神经，不像自己唯一的亲人背叛那样。

马修有一搭没一搭地盯着彩色屏幕，突然一阵疲倦袭来。他看着那只毛绒金丝雀，坐在笼子里的栖木上一动不动。他想起北京大学附近的公园里，老人们拎着笼子出来遛鸟，鸟儿们从笼子里飞出来，茉莉花的香味，五颜六色的风筝，怀旧之情。他已经没有力气或决心去任何地方，生活在别处的决心消失了。

在内心他还是编排了不太成熟的俳句，想象日后的死亡：

就做个甜蜜的梦
任何人唤醒不了
幻变成影子。

他都懒得拿笔记下来，但使劲从椅子里站起身，换上干净的白衬衫，甚至系上了几年前从上海带回来的真丝领带，动身去欧罗巴酒店。

克拉拉真的坐在那里，因为时间还早，她独自一人在餐厅里，慢慢饮着玻璃杯里的红酒，或类似葡萄酒的饮料。她长长的指甲闪着红光，衬衫镶嵌着金丝，耳朵上的金耳环来回摆动，连同她的金戒指，都是真金的，马修以前送她的。

他走上前，问她旁边的座位是否有人。

此时她才注意到马修，一脸惊讶，然后说："目前还没人。请问，你来这里干什么？"

"这个问题也许应该由我来问你。"马修反驳道。

"你根本无权过问我任何问题！"

"你还是我的妻子。"

"这并不意味着我不能坐在我想要坐的地方。我是个自由人吧。"

"我希望你至少体面地赚钱。"

"沃列克，别恶心人了！"

"你很长时间没有露面了，"他说，"你还有东西留在我那里，我们总算可以去法院了吧，让你真正享受自由人的感觉。"

他们在双方问题上扯了很久，都指责对方让自己失望。克拉拉说，她之所以坐在这里，是他把她逼到这里来的，因为他对她没有兴趣，无情，吝啬。"你难道不明白，我跟你无法共同生活？"她发出质问。

马修想知道的问题，她反而先说了，在她的脑子里从来只有自己和自己的念头，她可以从早到晚听无聊的流行歌曲或者看更无聊的电视连续剧，从来没有读过一本正经（甚至不雅）的书，她反讽他，他只会按他所知道的来跟客人聊天："因为你无聊之极！"

"这就是说，你不打算回来了？"他问得多余。

"你早就让我腻味了。"

"也包括我的钱吗？"

"你给的钱只够我买一双进棺材的鞋。"

餐厅里随后出现了一群外国人，克拉拉让马修马上滚蛋。

马修瞬间被无助的愤怒淹没了。他真想揍她，但他不能动手打女人，况且在餐厅里会引起丑闻。他随即站起来，低声说道："好好享受吧，你这个婊子！"用胳膊肘打翻了她的酒杯。克拉拉从椅子上蹦起来，洒出的酒没有滴到她的大腿上，她往马修的小腿踹一脚说："你他妈赶紧滚蛋，你这个厌蛋！"下面的骂人话马修没有听到。他一瘸一拐走在夜色笼罩下的广场上，心里十分难受，感觉面前一张张奇怪、阴沉的脸在夜色中显得愈加黑暗。广场上到处是妓女、皮条客，毒品的买家和卖家。一个在通道前踱来踱去的男孩，看着脸熟，他想起来了，他在教堂里见过他，就是去听那个慈母般护士的丈夫布道的那一次。也许他弄错了，这些人不可能进教堂，除非夜里去抢劫。马修厌恶地转身离开，他仿佛感觉，自己不是走在熟悉的由粉红和蓝灰色花岗岩方块镶嵌的人行道上，而是艰难跋涉在丛林狭窄的小径上，手里没有拿砍刀，也许在他前面的那个家伙砍出了一条道，但那人突然跌倒在地下，马修被一种藤本植物缠住了，无法挣脱。他一屁股坐到地上，想喘口气，突然惊恐地发现头上的树枝间探出一条金色的蛇来，朝他的胸部咬了一口。马修忍着剧痛从地上爬起来，抖动着蛇，他应该逃跑，寻求救助，不能躺在地上，等待死亡。一个人刚出生，就开始死去！为什么要抵抗呢？

他还是站起身来，忍痛钻入丛林，身子越来越沉。

回家他吃下几粒镇痛药丸。药让他迟钝，疼痛并没有减轻，也没有睡意，尽管在那一刻，他已经累得筋疲力尽。

他生活至今的孤独，无端涌上心头，比被蛇咬伤更加炽烈。早晨，在短暂的睡眠后醒来，他没有起床，仍然躺在几个星期没有铺被单的床上，两眼盯着天花板，听着窗外汽车和电车的轰鸣。他觉得自己再也爬不起来了，再也不会写下一行文字，反正该写的都写了，至理名言都用尽了，现在沉默才是明智的。

中午他吃了一块干面包，再次躺到床上，总算睡着了一会儿。醒来，他回想起母亲，母亲去世已经八年了，他哭了起来，不知道是因为疼痛还是绝望。

他写道：

秋季来了绵软的雪，
伴随
丢失的温柔。

他突然想，自己应该实实在在感受解放，那个可怕的女人，那个没有灵魂，醉生梦死的女人，终于从他生活里消失了。

他煮了一壶浓浓的爪哇红茶，取出七块黄色象牙制成的七巧板，把它们拼成手持一杯茶的人的图像。这是个女人还是男人呢？

这是个女人，马修的眼前清晰浮现她的特征。深色头发，深色眼睛，那个女护士身上具有来自遥远国度的异域风情，让他想起那些中国妇女的深情微笑，即使在最贫穷的地区，她们也以这种微笑欢迎他。

马修已经喝下了四杯茶，胃依旧疼痛。他顾不上这些，一心想着那位异国情调、浑身散发出母爱的女护士，那也许是命运的安排。或者正相反,是命运把他送到她的面前,因为她的丈夫已经面临生命旅程的终点,女护士将独守生活。

马修再次穿上白衬衫,昨天他只穿了一会儿,还不脏。他系上领带,到医院去了。

在医院里他做了检查,医生给他开了新药,安慰他说检查结果呈阴性,只是疤痕在作痛。医生建议他不要过度劳累,避免任何过度刺激。

然后马修往护士长工作间看了看,牧师的妻子果然在整理药柜里的药物。她看到马修时,微笑着邀请他进房间坐坐。

不是私密的环境,大门敞开着,他也没有勇气把门关上,只是在汉娜对面坐下来。护士问他来医院做什么,他描述说昨天腹痛,今天的绝望蕴含了新希望。"祸兮福所倚,福兮祸所伏。"他说,没有透露这句名言的出处。

"您确实看起来憔悴,"汉娜注意到了,告诉他多保重身体,又补充说,"如果您感觉不舒服,可以给我们打电话,或者直接过来,我丈夫也会给您一些鼓励。"

"我宁愿来找您,护士,既然说到做客的事情,现在轮到您去我家了。"

"坐下吧。"汉娜似乎没有听到他的奉承和邀请,问他是否想喝茶,得到答复后,她从金属柜里拿出两个杯子,道歉说她只有普通的袋装茶,然后出去了。马修打量房间四周,一切都是冷白色,冰箱发出轻轻的嗡嗡声,太阳光线里飞舞着微小的尘埃颗粒。他拿出笔记本,写下三句诗。

牧师的妻子端着茶杯返回屋里,杯子里冒出水汽,她问他是否上班了。

然而他的工作就是写东西,送到编辑部。他说,新闻已让他厌倦,自己对新闻从来没有乐趣。

"那您喜欢做什么呢?"

他说自己长期研究中国哲学。在之前的共产党执政时期，中国哲学给了他力量。中国在秦朝时也很乱，焚书坑儒。秦始皇死后恢复了仁政，推行宽容和爱的精神。他还翻译和写诗，很想出版诗集，但以前不可能，因为他的诗不够乐观，不合潮流，可如今呢，诗歌已无人问津，除非自己花钱出版。

他打开笔记本，给她读刚写下的三句诗：

河水也融化了，
当河面上闪过
一群黑色水鸭。

汉娜护士点了点头，其实她没有体味出什么诗意，更听不出他写诗是为了感染她。她说，读诗是很久以前的事了，如今哪有时间啊。

"没有人将剩余时间，"马修说，"用来读诗，甚至生活。生命在流逝，人从已知的空虚陷入未知的空虚，在身后留下什么呢？您留下了孩子。而我呢？一张床，一台电视机，几本字典、图书和穿过的衣物。"

"每个人在身后都会有所留，"汉娜不认可，"只要他规矩地生活。您的诗句，我也会喜欢读的，既然我现在认识您了。"

"我给您送来，或者等您去我家的时候，我拿给您看。"这时房间里匆匆进来几个护士，汉娜显然没有时间也没有心思管他了。

马修起身告辞，说自己在医院门口等她。

"可是，我要一个小时之后才下班呢。"汉娜说。但这句话不是反驳，也没有劝阻他的意思。

"我只能呆一会儿。"在他们碰头时，汉娜说，"您知道，家里等着我呢。"

马修带她去了同一家快餐店，跟上次一样。这次要给汉娜点葡萄酒，被她拒绝了，只要了咖啡。

他们聊了一会儿马修的身体，说哪些药不怎么管用。

"有一次，我去北京西郊，"马修回忆道，"膝盖肿了，附近没有医院，我就被带到当地的郎中家里。她寻找我的病因。她告诉我，我的祖父腿有问题，后来都无法走了。他去世时，拐杖没在身边。"

"这是真的吗？"

"我不清楚他身边是否有拐杖，我那时还没出生呢，但听说他的腿有伤，去世前已经无法走路了。那位女郎中建议我，用纸剪出个拐杖来，满月时在十字路口烧掉，这样我就安抚了祖父的灵魂，我的伤痛也会得到缓解。"

"那您做了吗？"

"为什么不试一下呢？那天正好是满月的前一天。"

"可是您祖父的灵魂……您祖父并不生活在中国啊。"

"我不太相信灵魂，护士，相信人死后还有灵魂，假如灵魂依然存在的话，他们会在旅途上陪伴我们。"

"最后奏效了吗？"

"我不知道。膝关节不肿了，从此再没疼过。现在我胃疼，不知道应该哪个祖先来解救我。"

然后他给汉娜讲他跟克拉拉的纠葛和离婚的烦恼。汉娜明白了，这是他疼痛的真正根源。

"您知道，我从来不害怕孤独，"马修倾诉，"甚至连死亡也不怕，我从不考虑死亡。只要人还年轻，似乎一切都在他面前打开，他甚至受到责任束缚的威胁，随之而来的是孤独惶恐。在这一点上我不同于我读过的那些圣贤。其中最明智的是那些履行完了宗族义务，抚养了后代后，便去寺院或孤庵，静心修行悟道。这两点我都做不到。我还能从生活里期待什么呢？至多只能是养老院。"

"可是，您不必独守啊，"汉娜说，"您这么有情趣。"

马修不置可否地说，他所经历、所了解的东西，没有人感兴趣，尤其是女人们。

"您错了，几乎所有的女性都渴望奇特的东西，期待出现变化。"她顿了一下，然后说，"我从我们的教区和医院了解到的，我知道妇女们在聊什么。"也许她只是想安慰他，也许她确实在分享别人的经验，但更多的是在说自己。马修想抚摸一下她的手，但怯于在这样的场所，四周坐满了人。此外他担心自己的举动会吓着牧师的女人。

汉娜突然问："如果出版一本诗集，是否需要很多钱？"

马修解释说，这取决于何谓很多钱，但肯定需要那么多，不至于让出版社蒙受损失。

"我问一下我丈夫，"汉娜许诺，"没准我们可以资助您。"

"我可不能麻烦你们。"

"没关系的，人应该相互帮助。"

"您真是天使，护士。"

汉娜挥了挥手，仿佛要拂走这句话。

"不，"马修说，"跟所有其他的女人相比，您完全不同。"

"不一样吗？"

"更好。"

汉娜的脸红了，然后说，她必须走了。马修结了账，分手时再次发出邀请，请汉娜来看看他的收藏。可是汉娜不知道她的丈夫是否有时间，马修却可以随时去他们家，她愿意见到他，听他朗诵诗，而教堂就是为了让人们前来排忧解难的。

马修回到家时，意识到胃痛消失了。他又煮了一壶茶，和衣躺到乱糟糟的床上。他想，等他最后解除和克拉拉的婚姻，等牧师死了，他就娶牧师的遗孀，和她结婚。

五

丹尼尔打算提前写一篇有关降临节专题的文章。伯利恒发生的事在他年轻时就让他激动不已，圣子以贫苦的甚至受迫害的人的形象出现。神出乎人们的期待，来自于别处，没有来自惊雷，没有从天而降，而是孕育于一个女人。就像无奈和无助的我们所有人一样，来到这个世界。神自始至终承担了我们的命运，同时还表示，他接受并理解我们，爱我们，接受造物主创造我们的样子，即视我们为自己的孩子，世人的死会让他哀恸。

现在，丹尼尔坐在电脑前，内心却激发不起相信圣子诞生的无疑的确定性。

几年前，他结识了一位从犹太教皈依天主教的乡村医生。那是一名优秀的医生，一个真正寻求信仰的人。最让那位医生困惑的就是童女怀孕生子的说法，也许他接受的医学教育阻止了他这么做。有一次他带着具有革命性的消息跑来找丹尼尔，说在美国期刊上读到了类似童女生子的事情确有可能，在一万亿的概率下人可能发生自我受孕，产生人类克隆。这便科学地解释了圣母玛利亚的无原罪。但在同时，他说，他将彻底排除耶稣的神圣起源，其圣子的名分确实只具象征意义，当然还有他的复活。难道我错了吗，牧师先生？

当时丹尼尔对他说，神的行为是唯一的神秘，试图用科学的假说去揭示没有意义。当时他正是以这种方式去相信或至少努力去信仰的。信仰对于他来说是从不人道的条件下导向人性化的路径；耶稣体现了精神，当周围的一切都物质化时，科学被宣布为万能的真理。耶稣代表了爱，可以用来抗衡被称为历史推动力的仇恨。《圣经》的语言跟从广播和电视里播出的政客们刺耳的呐喊相比，优美如音乐。那些暴力、虚伪和背叛附体的人，那些鄙视自由和独立精神的人，以仇恨概括耶稣的教诲，仇恨似乎证实了那些捍卫耶稣的人是对的——就像基督教初期受到的迫害和讽喻，世界似乎分为善与恶，其界限分明和直接。

现在这个界限崩溃了，无论在人们的外表或内心。被丹尼尔压入潜意识深处的疑问突然浮出水面。不久前他还郑重宣布的那些话，一旦意识到那个传闻导致的后果，便梗在了喉咙口。

伯利恒事件可能与迄今宣扬的有所不同，因此，它的意义也不一样。只是人们本着古老的摆脱生命秩序的愿望：生命永远以死亡终结的秩序，依照古老的神话和原型想出了在十字架上受难的耶稣，他的王族和神圣身世，他的诞生，包括他的神性，最终在随后的几个世纪里为此争论不休。

在耶稣生活、服侍和受难的地方，几千年来人们祭奠自己的国王，怀着他会重生的信念祭奠他。在耶稣被处死之前，他被悬挂于天地之间。人们吃掉了他的躯体，喝尽他的血，为了以自己的重生参与他的重生。

钉于十字架上的耶稣，据说被不光彩地称为"犹太人的国王"，悬浮在天地间死去，他的死应该打开通往天国的大门，在那里重生，如我们所说，复活，升天。今天我们仍然象征性地吃圣体喝圣血，就是为了参与他的复活。

然而谁把这样的比较装入脑海，他就面临跻身古代或现代异教徒行列的风险。

上帝怎么能创造宇宙和时间，本身变为一个婴儿，慢慢长大和老去，最终在人类的时间里由某个皇室官员下令把他处死？

芭拉，上帝当时没有给她回答，一切皆可能。没有回答她，因为他自己都怀疑，或者因为这个答案足以杀死所有的问题吗？或许因为，制约生活的秩序开始瓦解？

最近几个星期里，像往常一样，他心里莫名其妙会想到另一个女人。那个女人的出现，使他的秩序开始崩溃。或者因为秩序崩溃，所以她出现了？

丹尼尔起身关掉了电脑，他依然无法集中思绪。公寓里传来钢琴声，埃娃在弹奏巴赫的前奏曲与G大调赋格。

创造了宇宙和时间的上帝，似乎没有采用犹太婴孩的外表。芭拉，从教会一开始追随者就捍卫可怜的基督。对他们来说，基督仅为先知，一个普通的人。因对于耶稣神性的质疑，教会已经逐出了最早一批主教中的某些人。他们在议会中被多数票否决，从而成为永远的异端。异教徒无数，有的不接受基督的神性，有的不承认圣灵、童女生子或圣母升天，其他人则拒绝出售赎罪券，并要求主的圣餐同时接受圣饼和圣酒。他们先被教会放逐，然后遭受酷刑，再移交世俗力量活活烧死。

也许有点欠缺，教条是完全不同的，甚至福音也可能有所不同。但那个主张现有的人，更能说会道，或者有更多的追随者，一切都进化为我们至今认同的。即使对于如此先验的问题，类似神的本性和复活，也通过投票决定。

芭拉，这个观点我至今没有跟任何人提及。带着这种想法我很难发挥我的传道职业，如果按照我现在持有的想法思考，过我现在过的生活，我会无法胜任。

所以，我不知道我该怎样生活。不，我不是指生计，我甚至已经不需要工作，可以靠我出售房屋的所得生活。我指的是生命的意义。在地球上的最后几年里，我赋予生活什么样的目的？让某个作品、某项努力登峰造极，或者反过来，放弃和取消一切，驻足无人区，即在生命的最后日子里重回起始？跟谁一起呢，亲爱的？和你吗？和家人？独自？最后人总是回归孤独。

父亲常对我说：丹，死亡时，人总是孤单一人，不管他们信教与否。父亲目睹了很多人的死亡：战争期间的集中营里，战后的监狱里，还有他整个的余生，与死亡面对面是医生职业的组成部分。

回忆父亲时丹尼尔一动不动。他很快收回思绪，为了清除记忆。他什么也没有查出来，他最后终止了调查。

他走进房间，埃娃都没留意到他。他默默地注视着，自己的女儿，伊特卡留下的唯一的孩子。她的发挥堪称完美，头略微向前倾，心灵在天上跳跃。

她叫汉娜"妈妈"，但她从小就知道，她真正的母亲已经不在地球上，在天上了。在她开始学钢琴时，曾问他，是否她的妈妈在天上能听到她的演奏。当然能听到了,丹尼尔安慰她。从那时起,她为母亲而弹奏。有一次她对丹尼尔说:"妈妈夸我了,说我弹得好。"他以为她说的是汉娜,等他问起汉娜时,汉娜说她没有夸过埃娃。是她在天上的母亲夸她了。

"我们来个四手联弹,怎么样?"他建议说。

埃娃打了个寒噤:"可以啊,我们很长时间没有联奏了。"

丹尼尔端来了另一张凳子,埃娃往边上挪了挪。音乐始终让他放松。他知道,在生活中无论发生什么事情,存在一种超乎世俗的高贵和振奋的东西,给予他抚慰,赋予他希望。

他还从来没有跟芭拉一起去听演唱会,也从来没有机会给她演奏,仅听过她唱歌,仅在做礼拜时能和她一起唱。

"你知道吗,巴赫被称为第五福音传道士?"

"你跟我说起过了!"

"真的吗?我大概老了,话来回说。"

"也许是太劳神了,你操心的事情太多。"

"你指哪方面?"

"譬如对我,"埃娃说,"可老师昨天还夸我呢,"她急急地补充,"说我演奏技巧很好。"

"真高兴听到你受表扬。"他自己也怀疑,他对大女儿的命运似乎比对她的弟弟妹妹更为关切。他觉得他要对她负责,为了她死去的母亲,抑或希望埃娃实现她母亲未能实现的愿望。

"老师要我每天至少弹三个小时琴,"埃娃告诉他,"至少。说最好弹四到五个小时。这太可怕了,是不是?"

"学任何东西都需要付出的。学好的话更无止境。只有某些专业可以偷一点点懒,音乐却是无法欺骗的,马上就听得出来。"结束演奏后,他去了他楼下的工作室,那里有一个未完工的新雕像。他需要完成它,他在准备一个展览,是画廊主动找他的。

干爽的木材,发出阵阵香味,就像以前在祖父的作坊。枯木展现出已知的特性，他手下雕刻出的不是小提琴，而是女人的脸。

在雕刻时他通常能聚精会神，但做别的他就心烦意乱，思虑重重，为他自己。

工作室的角落里至今堆着一纸箱信件，从他母亲的公寓里搬来后就没动。他至少应该看一下，整理出有必要留的，剩余的处理掉。也许在那些信里能发现一些痕迹，可以判断父亲是否真的做过不名誉的事。他以前没有动纸箱里那些信，在潜意识里可能就害怕会发现什么。

他犹豫了一会儿，然后从纸箱里抽出父亲的信件，都是密密实实的大信封，每个信封上母亲都做了标注：婚前，监狱里的来信，集中营的来信，从妓女那里的来信。最后的标注让他惊讶，他伸手拿起一封，打开。里面只有几页纸，母亲在一张卡片上再次描述：这些信件是理查德去世后，在他的医院办公桌里取回的。

第一张纸上写满了大而圆润的字迹，显然是女人的字体，他读起来：

亲爱的理查：

我不能打电话给你，亲爱的，所以我给你留言，从现在起我将有三天时间独自在家里。你认为你将能想办法逃避你妈妈吗？我知道你能做到，你什么都能做到。至少为了我，一个最爱你的人，在所有人里。我盼着你，我的宝贝。爱你。

他跳过了余下的几行字，前面的几行他也不该看。人不应该阅读不是写给他的文字，翻阅那些遗留下的布满旧情、拼写错误和背叛的老信件。他想起了父亲的葬礼，来了上百人，殡仪馆的大厅里爆满了。大多数是女性，有些人哭了。父亲是一名妇科医生，他肯定挽救过其中许多人的生命，或者还给她们健康。也许那些人里就有他的情妇，如果今天尚在世的话，都已是沧桑老妇，因为葬礼已经过去十六年了。

甚至那些重罪和对活人的背叛也沉默了那么长时间。

那份名单已淡出了人们的记忆,虽然公开印制不过才三年。一切终将成为过去,今天比以往更快,因为快节奏的时代里,遗忘是摆脱疯狂的手段之一。

孩子们对我的父亲没有印象,只在大人的言谈里听说过祖父,他们将来对自己的孩子都不会提及。

为什么要追查呢,力图以此得到某种审判吗?

丹尼尔一如既往地相信,唯有主才能进行最后的审判,他也教会人们爱和宽恕。

然而,最后的审判也许永远无法实现:它是虚构的,只是对崇高正义的渴望,救赎尘世的所有冤屈和不公正。早期教会的小说,人们在世时等待基督的降临,基督没有出现,从那时起,有多少罪孽需要考量?

对父亲的生活,丹尼尔已经无能为力,应该善待的倒是自己的生活。

六、汉　娜

医院的院长把护士长们叫过去,通知她们说,医院已拖欠洗衣房三个月的洗理费,共计七十五万克朗。如果他弄不到贷款,或者说服洗衣房再宽限一个月,医院就得关门,或者自己清洗被单。现在,院长要求护士长们省着点更换床单之类,对于不太脏的被单直接把污点擦洗掉继续使用。他知道,这对护士们来说是额外的工作,而且不给她们加薪,如果这个月能筹到资金发工资,他就烧高香了。院长又说,保险公司还欠他一百多万克朗呢,然后宣布散会。汉娜回到住院部,勉强地给手下的护士们汇报了院长的要求。最近,工作中的麻烦事越来越多,称心事越来越少。

她沏上咖啡，坐到办公桌前，绞尽脑汁想高兴的事情。

前几天那个记者给她打电话，说了一堆客气话，抱怨自己的身体不好，药也吃完了，但他懒得过来找医生开新药，不愿意出门，每天在家盯着佛像和毛茸茸的金丝雀。然后他又邀请汉娜上他家去看他的收藏品。汉娜回复说，自己去拜访他不适合，除非给他拿些药过去。

后来她果真去了他家，她自己都不明白怎么就决定了，她给自己找理由说，是为了给那个人送药。

当马修打开门时，汉娜确实表示不准备进门打扰，但在他的力邀下进去坐了片刻。

他给她煮了茶，真的芳香四溢，妙趣横生。茶杯是半透明的瓷器。他不停说着话。汉娜觉得有点无法理解，这个几乎走遍世界各地的家伙，也见过社会名流，现在却比她还要局促不安。

喝着茶，她在考虑自己是否该起身告辞了。刚才，他给她展示一件日本青铜器时，挨她那么近，让她吓了一跳：如果他要拥抱她，她该怎么办？

好在他没有尝试的意图。

他给汉娜读了几首诗，她没有什么感觉，只听出了悲凉和逃离日常周期的渴望，期盼更好的虚幻的世界，那里有爱、纯洁的心、友谊、宁静和秩序。但他诵读的那本书，没有借给她。他解释说，某些诗篇他还需要重读，日后再借给她。

汉娜在他家待的时间比较长。可这有什么呢？丹尼尔经常深夜才回家，而且她当天晚上就跟丈夫说起了这次拜访，只是没有提到，那个记者看她的时候，她感到莫名的激动，也许更准确地说：她有一丝得意，那个男人在她面前显得手足无措。她同样也没提，那人请求汉娜以"你"称呼他，她拒绝了。她只习惯跟教区里的熟人不用尊称。她在告别时，向他伸出手去。不出所料，他握起手来，软绵绵的，像男孩子一般不自信。他问汉娜什么时候再来，她说，如果您需要药了，自己又不能去医院……

药肯定需要，他确定，但汉娜什么也没说。

在做客的时候，马修再次游说汉娜去从事别的职业。

现在汉娜在登记护士室加班人员名单。事实上，之前她从来没有考虑过，自己有一天不在医院工作，不再一次次敦促护士们重新洗脏被单。丹尼尔继承了房子，转卖挣了大钱。丈夫把数额都告诉她了，她对数额可以不在意，然而家里肯定不再依赖她挣的钱了。

她可以在慈善机构工作，甚至在自己家里设立服务中心。家里有客房，一间空着，另一间暂时住着罗伊奇科，反正他也应该搬出去另找住处了。

不久前，他和丹尼尔去北捷克州，看到残疾人在服务中心制作陶器，他们甚至砌了一个窑炉。她的中心可以做别的东西，譬如编织布料，在玻璃上绘画，描花朵，她自己就能学会，然后去教残疾人。

在想象自己可能从事的新职业时，她觉得，在她面前开启了新的发展空间的大门，她一定要告诉丹尼尔，对自己的想法丈夫不至于反对吧。汉娜甚至拿起了电话，可丹尼尔既不在办公室也不在家里，埃娃接的电话，告诉汉娜说爸爸去参加高级主教会议了，幸亏她打电话回来，因为爸爸让她转告，说今天晚上无法去鲁道夫宫听音乐会了，本来夫妇俩准备一起去的。如果汉娜愿意，埃娃会代替丹尼尔陪她去。当然，妈妈，如果你真的愿意。汉娜说，她当然很乐意。汉娜顺便问了马瑞克和玛格达是否已放学回家。

玛格达在家里，马瑞克下午有实践课。随后玛格达接过电话说："妈妈，我有好消息给你，胡斯运动我得了五分。"

"那就好。"

"我知道什么叫真理，寻求真理，听到真理，学习真理，坚持真理，捍卫真理等。"

"你让我很高兴。"

"但有一件事我没做好。"

"你做错什么了？"

"英语句子我写错了。我明明知道怎么写的，就是粗心，我太紧张了。嗯，我们还做了捷克语填充，在句子'蛇悄悄地爬近啮齿动物'中，我把'悄悄'填成了'粗暴'。但柯罗普德夫老师笑了，说可以原谅我这个错，因为蛇真的很粗鲁，想吃啮齿动物。"

"嗯，玛格达，我得挂电话了，有医生找我。"

"那再见了，妈妈，早点回来。"

汉娜下班后，带着几分失望甚至不悦，不仅仅因为早晨医院院长的那番话，她感觉有不好的事情在发生，具体是什么她说不清楚，也不想承认，显然与她的家庭，与丹尼尔有关。对丹尼尔来说，从来没有比听音乐会更重要的事情，尤其今晚演奏的是巴赫。为什么丹尼尔不给她打电话，而是给女儿留言？他明知道汉娜一早就在医院里。

她感觉现在每一个人都有故事，人们在发生改变，她从身边看到这一切，在医院，在教会，也许丹尼尔也在变化。他的工作、钱、自由越来越多，他从多年谦卑的阴影里走了出来，面对强光，他迷了眼。

也许错怪他了，他公务在身赶紧要离开，或者没有打通她的电话，医院的电话常常占线，或者护士室没有人。

汉娜一边核对那个年轻人从军事民用药房送来的药品，一边在想着，丹尼尔变了，不再跟她交心，绝不像以前那样盼望她在身边，有时仿佛在躲着她，除了最平常的琐事不跟她道别的。

汉娜认为，爱情日久会生厌，也许他们之间的爱也疲乏了，他们两人之所以呆在一起，是因为他们有孩子，因为他们当初承诺厮守。

药品没问题。送药的男孩问，是否还需要他做什么，汉娜说暂时没有，他可以去休息了。

晚上汉娜跟埃娃一起去音乐会，演奏的是巴赫的小提琴协奏曲。去的路上，她感觉埃娃神不守舍，几乎不说话，身子蜷缩着坐在那里。汉娜醒悟过来，她又吸毒了，虽然不排除她可能身体不适。

然后她不去理会埃娃，开始欣赏音乐。她不像丹尼尔和她的继女，有完美的乐感，但她聆听强烈的音乐时，会进入一种特殊的恍惚，眼前流动着图像和真实的场景，她会闭上双眼，丹尼尔会认为她在睡觉，恰恰相反，汉娜正体验着强烈的震撼，快感遍及全身，那种感觉即便在做爱时也没有过。

上午的忧郁迅速退去，汉娜微闭眼睛，面对小提琴手那张脸，它慢慢变幻，变成那个邀她喝咖啡、去家里喝茶的记者那棱角分明的脸。他曾对她说："您是天使，您跟其他女人完全不一样。"现在这句话糅合在音乐里，爱抚她，触摸她，直到她浑身颤抖。然后，她发现记者的脸越来越美，现在穿着牧师带白格的礼服，乐队的其他乐手也身着长袍，不坐在音乐厅的舞台上，而是在池塘边的草地上。池水浩渺无边，也许是大海呢。汉娜注意到指挥这一刻正看着她，手中的指挥棒给她暗示，邀请她去他家里。此时，汉娜意识到心脏怦怦直跳。就像那次，丹尼尔第一次邀她约会，她意识到自己爱他，她以为永远不会发生的事，真的发生了，是否自己听错了邀请。然而此时，湖水突然往上涌：一个长方形的黑色物体越升越高，是棺材，棺材四周还浮现四张苍白的女孩子的脸，她们是身穿洁白长袍的伴娘，肩扛棺材，水从她们身上滴落。她们穿过乐队，停在中心的空地上，面对汉娜，胸部小心地俯向沙滩。

音乐还在演奏，小提琴手的脸此刻变模糊，走近棺材，倾下身子，好像只为躺在棺材里的人而演奏。里面的人听到了，因为盖板慢慢地掀起，汉娜看到一个女人的身影。哦，她从照片上，也从丹尼尔的雕刻熟悉的这张脸，虽然丹尼尔以为汉娜从来不曾留意，这是他的第一任妻子。那女人脸色苍白，犹如伴娘们的礼服，可怕的蜡质一般毫无生气的脸，但此刻她是活的，她张开双臂朝汉娜走来。你滚开，汉娜低声诅咒，你一直在抢夺我的爱，你把我的爱永远偷走了，你还要跟我们活着的人抢什么。那个可恶的白色身影绊了一下，然后瘫坐在地上。在那一刻，汉娜对她产生了难以言表的同情，因为她的女儿在这里，她们相隔已经十八年，哪一个母亲承受得起十八年见不到自己的女儿，哪怕亲昵一下呢。人们怜惜孤儿，但往往忽略了母亲的感受。汉娜的眼泪夺眶而出，为这失却的无法实现的母爱。

乐队演奏完了最后一首曲子。小提琴手又变回自己的脸，他和指挥互相鞠躬，握手。

汉娜转头看了一眼埃娃，小姑娘的脸色跟她母亲的一样苍白。

"你没事吧？或者，他们演奏得不好？"

"没事儿，妈妈。"

"你想回家了吗？"

"不，妈妈。我只是……我要去一趟洗手间。"

音乐会结束后，丹尼尔在鲁道夫宫的台阶上等她们。他想知道音乐会如何。埃娃说，很美。而汉娜突然想把自己的幻觉告诉他，随后又觉得不现实，也不妥当，这对丹尼尔不公，因为自己怀着柔情思念另一个男人；对伊特卡也不公，对一个去世那么久的女人还心生妒恨。丹尼尔真善良，一直没有忘记伊特卡，力图在雕刻中捕捉那张已然属于另一个世界、永远无法复活的脸，只有上帝知道那张脸曾经是什么样的。

他们并肩走上大桥，前方是灯火璀璨的布拉格城堡建筑群，脚下流淌着伏尔塔瓦河水，气味说不上来，被大都市的气味覆盖了。汉娜注意到丹尼尔走路姿势有点前倾，好像肩负重荷似的，另外他的衬衣领子卷起，条纹衬衫与格子西服根本不配套。

他们走着，一路无语。汉娜意识到，自己永远无法离开丹尼尔，与其说是为自己，不如说是为他着想。丹尼尔可能没有意识到，没有汉娜他就像一个被遗弃在荒凉河岸边的小男孩。

七

在芭拉生日的前三天，丹尼尔请她去餐厅用晚餐。他有一封信要给她,在恍惚中写成的,还有一枚嵌一粒小钻石的金戒指(他从没有给过女人戒指,除了给伊特卡的婚戒)。

"你给我写信?"她问,"我可以读吗?不,现在不。既然跟你在一起,我要享受分分秒秒,而不是读信。"然后她打开盒子,凝视戒指好一会儿,"你疯了,丹,这么贵重的东西。我回家怎么解释?"

"你就说,你第一个丈夫给的。"

"这不可能!"

"那么,妈妈给的!"

"我妈妈哪来的钱,那点养老金。你疯了,我并不需要戒指,有你的爱我就满足了。"

"我们不说这些了。"

她戴上戒指,深情地望了一会儿。"正合适,看来你记住了我的手。"她亲吻了丹尼尔,然后想起,"我也请了我的萨沙来这里,你不介意吧?"

丹尼尔很意外:"你怎么对他说的?"

"他知道你呀。"

"你跟他说起过我?"

"很久以前了,我还跟妈妈说起了。毕竟,他们都向着我的。对亲人我不想有秘密。他爱你,虽然从未见过你,因为他知道你爱我,不像他的继父那样折磨我。我也想让你开导他一下。"

"我第一次见他就开导他?"

"不,我倒没这么想,让他认识一个知道为什么而活的人,就够了,而且那是一个好人。"

"我不知道我是否符合这些条件。"

"他特别希望有个父亲,因为他从来没见过真正的男子汉。我让他失去自己的生父,或者反过来他父亲失去了我和他的儿子,这没什么,可他没有给儿子任何东西。继父从来不接受他,而且表现出他在养着他。在他眼里,男孩一无是处。也许,我的儿子贪玩,百无聊赖，可他不懒惰。他打篮球、网球或者看电视里的枪战片。他还喜欢摆弄各种机械零件，可以播放出音乐来。你不生气吧，我没有跟你商量就把他叫来了？"

"不，这没错。"这是折中的选择，如果你爱一个人，就必须接受他的所有，尤其是他的亲人，"但最近，我跟年轻人弄不到一起。"

"因为什么？"

"我以我的信仰对他们说教，甚至连自己的孩子都说服不了，有时几乎是他们在说服我。"

"自己的孩子最难管教了，自己的男人和自己的孩子。"她补充说。

男孩身材修长，几乎跟丹尼尔一般高。高高的额头和发色显然随了母亲，除此之外没有一点儿相像之处。他的眼睛甚至呈浅蓝色。"他们给我取的名字非常愚蠢，"男孩自我介绍，"取自俄罗斯沙皇或普希金。妈妈年轻的时候热爱普希金。当然她是巴隆卡①，永远年轻，那时她比现在要年轻十八岁，更像塔吉雅娜②。如今在我的书房里还有这本书，妈妈逼我读它：……上天又给了不安的幻想，意志和心性都非常蓬勃，头颅里充满倔强的精神。"

"萨沙，"芭拉制止他，"你不觉得你的话太多了吗？"

"我有点紧张，"男孩脸红了，"谢谢您的邀请。妈妈对您评价非常好，所以我想至少见见您，但我不必留在这里用晚餐，您肯定想跟妈妈说话。"

"我们可以一起聊啊。"丹尼尔建议。

"谢谢。穆齐尔那个人跟我无话可聊，他一看到我就心烦。而我的生父，就会问学校的事情，跟我没话找话说，一个月我们见两次面。"

---

① 捷克小说《外祖母》里的人物。
② 普希金小说《奥涅金》中的人物，是"道德"的象征。

服务员拿来菜单。"我真的不知道我是否妨碍你们，"男孩担心，"况且我也不习惯在如此高雅的餐厅用餐。"

"我也不习惯，"丹尼尔很快接过话题，"也不准备习惯。"

"您看我可以点鸡肝羊肉卷吗？"

"你想吃什么就点什么。"

"也许这道菜不怎么样，但我没有吃过。老板不带我们去餐厅，而我父亲偶尔带我去甜品店或者快餐店，他喝啤酒，给我要一杯甜兮兮的东西。"

"萨沙他不喝酒。"芭拉解释。

"那你喜欢跟你父亲聊什么呢？"点好菜肴后，丹尼尔问。

男孩子耸耸肩："我不知道，与男生、女生也都是瞎聊一气。这您了解。"

"你有女朋友吗？"

"那当然。但这没什么可聊的，起码在这里不聊。"

"我不想打听你的事，只是我有一个女儿，像你这么大。一个儿子稍小一点。"

"我知道，妈妈告诉我了。她去您的那个教堂时认识了他们。"

"萨沙，"芭拉插话，"你说得太多。我去教堂，是因为我想听让我振作的东西。"

"这倒是事实，所以她去教堂，"男孩证实，"她经常忧郁。我们全家人都有一点抑郁，这是我们家的细菌，我们都惧怕老板和死亡。老板，就是那个穆齐尔，建筑师、科学博士和经济学奖得主，他最怕死，而且非常过分，因为他老了，有高血压，不停地吃药。以前我们称他为建造巴比伦塔的大师，因为他就喜欢大型建筑项目，但现在成了可怜的药罐子，我们便叫他吸血鬼。他抑郁一旦发作，会号啕大哭。爬到妈妈身上，趴在她的肩膀上，吸吮她的力量，随后妈妈必须哄他。但没有人去抚慰妈妈，我不会。另外，每当花蕾绽放的时候，我就蔫了，喘不过气来。阿莱谢克他很健康，他还小，什么也不懂。

直到您出现了,但是妈妈配得上您,她是金子一般的人。"

服务员打断了他的独白,把金属托盘里的盘子往桌上码。

"嗯,"男孩说,"我觉得自己像'小王子',我们必须说服吸血鬼,让他也带我们到这里来。"

"萨沙有点夸大其词,"芭拉说,"好像我们就靠面包和水度日似的。"

"那么,妈妈,最近一次我们外出,是什么时候?"

"去年春天去了海边,"芭拉说,"难道你住在山洞里?我们去海边就为了你,因为医生建议说大海对你的过敏有好处。"

"我在那里确实好多了!"

丹尼尔注视着他们俩,觉得他们在他面前在连续演那个古老的戏剧:母亲把同谋的儿子带到房子里,她在寻找伟大的爱,而现在她把他带到这里,因为他一直在寻找她,而儿子却在寻找父亲。问题是,对于两人来说,是否都为时已晚?虽然后来他始终否认这个词——至少在涉及信仰的时候。

"我曾信过宗教,"男孩转换了话题,"妈妈希望,穆齐尔也同意了,但我没有什么感觉。我的意思是,感觉微乎其微。这是迥然不同的世界。那些奇迹、天使和堕落天使以及地狱的折磨。反正我什么都没记住。"

"我送他去了天主教学校,"芭拉解释,"为了我妈妈,我本可以送他去犹太教的,但没有地方教。我就想让他听听关于上帝的事情,让他自己决定。可是他们的传道士不像你,在他身上看不到一点激情,只有苦涩,跟他们讲太多地狱,而不是人们应该相互关爱。"

"我本来可以学到更多,"男孩说,"但我注意力无法集中,我做什么都不专心,除了地理。我喜欢地理,因为它讲真实的东西。"

"你想旅行吗?"

"每个人都想啊。但我还得等待,目前老板不会放我出去,不管在学校还是在家里,我表现都不怎么样。但我不想去那些大城市浏览景点,我更喜欢去人少的地方,丛林或者山上。城市里的人多如蚂蚁,汽车里和人行道上,到处是蚂蚁,我不想看他们。我也是一只蚂蚁,而且是只懒蚂蚁。"

芭拉说:"你不要奇怪,他厌恶古迹和所有的建筑,因为他的继父和母亲都是建筑师。我不知道他将来究竟靠什么谋生。"

"什么,你不知道吗?"男孩说,"更糟的是,我自己都不知道。最不济我去当猎人。"

"你狩猎什么?"

"这个问题很棘手,我连青蛙或蝴蝶都下不去手。"

"因此,他将狩猎空中楼阁!"芭拉说。

"随你,就随你,妈妈!"

晚饭后,男孩站起身来,有点夸张地道谢,毕竟随他母亲,然后离开了。

"你有一个优秀的儿子。"他对芭拉说。

"你喜欢他吗?他想努力表现。平时没有这么多话,是个很安静的男孩,有点懒惰,但心地善良。"

"他确实是。"他想起男孩子关于懒蚂蚁的叙述。那次,他自己还是个小孩时,观察蚂蚁钻入构建巧妙的蚁穴,看着它逃脱的徒劳努力,眼睁睁看着它的命运。那幅图像如此清晰地展现在他眼前,他不由自主身子打了个寒战。

芭拉注意到了,问:"怎么了?出什么事了?"

八、书 信

亲爱的芭拉:

这封信是写给你的生日的。在你四十一岁的时候我认识了你,仅短暂的六个月,但我觉得,我与你相识已久,超过我相识多年的熟人。

我以为，我跟我的第一任妻子经历了狂热的爱，我也爱汉娜。我没想到我还能爱上别的女人。我本不想的。我不知道自己是否在灵魂深处偷偷张望过，如果是那样的话，它隐藏得那般神秘，我没能揭示。然后你出现了。与你在一起的每一个瞬间让我见证了你的罕见和美丽（虽然在同一时刻也掺杂愧疚，对汉娜，对你，面对上帝的罪孽。我相信，上帝是仁慈的，但我不认为他赞同欺骗）。

　　生日是需要祝愿的。我祝愿你生活所在的空间里，有宽恕，有理解，有自由和善良；祝愿你有片刻宁静，还有信仰，它会抵挡你的焦虑；我祝愿你的儿子们爱你；祝愿你将面对的生活中的一切，会比你曾经历过的更美好；祝愿（我祈祷）你经常想到的死亡，会绕过你的门槛；祝愿你的眼睛能看到他人所不能看到的，你的手指能创造出奇迹，你的计划得到实施，你的话语被人听到，你的内心充满爱，你的梦境一片祥和。

　　我祈求上帝宽恕我们，我们屈从于爱。

　　我的鸽子，在龟裂的岩石上，

　　在悬崖下的洞穴里，

　　让我看到自己的脸，

　　让我听到你的声音。

想念你，你的丹

＊　＊　＊

我亲爱的：

　　我始终感觉你像一个奇迹。（人能生活在奇迹中多久呢？）就像你想给我展示的一切，那么令人难以置信，你一次又一次让我震惊，不是新意，便是永恒。

　　我把你的祝愿读了一遍又一遍，再次让我战栗，让我感动，从来没有人对我说过这么多美好的祝愿。最神奇的是，我相信你说的每一个字,我信赖你,相信永恒。这种持续的可能性之所以让我吃惊,是因为它罕见、艰难,甚至过分。爱的持久,我不是指日常的爱,而是盛大的爱,这正是我不再相信的东西,觉得它虚弱、疲乏,作为人达不到那种耐久力。

我在想命运注定的那一天,当我第一次走进教堂时,你在那里布道。在那一天,你的母亲去世了,而我并不知道,甚至你在那一刻也不知道。这命运的巧合是注定的。谁安排的呢?然而人要听到那神秘的指令,必须具有某种特殊的敏感性。你把我叫到身边,而我不知道存在我不想和你一起跨越的界限。我不怕你,我相信你,在你身边我只有安全的感觉。我不怕你,我不怕自己跟你在一起。我是幸福的,我又是不幸的,有一天我会发现,这是最后的一天。我觉得自己病态,所以我经常想到死,但更多地想到末日。终有一天永别将取代再见。我总是在每一个开始感觉到结束,我知道生活的意义仅在于它会结束,像每一个拥抱,每一天,每一个喜悦,每一种痛苦。

我现在就想跟你在一起,而我不得不出门,跟不善待我的丈夫,跟我的孩子们,他们需要我。我毕竟是一位母亲,我想做一个好母亲,至少。我会尽力给你写信,如果我能抽出一小会儿工夫。

星期一我就回到布拉格了。你会给我打电话吗?会给我写信吗?我想你,我爱你,等我!

你的芭拉

*   *   *

我亲爱的:

又有好几天将见不到你,你不坐在我的面前,不提问题,沉默不语。但我知道,大部分的时间里,在精神上你会跟我在一起。我不能没有你。也许我跨越了(也许我们俩)内心的某个界限,一旦超越便不能自已。这是否好?我不清楚,但越过界限便进入了真正的亲密无间。

人不应该撒谎，不应该欺骗自己的感情。人们经常为照顾孩子的情绪，或者因为怯懦，或出于责任感，出于怜悯（它也是一种情感）或者惯性、焦虑或恐惧，最终宁愿独守，甚至失去什么。我们俩没有孩子也没有其他，没有相互的义务，唯有爱。我永远不会欺骗对你的爱，我承诺，我会让你坦然地说：我相信你说的一切。没有爱的性是耻辱的，灵魂会感觉不安。每当我意识到大多数的人这样爱着，我就想：人们营造的是地狱而不是家园。

　　读你的信，我几乎不敢相信，其中糅合那么多的柔情和焦虑、痛苦和欲望、决心和绝望。人生苦短，时间飞逝，我们都来不及告诉别人最近几天发生了什么，更遑论我们一生经历了什么。但爱毕竟不是以分钟计的，那以什么测量呢？完整性？还是忠诚？或欲望度？还是亲密？什么是完整性？忠诚有多远呢？到下一辈子吗？在他痛苦时，对他坦诚，站在他那一边。在距离遥远时，对他不离不弃，每一刻想着他，不顶撞他，哪怕他说不中听的话。有耐心，学会倾听，甚至学会理解难以理解的。学会等待。学会宽恕。亲密是什么？亲密大概有很多级，那么哪一级是终极？是最珍贵的呢？我无法言表。

　　我又像在讲坛上布道了。但我爱你，我甚至忘却了内心的愧疚，它无休止地困扰着我。

　　我们该怎么办？

你的丹

* * *

亲爱的丹：

　　在我们俄勒冈州时常出现小阳春，这已经是第二年了，我们为鲑鱼的幸存而斗争。我有一大堆的工作，因为我们修了住房，更换了供暖设备，另外把婆婆接到了我们家里。她八十五岁了（你瞧，还有比我更老的老太太），已经有点糊涂了。不久前她从墙上取下了带摆锤的示鸣钟，开始在钟面上钻孔。当我问她在做什么时，她回答说想更换电池。我告诉她，其实我们每个人都需要更换电池，遗憾的是暂时还不可能。看见了吧，我们家所有的事情都落在我身上，我的鲍勃倒是会修剪树枝，用除草机修剪草坪，但对家务事是束手无策的，虽然这是他的妈妈，而且他很爱她。

对于你信里提到的爸爸那件事，我不知道对此说些什么，我毕竟离家已经二十五年了（四分之一个世纪，哎！）。我认为，在道德立场上，他太没有顾忌，他欺骗了妈妈。他自以为把妈妈蒙在鼓里，然而妈妈什么都知道，并且对我吐露过心事（对你也许没有），甚至把那些女人的事情都写信告诉了我。她称这些女人是爸爸的妓女。但她没有指责爸爸，也许还是理解他的。爸爸长得俊朗，很受女人们的青睐，这我在医院里就看出来了。妈妈好像来自另一个世界，爸爸和她共同生活，必须像个隐士那样，我觉得他们俩的共同语言不多，但爸爸在本质上是善良的，所以他从未抛弃妈妈。从另一方面来看，他生命里有好几年时间被剥夺了。有可能你不知道，他被监禁的时候，有八个月的时间是被单独禁闭的，你能想象这种恐怖吗？他们还抽打他，显然从爸爸身上没有问出什么来，因此他很快被判决了。接下来发生了什么，我就不清楚了，但是我理解，他回来之后，想要弥补他失去的东西。或者尝试一些刺激的东西，来抵消他内心的恐惧。可能我说了些题外话，不是你想知道的，但也不尽然。我不知道，出卖陌生人或背叛自己人，哪个更糟糕。我理解，你宁愿抹去爸爸留给你的记忆，如果这种记忆受到了某种威胁。我始终是个实用主义者，在我看来，既然一个人已经去世这么多年了，最好就让他安睡吧。那些爱他的人，只要还活着，会一如既往地爱他；同样，那些不喜欢他的人，任怎么劝说也无济于事。最终我们所有的人都会被遗忘，带着我们所做过的一切，罪恶也好，善良也罢。

我写了，爸爸是个善良的人，跟你一样。我相信，他不想也没有伤害过任何人。

你可记得，当这个可怜的人蹲在监狱里的时候，没有一所学校愿意接收你？后来他回来了，你也进了学校。也许这之间存在某种关联。最好的办法是对自己说：这本书已经尘封了。

婆婆又在摁铃叫我了，她一天至少要召唤我二十次，但这总比她给自己在东海岸或者伦敦的朋友们打电话来得便宜。她时刻在这么忙乎，只要她没在吃饭、睡觉，或者在摁铃叫我。

我们打算明年去欧洲，故而我们大概会见面的。在我亲爱的祖国有什么新鲜事儿吗？我们的电影、汉堡、口香糖和游客已经到你们那里了吗？可怜的国家啊！

向汉娜和孩子们问好

吻你，神圣的男人！

你的露丝

* * *

亲爱的丹：

这是星期天的早晨，太阳还没有完全醒来，家人都在沉睡，所以其实就我自己醒了。窗外就是花园，草叶散发出清香，有音乐飘过来，天堂也许就是这样吧，请原谅我对天堂的平庸想象，鸟鸣就让我欢愉而不是上帝存在于身边。

我开始给你写信，因为我需要跟你在一起。同时心里并没有底，不知何时能见到活生生的你。收音机里在朗诵某个黎巴嫩诗人的诗，说爱不仅给予你皇冠，也会把你钉上十字架。我问自己：我有这样的爱情吗？我有这种定力和耐心接受爱之高贵和磨难的双重结果吗？

昨天我又苦不堪言。我的丈夫犯头痛，他说他的病都是因为我。我想知道为什么。他说，他懒得给我解释，说我的身上缺少秩序，说在他需要集中精力时我放音乐，我的关门声也能打断他的思路，我在浴室里撩水的动静太大!!在他需要我帮他绘制设计图的时候,我却不在家里。在一天之内我就罪恶累累。

我说,这些都不重要,重要的是我和他在一起。他开始尖叫起来,说我什么也不懂,总有一天会气死他的,假如他没有事先杀了我或者自杀。

我们家常年如此,而我像一条瑟瑟发抖的小狗,只要他对我笑一下、看我一眼就满足了,重新欢快起来。

你写到了始终折磨你的愧疚感。你问该怎么办,那将是结局,因为世界上的一切终将结束。很意外的,我并不考虑结局,不想自己行为的结果,我只想感受现在。我想你,内心充满柔情,也祝愿你生活快乐,我在远离你的此地衷心祝愿你。

我写到了天堂。我跟你在一起就如同在天堂,不是你信仰的那个天堂,而是我想象中的那个。在我小时候,我总是在等爸爸回家来,告诉我说:宝贝,爸爸想你一天了。可他从来没有说过这样的话。所以我很敏感,如果别人对我好,像你那样。我觉得,你不会让我坠落。如果我可能死去的话,你随时会出现。我那么幸福,至少我可以有片刻时间跟你生活在一起。不要离开我。没有你,我的生活将一片空白,不知道以什么填补,工作?信仰?爱的空间,除了爱,无法以别的东西替代。

我一直还没有开始祈祷。但我知道,在每一个祷告中我都会说:主啊,不要离弃我!我不祈祷,但晚上在临睡前,我默默重复:亲爱的,不要离开我,哪怕片刻。

你的芭拉

* * *

尊敬的牧师先生:

我很抱歉,您的来访没有给您带来预期的结果。在您离开后,我在记忆中仔细搜索,特别是与您父亲有可能接触的女警员。我想起了几个,虽然其中有几位我从来没有见过面,将来有机会见到她们时,我会提到您的问题,也许她们能回忆起更多。

既然我写了"我从来没有见过面",我想打扰您几个问题。正如你可能知道,我在一九六九年的审查中被安全部开除,后来以各种职业谋生。我不否认我在青年时期对社会主义事业很狂热,对反对派恨之入骨。紧跟着接受的思想教育,我把所有与进步和劳动者相悖的人视作敌人,他们教育我视宗教为鸦片,它让劳动者脱离正义的斗争。对于上帝,我知道那是人类的发明,尤其是祭司。

然而现在,我读了许多在报纸上写的东西,甚至我也经常收看电视里的宗教节目,这并不是说我完全变了!但它让我醒悟,既然我在别处被蒙骗,那我也可能在这上面被欺骗。此外,到今年秋天我将六十四岁了,我得承认,一个人很难接受事实,生命剩余无多了,然后是终结。

因此,我提出质疑。您真的相信人有灵魂,人在死亡后灵魂可以继续存在?甚至会为在世时的行为受到奖励或惩罚?他将被指令到某个地方,据说有地狱、炼狱和天堂。您能告诉我这些地方在哪里吗?在地球上,或在宇宙空间里?还有人声称灵魂的本质是无形的,可是在世界上存在无形的东西吗?据说上帝也是无形的,这我无法想象。难道灵魂也能死而复活,可谁来证实呢?毕竟,每个婴儿出生时都是懵懂的。

尊敬的牧师,如果我在二十年前给您写了这样的信,您可以把它看作一种挑衅行为,但今天呢?

期待您的答复。

阿洛伊斯·布普尼科

* * *

亲爱的芭拉：

经过头一两次的交谈，我惊讶于你表现出的感激之情，对每一个关注的表情、每一次问题的回答。然后我理解了，你是一个渴望爱（从童年吗？）的人，因此如此善于表现出感恩和谦卑来。

我能想象你多么感激自己的丈夫，而且他是位专家，你尊重他，当他为了你（当然也为了他自己，他希望拥有你），离开了他的妻子和女儿时。

感恩、谦卑、赞美可以在善良的心里激发起爱，你相信这一点，也依据它行为。可是不断表现出感激和钦佩可以导致相反的结果。它能成为另一方眼里的毒品。他开始不惜一切代价获取钦佩和感激，譬如通过暴力、勒索和威胁。

此外，你还可以导致你钦佩和感谢的那个人，相信自己的无与伦比，特别是他凌驾于你之上的优势。你期待你的伴侣给予你爱，他却自视为你的主人、你的上帝，对你发号施令，决定，原谅或者奖励。但是，这一切行为是属于主的。人对感激和认同的奖励往往是忘恩负义。试图通过感激和服务来获取爱的人，结果正相反。爱，如使徒说，是履行法律。生活中法之外的一切，不是那么重要。因此，一个人只感谢爱，而不接受对方为你的爱表现出的感谢，那么他趋向的是厌倦和毁灭。

你一再地赞美我，却忘记了你自己。你是罕见的。不要感谢每一次的爱抚，因为你同时也在爱抚别人。

我现在就想亲抚你，长久，永远。我想亲抚你，直到世界在窗外消失，同时消失的还有我的"使命"，我们的义务和责任，这世界上就剩下我们两个，至少那么一会儿。

我们两个——这意味着上帝也没有了？也许吧。也许他能接受我们的爱，不是我们的欺骗。

对不起，我说到了令我自己都害怕的话题，但它可以佐证我有多么爱你，以至于我行我素。

你的丹

附：世界和人类的未来？我认为它取决于我们是否能感受他人的痛苦，如同自己的。

* * *

亲爱的露丝：

我犹豫再三，不知道是否应该告诉你，能给你写自己从未告诉过任何人的事情，虽然你远在天涯，你依然是我唯一的有血缘关系的亲人，也是唯一能理解我的人。

我犯下了错，我自己也从来不会想到我会那么做。不，我没有杀人，也没在周日的募捐里偷钱，当然不会。也许你猜到了我的恶行，是的，我做了对汉娜不忠的事情，而且我没有勇气告诉她。

我无法解释自己的行为，更不用说道歉了。我始终爱着汉娜，但我们之间是一种平静的、令人兴奋不起来的关系。那个女人让我激动。她天性多情，很吸引我，就像吸引人的深渊。我已经上百次地决定要结束这一切，但之后她打来电话，或者我看到她，便意识到我没有勇气和她分手。此外，她请求我，一遍又一遍地请求我不要离开她。在我看来，她需要我，她才有勇气活下去。也许我在找托词，如同那么多次，我屈从于信任，信任人们对我表达的是真心话。我知道，你无法给我建议，我也不需要建议，也不需要理解，我只需要有个人倾诉，除了你，我真的找不到任何人。太遗憾了，你离我那么遥远。

问候你，你的丹

第六章

一

霍德克老夫人快不行了。她想回家,不希望死在医院里。丹尼尔每周至少一次,通常是在周四去看望她,不需要跟她说什么,也不用安慰,只要他在场老太太就心定了。

花瓶里的翠菊没有了生气。丹尼尔给老太太煮了茶,把一块蛋糕放到盘子里,那是汉娜让他带来的,可老人已经吃不下去了。"外面天气好吗?"她想知道。

天气好极了,十月里的第三周了,异乎寻常地湿润。

"可鸟儿还是飞走了,"老人说,"玫瑰也开罢了。"她请求丹尼尔和她一起念主祷文,她自己又补充了使徒信条。她相信基督会降临,审判活人和死人,相信身体会死而复活。"阿门,我要对你们说阿门,凡听见我的话,并相信,那个送我的人会永生,不会受到审判,已经走过从死到生的历程。"

老妇人突然抬起眼,出人意料地说:"牧师兄弟,我害怕。"

"害怕什么,霍德克姐姐?"

"害怕即将来临的。"

他应该安慰她,告诉她说,等待她的是靠近主的幸福,是永恒的爱,但他沉默了,就好比跟她一起濒临黑洞的边缘,所有的生命都将坠落在黑洞里,在里面不会超过几个小时,更不用说几天、几年、几百年，甚至数十亿年，谁都逃脱不了。

> 主啊，求你速速应允我；
> 我心神耗尽，
> 不要向我掩面，
> 免得我像那些下坑的人一样。①

只须握住老妪筋脉干枯的手，跟她重复他曾对所有人说过的话："别害怕，霍德克姐姐！"无须做更多，甚至无须补充"主与你同在，不会离开你"，甚至那句他曾经对父亲说的话：灵魂不会灭亡，将永在。可丹尼尔始终沉默，握着她的手，站起身，答应很快会再来，然后离她而去。

当他走出屋子时，他意识到，自己仍然站在黑洞的边缘，他的脚下虚空，眼前虚空，他头晕目眩。

正当中午，蓦地他不知道如何打发时间。汉娜在上班，孩子们晚上才回家。他可以坐在办公室里等，看是否有人来请求他帮助，他无法给予的帮助。或者，他可以准备讲道，但他觉得自己可能站到讲坛上，却说不出一句话来。他也可以去雕刻间，把无形的木材制作成有形的雕刻，坐到钢琴边弹奏，或者给芭拉写信。相反，他的脚步在电话亭前停了下来，犹豫不决。他知道芭拉不希望往她家或者办公室打电话，也许她丈夫在场，即使不在，还有丈夫和她的同事们，他们始终对她充满关注。

然而，他还是拨了她办公室的电话，一个陌生女人的声音，自我介绍说是工作室的项目执行人，丹尼尔说要找女建筑师穆齐尔。

不一会儿传来芭拉的嗓音："您好，"语气很正经。"等等，"她随后对他说，"我去旁边的屋子接电话。"他在亭子里等待，他感到

---

① 《诗篇》第 143 篇。

一种奇怪的战栗，只需一步，自己就坠落了。

"丹，出什么事了?"她的声音终于回来了。

"没有，或者有。我突然想，很奇怪，这么美的天气。我要见你。"

"现在吗?"

"就现在。白天越来越短了。"

"可我在上班呢。"

"别人可以替你一次。"

"我跟同事怎么说？萨姆一会儿就回来，他会找我的。"

丹尼尔就在汽车里等她，离她的工作室几个街区。

芭拉终于出现了，"我要去土地注册局，"她告诉他，"在那里可以多耽搁一会儿，每过一阵就要去一趟。你想去哪里？"他想不出来，只想跟她呆在一起，因为他害怕孤独，害怕自己的想法，如果他不转移视线，就有被洪水窒息的感觉。

"我想我们可以去某个公园。"他说，因为她期望他提议。

"出城？你疯了。下午我必须在家，孩子们快放学了。"

"十分钟就出城了。"

"这个方向没有公园，只有丁香谷，或者威尔特鲁斯庄园，我喜欢那里，它是我童年的乐园，很浪漫的，可惜太远了。"

就是它了。车驶过狭窄的小桥，越过黑洞，他们一路奔向威尔特鲁斯公园。

他注意到，山坡上的落叶松泛黄了，天目琼花和山茱萸红了起来，田野已经犁过，秋天灰色的薄雾悬挂在远处地平线上。芭拉坐在他身旁，他感受着她的亲近，她的气味，她的呼吸。那条狭窄的小桥就是爱，等到结束，小桥便无声息地坍塌。她现在近在咫尺，他为之前的焦虑开始感到惭愧，他应该给人抚慰，现在却需要他人来安慰，甚至寻找同伴逃避。他转头问把她从工作室拉出来，她是否生气？

"我打扰你的次数更多呀,况且,我的工作单调乏味。"建筑师十分之九的时间花在跑关系上,剩余的才是创造性的工作,至少对芭拉是这样,她做的甚至连十分之一都不到,她只是负责接听电话,跑建筑部门,监督建筑公司,不让他们偷工减料。他们以前偷国家的,名正言顺,如今偷公司的,觉得是商业行为。

她俯身吻他:"你想躲避我的这些话吗,所以开得这么飞快。"

"因为你着急回家。"

"我们的时间是不多,亲爱的,可是如果我们想自杀的话,那就一点时间也没有了。至少在地球上这边,而那边,就像您所相信的那样,"她的手指触及车顶,也触到他的焦虑,"人们不会相遇,至少像我们这样的罪人不会。"然后她想起什么,"萨沙很喜欢你,说你是个人。对于他来说,'人'这个词指一个真正的男人。"

"他根本不了解我。"

"你也不知道本质的东西,关键是感觉。我也这样感觉,当我第一次看到你时。"

"我也喜欢他。"

"我的儿子有一个漂亮的脸蛋和一颗善良的心,随我。我猜他喜欢你信上帝,我也喜欢。也许这就是我如此爱你的缘故,你可以相信神秘的、凌驾于我们之上的、我始终无法相信的东西。"

汽车驶过灰旧的村庄,他始终感觉芭拉近在身旁,意识到某种东西急剧改变着他的生活。

在焦虑的时刻他没有跑去求助于主,对自己的信仰毫无抗争就拱手交出了,逃到这个不属于自己的女人身边,他也不属于这个女人。因为自己信上帝,让这个女人喜欢,或者让她兴奋,而他却有满脑子的疑问。之前他坚持遵照自己的意识做善事。当他回首时,不会为自己感到羞愧。不冒犯任何人或不以负面榜样引导他们犯罪。"倘若你一只手,或是一只脚,叫你跌倒,就砍下来丢掉。你缺一只手,或是一只脚,进入永生,强如有两手两脚,被丢在永火里。"①

黑洞让他害怕,无论是充满火焰或虚空,但他依然离弃毕生所信仰的或至少立志要相信的,还有迄今赖以为生的一切:他的家人,职业,未来。一个没有前途的人,这是一本小说的名称,不,小说叫作《没有个性的人》。"这样一种手段杀死灵魂,但随后似乎将灵魂保存在小罐头里供普遍使用,它向来就一直是灵魂与理智、信念和具体行动的结合,所有的道德、哲学、宗教便都是成功地这样做了的。"②

"亲爱的,"芭拉发话,"你坐在我的身旁,事实上,你的灵魂游离在别处,你根本不在意我的存在。你怎么了?"他推说公路上转弯太多。

半小时后他们的车在威尔特鲁斯公园停下来。空气里有一股化学制剂的气味,混杂着树叶的味道。

"你来过这里吗?"她问他。

"不,从来没有。"

"我好久没来了,至少有十年。在我小的时候,父母常来。我的曾祖父——他在战前就去世了——曾是公园的管理员,所以这里就像我们家的公园一样。那时还没有化工厂,有一座狮身人面像的桥,很疯狂的新古典主义风格的亭台楼阁,当然还有人工废墟。离这儿不远还出现过一个火红色的马头,但我从来没有见过,我也不信。我不相信有鬼。我不信任何虚幻的东西。"芭拉把他领到一个地方,从那里可以看到埃及风格的小房子,说以前这里还有水流淌过,指给他看罕见的巨大郁金香树、银杏树和真正的板栗树。

坐在园林农友社对面的长椅上,芭拉解开黄蓝色的大衣,把头靠在他的胸口,面朝着太阳。"有一次,我在这里看到了小精灵,"她

---

① 《马太福音》第18章第8节。
② 《没有个性的人》作者为罗伯特·穆齐尔(1880—1942),奥地利作家。此书被认为是最重要的现代主义小说之一。这段话节选自第1卷第46章。

说,"他有一个大脑袋,一瘸一拐的短腿,红短裤,背上背着一个小包。"

"当时你几岁?"

"我不记得了,四五岁吧。我叫爸爸快过来看,但他在读报纸,读愚蠢的新闻,没别的。等他终于放下手里的报纸时,精灵逃走了。我今天尽给你讲不好的事。你觉得我招人烦吗?"

"不,你在我心中的分量,是你无法想象的。"

"仅是肉体的吗?"

"你怎么会这么想?"

"我只是想听你说,说你对我的灵魂也有兴趣。"

"爱就是接近,最接近的恰恰就是灵魂。"

"你也这么认为吗?它怎样表现呢?"

"譬如话语。话是灵魂的种子。身体的种子连狗或者鳄鱼也有。"

"你怎么想到了鳄鱼?"

"我想说的其实是龙。传说中龙变成了处女。"

"是的,这我知道。我不希望你像鳄鱼那样爱我!告诉我,跟我在一起你感觉好吗?"

"没法再好了。"

"那你为什么不一直跟我在一起呢?"

"你自己说过……"

"不,你不用解释。我有丈夫,我儿子的父亲。他承受不了失去我和孩子。你有妻子和孩子,更何况你是一个牧师,必须成为他人的榜样。"

"你觉得我是吗?"

"你是,你已经做到了极致。所以你现在跟我在一起。我觉得我也尽我所能好好生活,所以现在我来这里和你相依偎,因此,我永远无法一直跟你在一起。在我离婚时,我想,生活是非此即彼的,忠诚或背叛,爱或冷漠,真诚或者谎言。我要么彻底跟定一个人,要么根本不跟他在一起。但事实上，非此即彼几乎不存在，只有一个例外。"

"你又想到死亡？"

"是的。我看出来了，你不喜欢我这样说。"

"很多次我在传道时捍卫说，我们的话应该：是，是——不，不，超越这些就是邪恶。"

"那你觉得在生活中总是这样吗？"

"我这样宣讲，当然这么以为。"

"你最终会离开我的，"她说，"等你厌烦我了，或你觉得你有更好的方法打发时间了。为了拯救自己的灵魂，为了你重新肯定什么是好人什么是坏人。因为我是坏人，因为我跟你不合法。"

"我不会离开你的。"

"到什么时候？"

"直到死亡。"

"谁的死亡？"

"我在谈自己。"

"我要你在我身边，在我临死的时候。"

"那我已经不在世了。"

"我希望你在我身边，握着我的手，因为我会害怕。但是你在的话，我什么都不怕，我连死都不怕。告诉我，你会来吗？"

"我活着的话，我会来。"

"你答应我吗？"

"我答应。"

"我相信你，我什么都相信你。"

"我们该怎么办？"

"你指什么？"

"我们更多地在一起。"

"没什么，"她很快回答，"我们除了现在能做的，无能为力。现在我们可以去做爱，表明我们在一起，我们能做到的。"

"在这里吗?"

"在这里。你从来没有在公园里做过爱吗?"

"如果有人看到怎么办?"

"谁会看到呢?这里一个人也没有。"

他们找到一个地方,不太茂密的灌木丛把它跟道路分离。两人在草地上躺下来,衣衫半裸。深秋的草地落满了干枯的树叶,散发出硫化氢的气味。头上的树枝遮挡住了阳光,所以赤裸的腿感觉到树阴下的凉意。"我的宝贝,"他喃喃低声,"亲爱的,你来了,跟我在一起。"

"丹,你在这个地方,在我的公园里跟我做爱,你肯定从来没有在树林里做爱的经历。你是神的仆人,可现在你是我的。上帝用你取代了我所有的烦恼。你是我的,宝贝。"

突然,仿佛从不远处,他们听到了孩童的声音。

"我的上帝,"芭拉轻声叹息,"他不希望我们这样。"顷刻间她把丹尼尔紧紧搂住,然后推开,"别担心,亲爱的,这只是小精灵!"

两人赶紧穿好衣服回到路上,树后冒出了第一个孩子。深色头发随妈妈,红裙子随埃娃。这是玛格达!她从哪儿冒出来的?

他的第一个念头就是躲回到灌木丛中,但是另外几个红色的身影也冒出来了,一瘸一拐的。

不只是他看错了,也许羞怯的良知扭曲了他眼中的世界和人们。

年轻的修女推了推童车里的残障孩童说:"孩子们,我们会问候吗!"

"称颂主耶稣基督。"孩子们先后不一的声音响起来。

"天气真好,"修女说,"所以我们出来走走,让我们的小宝贝们也享受一下最后的阳光。"

"是的,"芭拉说,"我们也享受了。"

饱尝羞辱,看看自己的苦难。……①丹尼尔脑海里浮现出这段

---

① 《旧约·约伯记》第 10 章第 13 节。

话,他没有说话,他的灵魂已经无法拯救了。

二、日记摘录

玛格达得了咽炎。她喜欢做夸张的表情。高兴时,她会得意忘形,不高兴时,似乎世界上没有比她更不幸的人了。如果身上哪儿疼,那简直痛不欲生。这一次也许真的是病了,抗生素也不起作用,她呻吟不止,不停地要这要那:茶,书,第二条毛毯,因为她打寒战,然后要我坐到她旁边给她讲故事。

我问她想听什么。她说:讲伊特卡吧。

一刹那我没有回过神来,没明白她指谁,然后我问她为什么要听伊特卡的事。

因为她也疼过,因为你从来没有跟我说起过她。

我宁愿告诉她我小时候生病的故事,还有,我为什么学了图书销售。然后我回忆起了丝绒革命是如何发起的,我去剧院参加会议,然后游行。你还记得吗,我带你去了莱特纳广场?我马上沉浸到了当时的情绪里:兴奋,期待和希望更真实、更自由的生活。

好了,她说,我可觉得没意思,我记得当时非常寒冷,许多人就站在那儿,没完没了地说那些我没兴趣的事情。

还举着小旗。我提醒她。

小旗也没意思。

那你觉得什么有意思呢?

她沉思了一会儿,然后问,你是指当时呢,还是全部?

当时,或者全部。

我想飞行,不是坐热气球,而是自己长出翅膀,譬如像火烈鸟。

什么?我没明白。

嗯,一种鸟,她解释说,鸟,又美丽又会飞,想去哪儿就飞哪儿。我也觉得,鸟绝不会喉咙疼,也不用去愚蠢的学校上学。她很直白地说。

我给她做了一个冷拼盘,把面包抹上黄油,说,现在我需要出去一趟,一小时后妈妈就回来了。

她问我去哪里。

我说,我要参加一个主教会议,实际上我去见芭拉,在玛格达没生病的时候我们就约好了,我无法通知芭拉取消约会。

我知道,玛格达当然能独自度过这一个小时,大多数的父亲白天都在工作,无法陪伴在生病的孩子身边;但我也知道,我一旦离开,我离毁掉自己和毁掉自己的家又近了一步。然而,我还是义无反顾地走了。

* * *

夜里下起了秋天里的暴雨,天空电闪雷鸣,雷声越来越响。我爱暴雨,也许是因为它意味着变化,我想说,不影响秩序的变化,但另一方面,它又顺应着秩序发生。我猛然想起了很久前的那场暴雨,雷的中心似乎就在当时我们住的房顶上空,闪电一个接着一个,雷声不断。我的母亲,她很少表露自己的情感,也从来不害怕,这一次真的害怕了。所以露丝和我一起搬到了房间的中心,跟妈妈一起祈祷。

于是,那生动的一幕重现了,看见妈妈站在我的旁边,当时还年轻,我似乎听到了她的声音,祈求全能的上帝保护,那声音,比任何其他的声音更美、更强烈,真正盖过了雷击。

思念压迫着我。上帝制约所有生命的法律是多么残忍。死亡夺走了最宝贵的,无法抗拒。

* * *

在布拉格几乎每两对夫妻中就有一对在闹离婚。这在我们的教会里不存在,涉及牧师的离婚更少。牧师离婚,我仅知道几个。他们的教会被谴责,牧师大多必须离去。他一旦结婚,还有权利爱上别人吗？如果无法在最亲近的人身上找到爱，他有权利在一个陌生人身上寻求亲密吗？

可是在爱情里很难挑战权利。即使一个人不想，即使他抗争，依然会发生。人想要抑制最隐秘的情感，但越抑制，感情越疯狂。

我不想道歉，也不想找借口。我的行为很不负责任，尤其在开始阶段。当时我握住了另一个陌生女人的手，我邀请她去我独自一人的房子里，并劝她说不要离开，我第一次拥抱她。而事实上，我没有做到保密，在这一点上我只能责怪我自己。

在我上次与她见面时，我建议说：我是否可以跟我的妻子谈起你，你跟你的丈夫说起我？

你的小女儿有多大了？她问。

我说，她十二岁了。

你想离开她吗？

我沉默。

你会离开你的妻子吗？

我沉默。

那么你为什么要让她们痛苦呢？

可是人不能一直欺骗与自己生活在一起的亲人。

没有什么持续长久。她说。

我想知道，她是什么意思。

一切终将结束。即使最高的摩天大楼也有屋顶。人生也不是一场连续剧。

你觉得我们的爱会终结吗？

我觉得什么都会结束，包括生活。

我试图说服她，说谎言会蚀刻灵魂。我这样暗渡陈仓，反而比公开商谈伤害更多的人。

不，她坚持己见：什么都不会改变，只会让每个人更痛苦。然后她补充说：也许会有一些改变。

在那一刻，我满怀希望，希望她知道解决的方案，但她却说，我们不要再见面了，因为他们会对我们说：要么——或者。

然后她哭了起来：你想离开我。你之所以思考，只是因为你想离开我！你可以离开我，你可以伤害我，因为我反对十诫！

我不想伤害她，也不想伤害汉娜，但现在除了伤害别人，我别无选择，或者活在谎言中，毁掉自己的灵魂。那个人可以给别人传播福音教吗，如果他知道自己在伤害人，或者生活在谎言中？

> 神啊，因为你不是喜悦恶事的神，
> 恶人不能与你同居，
> 狂傲人不能站在你眼前，
> 凡作孽的，都是你所恨恶的，
> 说谎言的，你必灭绝。①

在回家的路上，我决定跟汉娜交代一切。决定之后，我松了口气。我还想好了表述的句子，如何来谈可能的后果。

当夜幕降临时，汉娜从医院下班回家，像往常一样先坐了一会儿，然后煮咖啡。我走到她身边，没有问上班有什么新鲜事，而是告诉她，我想跟她谈一谈。

她抬头看着我。出什么事了？她问。

她的脸上，我如此熟悉的脸庞，满是倦容，但在她的眼睛里，我看到那么多的信任，毫不设防。我突然觉得自己像个罪犯，躲在暗处等着受害者，伺机出击，强暴，以此剥夺她对爱、对人、对上帝、对生活的信任。噢，我的上帝，我突然明白，她曾经历过一次重创了！

她等着我开口，我事先准备的那些话，却一个字也吐不出来了。于是我说，我在考虑苏库普夫妇的事，我在犹豫，既然他们之间没有

---

① 《诗篇》第5篇。

了爱，离婚是否比共同生活更好一些。

这当然取决于人们是否还能维持爱情，她说。

我点了点头，赶紧离开了，因为我感到羞耻。我为自己的怯懦、背叛和缺乏信心惭愧。如果我能找到勇气对汉娜如实相告，唯一能做的：与那个女人分手，跟她结束，或者跟自己结束？

* * *

我们在海尼采开了一个研讨会，有几位教授也参加了，我上大学时他们曾教过我。主题是宿命和行为的重要性。这是一个永恒的话题，跟大多数问题一样，可以说的都说到了。晚上，我们跟马丁以及玛丽一起去散步，其他几个朋友也加入进来。马丁谈到他最喜欢的话题，我们应该少坚持《圣经》中超自然主义的篇章。我说我们一旦离开那篇章，也就离开了基督的神性，给我们剩下的要么是原有的犹太教，要么是几千年古老哲学观点的混合物。

马丁说："可他并不是神，甚至在某种意义上都不是圣子，如我们宣讲的那样。他的生父母都是普通人，这个人所皆知。"我们惊讶地看着他，竟然没有人提出异议。

* * *

玛瑞卡在青年会议后开始大谈突然显现在她周围的神秘力量。

比如她独自一人在家，门铃突然响了。不是普通的铃声，而是疯了一般的振动。打开门，一个人没有，楼梯上都没有声响。

或者她躺在床上，也是单独在家，突然她房间里的灯亮了，她走过去关上，看到整个屋子都亮着灯。等她躺到床上，突然一片漆黑。于是她喊：有人吗？没人回应。她去把灯一盏盏关上，回来躺下，灯再次亮起来。

你别蒙我们了，罗伊奇科说，肯定有人在家里，你不知道罢了。

你知道什么，玛瑞卡生气了，有谁在那里？妈妈去世了，一个哥哥在蹲监狱,另一个在俄斯特拉发。就我自己在家,我可以用我妈妈的死亡发誓!

不,别这样,我请求她,把你的誓言用到真正重要的事情上。

什么是真正重要的事?有人问。

如果在半年前我会回答说,比如忠实,或者诚信,或者体统。这次我没有回答。

请原谅,我没有想劝诫你,我对玛瑞卡说,我只想说,我相信你的话。确实会发生一些事情,人们无法解释,永远成为谜。整个圣经的故事就是一个天大的秘密,虽然我并不想做比较。

等年轻人散去后,我开始想我是否真的相信玛瑞卡,或许我这么说只是为了维护她的认真。我无法决定,我唯一知道的是,我希望自己相信她的话。

三

玛莎太太面对丹尼尔而坐,尽量以连贯的话语诉说。她丈夫已经从家里搬走了,还想把孩子们带走。他雇了一个能干的律师,打算在法庭上证明她没有能力抚养孩子。玛莎在得知丈夫要搬走的消息后,于巨大的惊骇和恍惚中,在丈夫递给她的一张纸上签了字。那张纸可能就写着,她同意丈夫把孩子们带走。

楼下传来钢琴演奏的声音。最近几天,埃娃确实每天至少弹奏四个小时钢琴,有时即兴弹一些难过和痛苦的曲子,似乎有什么事情始终在困扰她。丹尼尔好几次看到她的眼睛肿了,刚哭过的样子。可问她任何问题,她的回答再简略不过,大多一个字。

学校里怎么样?好。

你还好吗?我没事。

他应该和她好好谈一谈了,必须找出半天时间跟自己的女儿聊一聊,省得出现无法挽回的局面。可是,现在跟他坐在一起的,却是苏库普夫人，即使这个可怜的女人没来，他也会见缝插针，去跟那个不该见的女人会面。

"照顾他们的是我呀，牧师兄弟，我围着他们转，连门都不出。两年里我没进过电影院或剧院，除了看木偶戏。孩子们缠着我，毕竟我是他们的妈妈！他们怎么能夺走我的孩子，主怎么能让这种事情发生呢？"

"您必须争取孩子，玛莎太太。我去请求瓦格纳兄弟为您辩护。"

"可是，我们靠什么过日子呢？"

"你必须明白，玛莎太太，世界上有很多人比你过得更糟。有的母亲，死神夺走了她们的孩子，另外一些母亲，孩子一出生就失明或残疾。况且您不是独自一人，孩子们永远是您的孩子。您有主耶稣和我们所有的人，兄弟姐妹，大家与您同在。"他停了下来。自己说的话，其中的虚伪令他自己憎恶，就好像他不是对玛莎说，而是对自己的妻子说。虽然他没有抛弃汉娜，没有从家里搬走，没有带走她的孩子，而是回到了他们身边，表现出慈爱，似乎一家人仍然生活在爱与平和之中。谁的表现更差劲？是他还是玛莎的丈夫？那个人直截了当，要么——或者；而我们说话必须是：是的，是的——不，不。还有什么比这更可恶吗？

"生活就是这样，玛莎太太，"他继续说，"生活里时常出现考验，我们必须接受它。分手也许比没有爱的生活更好，现在您心里装了太多的痛苦，但它会过去，您会觉得活下去是值得的。"

钢琴声停下来了。

玛莎太太抽泣着向他致谢，尽管他知道自己的话抚慰不了她，只能握住她的手告别，抚摸了一下她的头发。

然后他下楼进了教堂，可他的大女儿已经走了，在她的房间里也没人，想必她比玛莎太太早一步离开了。

丹尼尔爬上了阁楼，正如所料，在那里他碰见了儿子和罗伊奇科，在改良他们制作的望远镜。"你们发现什么了吗？"他问。

"就拿这个,我们什么也发现不了,"马瑞克解释,"看不到任何银河系外的星座。"

"我们只是在学习观察。"罗伊奇科补充说。

"我可是正儿八经,"马瑞克说,"当我看到那些星星时,就像没有看到一样,这一切是如何产生的?恒星,太阳和地球?"

"你不会认为这是上帝的作品吧?"

马瑞克耸耸肩:"我们校长说,理智出现在最后而不是在最初。"

"所以一切都那么合理地安排吗?"

"我不知道,爸爸。然而一切不可能像《圣经》里描述得那么简单。"

他注意到罗伊奇科期待着答复。自然,我们生活的世界,在迅速脱离生活着那些绘制了《圣经》使命的人的世界,人们对此理解会越来越少。传道士们在那个时代更容易,当地球被视为宇宙的中心,月亮和星星之所以存在,是为了统治夜晚,天上的光只是上帝施恩的闪亮,使夜晚不至于显得令人绝望的黑暗。

"我理解你,"他对马瑞克说,"宇宙产生于一百五十或许一百八十亿年前,多少个亿不要紧,反正我们同样无法想象。它扩展开来,太阳和地球稍年轻,星星诞生又消失。在宇宙间有那么多星辰,数都数不过来,你抬眼望天数星星,你能否数得过来?这句话主曾对亚伯拉罕说过。那里有黑洞和白矮星的光亮,这一切都是可以证实的。但是,宇宙的初期是什么?是上帝的旨意还是宇宙大爆炸?如今这一切是从物质的某个水滴形成的,那我们只能相信了。"

马瑞克不像他的同伴,看上去依然一脸疑惑,而丹尼尔对自己的那番话也并不满意。在这个宇宙,其创造者似乎是上帝,同时使用了犹太婴儿的外形,成人后接受约翰的洗礼,讲道,被抓,被判罪和处死,这越来越显得不可能,越发不可能,难以争辩。

"听着,"他对马瑞克说,为了遮掩自己的不确定,"这个星期天你没有去听讲道?或者我没有看到你?"

"不，我没有去。"儿子无奈地说。

"星期天听爸爸讲道都让你厌倦了？"

"跟这无关，"儿子说，"我就是不想去。假如不是你宣讲的话，我更不想去。"

"你想做什么呢？"

"读书啊。"

"关于黑洞方面的？"

"为什么非得是黑洞？我读小说。"

"关于什么的？"

"这很难解释，爸爸。是科幻小说。"

"宇宙飞船吗？"

"不，有关其他文明的，非人类的，蚂蚁的文明。"

"你感兴趣？"

"当然。但它是幻想，不存在这样的文明。即使存在，我们也无从了解。"

"你觉得遗憾？"

"遗憾什么？"

"遗憾你不了解蚂蚁文明。"

"如果存在的话，是的。不了解真的遗憾。"

"嗯，马瑞克，你关心这些东西，我很高兴。但星期天一个小时的时间你应该挤得出来吧。"

"爸爸，这不是一个小时的问题！"

"那是什么？"

"我认为，一切都完全不同了，跟《圣经》所写的以及你所说的不一样了。"

"当然不会和《圣经》里所写的完全一致。"

"所以啊。"

"但它跟科技图书里所写的也不完全一致。"

"这是可能的,爸爸,但科技图书所写的东西,概率更大一些。"

"马瑞克,不是概率问题。圣经故事的本质不是关于生命是如何演变的,而是在于应该如何生活。"

"反正没有人照此生活。"马瑞克固执地回击。丹尼尔一下子无以反驳。

"那么,你在周日不会去教堂了?"

"没有啊,我肯定会去的。"马瑞克对自己的反抗也猛地吓了一跳。

丹尼尔没有说服马瑞克,跟女儿又说不上话,也无法找出困扰女儿的缘由。他无法给玛莎太太什么合理的建议,往下该如何生活。他对自己的妻子不能保持忠诚。他给芭拉写的信,可能充满温柔,但满篇写的都是大爱,真正要和她走到一起的话,缺乏果敢。

最近做任何事情都不能善始善终,让自己满意,他的生活肯定有悖于圣经的真理,甚至不符合人类的基本行为准则。

他走下楼去,看到他的妻子刚好跑到走廊里。"丹,你去哪里了?我一直在找你。有人刚刚从比尔森警察局打来电话。彼得被捕了。"

四、萨姆埃尔

在奥斯特拉发两天的商谈结束后,萨姆埃尔回到家里,比他跟芭拉交代的时间早了几个小时。自然,芭拉没在家。屋子里空空的,被打扫过了,给人冰冷的感觉,还有一股未散尽的潮乎乎的烟草味。显而易见,阿莱谢克去了外婆家,而芭拉跟某个男人在一起。他一直怀疑年轻的翁德拉,他是个帅小伙子,萨姆埃尔像他那般年纪时,绝对没有他么擅长勾引女人,现在就更别提了。芭拉过生日时他送来了玫瑰,只要一有机会他就会出现在她身边,前不久还提议要和她一起去普里布拉姆参加会议。芭拉拒绝了,但这也只能证明芭拉比他更谨慎罢了。萨姆埃尔给岳母打了个电话,岳母说阿莱谢克的确在她那里,而芭拉说有事情必须要处理,没有提去了什么地方,也没说和谁在一起。她从来不告诉母亲具体细节。岳母还问,她要把阿莱谢克送回家还是留在她家过夜。

这取决于芭拉什么时候回来。

她肯定会回来的,毕竟还不到六点呢。

萨姆埃尔对岳母说,他晚些时候还会打电话过去。至少他还能和儿子聊上一会儿,然而一气之下他忘了提这件事。他在空旷的屋子里不耐烦地走来走去,这种空旷他受不了,让他害怕。他打了工作室的电话,但那里已经没人了。芭拉会有什么事情要处理呢?

她要做的事情可谓五花八门。芭拉活跃得简直让人无法接受。做家务、在设计室工作、与客户商谈业务还不够,时常需要在电视里露脸。每当他晚上精疲力竭回到家里时,芭拉不是在辅导阿莱谢克的功课,就是和萨沙聊天,打电话,唱歌,还准备和萨姆埃尔聊天到大半夜,聊他的病情、工作或者政治时事,然后等着他跟她做爱。

芭拉的活跃性格他曾经觉得是好品质。可现在,当他自己越来越疲惫不堪的时候,芭拉这种对生活,对社交活动以及渴望变化的热情让他感觉不安。他意识到,最让他不安的是她的年轻,她还感觉不到死亡的逼近,也感觉不到那种徒劳,渴望去触摸、尝试和经历一切其实是徒劳的。

他当初娶这个比自己年少许多的女人时就该意识到这一点。可是那时的他还精力充沛,而芭拉谦卑地藏起了她的贪婪。

她显然没在和别人谈业务,她又能和母亲说什么呢?反正,她们俩也会一致对付他的。面对她们共同的敌人——男人,天下所有的女人都一条心。

他还打了翁德拉家的电话。翁德拉在,他急不可待地打听萨姆埃尔在奥斯特拉发的商谈结果。不错,非常好,萨姆埃尔回答,虽然结果一点儿都不好,可他现在对谈论商务没有半点兴趣。

翁德拉得知萨姆埃尔成功的消息后很高兴,然后两人挂了电话。

刹那间萨姆埃尔有种释然的感觉,然后又意识到,在他们通电话时芭拉没准就躺在那帅哥的怀里呢,除了他以外还可能躺在许多他根本想不到的男人的怀里。

他打开了电视,正好在播天气预报。他听到播报说明天会是秋高气爽的一天,然而对他来说无所谓。他没兴致继续收看新闻,但在房间里他感觉到死一般的沉寂,他只关小了电视声音,至少能看到图像变换。

芭拉一直没有回来。除了等待,他没有其他选择。时间变得越来越难熬,因为这时候他什么也做不了,无法专注于任何事情。有时在晚上,他在外面有事耽搁,他会给她打电话,可偏偏总是占线,他只能揣测,跟妻子通话的另一头会是谁。等电话终于接通,他问起时,她总说是女友、妈妈或者萨沙在跟人闲聊。

他知道她说的可能是实话,但也未必。芭拉很老谋深算,即使他分明感觉到她冰冷的态度,她也总在朝他微笑。她用这种微笑来掩饰内心的真实意图。她非常狡猾和谨慎,从不说漏嘴,也不会留下蛛丝马迹。她那不计其数的电话看起来没什么不对劲,在手提包里永远不会遗忘谈情说爱的留言。

当他要求她至少按时回家时,芭拉便解释说有多少事情要做,还说他也有回得晚的时候嘛。可怎么说他也不应该让她去拍电视,因为她大可以试镜或拍片为借口,去跟男人混。

每当他试图劝说她,芭拉总摆出自己的权利。最近他留意到芭拉在读女权主义的小册子。她完全没必要读这些玩意儿,她自己就能编写出来。

屏幕上出现了演员试衣间,萨姆埃尔想象自己的妻子就在里面,当然不是独自一人。

天哪,他知道,女人是管不住的。处处都能做爱:在地板上,桌子上,沙发椅上,干草堆上,林子里,草地上,站着在过道里,汽车座位上,甚至在堆放建筑材料的工具棚里。

他们上星期一起去参加一个英国人举办的酒会时，萨姆埃尔注意到有几个他完全不认识的男人和芭拉打招呼。他们从哪儿认识她的？从她的语气中他觉察出她被男人关注时按捺不住的兴奋。出于尊重，他们也向他问好。如果他驻足寒暄一会儿，许多客人会感到荣幸，可他完全没这种考虑。他盯着芭拉，有种被抛弃甚至背叛的绝望感受，于是推说身体不舒服，把她拽回了家。她扶他上车，坚持由她来开车，尽管她喝下了至少四杯葡萄酒。到家后她又逼着他服药，好像不明白他病根的缘由。

八点半时，芭拉终于回家了。"你已经到家啦？"声音里掺杂着假惺惺的激动、害怕和失望。她前去拥抱他，而他，在她把脸凑上来的时候，闻到了一股葡萄酒味。他拒绝与她亲吻。"这么长时间，你去哪里了？"

芭拉自然编好了完美的故事：下午在建筑部门办事，晚上去伊凡娜那儿呆了一会儿，因为她答应给萨姆埃尔弄来治偏头痛的滴剂。她真的从背包里拿出一个棕色药瓶，往一小瓶水里滴十滴，喝完以后再兑。

萨姆埃尔没有听。"阿莱谢克怎么办？"

"我给妈妈打电话，让她送过来吧。或者，我去接他？"

"你为什么不直接把他带回家？"

"我想尽早回家。万一你提前回来了，省得一个人等我。"

"我碰巧提前回来了，也一个人等了。"

"我很抱歉，真的很抱歉，"她的表情似乎充满了歉意，"会谈结果怎么样？"

"不错，非常好。"他第二次重复道。

"那我就开心了。更让我开心的是你已经回家来了。"她那样子好像真的很开心而且等着他的亲吻。但萨姆埃尔只有揍她一顿的冲动，或者从她口中套出她到底去了哪儿，作为托词的那个小瓶子在她手提包里到底装了多久？那瓶子里的滴剂到底是治什么的？是否真的有疗效？他转身进了自己的房间。

"你不吃点东西吗？"芭拉在他身后喊道。

"目前没有胃口。"

"我马上就做。只是要先给妈妈打个电话，让她把阿莱谢克送回来。"

"已经这么晚了，"他说，"你不希望你妈妈在夜里拉着孩子满城转悠吧。"

萨姆埃尔坐到硕大的办公桌前，打开电脑，但是对工作没有一点兴致。他突然觉得，他已经设计不出什么别具一格的像样东西来了。自己年届六旬，年轻、雄心壮志和种种机会已经不属于他这个年龄的人了，或许只有幸福的家庭才是他的支撑。而至今没来得及完成的事业，已经没有了机会。

他感觉内心里的愤懑和对芭拉的沮丧在膨胀。他问了芭拉在什么地方耽搁这么久，他接受了她给出的借口，没有流露出丝毫不满：芭拉对儿子不管不顾，把孩子送到外婆家里；自己刚出家门，她就跑出去逛荡，不知道和谁在一起鬼混。

正在这时有撞门的声响，他的继子回来了，显然他把前厅当成了小树林，吹着某个令人伤神的流行曲。

萨姆埃尔从房间里冲出来，喝住了萨沙。

萨沙一脸的委屈，说自己没有做错什么呀，他不知道父亲回来了，以为他还在外面呢。

萨姆埃尔教训道，人在家里要有规矩，即使就他一个人在家。

他的继子反问，一个人在屋里吹口哨，犯了什么不规矩的错？

萨姆埃尔叫嚷起来，说受够了他的无礼放肆。

芭拉来到前厅看了一眼，想知道萨姆埃尔为什么发怒。

萨姆埃尔恼怒得嗓音都变了，说，让他发怒的理由实在太多了。他回到家里，家里空无一人。一个孩子扔给了外婆，另一个在外游逛；毫不奇怪，有其母必有其子嘛。

"你想说什么?"芭拉问道。

"这样的家还不如没有!"

"没有人逼迫你呆在这里。"芭拉说。

"别吵了。"萨沙请求,他害怕父母之间发生争吵,"没什么大不了的事。"

"你的意思是想离婚?"萨姆埃尔问。

"是你觉得这里不像个家。"

"你觉得这像个家吗?"

"天呐,"芭拉叫起来,"那什么才成其为家?难道我非得像奴隶那样,连男主人不在家的时候,也坐在家里守着吗?"

"那孩子们呢?"

"孩子,孩子,你连男孩子在前厅吹口哨都不允许。"

"你的儿子吹得太勤了。"

"我的儿子不能吹口哨,只因为他是我的儿子。"芭拉喊道,"如果你至少有那么一点点爱我,你也会爱我的儿子。"

"如果你至少有那么一点点爱我,你就不应该那么做。"

"我,我,什么都是我。我像仆人那样围在你身边转,你什么时候对我说过哪怕一个中听的词?"

"如果你不那样表现,我会对你说一堆好听的话。"

"我应该怎样表现?"

"至少不像妓女那样!"

"你说什么?"

萨姆埃尔感觉到血液冲上了大脑,同时心里有针扎的感觉,他会因为她得心肌梗死的。

芭拉啜泣着,她的儿子在安慰她。萨姆埃尔转过身,一句话没说,把自己关进了房间。

他想砸东西,他拿起一份报纸,揉皱后扔进了垃圾筐,然后一脚踹去。垃圾筐翻倒了,纸张满屋子飞舞。

电脑的屏幕上彩色星星闪烁。他盯着看了一会儿，真想把电脑砸到地上，但他知道自己不会这么做；他伸手关了机，省得刺激自己。

失望渐渐替代了他的恼恨。

他打开桌子的上抽屉，那里整齐排列着各种药瓶，取出了两片有镇静功效的地西泮，但他知道什么药都救不了他，唯一能帮他的是那个该死的女人，如果她能走过来说：我爱你，我不会跟任何人走的，任何人，除了你，因为你是世界上最好的。最好的男人，她一再这么重复过，在他们相识的时候；在她追求他，设法把他争夺为自己的丈夫的时候。

然后他回忆起，在他们结婚三年后，一起去了洛哈奇乡村，那里有公司的乡间别墅。当时芭拉已经怀上了阿莱谢克，不能做徒步游。而他和两个同事徒步经巴尼科夫到洛哈奇走了很长的路。他们一早出发时还是阳光普照的夏日，可是在返程途中天变了脸，暴雨夹杂着冰雹、雾气和寒冷突然袭来。他们只得在一个山崖下躲避暴雨，本来傍晚就能回去的，却一直等到了深夜。

当他们终于赶到家时，芭拉扑到精疲力竭的萨姆埃尔身上，亲吻他，拥抱他，帮他脱下湿透了的衣服，揉搓他冻僵的双脚，同时不停地唠叨，她有多么担心，为了丈夫能安然无恙归来她连祈祷都做了。现在她幸福极了，丈夫又回到了她身边。然后她突然放声大哭起来，萨姆埃尔问她为什么这样？她说："因为我那么爱你，没有你我无法活下去。"

萨姆埃尔想，如果那一晚自己死了，倒也死得幸福，因为被人爱着，而且自己年轻，带着爱。昔日不可能重来，已经来不及了：年轻而相爱着死去。自怜始终萦绕在他的胸膛，他意识到自己的脸庞湿润了，这次是他在哭，因为如果他现在死去，芭拉都不会抽泣一声，只会如释重负。

如果他有力量离开这个地狱，离开这种不确定，如果有足够的决心面对孤独，至少有唯一的支柱可以倚靠。萨姆埃尔垂头丧气坐在扶手椅里,倾听着屋子里的动静。他的继子已经不吹口哨了,芭拉则把自己关进了卧室。他的等待是无望的,芭拉不会过来对他说:原谅我吧。

萨姆埃尔想买一条狗,为自己狗一般的生活找个同伴。

五

瓦格纳博士一大早跑进教区办公室,告诉丹尼尔说有重要的消息给他,关于他父亲的。他找到一个家伙,有办法接触到国家安全部的档案卷宗,愿意让丹尼尔前去查阅那些文件。"我去那个部门办理另一宗案子,到了那里,我便请求工作人员,如果您父亲的卷宗存在的话,让我查阅一下。他拿来了,我在里面没有发现您父亲签名的书面承诺。"

瓦格纳然后开始解释国家安全部如何给合作者们分类。最低档的是信得过的人,这些人往往不知道他们被利用了。只须让医生安排某个人去疗养中心疗养或去做体检,从而特工就潜入公寓,在需要的地方放置监听装置或偷拍设备。

"那个医生也有意愿满足他们啊!"丹尼尔说设备。

"但是他们没有介绍自己是特工,而是装成关心下属健康的某个人,或者作为工会主席。在其他情况下,装作在侦查某个刑事犯罪案。"

"您认为我父亲只是被利用了?"

"当然。"

"多长时间?"

"这是另一件让你宽心的事情。不到两年。然后您父亲,从监控他的那个上司的记录看,您父亲开始发现不对劲,就跟他的熟人说了,在医院工作的一个特工向他告了密,所以合作就终止了。"

"这一切是在什么时候发生的?"

"您父亲从监狱返回不久。另外他被归入的类别是：曾经的合作者。还是因为您祖父的房子。"

"可怜的爸爸。被人贴上了标签，列入名单，无法逃脱。"

"可是，您父亲还是逃出了他们的掌心。"

是的，摆脱他们的最好办法就是离开这个世界。父亲在十六年前就做到了。

"谢谢您，非常感谢。"他应该显得更快乐、更感激一些，不过，他惊讶地意识到，自己并没有这样的感觉。他现在心事重重，无法体验到真正的解脱。不过他说："您帮了我大忙了，我会报答您。"然后他突然想到，"实话实说，获得这个信息，您一定有所付出，且不说您耗费的时间了。"

"哎呀，牧师兄弟，它关乎您父亲的名誉。此外，我跟您说了，我跟那个人联系是因为另一个案子。"

瓦格纳博士告辞了，丹尼尔一想，律师翻阅的那个卷宗，没准还有他父亲私人生活的记录。他的教会成员里有人知晓了他父亲的劣迹，甚至可能还知道他那些情妇的名字，这个想法让他很不悦。

迄今应该还没有人给他建立卷宗吧。

虽然这个时代没有人给他建立卷宗，但他自己可是有，在藏匿芭拉的信件时。理性的做法是彻底销毁那些信件，但他觉得自己的爱情如此不同寻常，如此饱满，他不舍得销毁哪怕一封，而是把它们带到母亲的公寓里，标上秘密的字符，或翻译成稀有的语言，如希伯来语，然后扔掉原件。

晚饭后丹尼尔把瓦格纳报告的消息告诉了汉娜，汉娜说："你瞧，你是不是多虑了。"

"只是那一阵而已。后来我也想，不管它发生与否，这是已经尘封的往事。虽如此，我依然很高兴，爸爸并没有从事秘密工作。"他很快补充。

"我也想跟你说件事。"妻子以这么严肃的语气说话，着实让他吓了一跳。妻子要说的,跟他的私生活无关,而是她自己的工作。医院里的活儿没完没了,有时回到家里浑身都瘫软了。既然全家现在已不指望她的收入,她打算去做别的工作,同时也能更好地照料家里。如果她在家里设立一个慈善中心怎么样?她喜欢这项工作。如此大胆地提出这种革命性的建议,汉娜自己都吃了一惊,随后补充说,她不希望给丹尼尔增添麻烦,她清楚这需要投入巨大的精力。

丹尼尔却被她的想法吸引住了。如果他也全力投入这样的活动,就可以暂时摆脱其他所有的事务。关爱残疾人不同于他从事至今的宣扬圣子篇章,或者伺奉主的圣餐。

此外,建立慈善中心可以给自己手里的那笔钱找到用途,至今他对获得这笔钱内心羞愧,起码对自己享用它们感觉惭愧。

他答应妻子,自己会跟慈善组织的高级主管沟通,她尽可辞去医院的工作,越快越好。

当他经过孩子们的房间时,听见玛格达的尖叫声。他走了进去,看到马瑞克正跟他的妹妹抢夺一样东西。

"让他给我吧,爸爸,"玛格达请求,"他抢我的东西。"

"你看,爸爸,"马瑞克告状,"她买了这种愚蠢的喷涂剂,都是氟利昂。"他一把从玛格达手中夺下两个金属器皿,得意地展示给丹尼尔看。

"你为什么抢她的东西?"

"我已经说了,里边尽是氟利昂。"

"你用它做什么,玛格达?"

"没什么。但它们是我的,我买的。"

"你买它们做什么?往墙上涂鸦。"

"是这样吗,玛格达?"

"跟他无关。"玛格达的眼睛里有泪水打转,"我不用他管。"

"你写什么?"

"没什么。"

"玛格达！"

"例如：爱。"玛格达说。

"还有什么？"

"没了，就这个。我也喷一种鸟，火烈鸟。"

"你知道爱是什么意思吗？"

"爱情呗。"

"我认为马瑞克没错，往墙上涂鸦没什么好。"

"爱是伟大的，火烈鸟也是。"

"所以不能在墙壁上乱涂。"

"其他人都这么干。"

"这可不是聪明之举。"

"那把喷涂剂还给我。"

"还她吧，马瑞克。可你不许在任何地方乱涂。"

马瑞克把喷涂剂放到了玛格达够不着的柜子顶部，然后不辞而别。

"你往窗外泼水，往人身上扔蜘蛛，现在又往墙上写废话。"

"那我做什么呢，爸爸？"

"做你该做的事情。"

"那至少得好玩啊。"

他想告诉她说，人活着不是为了娱乐，这时隔壁房间的电话响了。

"丹尼尔，我很抱歉给你打电话，发生了可怕的事情，萨姆吞下了大量药丸。"

自然，要发生的事情一定会发生。他害怕听到回答，他问："他活着吗？"

"是的。"芭拉结结巴巴地解释，她夜间醒来，听到奇怪的声音，发现萨姆埃尔在自己的房间里咆哮，桌子上有两板空了的药管，治疗抑郁症的，还有一封告别信。她先叫了救护车。在医院里一直陪到现在，萨姆刚刚醒来。

"信里写了什么?"

"这一类信还能写什么。说他老了，又没有美好的东西可期待了，只能成为所有人尤其是我的累赘。他觉得我非常渴望自由，所以他给我自由。"

"我马上过去找你。"

"不，现在不用。我还得去医院，现在他需要我。我就告诉你一声。"

"我想帮你。"

"我不知道你如何能帮到我。也许这样就够了。告诉我，你不生我气吧，我尽给你添烦恼。告诉我，你不会离开我!"

六、芭 拉

芭拉现在把时间主要花在去精神病院探望丈夫和设计室里，她得替代萨姆埃尔工作。他的病情让她同情，同时又感到了久违的自由感——没有人监视她，没有人因为她回家晚而责备她，也没有人逼迫她时时在家，以她的照料和温柔来营建家的氛围。丹尼尔晚上会给她打电话，有时早上打，话题大都围绕萨姆埃尔，聊他的行为对她的生活将产生的影响。丹尼尔是个很好的倾听者。他不会时刻盯着芭拉，揪她的错，提醒她，以此显示自己的男性尊严。芭拉觉得丹尼尔可以分担她的痛苦、焦虑和疑问，所以与他交流起来很轻松。

她无暇去给祖父母的墓地献花环，因为每天都得去医院看望萨姆埃尔，但她不愿错过和丹尼尔在一起的任何机会，哪怕只有一宿。她提议，丹尼尔可以去她家过夜。萨姆埃尔不回家，她夜里也不用去医院。把阿莱谢克送到外婆家，萨沙可以去朋友家住。

丹尼尔沉默不说话，他这个习性芭拉已经了解，这不仅仅是沉默，丹尼尔沉默是出于窘迫甚至焦虑，意味着他与自己的生活理念渐行渐远。他害怕自己犯下的过失。

"你会来吗?"

丹尼尔承诺说来。

星期三是万灵节,芭拉吃完午饭马上赶往医院。她不仅给萨姆埃尔买了水果,还有一大束紫菀花,还带去了烛台和蜡烛。这样尽管她自己无法去扫墓,丈夫还可以替她点然蜡烛祭奠先人。

空中雾蒙蒙的,弥漫着哀戚,这样的沉重连健康人都感觉压抑。

萨姆埃尔独自住在三人间的病房里。他一点儿也不觉得自己有什么病,而精神疗法在他看来毫无道理。他不理解医生为什么询问他和母亲的关系,跟他聊前两任妻子的事情,因为现在他最大的伤痛和多年来生活的缺失均来自芭拉。他也不理解她为什么每天都要来,然后又抛下他离去,让他独自一人,疑虑重重。妻子为什么不劝他马上回家,为什么不对他说"只要你一回去,我会永远守在你身边,哪儿也不去,好好照顾你"?为什么她不说这样的话,却把鲜花和烛台拿到医院里,就像这里还不够乱似的?他责备妻子买花是瞎浪费钱。

"我以为你会喜欢呢,"芭拉边抚摸着他的额头边说,"你今天气色非常好。"

萨姆埃尔当然是能够下床走路的,但现在他固执地躺着,不屑于看她一眼。芭拉拿起花瓶去浴室接水。简陋的浴室里,洗手池都已经有裂缝了。芭拉应着水龙头里哗哗的流水哭了起来,然后把花插入花瓶里,擦了擦眼睛,甚至还动了动嘴角做出微笑的样子,因为她来这里是为了安慰而不是埋怨。她回到丈夫身边,问要不要点蜡烛。

萨姆埃尔不说话。他的沉默既不仅仅是沉默,也不是焦虑,而是无奈地显示自己地位和权力的企图。这种权力表现出的只能是伤害,对自己也对芭拉。芭拉点燃了蜡烛,然后告诉他工作室里有什么新情况,还有她给阿莱谢克买了新鞋,又跟他一起学历史和公民品德。老师给这些未来的国家公民讲解了灵魂和身体的统一性。阿莱谢克问妈妈,什么是灵魂。

萨姆埃尔望着天花板,也许没在听,要不就是虽然在听,但表现出对此毫无兴趣。

"灵魂是什么?"芭拉问他。

他看都没看她,说道:"灵魂,就是你不具备的东西。"他终于望了她一眼,为了让芭拉看到自己的表情。芭拉说:"多谢解释,那我就这样跟阿莱谢克说。"她在想丹尼尔,他一定不会对她这样无礼,他会努力给她解释什么是灵魂。在他看来灵魂是永生的。丹尼尔有信仰,他信仰高贵、神秘和捉摸不透的东西,而她的丈夫只信仰自己那奄奄一息的力量和权力。

她给萨姆埃尔剥了橙子,分成小瓣装到盘子里。萨姆埃尔对橙子没表示出兴趣,因为这样就会显出他对芭拉感兴趣。而她是自己生命中所有不幸的根源,也因此,他现在躺在病床上,所有人都像看一个绝望之人那样看着他。

"你不想走走吗?"芭拉问他。

出乎意料,萨姆埃尔竟然一言不发起来了,穿上拖鞋,蹒跚着和她并肩走到了走廊上。芭拉意识到,她正搀着一位老人。她为这个自己孩子的父亲,也是她曾经最爱、崇拜又敬畏、为了得到他的爱自己全心付出的人,她感到遗憾,萨姆埃尔从来不曾理解,爱是需要通过善良而非命令获得的。虽然他害怕孤独,但是他自己疏远了她,因为他的固执把最亲近的人拒之于千里之外。

医院的走廊不算长。长椅上坐着几个身穿蓝白条纹病号服的男人,在那深秋的暮色里,芭拉觉得他们像某一部压抑的监狱片里的角色。

萨姆埃尔说起了自己,说起了自己的前景:他不会再回去工作了。他觉得自己不仅没有了对生活的热爱,还丧失了想象力。可能是药物把他的思维夺走了。没有想象力的建筑师就像没有手的雕刻师。这一点芭拉应该懂。

有意思的是,他说到雕刻师。丹尼尔就会雕刻。幸好他没说没有想象力的建筑师就像没有信仰的牧师,这样的话芭拉就会心惊肉跳,生怕他猜到了什么。但他什么也不知道,他只是患有抑郁症,这种病化学药物和精神治疗都无能为力,况且他实在太过自我——顽固而生硬,即使他的能力已每况愈下。于是芭拉安慰他说,一切都会好起来的,再过几天他就能回家好好休息了,至于进设计室工作,那要看他脑子里是否还有创意。

"我已经老了,"萨姆埃尔说,"这一切我承受不起了。你要是想离开的话就走吧。"

"你想说什么?"

"就是你理解的那个意思。我想说的是:永远离开。"

芭拉又哭了起来,因为她从来没想要抛弃他,除非她自己先死了。

告别时,芭拉去吻萨姆埃尔。她意识到他的嘴唇是干的,他本身就是冷漠的,他没有拥抱她,没有把她紧紧贴在自己的怀里。他的身体是活的,但灵魂已经死了。

芭拉答应明天早上会过来,现在得赶回家送阿莱谢克去外婆家。在走廊上主治医师叫住了她,把她叫到医务室。医生问了萨姆埃尔以前的生活,他的抑郁多久发作一次,家族里有没有心理疾病遗传史。芭拉想起了萨姆埃尔的母亲,婆婆拒绝和芭拉接触,因为她觉得芭拉身上附着黑暗、毁灭性的力量。那时芭拉把这种荒谬说法归咎于她的年龄。萨姆埃尔不愿也不喜欢说起母亲,而自从母亲在他们婚后不久去世后,他再也没有说起过她。

于是芭拉说,她对萨姆埃尔家的精神疾病史一无所知。然而医生下结论说,萨姆埃尔不会并可能永远也不会完全正常了。疑心病引起的错觉占据了他的大脑。这需要她异常的耐心,因为她是丈夫的中心,他的所有疑虑都围绕着她。医生还说,人们通常不把精神疾病当作病来看,但这种病和其他疾病一样,需要爱和顺从。主治医师说话时目不转睛地看着芭拉,好像要判断出萨姆埃尔真的是被什么错觉折磨，还是他漂亮的妻子本身就是灵魂的恶魔。芭拉今天已经第三次哭了起来。

主治医师还承诺，如果下星期萨姆埃尔认为他已经不再需要心理医师的永久治疗，就让他出院回家。

芭拉回到家后，开车送阿莱谢克去她母亲家。车一开，小家伙就问妈妈晚上要干吗。她搪塞说，她有去剧院的戏票。

阿莱谢克可不只是她的儿子，也是爸爸的儿子。他好奇，爸爸还在医院里，妈妈会和谁去剧院？她呵斥儿子别管那么多。紧接着她又为自己的态度惭愧起来，便说和女友一起去。阿莱谢克又提议说他可以和哥哥或一个人呆在家里。芭拉搂抱了他一下说，这样的话她会一晚上都为他担心而看不成演出的。芭拉得和母亲呆上一会儿，然后帮她去购物，因为母亲上下楼梯已经不大方便了。她顺便也把自己需要的给买了。她本应该做点菜，准备万灵节丰盛的晚餐，可突然间她感到极度疲惫。天已经不早了，来不及做晚饭了，她可不想把和丹尼尔共度的宝贵时光浪费在做饭上。于是芭拉只买了冷餐需要的食材。把一部分东西拿出来，跟母亲和阿莱谢克告别。儿子都没顾得上看妈妈，两眼紧盯着电视屏幕上的新款汽车。天哪，自己是一个多么不称职的母亲，放任儿子沉迷于这种由毫无生气的东西组成的活动画面里。

丹尼尔在电话亭跟前等候，上次夜里芭拉给他打电话时，他们就在那里碰头的。他给芭拉买了玫瑰，白花红边的那种。"你疯了！"芭拉说完让他坐到后座上。好在已经入秋，天黑得早，谁也不会注意到车里坐了人。芭拉的豪华跑车把丹尼尔直接送到了自己家门口，叫他先别下车，她把车库的门和车库都打开后，载他进去，之后还不让他下车，因为先要把所有的门都关上，然后直接从车库溜进家里去。一进家门，她就开始亲吻他。他的嘴唇温暖又湿润。

丹尼尔抱住了她，拥入自己的怀里。他的身体那么具有活力，灵魂也是鲜活的。芭拉必须要问他，什么是灵魂。

"欢迎到我家来。"当丹尼尔走进大厅时,芭拉说道。大厅里茂盛的柑橘散发出醉人的芬芳。奇怪的是,她觉得有点不合适,丹尼尔将与她在此过夜,毕竟那是她和萨姆埃尔的家。

很可悲,一切都那么可悲。她穷尽一生渴望爱情,但是每次当她以为已经找到时,却总是谬误。现在她又错了吗?

大厅里有四把巨大的黑色扶手椅,她让丹尼尔坐进其中的一把,然后点燃了吧台上的小灯。她取来葡萄酒和玻璃酒杯,转身离去,这是她今天第二次往花瓶里倒水。浴室里铺着意大利瓷砖,瓷砖上还点缀有花朵。衣架上挂着萨姆埃尔的浴袍,角落里的拖鞋在等待萨姆埃尔归来,那种普通的保暖拖鞋,因为萨姆埃尔怕冷。一个内心冷酷的人,他的脚通常也是冰凉的。玻璃杯里没有萨姆埃尔的牙刷。

萨姆埃尔不在公寓里。在那一刻芭拉突然很焦虑,觉得他会突然出现,看见玫瑰花,看见丹尼尔,然后扑向她,杀死她,杀死他们两个。

水渐渐漫过花瓶,芭拉在想,她曾爱过萨姆埃尔,往事突然浮现在她的脑海里:那久远的拥抱、秘密约会、在出租房里做爱、表白和彼此信誓旦旦。你不会离开我?永不。我们永远互不离弃!萨姆埃尔从来没有背弃过她,萨姆埃尔从来没有放弃过他的誓言。

芭拉在离开浴室去找丹尼尔前,照了下镜子。她看上去满脸倦容,已经不能忽视脸上的皱纹了。她累了,已经老了,看上去虚弱不堪,在她的后背多年坐着一个吸血鬼,它不是那种喜欢毁坏的吸血鬼,而是那种慢慢吸血、汲取力量的吸血鬼。芭拉解开束发带,让头发披散下来,任一部分发丝挡住脸。她知道,男人喜欢那个样子。

她把玫瑰花整理好,重新回到丹尼尔身边。"你给我买来了花,"她说,"你一定会永远对我好。"

他们相互碰杯。然后丹尼尔问芭拉,她的丈夫情况怎么样。芭拉回答说,好些了,下个星期就可以回家。

丹尼尔说,这很好。

"你是否担心过,如果他死了,我会缠住你不放?"

他对这个问题感到很惊讶,但是在他做出相互信任的承诺之前,芭拉岔开了话题。萨姆埃尔病情好转,她也很高兴,只是不知道将来的生活会如何。萨姆埃尔坚持将呆在家里,这意味着他将要求芭拉把所有业余时间都用来陪伴他,她自己不会有半点自由,这可是她近期才争取来的。

"人有多少自由的意愿,他就有多大的自由。"

"我知道,但是我的意志很薄弱,"芭拉说,"每当涉及我自己,我就没了主意。"然后她说到今天主治医师跟她讲的话。医生可能觉得,真的是芭拉将自己的丈夫逼上了绝路。

她看着丹尼尔,感到他有些许犹豫。牧师的良知可能让他对这种可能性和自己的参与感到害怕。"你也认为,是我让萨姆埃尔致病的吗?"不等丹尼尔回答,芭拉冲他叫嚷起来,"你跟所有人一样,认为女人必须做到皆大欢喜,而且你还有戒条来鞭策她。"

"当然,我和你一起犯了过失,就像你跟我一样。"

"那你为什么对我有那么不好的想法呢?"

"我没有那么想。"

"十五年里我一直忠诚于他,我对其他男人目不斜视。而在我知道有像你一样的男人之前很久,他就开始折磨我了。"

"我相信,你爱过他。"

"一开始,他追求我,然后开始训练我,然后开始视我为女仆,又视我为敌人,最后视我为日夜欺骗他的怪物。他配备了手枪,据说用于防御罪犯,但最大的罪犯可是我呀!这种环境如何让我生活?我却必须活下去,直至死。"

"我没有责怪你。"

"但是你却认为是我伤害了他。"

"两个人共同生活,如果没有爱,会彼此伤害。"

"我用我所有的时间照顾他。你知道的,我几乎没有剩余的时间来陪你。"

"我知道,你不是那种要伤害别人的人。"

"如果你那么想,我就不会和你坐在这里了。"她向丹尼尔伸出手,丹尼尔亲吻它。然后芭拉站起身来,她该去准备一些吃的了,但在离开之前她从柜子里取出一盒录像带,把它放入录像机,让丹尼尔看,里面有她扮演的小角色。随后离开,身上洒满录像射出的彩色光影。

还没走进厨房,电话铃声响了。建筑师翁德拉打来的电话,需要商量储蓄银行委托的建筑装修项目,这是一个价值数百万的订单。芭拉告诉翁德拉,明天再一起研究。

萨姆埃尔过得怎么样?芭拉在做什么,漫漫长夜独自一人度过,她难道不悲伤吗?

好像因丈夫吞了那些药片,芭拉就不得不独自度日,那个年轻的帅哥也没有邀请她出去喝一杯。她探头望了一眼大厅,此时的丹尼尔正乖乖地看着屏幕,尽管他背对着她,但芭拉感觉,他的心并不在屏幕上演的电影上。丹尼尔的内心还在纠结于她的在场,良知在责备他,为自己犯下的过失,违背了他认同的信仰和戒律。丹尼尔虽然已过中年,但还像个孩子,跟女性没有什么接触,最多跟他正式迎娶的两位妻子,对其中的任何一个,之前他没有过出轨行为。

丹尼尔终于走过来,跟她呆在一起,这意味着,他爱她胜过自己的原则、自己的职业、自己的宁静和纯洁的良知。他爱她胜过爱自己的妻子,但他永远不会离开自己的妻子,即便为了芭拉他也不会,只会离开芭拉,离开她,一旦爱她的热情已过。而她则会继续和精神半错乱的萨姆埃尔生活在一起,那个讨厌她、耗尽她精力的萨姆埃尔。

电话又一次响起,这次是萨姆埃尔。他问芭拉是否藏好了所有的账单,以后办理减免税手续时会用得着。芭拉让他放心,账单已经收好了,其实她明白,萨姆埃尔此刻不是针对账单,只是想知道妻子是否在家里。然后芭拉问萨姆埃尔过得可好,萨姆埃尔反驳说:"你怎么突然这么关心起我来?"

"我明天早上再去看你,"芭拉说,"现在我准备睡觉了。你不要再想账单的事了,应该想一些美好的事情。"

"我能想什么呢?"此时萨姆埃尔的声音中流露出真正的掩饰不住的绝望。芭拉意识到,这个男人,她的丈夫,真的不知道什么对他而言是美好的。她不知道如何劝他,也没有力气向他证明自己的爱。挂断电话后,她很快切好了面包,准备好冷拼盘。从大厅传来钢琴的声音,录像带显然已经播放完了,芭拉打电话费了很长时间。她在门口停下步子,聆听丹尼尔的演奏。

然后她走进大厅,摆放盘子和餐具。"你弹的是什么?"芭拉问。

"没什么,只是在家里想念你的时候我就弹这个曲子。"

"你在家里也想我?"

"几乎每时每刻。"

"你是如何想我的呢?"

"带着爱和焦虑。"

芭拉没有追问是什么让丹尼尔焦虑。等两人在餐桌边面对面坐下时,她想知道:"因为你如此爱我,才为我创作的曲子吗?"

"这只是即兴表演。"

"你爱你的妻子吗?"

丹尼尔不知道要如何回答,这是对的,至少比他说一堆大话和假话要好。

"不要为难,"芭拉说,"我知道你有妻子和孩子,还有教会。我不想将你从你的家人身边夺走,我只是希望你跟我在一起呆一段时间,只要你觉得你爱我。"

他们用餐。

"别生气,刚才我对你吼叫,"芭拉继续说,"一下子那么多事情涌来,我无法承受,也许我真的伤害了萨姆埃尔。他一定觉得我是一个内心冷漠的人,我只是嘴上在笑。我和他交谈出于责任,爱抚他出于同情,而不是因为欲望。他一定感觉到了,但永远也不会明白,是他扼杀了我原本鲜活的一切。"她对丹尼尔露出了微笑,不是用嘴巴,而是用眼睛,用她整个生命。

"只要我按照他的喜好生活,"芭拉补充说,"萨姆埃尔就会满足。但是人活着不是为了满足别人的设想。人只有一次生命,这是他自己的生活,至少应该按照自己的想象生活。"

"如果他能做到这一点呢?"

"你说,你能做到吗?"

"我根本做不到。"

"你想说,是我破坏了你的想法吗?"

"我对你的感觉远比我对如何生活的想象要强烈。"

"你忘了说:暂时。"

丹尼尔沉默了。

两人吃完后,芭拉起身,拿来一个装满照片的盒子,把它放到桌上,开始挑出照片。这张是她七岁的时候,而这张她已经十六岁了。她的父亲,表情专横,这是他在战争期间的照片,妈妈的照片也是战争期间拍的,大衣上有黄色的六角星,据说总是以黄色来标记犹太人,在中世纪时就给犹太人戴黄帽子。为什么恰好是黄色如此温暖的阳光的颜色呢?妈妈始终都像太阳。这个梳着马尾辫的美貌的姑娘是她的妹妹,在她出车祸前几个星期拍的最后一张照片。

在发黄的老照片上,芭拉指给丹尼尔看自己的外祖父母,摄于在被送往奥斯威辛之前。这张是二战初期拍的全家福,有妈妈的两个兄弟和她的妹妹。

"你从来没有跟我说起过他们。"丹尼尔说。

"我也没见过他们,所有人在我出生之前就被杀害了。唯独妈妈幸存了下来,她不喜欢讲他们的事。不喜欢,是因为这是一件不堪回首的往事。但是直到今天妈妈还把他们的照片挂在家里。外祖父是法庭候补律师,外祖母经营着一家小杂货店,但负债太多倒闭了。说到他们时我总会感到奇怪,像说到外祖母、外祖父或者舅舅和阿姨,因为我从来没见过他们活着时候的样子。一个舅舅学成了医学,娶了一个十分富有的银行家的女儿为妻。而小弟弟和妹妹还是孩子,直接被送进毒气室毒死了。"

"真是可怕。"

"在很长时间里,妈妈什么也没告诉我,我也没觉得会有这样的事情。小的时候,我曾担心会有原子弹掉到我们家来。当我向妈妈问起外祖母或者她的兄弟时,她只轻描淡写地说,他们都去世了。后来才告诉了我。这让我觉得像某个疯狂的人杜撰出来的恐怖片。我那时还不知道希区柯克。后来在我懂事之后,我才开始落泪,还有恐惧。太可怕了,类似的事情还可能会发生。"

"真可怕,"丹尼尔重复道,"我永远无法接受上帝会允许这样的事情发生。"

芭拉突然满腔愤慨。她丈夫说,灵魂就是她所不具有的东西,对她充满了蔑视,而丹尼尔却想跟她说,她所经历的一切以及在此之前发生的,都源自于更高的意愿。

"什么上帝,你在指谁?"

丹尼尔好像不安起来:"上帝,上帝只有一个。"

"上帝,上帝,"芭拉提高嗓门,"你认为还有其他的人在统治这个世界,万能和善意的人,眼睁睁看着人们被屠杀,而且是一些无法自卫的可怜人。如果真有上帝,他一定是一个不折不扣的虐待狂。"

丹尼尔沉默了,芭拉还在问他,是否他真的不明白:我们只是在宇宙中偶然一现的渺小之物。

"我不想伤到你,"丹尼尔说,"真的不想。"

"我知道你不会。你只是想,在这个缺少真爱的世界里,能拥有一份确定的爱会好一些。"

"没有什么是确定的,这里和那里,都不存在。"丹尼尔说。

"但是这里可以有爱,这里我们可以掌控。而在那边可能什么都没有。"芭拉看着丹尼尔,把双手伸向了他,丹尼尔便抱住了她。

芭拉把丹尼尔领进了卧室,让他坐进那唯一的一把扶手椅里,命令他等一小会儿。她在五斗橱里找到写着"爱我"字样的睡衣(爱不仅写满了墙还写满了衬衣),然后去洗澡。在她回来的时候,她有点紧张,尽管她跟丹尼尔已经做过好多次爱了,但从来没有在这里,这个她与自己丈夫做爱的房间。她很快点燃一支烟,坐到沙发床沿上,对着丹尼尔。丹尼尔起身,也想去浴室,但是芭拉拦住了他:"现在不要走,求你了。在这儿等我抽完这根烟。"

丹尼尔望着她,他落在芭拉身上的目光那么真诚,最后一次是什么时候,是谁在这里这般注视过她呢?

卧室里挂着芭拉丈夫的巨幅肖像油画,还有他设计的建筑物照片。萨姆埃尔无处不在,但是芭拉此刻并不想他。"你真的爱我吗?"

"真的。"

"那你永远都不会抛弃我?"

"嗯。"

"你还是会离我而去。一切最终都会结束的!"芭拉抽完了烟,在丹尼尔去浴室的时候,她调暗了灯光,暗影就能把她所有的皱纹遮掩起来。

"太好了,一整夜都属于我们,"在他们躺下后,芭拉说,"整个晚上能在一起,它比做爱更加重要。"

七

第二天一早丹尼尔要去比尔森看彼得。

他坐进空荡荡的车厢,带着满身的爱抚、亲吻和芭拉的体香。

他们只睡了很少一会儿,她的哭泣声弄醒了他。丹尼尔想知道发生了什么。

她做了一个可怕的梦,至今心有余悸。她害怕自己的丈夫会死,丹尼尔也会死，她自己也会死。生活是荒谬的，安排得荒唐。人要么不幸和痛苦，要么拥有了幸福，然后又担心一切稍纵即逝。

丹尼尔把她拥入怀中，她恳求说：别离开我，抱紧我，别抛弃我！然后睡去了，而他感觉到压抑的疲乏。架在黑洞上的那座桥，止于另一个新的黑洞的边缘。寻找桥梁有何意义，它们同样不会指引出路？难道生命真的只是一个大自然玩弄的彩票结果？是极其复杂的蛋白质的集群？一切终将逝去，我们的灵魂，这个地球，整个宇宙？而生命中的大部分时间他在吮吸虚伪的希望，用奇迹般的伟大复活事件来安慰自己和他人，这行为颠覆了所有迄今奏效的自然规律？

死亡是吞噬，神胜利了！

哪里是死？是你的胜利吗？

他现在在哪里？地狱，你的枪吗？

卧室的角落里亮着微弱的灯光，因此他能够明确辨认出，自己所在的屋子，不是他的家；躺在他旁边的女人，不是他的妻子。一种奇怪的不安甚至惶恐占据了他的内心，就好像有人把他推入了一个陌生的世界，好像把树木植入陌生的花园，把旱鸭子放进摇摆不定的小舟，或把水手投入沙漠一般。他起身，踮起脚尖走出屋子，摸黑找到厕所，然后在陌生的房子里走了一遭。透过覆盖着抽象画的画布，宇宙的虚无缥缈在望着他。屋子的主人把高耸、完整的大厅建筑模型放在了玻璃橱柜里。桌子上胡乱堆着设计草图，还有几本杂志。他拿起最上面的那本：《现代派艺术在加泰罗尼亚的发现》。

他翻阅了一下，心不在焉地看着彩色照片上的那些造型古怪的建筑：文森之家、巴特罗公寓、桂尔宫、莫雷拉之家……他放下杂志，微微闭了一下双眼。

这是一个陌生的世界。六十亿人口，六十亿不同的世界，这是怎样的希望，与其中的一个人产生关系，也许巧合，或许是上帝的旨意，他会友善吗？如果一个女人，为此赌上迄今依赖为生的一切，实际上是迫使自己的丈夫做出绝望的举动，结果会怎样呢？他怎么能接受在自杀者的床上和她做爱?如何能相信她的爱的完整性,当他知道她在欺骗另一个男人?

因为他是一个愚蠢的牧师,只懂《圣经》而不懂女人,他幼稚地以为,信仰即是他的使命。

远处传来了整点报时的钟声,已是早晨六点。

他回到屋里,发现芭拉坐在床上。"出什么事了?"

"没有,没什么。"自他母亲离开人世的那一刻,这个女人第一次出现,这意味着什么?

"你已经不喜欢我了吗?"

"你怎么会这么想呢?"

"你看我的眼神很奇怪。"

"我只是不习惯,不习惯刚睡醒就看到你。"

"早上的我,在你眼里很可怕吗?"

"我从来都不觉得你可怕。"

"那就好。"她拥抱他,然后又推开他,"你得去监狱了,而我要去医院。"

"这么一大早吗?"

"我必须去医院,"她重复道,"还有很多事需要去处理。你别忘了,我也在工作,同时还是母亲和妻子。"

他不懂她。她给予了丈夫同样真诚的照顾,如同在几个钟头前全身心地与他做爱。她的丈夫躺在精神病院,对此她并没有感到不安,在与他做爱时。她究竟是冷酷,还是彻底绝望了?或许她的丈夫伤害了她,所以她随性的行为让她感觉自由。或者这恰是自然的行为,大多数女性和男性都这样处事,唯独他到现在还一无所知,因为他生活在《圣经》戒律构成的荒凉的人工世界里吗?

"你爱你的丈夫吗?"在用早餐的时候,他问芭拉。

"不要学舌我的问题!"

"请原谅。"

"我要告诉你我在夜里做的一个梦。"她快速切好面包并涂抹上黄油,"你爱吃蜂蜜吗?"

"你吃什么我就吃什么。能告诉我你的梦吗?"

"梦?对,我的梦,那个让我很害怕的梦。等一下,我要想想如何开头。嗯,我在公路上走,那是在乡间,我们家在村里有一个乡间别墅,突然,我看到路边一辆翻倒的摩托车,旁边躺着一具无头尸体,他的脑袋滚在不远的地方,眼睛却活生生地盯着我,等瞧见我时,那个脑袋开始说话,乞求我救她。我发疯了似的跑回村子里的邮局,大声喊人们叫救护车,说路上躺着一个伤者需要救护。在那个梦里我相信,那个脑袋可以重新和身体连接起来,可是坐在那里的几个老妇,却无动于衷,只是把电话机推到我面前,让我自己打电话。当我打到医院告诉他们说,我发现了一个没有身体的头颅和一具没有头颅的身体,他们必须马上赶来救助时,医生只对我说了一句话,每个字我都记得,他说:很抱歉,女士,恐怕为时已晚,死人无法复活。"

"奇怪的梦。"

"为什么?现在萨姆对我来说,仅剩下了脑袋,他做的事,我有感觉。但我不想接受这种说法,没有身体的脑袋是死的,就无法挽救了。我对他的爱也是如此,你刚才问了这个问题。"

芭拉把丹尼尔送到了站台上。"我们今天不见面了吗?"她问,就像现在才意识到他将要离去。他们接吻,她一直站在站台上,直到列车缓缓启动。

他打开车窗,冷空气扑面而来,夹杂着烟雾、烟尘和毒气。他把头探出窗外,像在给额头降温。

然后他又坐回自己的角落,闭上眼睛。他应该集中精神想监狱的探访:我对那个男孩说什么呢?我应该鼓励他,还是批评他,因为他让我失望,他不能再指望我的帮助?思绪并不听从他,他无法摆脱前一夜,自己的承诺,身体的接触,这些至今依附在他的身体上。

多久以前了,他第一次在监狱里看到那个年轻人,吸引他的是,他那么专注地聆听关于上帝的宽容,拥有纯洁心灵的每一人,上帝都会把他邀请到自己身边?

两年前,丹尼尔身上仍然有着能给别人传递的热情和力量,或者他至少认为自己身上有,有能力传递。在彼得受洗时,他坚信自己成功地从撒旦手中夺回了一名受害者,他对那个男孩也如是说,尽管撒旦对于他来说只是表达坠入空虚的图像,掉入虚无笼罩的黑洞。当他郑重地宣布"彼得·库贝克,我以圣父、圣子和圣灵的名义给你施洗"时,他感觉到了那个男孩的战栗,泪水从他脸庞上滚落。

但他显然混淆了,对自己,也对彼得。

也许他高估了自己的力量,也高估了自己的信念——他需要信念,为了拥有行为目标和人生意义,为了掩盖令他恐惧的空虚。

信念可以助人逃离现实,逃离了无生气的冷漠宇宙,逃离世界的残酷和生活的凄苦,就像爱情和毒品一样。

他想要帮助人们——他的女儿这样谈论彼得——帮助人们逃避现实。从冷漠、了无生气的宇宙空间里逃脱,等等。

如果我接受这一点,那我和那个男孩有什么区别?我应该安慰他,我应该再次尝试把他从撒旦的魔爪中夺回?那我在什么样的道德相对主义下结束?

在谈话室里,丹尼尔和彼得面对面坐了不到两个小时的时间,铁栅栏被廉价的窗帘试图遮掩住。他给了男孩一包食品,还有几本书,埃娃给他挑选的。至于谁包的食品,谁挑选的书,丹尼尔只字未提。

彼得面色苍白,但是他的思维并没有下降。他强调,他现在所做的一切,都是在做好事。在这个世界上离开钱,什么也做不了,甚至也无法传播圣灵的救世信念。他已经跟他的几个新朋友约好了,在这里先不提他们的名字,他们要一起出杂志,他承诺,至少在初期需要筹备几千克朗资金:用于纸张和印刷。一旦杂志开始销售,一切都会改观。他试图向所有审讯他的人解释,可是那些人以前都是共产党员，讨厌一切有关神的言论，只有成功阻止一切，他们才善罢甘休。

"如果你认为，"丹尼尔打断他，"你在为上帝服务，那你就错了。"

彼得对此责难也有准备："那些为宣讲《圣经》，为此被折磨甚至被当作异端处以火刑的人呢？"

"没有人因为你的信仰判你罪，而是因为你贩卖毒品。"

"这仅是在初期，牧师兄弟。有必要向人们展示，他们需要信仰。人类正走在邪途上，撒旦将把他们引向毁灭。"

丹尼尔沉默了。彼得的话在房间里回荡，空洞、邪恶和荒唐，就如同这个窗帘遮掩着铁栅栏的房间。

奇怪的是，多年来他一直在努力传播信仰救世主死后复活，他从来不曾怀疑过，这个信仰是好的，自己在做好事，他为争取来每一个人的倾听和思考而感到高兴。但是如果他一生都谬误了，而且那个信念没有标志呢？信仰可能导致好和坏，就像在过去那么多次以信仰的名义宣传生和死、空虚和充实、帮助和破坏？以信仰的名义也可以杀死或帮助病人吗？

"牧师兄弟，您不了解我，但您要知道，我走上了崭新的人生道路，我做的一切，都只为了把所有正在寻找它的人，带到这条新的道路上来。"

他想驳斥他，让他闭嘴，别吹嘘自己的伟大目标，无非用以掩盖他的可笑行为。但他来这里，不是为了责备彼得，也没有责怪他的必要，他已经对彼得失望了，无意再次相信他，更不为了说服他。

在他们分手的时候，彼得请求他问候埃娃，丹尼尔装作没有听见。反正他阻止不了他给埃娃写信，如果他愿意写。

走出监狱，天空中飞舞起鹅毛大雪。在他看来，雪片还没到达地面时就已经是肮脏的灰色了。也许只有他看到雪是这个样子。也许因为，他在革命之后决定探访监狱，为了拯救囚犯们的灵魂。他觉得，自己再次表现出十分的自豪。

八、书　信

亲爱的：

　　我满脑子都是你，我想和你说话（当我们在一起的时候，时间总是不够用，人为什么要吃饭和睡觉呢？），至少我可以在电脑上对你倾诉我的心声，别害怕，你在纸上找不到血迹，只有油墨打印机的墨痕。

　　如何在接近死亡的地方活动，太奇特了，我无法像感受真实的东西那样去领悟死亡，我凭着理智，却不是整个身心。就像有那么一瞬间，即使表面上看起来没有关联，死亡还是那么强烈地出现在我的身上。譬如当爱情或者兴奋消亡了，或者当我说：这我经历过。也许这是因为我有如处在休克中，没有时间接受真实发生的事。现在我慢慢醒悟，我感觉忧伤。我必须思考生命是多么脆弱，那条界线，当人还存在的时候，当他转变成等待他的只有趋向毁灭的身体时，之间的界线是那么微小，多么容易被忽略，以至于我们随时随地都可以跨越，没有征兆，没有告别。

　　我们都会死去，我们和凋谢的花朵或者死去的动物差不了多少。

　　或许我会忧伤，因为人们对我是那么友善。可是那个让我倾注关怀、时间、精力和生命的人，他却想伤害我，想毁了我，即使拼掉自己的性命也在所不惜。我意识到了，他是那么巧妙地想出了自己的报复（为什么，上帝，到底为什么？）。只要他活着，他就会想着复仇，威胁、恫吓就会再一次悬挂在我的心头。或者他死了，那么因我而起的罪恶会永远困扰我，把我说成杀手。毁我才是他的企图，而不是自杀。如果他真想自杀，家里有枪，他完全可以拔出枪对准自己的头扣动扳机。只是……我不想再说这个了。

　　亲爱的，早上醒来时我是那么伤心；我在想我是否应该起床，是否还有活下去的意义。但是我想起了孩子们，想起了妈妈，想起了你；如果我不在了，你们会很伤心；然后我就起床，继续往下走。

我今天想到了你，想到了早上醒来的时候你在那里。我在想我是否配得上你？我相信是的，但是过了一会儿我就不明白，你为什么喜欢我？我在思考人有什么价值，在生活中什么才是重要的。我在想从来没有人像你那样对我好。我对此不会习惯，也永远不会理所当然地接受，这永远是一个奇迹、奖励和命运的垂青，或许是偶然。但在这种情形下偶然的是上帝或者他的怜悯之心（你看到自己是怎样把我网罗过去了吧？），是一种我不愿相信的东西，却只能硬着头皮迎上去。上帝把你赠与了我，尽管这违背了他自己的训诫；而他的"礼物"会持续那么久，直到我配得上。我不是指具体的享有，我只是想那些既无法计算也无法说出来的东西。例如，我要多长时间才能变得纯洁无瑕，有愿望，大度、无私？信仰生命只有拥有了纯洁的爱才会变得有意义。只要我们活着，就必须纯洁无瑕，尽管在一些伪善者和做不到的人眼里，不可能每一份爱情都是纯洁的。你是例外的，我感谢上天把我引向了你。如果允许我再选择一次，选择和哪一个男人生活在一起，那个人肯定是你。

你的芭拉

* * *

亲爱的芭拉：

昨天是满月，今晚月光皎洁，宛如透过幕布的灯光那般明丽。（据说二元论者相信，太阳月亮之所以会有日食和月食，是因为使用独特的面纱，为了不用看到宇宙大战。）玛格达昨天跟我说：太奇特了，月亮走得那么快，一小会儿就移动了一大段。我说，因为它的路程那么长，一天之内要绕地球一周呢。她回复说，这样的话就运行得太慢了。我说因为路途遥远。路途远就感觉运行得慢，即使在疯狂飞驶。

你是遥远的。在同一座城市里，人与人相隔得却那么遥远。当你近在身旁，当我们在一起的时候，时间疯狂飞逝，因为片刻的相逢之后就是急迫的分离相随。在我看不到你的日子里，时间漫长如同整夜受酷刑。我告诉你这些，是为了使你不致太过忧伤。我理解，你想到死亡，死亡也属于生活。"即使走过布满死亡阴影的峡谷，我也无所畏惧。"只要你和我在一起。我和你共同分担你的烦恼，我不断地思念着你。

你写到，你早上醒来，有时会有这种感觉：是否还有活下去的意义？如果你考虑到有些人见不到你会伤心无比，你就不会这么想了。对人来说最重要的是，知道世界上生活着爱他的人们，没有他，那些人会心情沉重；但是人同样应该为了自己的需要而活，从生活的馈赠中得到欢愉。像你一样的女人没有必要去论证，没有你多少人会为此悲痛。

我不知道我们的爱情是否完全纯洁，但我知道我爱你。

你的丹

附：你在信中写到，说我是例外。我不是，而你却是！你独一无二，我从来没有结识过甚至没有想象过类似你的女人，宛如在你体内连接了所有的元素，宛如贝多芬和巴赫把你谱就。

* * *

亲爱的：

今天我又难过了。为什么呢？是因为我过得不称心？是因为你觉得我没有一颗纯净的心灵？还是因为总有一些不如意相伴？然而，我只想对这世界呐喊，自从遇见了你，我是多么幸福啊。

抑或，我可以悲伤并快乐着？

今天，我像往常一样去看萨姆，他的抑郁已消散了些许，感觉好多了，重新开始想折磨我。过两天他就回到家里，这意味着他又可以日夜折磨我了。我从医院出来回家的时候，驱车在黑夜里，迎面而来的是络绎不绝的车流。在这周日的晚上，我对自己说，我必须开回家，先不去想回去后会发生什么。

几番折腾以后，他让我明白，他生活中的不幸都是我的错，他所做的那些事，都是因为我。据说，这种念头已经困扰他一年多了。一年前我还不认识你，那时候我还在他身边，围着他转，努力想讨个笑脸，尽管他连碰都不碰我了。那时的我在他眼里，仅是一个避雷针，一条能随时用来倒苦水的下水道而已。这就是最近几年的境况。单从这一点来看，我仅应付着作为一个女人的职能。

然而，我开始感到了不满足，我的心灵解放了，虽然没有约定，我解放了自己，尽管在这些婚约里并没有约定，我已然成了另外一个人，跟他认识我的时候不一样的人，这样的事情是不该发生的。要么，我依然做他所希望的那样的人，要么我们之间有一个人必须从另一个人的世界里消失。他本想一走了之的，我阻止了他。今天，他向我提出了离婚。也许，应该叫分手？因为我已经目睹了自己婚姻生活中的一些场景，于是我知道了我只能做一个泔水桶，任人倾泻抑郁、焦虑和恐惧，对此我并不当真。假如我接受了他的提议，我就攥住了生活的真谛。而我愿意为他效劳啊，这样为另一个人排忧解难，有时我会觉得自己也是个人，一个会有焦虑，也想成为弱者而不佯装坚强的人。我知道，跟你在一起的时候我可以成为这样的女人，可是你遥不可及。不，我不怪你。我甚至相信，你的爱无处不在，永不停息，因为对于你，我是不必要的，我不能在家里陪伴你，这让我觉得我们没有一个共同的家园。在家里我才是有用的，悉心收拾家，归置好一切要做的事情。我还像那条下水道，容纳一切。

早有人说过，女人的裙子底下能掩藏一切。我却不是往裙子里，而是往一个无底的垃圾桶里埋藏一切。但那些垃圾、那些污秽却不肯消散，不依不饶地粘在我的身上。当你抱着我的时候，你闻到了吗？

如果感觉到了,你还会拥抱我吗?

　　我也不清楚他吞下了多少药粉,留在桌上的那些药管都空了。那封告别信,是他为我设计出来的游戏的一部分,勒索的一部分,为了把我拉近他,捆绑住我的手脚。这是他的用意所在,而不是想给我自由。

　　我越来越意识到,他之所以处心积虑这么做,是为了缠住我,现在他有了勒索我的资本。我很清楚,我不愿意他这么做,但我也知道我不能惹他不高兴,我不能坦言我的想法和感受,既然我差点儿断送了他的命。十五年来,我生活在这样的信念里:我生命里最重要的使命就是照顾这个家,赋予它安全、分享和幸福的感觉。我不明白我为什么要让自己被掌控,被勒索,被弄哭。我完全清楚,我可以照顾自己,我不需要祈求任何人、任何事。我身上带着一些以往的我无法洗清的污浊。我一直被困扰和刺痛,我愿意全身心地为他服务,全部的肉体和灵魂。我知道我在贬低自己,践踏自己的尊严,为什么会这样?我觉得,这是因为萨姆依赖我的爱和照顾,而我也离不开他的鞭笞。

　　于是我开上这辆车出去,突发奇想想狠踩一脚油门撞上墙或者灯柱,摆脱掉这一切。然而我想起了你,那么多次你说过你爱我,也用行动证明了你的爱。这意味着,我也许是一个可以被疼爱的人。于是我开车继续前行,我必须好好活下去。只是我想问:为什么男人们会如此软弱?可是你并不软弱啊。也许因为你有自己的信仰,或者你生就如此。那么,我至少可以片刻倚靠你,或者依靠我自己,或者依靠上帝,是你让我坚信上帝存在,不会抛弃任何一个人。或者依靠某种支撑我活着的力量,在自己身上我能感受到,它不让我走向毁灭,给我力量去爱。我甚至愿意去爱那些摧残我、折磨我、剥夺我的自信、不珍视我的人。我把他作为一个人来爱,一个受尽苦难、慢慢衰老,突然在某天不再存在的人。可是,我该怎样把他当作一个男人来爱?他那么软弱,对我如此依赖,近乎勒索和毁灭。他是那么不善解人意、没有爱心,把人当作一个人来爱和把人当作一个男人来爱是不一样的。在我不爱一个男人的时候,就什么也不是。只有我爱着一个男人时,我才感觉到自己的存在。我爱你,但我不知道在你眼里我是否足够好,不是指现在,我刚从冲击中回过神来的时候,而是一直以来。有时候,我觉得我已经精疲力竭,没有人再会需要我,我配不上任何人。我亲爱的,我写下这些颠三倒四的文字,向你倾吐我内心的悲伤,请别生我的气。我还想对你说,我已经把你纳入自己生命的一部分,你是我的。半年多的生活让我感受得比这更多。你是我的,因为我感觉到你是爱我的。对于孤零零的我来说,你就像妈妈一样。我拥抱你,想念你,哭泣,爱你,相信你。你是我生命里最好的男人。真的。

你的芭拉

附:现在是星期一早上,昨晚我还感叹自己的命运,但我不喜欢懦弱的自怜。我想说,因为有对你的爱,我无比幸福。现在太阳又出来了,蜘蛛在客厅里编织了漂亮的蛛网,它是一个建筑杰作。(可怜的它吃什么呢?现在没有苍蝇飞舞了。)这一天是美丽的,生活也是如此。

* * *

别哭了,宝贝,不要哭:

也不要绝望,你的丈夫更加绝望,因为他觉得,他习惯的秩序崩溃了(我们习惯的秩序也都坍塌了,需要足够的力量来承受),而且他在前厅听见死神在敲门。他感到孤独,而且把孤独归因于你,所以他指责你。这需要巨大的智慧,不使用暴力迫使自己的愿望实现。你自己说,男人经常是弱者,而柔弱和绝望都与智慧相背,绝望的人犯下致命的错误,行为愚蠢和自负。不要把邪恶的意图挪到绝望齿寒的地方，它通常不具有逻辑或合理的原因，就像爱和恨，像任何情感一样。

你没有跟我谈很多关于你的生活，但我知道你希望身旁有一个出色的丈夫。你是否意识到，有所成就的男人，通常更关注自己，一心为自己的目标，而不太关心身边的人，他们希望被宠爱、称赞，他们希望有人听从并为他们服务。也许这是你的经验，所以你经常夸我，并且道歉没有为我服务好。你为什么要这样呢？人不能为对方的利益和愿望服务，要自由地生活和创造。如果两个人想共同生活，必须至少部分地放弃自己的自私，甚至这是一个来证明自己的能力、无私的爱的很好机会。如果他们做不到，或者其中的一人做不到，结果就不太好。那个自视为宇宙的中心的人，突然发现自己很孤独，但他们很少自责，开始抱怨或责怪自己的伴侣。但是，你不要被悲伤击垮，你并不孤独，只是有人把你的十字架按向地面。没有人会离开你，你的丈夫因为怕失去你，吓坏了，于是有了这样的行为。

深夜了，布拉格上空是漫天星辰，我一直在回味你的来信，我思念你并开始理解你对我的赞美，当时令我难以理解，其实我听到的赞美是给予别人的，你总在向另一个人道歉，向另一个人竭力说明他有多么伟大，而你不是沙龙玫瑰、山谷百合，不是岩石裂缝中的鸽子，你是地球上任人踩踏的尘土。你这样做，因为你希望你最终会被人怜爱。亲爱的，你自己造成苦难，你自己支持愤怒的状态，而那个人本应该感谢你的。我突然想起，你手腕上的那道疤痕，不是你唯一的疤痕，更深的疤痕在你的身体里面，在心脏、头脑和灵魂里。在这伤里面，其实是你经常觉得不想存在，不想活和逃脱的根源。一个人被否决在爱情里的平等权利，其实是被剥夺了存在的本质。

对于我，你是沙龙玫瑰、山谷百合，岩石裂缝中的鸽子，我总是会前往，为了把你托在掌心里，让你知道你值得被爱。

你的丹

* * *

亲爱的丹:

　　萨姆埃尔从波赫尼采精神病院回来的第一件事就是找麻烦,说家里没有新鲜面包,浴室里湿漉漉的(萨沙在早上淋浴)。我意识到,生命对于我是难以忍受的,因为我不断迫使它处理粪便而不是工作,或许我就是那粪便。在萨姆回家之前,我打扫屋子、购物,就像总统将来造访。我努力的结果却是这样,我很难受,简直不想活了。

　　萨姆发病后,我承认,我去找了占卜师,她手中的扑克读出了一切,家庭中的烦恼和疾病。但最重要的是那张红心K,占卜师告诉我:你可以期待伟大的爱。我告诉她,不,我已经得到了!

　　我是幸福的,我遇见了你,对我来说,这是我生活中最美丽的东西,我也相信它会持续。而我是这样一个人,在生活的分分秒秒我都想到终结。我对你的喜爱是纯净的,没有疑虑、不信任或恐惧,而且,没有良知的谴责。你觉得怪异吧。

　　当我爱上我的丈夫的时候,我相信,我再也不会对别的男人情有独钟。我很感激,命运如此垂青于我。一切顺其自然。相信永恒,最终如同初始,是不成功吗?是失败吗?我仍然相信爱比一切都长久。我知道,只要我活着,我就会爱;只要我有呼吸,我的心就向往深沉、真挚的感情。

　　我写到我的心,这是什么动物呢?

　　亲爱的,我想配得上你,但不知道如何去做,我觉得自己没有为你做什么,反而不停地在你面前哀叹。我真担心失去你。请再给我一点时间,由命运或你的上帝来计量。之后我们会幸福,会出现奇迹。我们没有伤害任何人,我们只是多了一点点额外的……

　　我现在给一个美籍捷克人设计室内装潢,七个房间的成套设备。他很富有,刚回到捷克做投资。今天我问他是否喜欢实木的东西,他说:当然!我跟一个小公司时常合作,他们在离布拉格不远的一个小村庄里，生产制作家具，我负责设计。奇迹吧！于是我想到了你，你的祖父是木匠师，你自己从事雕刻，而我对木材有感觉，我喜欢木材，喜欢它的气味、它的颜色和花纹，我不理解怎么会有人往家里放置合成材质的家具。我建议那个美国人在客厅摆放鸟形的椅子，如单腿独立的苍鹭，长长的脖子，我喜欢鹳、苍鹭和火烈鸟。当我在做一件美好事情的时候，我会高兴，会生气，会无法入睡。现在是半夜两点，我想着你，你是地球上最有爱心的人，你来自另一个更美丽的世界。（也许这基于一个事实，即在你的世界里，耶稣是主宰，而不是自私的男性。）

  我对你的信任是如此彻底，它可以类比信仰。我认为一个人信上帝的感觉，就如同我对你的感觉。通过你，我得以理解了什么是信仰的本质感觉，这是我从来没有经历过的东西。不要抗议！我不会把你等同于全能的上帝，因为人，即使是耶稣基督，对我来说要比抽象的神要近。我相信你，你是我安全的港湾，跟你在一起我甚至不害怕死亡。你把我变成了女皇，一个自信的人，否则我将陷入自我怀疑的低谷。请原谅我所有的弱点、不足和遗忘。将来我不想后悔我对你没有做我可以做的一切。哦，上帝。我应该怎么办？我爱你，我爱你。

你的芭拉

* * *

亲爱的丹，我邪恶的弟弟：

  你上次告诉了我你的爱情奇遇，让我惊愕无语。作为姐姐，我应该理解你，相反作为一个已婚的女人，我会对此鄙视。因为这双重感觉我都有，既理解你，但不会为你的新感情感到激动。不是因为它对于拥有你这样职业的男人不适合，让该死的职业见鬼去吧，上帝肯定有比操心你的出轨更重要的事情要做。但我认为欺骗一个女人，她信赖你，在你困顿的时候守在你身边，给你生下两个孩子，还悉心照顾埃娃，这种欺骗行为是让人无法容忍的。我看着你，我不认识你了。

当然，像所有不忠的男人，你为自己的行为找出许多充分的理由：后者更可爱，更年轻，更懂你，理解你，更吸引和崇拜你（男人都喜欢这样），你与她的经历完全独特和不可重复。此外，她需要你，因为她在家里也得不到理解。但你不会这么盲目，而不知道这一切都是过于陈旧的酱油。

你说，你没期望任何说教，所以作为姐姐到此打住，免于教训你，它同样也没有什么意义。也许不能完全怪你，你继承了父亲的多变性，虽然你曾竭力回避自己的职业，但依然没能逃脱。

我当然祝愿你，在以后的岁月里，在这个地球的旋转木马上，过得最美好。对于你来说，什么是幸福，或者什么是最好的感觉，自然由你自己定夺。我同时祝愿，你的主神会明智地保佑你。

吻你，扯你的耳朵，你的露丝

* * *

亲爱的芭拉：

你写到你担心会失去我，因为你没有为我做任何事情，可我并没有指望你的服务啊。唯一让两个人之间相互吸引的，是爱情。所有其他的桎梏，都不堪一击，关键是不让人感觉像枷锁。人们通常希望从对方那里得到一切，但箴言明智地告诉我们，谁想获得一切，往往一无所有。人唯有跟自己索取一切的权利，但是人可以怀有预期，期待爱抚和美言，期待理解和亲近，甚至最终希望自己不被抛弃。

一个人可以读取数十亿年的时间，而大部分人甚至不能够填补自己一生的时间。我期待与你共度的时光，它是充盈的。我爱你，信任你。

你的丹

第七章

一

蜡烛在圣诞松树上燃烧着，树底下是每年都要摆放的基督降生场景的雕刻。在埃娃还是孩童时，丹尼尔就开始雕刻，几年前才刚刚完成。晚餐后，丹尼尔拿出吉他，马瑞克拿来小提琴，玛格达吹长笛，全家人齐唱圣诞颂歌。

> 神的儿子降临尘世，
> 救赎我们这些罪人，
> 欢迎，主啊，欢迎你！

玛格达已经按捺不住对礼物的期盼，码放在圣诞树下竹篮里的礼物，比往年要多，所以她吹笛子时快了一拍，丹尼尔只好作罢，建议她把笛子放到一边。

在农村长大的汉娜保留着圣诞节传统：熔铅①，把点上蜡烛的核桃壳放在水盆里漂流。烤制的点心、水果摆满一桌子，礼物反倒显得次要了。他们没有富余的钱购买礼物，即便有钱，丹尼尔也不想孩子们因物欲的满足挤走了精神的愉悦，神的旨意取消了对罪孽和处罚的

---

① 把熔化的铅倒入水中，根据铅在水中形成的形状预测来年的运势。

诅咒。现在他需要以必要的行为来补救自己对家人的疏远，钱现在不成其为问题。

"爸爸，我想拆开礼物了！"

"再等一会儿，玛格达！"

汉娜在忙着烤糕点，前几天丹尼尔问她圣诞节想要什么礼物，她回答说什么也不需要，倒是可以给玛莎太太送点什么。

你怎么想起了她呢？

她被抛弃了，身边没有亲人，妻子解释说，她上周还找我来哭诉了。失去了丈夫和孩子，你能想象，这对她来说有多么可怕？

没有什么能帮她摆脱寂寞。

这样她会觉得，我们爱她，想着她。

那好吧。

她至今还穿着那件旧外套。

既然你牵挂着她，你可以——我们可以给她买一件外套。不过，我在想给你送什么好。

我什么也不需要，我有你啊。

为了掩饰自己的尴尬，丹尼尔端起码放着糕点的烤盘，想把它放入烤箱里。没想到满是油脂的地板让他脚下打滑，虽然他一把扶住了炉子，但烤盘里的糕点模型、星星、松塔、桃心还是散落了一地。

什么都在他的手里打碎，包括目前勉强捏合在一起的生活，从表面上看似乎一切正常。

丹尼尔没有给玛莎买大衣，而是给了她钱。他注意到，她的一只眼睛下面有淤伤，那是星期天她去接孩子时她的前夫打的。至少丹尼尔永远不会这么做，周围在相互伤害的人真不少，他觉得自己比他们要高尚。

"钱对我没有用处，牧师兄弟，我已经不想活了。"她说。

"您说什么呢，玛莎太太？"

"每天晚上我都在想从哪个地方跳下去，从山岩还是从桥上，再也不要醒来。"

"不要为不值得你爱的人折磨自己了。"

"那孩子们呢?"

"孩子您必须要回来。您已经上诉了呀。"

"要不回来了。我知道他不会让步,他有钱,有关系,他要毁了我!而我有什么?"

"您有理。"

"没有人讲理,牧师兄弟。重要的是钱,而不是理。"玛莎太太哀怨的带着哭腔的声音,对丹尼尔来说,引起的不是同情,而是反感,好像她控诉的不仅是她的前夫,还包括他。

"所以您看,"他说,"钱您还是需要的,您绝对不能放弃。我们都会站在您一边,帮助您。"他把装钱的信封留在门厅的桌子上,赶紧逃离了。

> 普天下大庆贺,
> 万民皆大喜乐,
> 你跟着都跟着到白冷郡。
> 耶稣圣婴孩降生马槽里。

他放下吉他,玛格达终于可以分发礼物了。

丹尼尔默默地注视着。整个晚上,实际上从早上起他就努力在内心燃起喜庆的情绪。但他做不到,而是增添了不知所措的痛苦和耻辱感。他一直宣扬救世主的降生,虽然自己越来越怀疑这种说法,此刻他坐在家里,装作充满爱意,其乐融融,和以往的圣诞节没有区别。

去年圣诞节,甚至他的母亲还跟他们坐在一起。突来的悲伤让他的喉咙发紧。他失去了母亲,也失去了基于真理的清白生活。母亲离去了,出现了那个女人,给予他爱和激情。他接受了她的爱,丢弃了真理和诚实。

新冰鞋让玛格达欣喜若狂，马瑞克无法相信自己的眼睛，父母亲竟然给他买来了真正的天文望远镜。爸爸，那一定贵得出奇！汉娜试新裙子去了，埃娃得到了一个录放机，当然，丹尼尔应该把母亲的那套公寓送给她，无奈这公寓他自己还派得上用场。

一个星期前他跟芭拉在那里最后一次见面。他考虑了很久，什么样的礼物会让她欣喜。他们的接触至今超然物质世界之外，他不知道她的需要，他没有打开过她的衣柜，在她的公寓也仅匆匆度过了一夜，在那种状态下无暇对东西一一打量。他突然想起来，芭拉曾幻想过巴塞罗那，那里的温暖和太阳，还有高迪。于是他在旅行社支付了两个去加泰罗尼亚的旅程，日期先空着。他感觉和芭拉一起出游，如果真的能成行，一定非常浪漫。随后他却被自己的想法吓了一跳，他决定把自己的旅程送给芭拉的大儿子。

玛格达送给父亲的是自己制作的礼物：色彩斑驳的针织帽，冬天戴的（"你喜欢吗，爸爸？""非常好，我都没想到你的手这么巧"）。汉娜送给他一件衬衫和一整套雕刻凿子，埃娃给他的是关于柏拉图和奥古斯丁的书，马瑞克给他准备了相册。

以前住在维索钦纳高原时，他们会收到来自所有教徒的礼物。老人们送来吃的，孩子们给他们画画，或者用面团、橡皮泥和栗子制作各种人物。

礼物可以表达爱、尊重、参与，或者成为缺乏爱、尊重和参与的赎金。

汉娜穿着新裙子过来了，丹尼尔给每个人倒上一杯葡萄酒，给玛格达也滴了几滴，大家举杯祝贺。为了爱，在这救世主诞生的日子里，是很应景的。

芭拉打开信封，里面是她未来旅程的确认件，等她明白过来后，她说：你真是个疯子！你以为穆齐尔会轻易放我去西班牙吗？

为什么不放你去？

我一个人去吗？

还有萨沙。

他恨我的儿子。

也许你能说服丈夫。

我怎么跟他解释，说我和萨沙而不是和他一起去？

他不是说他生病了吗。

不，他永远不会让我去那个美丽地方的，带着萨沙，而不带上他。

反正我不能接受，芭拉说，你怎么想起送萨沙去海边，连他自己的生父也从来没有带他去海边。至少，你要跟我一起去。她把信封塞还给他，丹尼尔不接。然后两个人做爱，芭拉哭了起来：从来没有人对我这么好，除了你，你为什么总要离去？你为什么把我放在那个人手里，任由他折磨我？

马瑞克半掩窗户，巡视着天空，像往常一样，在每年的这个时候天上是没有星星的。埃娃说：现在监狱里的那些人在做什么呢？

汉娜坐到丹尼尔旁边，"我喜欢这样，全家人团聚在一起，呆在家里，这样才有节日的喜庆气氛。"很例外地，她当着孩子们的面亲吻了他。

这是他的家庭，一个温馨的家园，他为什么要离去呢？

做晚祈祷时，丹尼尔请求上帝赐予他力量和帮助。他想退出他的工作圈子，不再伪装，重新生活在真实里。像这样的祈祷他做过好几次了，但今天感觉到无限的希望，他可以成功走出自己的圈子，同时不伤及任何人。

一个祈祷的人通常成为债权人。他不期待报酬或者利益，甚至不期待答复，而只需迹象，显示他的心声被听到了。那个迹象，即便出现，他也永远无法确定。

直到午夜后，丹尼尔才躺倒在床上，汉娜像往常一样紧紧贴着他，还问他是否爱她？丹尼尔回答说爱。忙碌了一天的汉娜很快进入了梦乡，而丹尼尔盯着黑暗，在内心乞求她宽恕，同时乞求她帮助：请与我同在，不要让我堕落。蓦然芭拉的声音响起，恳求他：不要离开我！他的心揪紧了，有焦虑、爱和绝望。

二、日记摘录

马瑞克很幸运，终于等来了明净无云的晴空，他和罗伊奇科一起观看星座到大半夜，我上去把他们赶下了楼台。马瑞克给我讲解了星系。有红外星系和X射线星系。此外，星系聚集在一起。我们的星系属于二十多个这样星团的组，星团组有三百万光年大小。星团然后形成巢，巢由几千个星系组成，其大小达到一千五百万光年。然而超级星系包含数百万个星系，据说光从一端到达另一端需要五亿年时间。宇宙是由超级星系构成的，然而许多虚空的空间存在其中，大小达一亿光年。

事实上，我犹豫再三才给马瑞克买下望远镜，不是因为它价格昂贵，而是因为我的这一行为实际上证实了他的怀疑、他挑衅我的言论的意图。然后我对自己说，正如此你才需要给他买。我们所有人都生活在对世纪初和结束的疑问之中，等他理解了，他不会再需要测试我对信仰的坚定不移。

当我拿着望远镜走出商店时，我想起父亲被从监狱放回家之后，带我去了天文馆，并给我讲解了宇宙的无限和时间的无法想象性。天文馆给我的印象并不深刻，一切都是人工制作的。但是那天碰巧是一个晴朗的夜晚，我走出屋子，在外面踯躅了很久，足有一个小时抬头望着天空。起初试图辨认几个基本的星座，但后来开始思考热物质的距离和巨大能量时，我开始头晕目眩。对无限的想象令我兴奋，同时令我不安。其实，我开始逃避它，就像逃避难以预测的沉重的死亡。信仰曾经是，当然是一种理想的逃避方式。事实却是，死亡的侵扰永远无法完全摆脱。最终上帝同样是不可思议的，跟无限一样。

* * *

若干年后我重读奥古斯丁，在学生时代我推崇他的直觉在于他把爱理解为基督教义的基础。现在我发现，他类似柏拉图，其思考缺乏足够的对世界以及自然的了解。因此，他的大部分结论来自预定的假设，没有证据可以宣布结论的不容置疑。超越时间和空间的神的存在，他如此解释：在时间和空间上人无法揭示至高的幸福和完美。我们可以超越时间和空间来展现所有美丽和伟大，但我们能不能展现自己，甚至自己的想象。

今天我们不必担心上帝这样的理由。我注意到了蒂尔广场不远处墙壁上的铭文。

死后的体验——简写为 A. D. E.

我都想再补上一句：神的迹象，在周三和周五，从十五点到十七点。

* * *

汉娜已经不去医院上班了，着手准备在我们位于教区的家里筹建慈善服务中心的所有事项。需要做的事情很多。我想到，房子的装修设计可以交给芭拉去完成，我很愿意我们两个能共同做某一件事情。但她拒绝了。芭拉说，我们不应该试探命运。

汉娜是幸福的，她想安装一个制陶用的转盘，再砌一个瓷窑，另外安排一个缝纫车间。救济委员会答应帮我找个人搞设计，免费或象征性地收费。我们也在考虑将来小区里有谁可以来中心工作，我想到了玛莎太太，她可以照顾残疾儿童，这项工作至少能给她带来些许安慰，起码在目前，她的丈夫夺走了她的亲生骨肉。汉娜则提议用玛瑞卡，她歌唱得好，还会弹吉他。我对玛瑞卡是否适合儿童工作，心里没有底，她太心猿意马（罗伊奇科喜欢玛瑞卡，喜欢还不能完全反映他们之间的关系）。我口上却说，我们可以用她试试。探讨慈善服务中心给我带来了意想不到的解脱,大概就像大海的漂流者看到了缓缓驶近的救援船舶。

然而,更为重要的是让我继续自己的那个平庸类比,是否在救援船上的人会看到幸存的漂流者?

*   *   *

现在我跟芭拉很少会面。她丈夫感觉自己康复了,把大部分的设计任务转给了她,闲暇时间里让她一心照顾自己。据说他常挂在嘴边,说生活对他失去了价值,他可以用离婚或自己的死亡来满足他,这样她就解脱了。

每次见芭拉,我看出她都在赶时间,然而从她那充满爱意的眼神里,我看得出,每一个动作都在祈求我的帮助。帮她什么呢?找到我们一起相守的意义。当初她带着对耶稣神性的怀疑和保留意见来找我,旨在希望我反驳她。但我失败了,我没有把她引向耶稣的爱,而是自己拥抱了她,开始谈自己的爱情,相比完美的人类之爱,这种爱缺乏完整性和纯洁性。

但芭拉却是为着寻找人类的爱来的,而不是她对上帝的怀疑,那只是一个借口而已。

人以行动证明自己的爱。因此,他会变得助人、忘我,会在心爱的人需要时立刻出现在他身边。也可以把它负面定义:它不伤害,不离弃,不说谎,不背叛。

但面对两个视自己为丈夫的女人,该如何表现呢?除了绝望的努力为得到至少部分的承诺和决心,还剩下什么?人为此付出又一次的背叛、谎言和欺骗。我想到,如果我决定了,不管怎样的决定,我会感觉如释重负。我可以继续我的工作,没有了那种觉得自己已经失去了宣讲《圣经》权力的感觉。然后我意识到,我已经无法继续,我的信仰已经不够!

至于西班牙之旅,据说丈夫告诉芭拉说,她去见鬼他都无异议,但萨沙不配这样的行程,他不能同意萨沙去。所以,他们哪儿也去不了。

我觉得奇怪,芭拉就这样毫无怨言地接受别人的意志。

"万一他采取什么行动呢?"她问道,突然又冒出一句,"嗯,那我开始学习西班牙语吧。"

* * *

两天前的晚上,我和马丁上完牧师课程回家,在课上我们谈到了赦免。有些人认为祛除信徒的负罪感是《圣经》直接给予的职责。其他人则争辩说,神父为自己篡夺了此项权利,从而不公正地凌驾于他人之上。

我认为,马丁对我说,这些争端都是人为的。如果一个人想高于他人,可以有上百个其他的机会。而人们总是会找某个人,那人告诉他们说,尽管他们的生活不尽如人意,但他们有希望,能够体面地生活。不是你告诉他们,别人也会这么做,但不会点出要害:你走吧,不要再犯罪了!

我意识到自己的生活也不尽如人意,也需要听到别人对我说,我有希望体面地活着。马丁肯定会满足我,甚至带着理解,但我想跟他谈别的事情,早晚我会跟他说的——我觉得自己应该停止布道活动,我想请他或玛丽接管我的教区,哪怕一段时间。

在地铁站我们分手了,随后发生了这样的事:我从赫拉特羌站上来,在地下通道看到一群醉醺醺的光头党围住了一个深肤色的男孩。不像吉卜赛人,更像印度人。这些人还没有动手打他,只是吼叫着推搡他。那些出地铁的乘客,远远地绕道而行,而警察呢,跟往常一样,见不到踪影。我走上前去,看到了那个被包围的男孩眼睛里的恐惧。

我虽然也感到害怕,但依然说:年轻人,你们为什么不放过他?在那一刻,我想不出别的招来。

其中的一个向我转过身来。你他妈管什么闲事？你也欠揍吗？说着狠狠推了我一把，我跟跄到一边。其他人也转过身来对着我，显然在犹豫收拾哪一个更合适。那片刻的犹豫可以让深肤色的男孩拔腿逃离，而我则混入自地铁上来的人群里。马丁说得没错：我们在课堂上争论的一切是纸上谈兵，跟现实生活关联不大。

既然我提到了警察和地下通道，我昨天还记录了另一件事。我走在我们街区的道上，突然一辆警车从我身边驶过，在街角停了下来，车里钻出四名警察。我远远望过去。他们掏出手枪，显然还上了膛，然后揭开道边的井盖，逐个钻下去。我盯着这种电影里的场景，但我没有见到摄影机或导演。我想知道，他们钻到地底下是为了抓捕黑帮或光头党、扫射大老鼠还是观看某个古怪的地下邪教的特别仪式？我走到敞开的沟渠边，竖起耳朵听了一会儿，想听到枪声、尖叫声或音乐声，但下边什么声音也没有。我觉得这四个男人再也不会上来了。

留下来的那个警察在车里坐着，看着我，面无表情。

* * *

春天里，萨沙的过敏症犯了，芭拉决定带他去海边，不管她丈夫说什么。她问我是否介意，如果她决定去巴塞罗那。

她的问题让我意外。

我将离开你一个星期，她解释说，你把我送向了世界，却把自己忘在了这里。

我说，我经常整个星期见不着她的面，虽然她哪儿也没去。

这是另一回事。她又问我是否还是一同前往。我用她上次的话回复说，我们不应该试探命运。当回到家里时，我突然想到，为什么我不能去找她，哪怕呆上一天呢？钱对我来说不成问题。这个想法挥之不去，尽管我知道我不会真的那么做。

*　*　*

梦：我走进高中毕业班教室，背着绘图板、毛毯和枕头。然后我意识到，很久以前我就毕业了，我根本不用去学校，于是我决定回家。由于我没有带外套和书包，我把钱包和装着证件的文件袋塞到后裤兜里。我知道这样做不明智，但我没有别的选择，因为双手都拿满了东西，只是每过一会儿我都要摸一下证件是否还在。当然，东西还是被人偷走了。好在丢失的是文件袋，如果丢了钱就糟糕了。幸运的是，我看到一个男孩从我身边逃走，我追上他一把抓住，开始搜身。他的口袋里装满了钱包，包括我的文件袋。我拿回了文件袋，向电车站走去。电车迟迟不来，却出现了一辆绿色巴士，轮子出奇的高。门边垂下一个滑梯，我想爬上去进到车里，但我突然想起我的毯子和枕头不见了。我不知道自己该怎么办，是坐上巴士还是去寻找失物。我看着汽车开走了，我却哪儿也没有去，站在原地发呆。

这是我的（我们的）境况：家庭在失去，但我们又没有勇气去找另一个。她，因为怕她的丈夫，我，害怕上帝，也害怕自己让那些相信我的人失望。我们两个都怕破坏自己孩子的家园。只是，哪里是我们的家园呢？既不在毛毯里，也不在身份证件里，要么我们带在身上，要么无法挽回地丢失了。

三

丹尼尔去兹林城参加了为期两天的教牧会议。他素来不是一个特别合群的人，也许因为这个原因他选择了牧师这么一个孤独的职业，虽然他时常面对众人讲话，甚至在主的晚餐上与大家一同体验神秘的一体，但同时他与他们是隔离的：讲坛，长袍和使命的排他性。而在不久前他还期待与同事们的聚会：在日常工作中越感觉孤独，他就越发愿意跟大家共处一室，分享同样的命运，探讨相似的疑惑，提出同样的问题。

他的一位年轻同事站到讲台上，询问的恰好是是否接受贞洁童女诞下耶稣，或玛利亚的贞操那几节经文是否仅展现了早期的圣经传统。另一种意见不仅谈到两个福音教士毫不迟疑地声称耶稣的王室身世，引用约瑟夫的血统（两人各执一词），而且事实上，其他两个教士没有提到玛利亚的贞操，这显然是因为不知道或不承认。

有关玛利亚童贞的福音书令丹尼尔心生疑窦，从中看到更多的古代异教膜拜的影响力，而不是不可理喻的神迹消息，他无法集中身心。这一段时期他心烦意乱，拒绝考虑任何看似遥远的东西，反复思虑切身的生活问题。

午休时，参会者们分成几个小组，丹尼尔和马丁一起去散步。

他们谈论了一会儿刚刚听到的话题。马丁认为，新约使命剩下唯一不容置疑的是上帝传播道德的消息。处女生子，如同驱除邪恶的精灵，面包的奇迹，惊涛骇浪的平息，和最终奇迹般的身体复活，只是早期基督徒们传奇性的编撰结果。

通常情况下，丹尼尔会跟他争辩，反驳他的异端想法，不是因为发现它像不可接受的妄想，而是因为跟他自己的怀疑产生了共鸣。对于不能接受基督故事的某一个信息，而把另一个置于神话想象的世界，他要说服的是自己而不是朋友们。

然而，这一次他沉默了。与朋友谈论神学问题有何意义，当他不能说出那个最困扰他内心的问题时？因为自己的生活他怀疑上面的宣讲。不挨饿，不仅内心里通奸，而且行了不义。也许他把自己的挫败看得过重。当今世界是允许失败的，可以减轻人们灵魂和罪孽的负担。

这属于什么范畴：当今世界？它让人认识到，一切都是允许的，只要不是明显的可证明的犯罪！

另一方面，我们怀疑我们的祖先所相信的东西，马丁又说，而且我们怀疑所有的传统。剥夺了传统的民族，就像一个失去记忆的人。

只是，什么是传统，同样由我们依然根据自己的审美和信念来界定。因为包括在传统里的可以是一切迷信、偏见和习惯：敲木头为了不吓跑健康，守护的天使。还有死刑，相信星象预测，平安夜的鲤鱼。谁在谢肉节的星期三空腹吃生白菜，他在一年里就不会迷路。教堂尖塔上的燕子粪可以治疟疾。谁有热病，就让他吃单数的小老鼠……

他们出城走到了田间，道路蜿蜒上坡。这一天暖和湿润，不似在一月里，只有远处的山顶覆盖着白雪。

他们走近低矮的山脊，突然冒出一辆马车，马车停了下来。无法看清马车夫的脸，马一动不动，远远望去似一尊雕塑。

"当初我在维索钦纳高地的时候，"马丁回忆说，"赫拉列茨村里就剩下一户穷苦的农民。他有一匹马，大概养了二十年了，它活过了自己的主人。主人在去世前希望由自己的马把他拉到墓地，而不要殡葬车。可是后来，怎么也找不来一辆可以拴在马后面的灵车。最后，我们把黑纱铺在平板车上，四周装饰上鲜花，然后抬上了棺材。"

"为什么你现在要提起这件事呢？"

"也许因为那匹在我们面前的马，或者因为我们正好谈到了传统。那个农民想保持传统。"

"这样的人越来越少了。"

两人默默地走了一段路，然后丹尼尔决定提出自己考虑良久的请求：需要有人替代他一阵布道工作。

"你要去做什么呢？你要外出吗？"

"有人让我去展出我的雕刻作品，"他解释说，"至少我想暂时摆脱一下所有工作。"

"你可以问问玛丽，也许她会愿意承担。"然后他顿悟，"然而，雕刻展不是最主要的原因吧？"

"不是。"丹尼尔回答。

"是个人原因吗？"

他犹豫了片刻。马丁是他最好的朋友，实际上是唯一真正的朋友。他们之间从未有理由隐瞒自己生活里发生的事情。但此刻他对自己生活的变化却缄口不想提。他感到倾诉的迫切需求。

当芭拉进入他的生活时，他只是觉得自己欺骗了妻子，但越来越意识到，欺骗传染到了跟他接触的所有人身上。一个隐瞒了生活里最重要事情的人，还能做什么呢？只能用话，用空话，用雾来遮掩自己的行为。马丁或许会理解他的心情，但不会认可他的行为，他的欺骗。他会说什么，丹尼尔事先就清楚：迷途知返吧！他也知道自己做不到。没有人能把他从陷阱中拉出来。此外，在朋友面前他羞于提起，羞怯感要强于倾诉的需要。

"什么不是个人的呢？"他反问。

"对不起，我没有想探听你的隐私。"

"我们还准备在家里建立一个慈善服务中心，"他岔开话题，"这是汉娜的想法，医院的工作让她厌倦了。"

当他们返回时，传达室给丹尼尔传话说，让他给家里打个电话。他的心一沉，汉娜通常不会找他，会发生什么事情呢？她和孩子们，也可能知道了芭拉的事，这种情况下，他得准备好一个解释。

他在电话里就听出了汉娜的恼怒。

"你不生气吧，我这样打扰你。"

"不，我没有生气。"既然汉娜没有生他的气，他意识到，发生的事情跟他不相干，"出什么事了？"

"唉，因为埃娃。我想应该尽早让你知道。"

"她怎么了？"

"没有，不是你可能想象的那样。丹，我跟她谈了很长时间，她也知道我给你打电话，是她让我给你打电话的。"

"嗯，到底怎么了？"

"她怀孕了！"

"这怎么可能……和谁？"

"和彼得呀。"

"不……"随后他说,"我马上回家。"

"其实不必,如果你那里还有事的话。我们就想让你知道一下。不要生她的气,现在已经没有意义了。"

四、芭 拉

午后不久,飞机降落在巴塞罗那机场。芭拉有点不安,因为她已经多年没有单独旅行了,而萨沙,这个飞行员的儿子,一脸满不在乎,这有什么呀,不就是个陌生机场嘛。他虽然双眼红红的,不时打个喷嚏,却双手提着他自己及芭拉的行李,找到了机场大巴的停靠站,大巴会把他们送到加泰罗尼亚广场。他早在地图上查好了,旅行社给他们预订的那家酒店,离广场仅几步之遥。

酒店超豪华,玻璃门前站着的门童,身着紫色制服,头戴红色的尖顶礼帽,大理石大厅,前台的服务员笑容可掬,他们让芭拉签完名,就把钥匙递给了她。萨沙推开准备为他们提行李的侍应生,自己把母亲带到了七楼。

"我们到了,芭隆卡,"打开房间门后,儿子告诉母亲,"我知道你更愿意在身边看到……"

"我的孩子,"芭拉掩住他的口,"也许我应该把你爸爸带来,但我从来没有撇下你呀。"

"这倒是实话,"儿子承认,"我们打开行李吗?"

"不,"芭拉决定,"我们来这里是为了看高迪,而不是整理那几件衣服。"她回忆说,一个月前她在家里第一次提到,全家可以一起去看高迪的建筑。萨姆埃尔打断她说,自己无意去任何地方,高迪在他看来,已属于时过境迁的问候,进入不了新的时代。随后他大发雷霆,说芭拉想借机摆脱正在进行的设计,还拉上懒惰的儿子,好像他整天游手好闲得还不够。芭拉回击说,她也有权利过几天清闲日子,而萨沙去海边,因为对他的过敏有好处。

萨姆埃尔大度地让步说，他不拦她，但她儿子的旅费别指望他出。

芭拉真想告诉他说，甚至连她的旅费也不需要他支付，但她轻描淡写地说，自己赚的钱足够付儿子的海滨疗养费了，而且还是医生建议的。萨姆埃尔对此当然不认可，芭拉懒得跟他为了钱争吵。萨姆埃尔自己在那里数落不休。芭拉一语不发，到了晚上，当她躺到床上时，她为自己无望的婚姻，为她全部的未来生活流泪了。

现在，她再次感到眼中涌上了泪水，不是出于绝望，她就想哭，因为几个月甚至几年来，她终于感受到了自由，远离了丈夫，她的痛苦之源，她平生第一次能与自己的儿子一起度过整整一个星期。以往当着儿子继父的面，她都不敢对儿子表露出自己的爱。

两人走出酒店。天空明净蔚蓝，海上吹来温暖的海风，二月份这个时候，布拉格的天幕上还宛如罩着令人窒息的毯子。萨沙的呼吸畅快无比。如地图所示，离酒店没几步就是高迪的"米拉之家"，因其色彩、不对称性和壮观被人称为采石场。

芭拉显然早就从图片上欣赏过这个建筑，深知语言对它的一切描绘都苍白无力。然而现在，当她站在它面前时，这恢宏的天才之作，震撼了她的心灵，平添高山仰止的神圣感。

他们很幸运，一群游客，像是专业团队，刚好进入房子里参观，芭拉加入了他们的行列，这样她便看到了圆形的庭院，沿着楼梯在无数个廊柱间透迤往上爬，从窗棂到巨型吊灯，一切都气势非凡。一路攀登到顶部天台时，两人发现自己身处一个奇怪的烟囱世界，每一个都可能是摩尔或米罗的雕塑。烟囱之间不时露出天空，远处群山绵延。芭拉像往常一样，站在高处会晕眩，但这一次不是恐高，而是因为美。她被深深感动了，她搂住儿子的肩膀吻了他，然后把相机塞给他，让他拍下自己跟一座类似盔甲巨人的烟囱的合影。

离开天台时，萨沙也赞不绝口，芭拉今天已经第二次流泪了。她因为幸福而哭，她哭，因为她恭恭敬敬伺候了十五年的丈夫，从来没有想到满足她的一个愿望，从来不会用微小的行动——感激和爱来安慰她。可是，表示爱又意味着什么呢，她都想离开他了？为什么人要痴情地跟折磨自己的人呆在一起呢？应该给那个善待和爱自己的人留出时间才对。

走出高迪建筑后，芭拉迫切的欲望并没有满足。因为萨沙更喜欢自然景观，他们叫了一辆出租车，去游览桂尔公园。穿过大门口童话般的房子，两人登上石台阶，那里盘守着一条令人生畏的巨蟒，穿过棕榈树阴，然后坐到了点缀着五花八门饰品的石凳上。

芭拉问儿子是否觉得无聊，承诺明天陪他去迪斯科舞厅，还去看足球、网球或斗牛比赛，只要这个季节有这样的赛事。此外，他们还可以出巴塞罗那城，譬如到山里去。萨沙回答说自己对这里相当满意，随后他想起继父，此刻坐在家里吞下大把药片，而无法享受这里的一切。实际上这样更好，如果继父在的话，他们就玩不尽兴了。

我们还是给他打个电话吧，芭拉说，犹如一股寒流从遥远的家里袭向她，几天后她又要回到那个魔窟，萨姆埃尔永远不会忘记她对他的藐视，撂下他带着儿子独自出游。她知道自己闯了祸，肯定会遭殃，但目前想象不出等待她的是什么。

他们还去了海边，眺望远处的货轮和巨大的吊车。绿色的浮标漂流在海港的水面上。芭拉注意到其中一个浮标上站着两只海鸥，如此完美对称地，一动也不动，让芭拉几乎不相信它们是真实的，而不是雕塑，她目不转睛注视着它们。萨沙尽情呼吸着，吸入海的气息，里面没有让他窒息的舞动的花粉。至少一刻钟过去了，海鸥依然一动不动，那般完美和对称，芭拉在心里对丹尼尔说，一样的完美秩序，就像萨姆埃尔梦想的那样，这意味着生命的终结、艺术的死亡，因为不能挪移和运动就排除了惊奇。然而艺术始终追求对称：在绘图、诗歌、和谐、建筑和装饰图案里。寻找天堂，同时有死的冲动，跟宗教不也类似吗？希望以秩序、规章和禁令来束缚生命和爱，为人们的过失构想出罪名，这样便删除了生命里的自由和运动。好在不时有散漫的精灵出生,类似高迪那样的,挑战现有秩序和对称性,挽救生活。

终于,同样服从生活规律的那两只海鸥,同时一飞冲天,在海浪上空翱翔。

芭拉和儿子往回走时,顺路到了花鸟市场。萨沙很兴奋,看到了彩色羽毛的亚马逊鹦鹉、巨嘴鸟和凤头鹦鹉。他想买一只带回家,再给继父买一条头饰,让他有酋长的感觉。弟弟阿莱谢克对鹦鹉肯定欣喜若狂。

"别胡来,"芭拉呵斥他,"带一只鹦鹉回家,它会饶舌学我在电话里对别人说我爱你。"

出去吃晚饭前,芭拉从酒店给萨姆埃尔打了电话。电话机旁有清楚的指令,她拨了布拉格的区号。

萨姆埃尔拎起话筒回话了,这表明他活着,不再纠结。芭拉告诉他,他们顺利飞抵了,巴塞罗那美极了,可惜他没有跟他们一起去。高迪令人难忘,萨莎在这里好受多了。

萨姆埃尔没有搭理,芭拉问他过得怎样,对方依旧沉默。电话断了,也许是线路中断,或许是萨姆埃尔挂了电话。

芭拉重新拨过去,对方不再接听。萨姆埃尔对不服从自己的女人无话可说。

这种屈辱,芭拉感觉就像她伸出手去,对方却拒绝相握,她意识到自己盲目的谦卑,她应该给丹尼尔打个电话,告诉他自己爱他。于是她拨了另一个电话号码,电话响了很久,终于听到一个女孩的声音。芭拉于是问玛格达爸爸是否在家里。

"他在上圣经课呀。"玛格达还问了是否需要给爸爸留言。

已经是晚上了,母子俩再次上街,找到一家主营加泰罗尼亚美食和葡萄酒的餐厅,价格合理。服务员给他们选了一个靠窗的桌子,可供五人坐,现在空着。芭拉用新学到的西班牙语点了三种不同的鱼,给萨莎要了橄榄兔肉配米饭,又点了红葡萄酒,给萨莎要了橙汁。

萨莎想逗母亲开心,大声读着导游图上的旅游景点:哥特式桥和城堡，罗马时代的要塞，诗意的圣波尔滨海，卡斯特洛-德姆普里耶斯，托罗埃利亚-德蒙特格里，本德雷尔——卡萨尔斯①的出生地，去比利牛斯山也不太远。

"我的孩子，"芭拉打断他，"我们在这里仅呆六天，无法把所有的景点都一一看到，我也爬不动山，唉，吸烟把我的肺毁了。"

萨沙翻阅了一会儿《会话手册》，用西班牙语宣布说："好吧，我有点饿了。我去拿点别的东西。"芭拉问他是否来一杯冰淇淋，她第一次温暖地体会到儿子是她的保护神和同伴，是那个可以最早和最后分享不寻常消息的人，芭拉真想拥抱自己的孩子，跟他说：对不起，我搞砸了生活，然而她只是说："来一个双球冰淇淋吧，想吃什么随便点好了。"

侍者在端来冰淇淋和芭拉的第二杯酒之前，跑来抱怨说今天客人异常多，然后礼貌地询问，能否往他们的餐桌上加一个客人。

芭拉应允了，反正一会儿他们就要离开。服务员领来了客人，一位男子，看起来更像一个黑黑的魔鬼，长着一个大鼻子，阿拉伯人那般黑色的长头发，高高的额头跟芭拉一样，眼睛更黑，嘴唇宽宽的。他一身黑色打扮，只有衬衫是雪白的。他躬下身子，用西班牙语说打扰了，然后自报姓名。芭拉只记住了名字，似乎叫安塞尔莫。芭拉也自我介绍，还告诉说萨沙是她的儿子。

萨沙疑虑地打量着眼前的家伙，带有明显的不悦，他只想和妈妈独处，便说不想等冰淇淋了。但芭拉说已经要冰淇淋了，也不着急赶路，坐在这里还是很舒适的。

恶魔安塞尔莫听到他们交谈的陌生语言，用英语问他们来自哪里？芭拉说，从布拉格来。

"哦，布拉格，布拉格。"男子说，五年前他去过布拉格，在画廊看到了古典主义时期的毕加索，并问她喜欢毕加索吗？

---

① 卡萨尔斯（1876—1973），西班牙大提琴家、指挥家。

芭拉说自己很少有机会看到他的原作。

那么你不应该错过机会,在这里可以看到毕加索年轻时候的藏品,因为不看到这些,我们便无法理解他的天才。一个人在十四岁就掌握了绘画技巧,画起来像达·芬奇或凡·戴克那般,那他肯定必须打破旧的形式和习惯,不断寻求新的表达风格。

芭拉说,她肯定会去博物馆,他们在这里还有六天时间呢。

如果您允许,那位男子主动提议,他可以陪同,他将感到荣幸能陪伴布拉格来的美丽女人和她的儿子。

芭拉对他笑了笑,不置可否,而萨沙双眉紧皱。他几口吞下冰淇淋,可恶魔抢先又给芭拉要了一杯酒。

安塞尔莫先生慢慢吃着龙虾,一边用磁性的嗓音说着甜蜜的话,他讲到了毕加索和达利,他尤其挚爱和钦佩达利这位天才巨擘,虽然是个怪人。他跟达利说过好几次话,还写了一部研究著作,遗憾的是,从布拉格来的女士西班牙语懂得不多,即便如此他也愿意送她一本自己的著作。艺术史是这位恶魔的专业,他专门研究达利。如果芭拉有时间,他可以开车载她去大师的出生地菲格拉斯。

"芭隆卡,"萨沙告诫她,"我们该走了。"

可芭拉并不想离开,口中饮着沉重的散发着豆蔻气味和加泰罗尼亚阳光的葡萄酒,看着面前的家伙,她已经不太理会他说出的话,而是他的音色旋律,他眼神里透出的信息,他没有通过嘴来表白自己对她的欣赏,请求跟她约会,拥抱她,甚至慢慢褪去她的衣衫,抚摸她的乳房。芭拉意识到自己的自由,绝对的自由,没有人监控她,她可以为所欲为,她庆幸自己深得男人欢心,对方看她的眼神就让她产生了快感。

她还听了达利小时候的故事,如何亲吻垂死的马匹裸露的牙齿,五岁时如何将更小的男孩从桥上推下去。她不知道这一切是否真的发生过,抑或都是无稽之谈,就为了填补相识到做爱之间必须过渡的时间。

萨沙再次催促母亲离去,而她却让儿子先回酒店,如果他感觉累的话,她很快会去找他。但儿子拒绝了。

芭拉意识到萨沙决定看护自己,倒没有觉得这是对她自由的干涉,她很感激儿子没有抛下她,听任那个魔鬼,听任冲动摆布自己。

"再喝一杯。"她对儿子说,再一次让那个甜蜜迫切的男性声音在身边摇荡,现在谈论的是爱情,当然,是达利对加拉的爱,唯一的、忠诚的、鼓舞人心的爱。

芭拉的舌头已经发僵,她用含糊的英语问,唯一的,忠诚的,鼓舞人心的,指爱情还是指加拉夫人?安塞尔莫回答说,爱情和那个美妙的女人都是,现在他想起来,她也是俄罗斯人。

这个"也"字伤着了芭拉。恶魔去过布拉格,位于俄罗斯的布拉格。嗯,至少在他面前有个借口,可以借儿子的名义离开这里。于是她说,我必须说再见了。她有点遗憾,她知道再也不会见到这个男人,相识和做爱之间的时间已经过期,不会再复返,它是如此美好,令人兴奋和自由度过。她招呼侍者,但安塞尔莫没有让她付账,他感谢她的陪伴,如此美妙的夜晚,希望不是最后的。现在他要送芭拉去酒店,如果她愿意,明天他还会带她和儿子去菲格拉斯或者他们想要去的任何地方,然后把自己的名片塞给了芭拉。芭拉无比热烈地表示感谢,让他亲吻了自己的手,但拒绝坐他的车去酒店,因为她希望和儿子一起走走。她把酒店的名称告诉了安塞尔莫,那是她在去桂尔公园的路上看到的酒店名,还编了房间号,可怜的恶魔都仔细记了下来。芭拉在门口再次转身,向欣喜若狂的达利专家挥手道别。

"不生我的气了吧?"当他们走在巴塞罗那温润的夜色里时,芭拉对萨沙说,"不要指责老妈,在高迪城市的第一个晚上就跟别人调情。"

他们走到酒店时已是凌晨一点半了。

萨沙在洗澡时,芭拉想到应该给丹尼尔打个电话,告诉他自己遇到了高迪的灵魂,还有一个美丽的活生生的加泰罗尼亚人,那个人爱达利,肯定也爱她,因为他觉得,她跟加拉夫人一样也是俄罗斯人。但是,丹,她告诉他,我爱你,只爱你,在这里,在我所在的任何地方,因为你是我见过的所有人里最善良的。我遇到了他们中的很多人,我曾以为,很多人值得我爱,虽然我并不真正知道那意味着什么,直到我遇见了你。拿起话筒,话筒里的声音悠长和哀怨,可她忘了应该拨打哪个号码,也忘了捷克的代码,她需要问萨沙,萨沙肯定知道,因为他年轻,而且晚上只喝了橙汁。

萨沙从浴室出来时,妈妈已经睡着了,手里握着话筒,忙音悠长而哀怨。

五

丹尼尔回到家已是夜里。马瑞克和玛格达睡着了,汉娜在看电视。生活风平浪静,一片祥和,汉娜拥抱了他。"太好了,你回来了。"

"埃娃在哪里?"

"她在楼上,自己的房间里。"

"你们刚才谈了吗,她准备怎么办?"

"当然,最好还是你单独跟她谈一下。"丹尼尔爬上楼梯,敲了女儿房间的门。

埃娃坐在桌旁,面前有一本翻开的书。她赶紧挪开椅子站了起来。"嗨,爸爸。我还以为你明天回来呢。"

"原来那样计划的,但出现了变化。"

"你生我的气吗?"

"我更生自己的气,我居然引狼入室。"

"可是我爱他。"

她迎面站着,他恍惚觉得,伫立在他面前的是他的第一任妻子,用完全相同的语气在说：我爱你。他也许值得她爱，不是个废物，至少当时是那样。

"埃娃，你确定了吗？"

"什么？"

"怀上了他的孩子。"

"是的。"

"你还爱他？"

"是的。"

"为什么？"

沉默。

对于这种问题不存在答案，说什么她都无法解释清楚。如果那个混蛋现在就在他手里！

"怎么发生的？"

"这种事情就这样发生了。"

"谢谢你的解释。我没想到，我没想到你会这样。有多久了？"

"近三个月了。我不敢告诉你，我还以为，它会自行消失。"

"即使你喜欢他，你为什么要这么做呢？"

"我担心他会不理我，如果我不让他那样。"

"多美的爱情啊，你居然以这种方式来抓住他。"

"如果爱一个人，就希望完全合为一体。"

"但他会被判刑，关起来。不要说完全或部分，你们连在一起都不可能！"

"也许不会判刑。"

"你很清楚，他会。"

"也许可以想想办法……"

"埃娃！"

"嗯，爸爸。"

"我以为，我相信你会读完音乐学院。你会弹钢琴，弹得很出色，虽然你妈妈已经看不到这一切了。"

"我知道，爸爸。"

"那你想干什么？"

"在学校里吗？"

"在学校里，还有在生活中。"

"我不会辍学的，学校让我暂时休学。"

"那彼得呢？"

"我会等他，"她的回答不出所料，"如果彼得愿意，我们可以结婚，在那里结也可以。"

"如果他愿意！也许这取决于你吧，你是否愿意！你未必非要嫁给他，就因为你怀了他的孩子？"

"我要嫁给他，因为我爱他。"

"你可以和我们在一起生活，"他打断她的话，"带着孩子。你不必跟那个你了解很少、人品不怎么样的人结婚。"

"他是个好人，只是不幸而已。"

"埃娃，你知道，我一直在努力，也几乎有责任相信，每个人都是好人，每个人都可以改好。但这个人是如此不幸，如果你这么看他的话，他给身边的人都带来不幸。"

"不，他只是需要知道有人爱他。"

"你爱过他呀，结果呢？"

"他需要赚钱。"

"他可以工作。"

"他工作了。"

"多久？"

"他必须还债，还有，他需要钱给自己买……"

"什么？"

"你知道的，爸爸。毒品。"

"不，我不知道，你知道了也没有告诉我。你跟他有了孩子，还要嫁给他吗?"

"我不想要孩子的。可它发生了。"

"你自己应该想得到。"

"我也没有推托啊。"

"你知道吗,这个孩子可能已经受到了伤害?"

"不会的,爸爸。我已经不吸了,自从上次我告诉你之后。"

"但是他一直在吸,你亲口说的。你能想象你与一个瘾君子的人生吗?"

"不,"她恶狠狠地说,"我不知道什么样的生活在等着我。没有人知道未来是什么,什么是好,什么是不好。"

"你们俩肯定不会好。"

"你认为别人会更好吗?有些人比瘾君子做的事情更糟糕。"

"比如?"

"他们偷盗,撒谎,彼此无情无义。"

"不是所有人都那样。"

"爸爸,你对生活知之甚少。"

"这句话彼得曾对我说过。"

"前一阵有一个男孩说,有残疾的人都应该消灭,失能的老人同样。"

"你在哪里听到的?"

"在迪斯科舞厅。"

"他们说说而已。"

"不是的。"

"讨论舞厅里的人没有意义。我想跟你谈你和彼得。"

"他人不坏,他爱我。"

"埃娃,你要有头脑,不能一意孤行。"

"你认为他为什么要注射?因为他觉得什么都没意思。"

"这是借口。"

"不是。我体验过的，当你注射了，或者只吸了大麻时，整个世界都变得美好，你都不希望回来。"

"孩子是要出生到真实的世界里的。"

"我知道了，爸爸。我知道我让你失望了。"

"问题不在这儿。这不是关系到我，而是你和即将出生的孩子。他如何生活？"

"我会照顾他！"

"你想怎么照顾？你连自己都无法照顾，你都觉得这个世界很可怕！"

"我不觉得这样。不过，他会帮我！"

"谁？彼得吗？"

沉默。"那上帝会帮助我的。"她最后说。

"但愿。"他说，"我们也会帮你，但如果你自己都不知道该怎么做，没有人能帮上你。"

她转过身去，背对着他，他看见，女儿的双肩开始颤抖。

丹尼尔也想哭，但他早已忘记了怎么哭。

"不要谴责我，爸爸，"她哭着说，"你看着吧，我能做到的。"

他没有权利谴责女儿，宁愿女儿谴责自己，假如她了解了他的一切。

六、萨姆埃尔

自芭拉和儿子从西班牙返回那天起，萨姆埃尔就拒绝跟她说家庭需要以外的任何事情。有关设计方面的提示，他通过书面说明。如果芭拉向他汇报什么，萨姆埃尔要么默默听着，要么听了一半就转身离去。芭拉的表情自然高兴不起来，乞求丈夫的和解，因为她爱他，因为他是她的依靠，因为在沉默里生活无法继续。他依然沉默，芭拉的眼睛里便涌出眼泪，她去找孩子们，或者回到自己的房间，关上门。

不能否认，她尽责尽力了，尽量不惹他发怒。她真的很难过，但她的苦难对萨姆来说算什么呢？

必须跟这个反复破坏规矩的女人同住一室，这不仅毁了萨姆，也破坏了生活赖以建立的秩序。多年来，他试图给她解释，没有结果，相反，芭拉越来越叛逆，居然在三月中旬工作最繁忙的时候，带上儿子，那个儿子连学也不上了，两人可不是去克尔科诺什山旅行，而是到了欧洲的另一端。为什么？芭拉借口萨沙的过敏症，实际上她在向他明确示威，她蔑视他控制的一切，他希望的一切。她在向他证明，想做什么是她神圣的权利。显然她也没有觉得，这个玩笑需要投入许多资金，这笔钱完全可以用于工作室的发展上。然后她假装不知道丈夫为什么对工作室不屑一顾。他还有什么理由继续那份显然被妻子藐视的工作，继续打造妻子一挥手就破坏殆尽的作品，一旦他从世界上消失？

萨姆埃尔每周去设计室两次，检查工作进展，布置任务，但他自己没有兴致设计什么，创造什么，营建什么。他不再工作，为了向芭拉显示，是她使他的人格本质遭受了重创。

他叫苦连天。日子在他面前张大嘴巴，他一动不动地凝视着，思考哪一天将是最后一天。在绝望中他研究如何能改变自己的生活。是否可以回到他的第二任妻子那里？他们好几年不联系了，但他知道她独自生活。也许她会接受他，至少不会摧毁他。但是，如果他这么做，他会让自己唯一的儿子失去父亲，跟他的两个女儿一样。此外，所有关心他的人，如果看到他回到他十五年前离开的那个老女人身边，会认为他的生活一败涂地。没有人会相信他真心自愿离开那个其他人看来美丽、可爱和有吸引力，对每个男人，除了自己的丈夫，表现得和蔼甚至诱人的女人，他之所以离开她，是因为无法忍受跟她在一起生活了。当然，他还可以找到别的女人，也许更年轻，更可爱，但不乖戾的女人，或至少找一个情妇，但背着妻子的行为是可恶的，除此之外，开始第四次新的生活，他似乎没有这个力量了。

有一段时间他又有了养一只狗的想法，随后他意识到狗会扰乱他的生活，需要他照顾，需要投入时间和兴趣，而不会理解他要求的秩序，只会添乱，芭拉和她的两个儿子在家里就够乱的了。

芭拉在自己的独白中请求萨姆埃尔别折磨自己了，去看医生，去找心理医生或精神科医生，开一些抗抑郁的药，去接受心理治疗，或者至少给他建议如何克服自己的抑郁。她这么说，实际上在谋划让他出家门，关进精神病院里，失去自主权，剥夺他的儿子、财产，最终剥夺他的生命。

他的生命同样即将结束，不是芭拉让他丧命就是他自己，他还剩多少年呢？失去了希望、意义和舒适感，生活是不会长久持续的。抑郁损伤心脏，会助长恶性肿瘤。

死亡早就在向他招手，而死亡洞开的空虚震慑着他。他生平第一次厌恶自己的父母，他们从来不与他谈论灵魂，而自己苦涩无奈地离开了世界。他厌恶自己的青春时期，除了处理材料和数字没有时间做别的，头脑里整天是无数的公式、定义、建筑计划、方向特征、示意图、平面图和立面图，但没有一点点空隙考虑自己存在的意义，他到底是谁？他是怎样出现在这个宇宙的海洋里的？

有趣的是，这一年芭拉去了几次教堂。当她第一次去那里时，他曾怀疑她以此想遮掩其他图谋，可当他仔细盘问了教堂里的活动时，她满怀热情地把讲道几乎完整复述了一遍。他当时开玩笑说，她在老年时进了修道院，芭拉回答说，在他们的婚姻以及和男人的体验之后进入教堂，实际上对她来说是一种真正的解脱，但她找的是新教，没有修道院。

也许她只想寻找摆脱空虚的出路。也许我们所做的一切都是在寻找一条走出空虚的路径，忘掉虚无。

当初如果他对芭拉感兴趣的事情没有明显表现出鄙视，那他会请求芭拉去教堂时带上他。

在芭拉违背他的意愿带着儿子去西班牙的那几天，他去了位于老城的一个教堂，但站在大理石、巴洛克式的古典和如织的游客中间，他感觉一点儿也不好。讲道他听不进去，弥撒就像冗长的游戏表演，早就引起不了任何人的共鸣。

他突然想起第一次遇见芭拉时，有一种似曾相识的感觉。上次去布尔诺的途中他年轻的同事翁德拉提到过信仰轮回说的印度教派，说死亡带走人的一个躯体，而上帝或命运会提供一个新的躯体。翁德拉说这个教派在咱们国家也有成员。

他为什么不去找这个教派呢，既然芭拉和儿子可以周游世界？

他在目录里发现了一个经营素食餐厅的教派名称，还附有地址，以便让人了解和看到更多的东西。

星期日，在芭拉下班之前，他开车驶向城市的另一头，在厂区和灰色预制板楼之间矗立着几栋别墅，据称寺庙就在其中的一栋里。

在门口萨姆埃尔犹豫了一下，随后出现了一个年轻女人，裹着粉红纱丽，听说萨姆是来找他们的，立即请他进去。

必须脱鞋，上几步台阶后他进了一间不太大的祈祷室，面前是神龛，放着做工粗糙和俗气的几个神雕像，围着艳丽和低级的假花。房间里挤满了人，大多是年轻人，都双腿交叉坐在地板或小垫子上。男人大都剃光头，身着白色或粉红色的长袍。

在一面斜挂彩色印刷品的墙边，端坐着祭司或某个大师，面前的麦克风里演奏着异国情调的键盘乐器，大师颂唱着单调的曲子。

萨姆埃尔在房间里靠后的一个坐垫上坐下来。后来才注意到，这一块地方显然是专为妇女保留的，但他不敢起身走到前面去，怕这样会扰乱仪式。

祭司或大师一直在咏唱同一个曲调，重复同样的话，一遍又一遍引诵克利那祷文，房间里的人和声唱着，有人用手打着节拍，其他人则敲击着小鼓或铃铛。

旋律侵入心灵，他感觉身边的几个女人被催眠似的仆倒了。

他希望自己也沉浸到旋律里，调动起那一股未知的力量，但他的心态不够放松，随着单调旋律的一再回放，他的思绪离仪式，离这个集会越来越远，以往成功的建筑设计和他支离破碎的婚姻在他脑海里萦回交织，克利须那，克利须那，克利须那，哈瑞，哈瑞，哈瑞·拉玛，哈瑞·拉玛，拉玛，拉玛，走近他的女儿们，被他抛弃的、称呼他为爸爸然而对他没有感情的女儿们。那些他曾帮助过的人，给他们安排工作，无私地教给他们知识，唯一要求他们做的，就是至少具有一点点敬业精神，不然建筑会坍塌，砖石会瓦解，但依然没有朋友，在世界上也没有一个人对他说：我爱你。人的一生，有高峰有低谷，随着岁月的流逝他越来越看透，一切努力、自我控制、绵绵情话都是空的。

他想着妻子，那个伪装自己爱情的最后一任妻子，她对他已经没有感觉，也许除了被他的愤怒激发起的仇恨或恐惧。他眼前突然出现一个名字，他无法确定来自身心何处：玛丽·安。他在内心呼唤妻子：玛丽·安！他似乎发现了她的真实姓名。承认吧，你恨我，你想灭我！

这时一个年轻的光头男子走向神龛，拉上窗帘，大师唱罢歌，开始讲经。他首先肯定人们都是善良天真的，但他们被误导，变得不耐烦，佛法正在下降，当今时代是迦梨时代①，出现争斗、仇恨、反叛和对物质幸福的欲望。人们希望享受一切，类似动物，这样很容易坠入玛雅——那个物质世界的统治者设计的陷阱。这导致人们忘记主克利须那。有必要提升自我于自身之上，指向最高的自我，这就是克利须那，他不要求我们放弃一切，只是希望我们的一举一动，带着克利须那的理念去实施。我们需要吃、睡，生育孩子，我们是精神与物质的结合。但是，我们所有的需求必须符合人，而不是像动物。人应该

---

① 印度的世界纪元学说，迦梨时代也就是铁器时代，这是物质的时代，也是罪恶的时代。

像哥斯瓦米①,不仅控制自己的感官,还有自己的头脑。

大师讲罢,开始分发装在金属盘里的供食,异域香料的气味弥漫开来。萨姆埃尔也得到一份。

现在每个人都无声而恭敬地享用着食物,他觉得这里被一种人人都遵守的秩序统治着,他还没有弄明白其合法性,甚至来源,但能感知它的无处不在。他想,如果他的最后一个妻子玛丽·安来到这里,她肯定会逃走,就像一个邪恶的幽灵看到了十字架和《圣经》。

用完餐,一个青年坐到他身边,跟他交谈起来,欢迎他加入,告诉他更多有关最高神性克利须那,有关阿特曼②,身体里生命的火花,不断进入新的身体,直至达到完美,从生和死的循环中解脱,然后与宇宙灵魂合并,从而得到净化,达到真正的同一性。如果人的生活不如意,被事物钳制,伤害他人,他的灵魂就遁入不好的躯体,会进入狗、猫或猴子的体内。

萨姆埃尔点点头,尽管这一切听起来遥远,与他迄今的生活太不一样,但他努力倾听,最后当年轻人邀请他常来时,他表示感谢。

三个星期后,那时芭拉和儿子回到家里了,他跟她已经不说话,他又去参加聚会了,再次聆听相同的他听不明白的神曲,倾听他至今不了解的对秩序的解释。他听到,跟其他人一样,他也是个好人,只是被腐蚀了,但有希望克服腐朽,加强真实的自我。他食用了美味的素食。当他回到家,突然发现,玛丽·安是一个多重凶手,毒死了几个男人,包括自己的孩子,杀最后一个男人的时候,她的年龄和现在的芭拉正相当。她在一百多年前被处死了。

没准,他在前世是她的受害者,而现在他回想起来了?没准,两个人的灵魂在今世再次相遇,悲剧性的错误把命运重新结合在一起?

---

① 哥斯瓦米是主柴坦亚的嫡传弟子,主柴坦亚则是主克利须那于1486年在印度孟加拉国显现的化身。哥斯瓦米以其严格的苦行生活著称。

② 古印度梵文,灵魂的意思。

似乎又不可能,没有任何迹象提示他曾经的共同生活,只有那形象和名字,他那时可以在报纸读到形象、名字和简短故事。

他回家时,芭拉在客厅熨衣服,一边收听收音机里的钢琴演奏会。玛丽·安抬头看了萨姆埃尔一眼,甚至朝他微笑了一下,问他今天过得好不好?要不要吃饭?他拒绝了,说已经吃了。

芭拉问吃得是否可口,他说好。他没有进自己房间,这几天都如此,他坐到沙发里,不说话。他在思考灵魂是否能化身进入另一个身体,这听起来很奇怪,但它是真的,也许数十亿人相信这种说法。但如何解释似曾相识的感觉,他读到过,也亲身经历过?

然而,如果这种事情确实发生过,有可能那个女杀手的灵魂再次附身了人体,会继续下毒害人?从她被绞死那时起,她总共转世多少次了呢?

他觉得这一切很怪异,可能性不大,可又如何解释与日俱增的危险感,自己每时每刻意识到芭拉的背叛,在每一句话、每一个动作里?

他突然想到,问:"你想喝杯茶吗,玛丽?"

芭拉迟疑了一下,然后转身问道:"你在问我吗?"萨姆埃尔盯着她,沉默。他看到芭拉的脸红了。

玛丽·安继续熨衣服,萨姆埃尔站起来,调低音乐声。芭拉问:"你为什么叫我玛丽?"

"你为什么要回应呢?"

"没有别人在啊!"

萨姆埃尔沉默。

"萨姆,你疯了!"芭拉惊骇。

"我要喝茶。"萨姆埃尔向她要求。

芭拉关闭熨斗,走进厨房,身后的门没有关严,所以萨姆埃尔看到她的身影消失又重现。看着她往水壶里放水,然后切换电源,水在水壶里无形地升温。芭拉准备茶杯,放入一袋茶包,然后去拿水壶和别的东西。他又看到她,把水冲入茶杯,然后从一个小袋里撒入一些粉末,用茶匙搅拌。一杯毒茶准备就绪。他揭开了芭拉的真实身份,这样便加速了事情的进展。她无声地把茶递给他,重新打开熨斗电源。

"你不喝吗?"他问她。

"谢谢。我刚才喝过了。"

"你可以喝我杯子里的!"

"不,谢谢你。"

他站起来,端起杯子,递给她:"喝!"

"不要逼我,我不喝!"

"你往茶水里倒了什么?"

"你什么意思?"

"你从一个小袋子往里撒了东西。"

"你指糖吗?"

"我指小袋里的东西。"

"那是糖。"

"袋子里是糖?"

"能是别的东西吗?"芭拉进厨房拿来了袋子:晶糖,重量五克,卫生包装。袋子顶部撕开了,袋子里是空的。什么时候撕破的,是否更换了内容,无法识别。

"如果里面装的还是糖。"

"不是,里面是毒药,神经病!"

"那你喝啊!"

"我不喝,别烦我。你真是疯了。"

一股莫名的怒火升腾起来。他扑过去,把茶水硬往她嘴里灌。

"那你喝吧,既然里边放的是糖。"

"少来烦我。"芭拉重新拿起熨斗,熨他的衬衫。

萨姆埃尔起身进自己的房间,打开办公桌底部的抽屉,在一堆旧的设计图下面藏着一把手枪。他掏出枪支,填上子弹。回到大厅。"看着我,玛丽!"他命令芭拉,用枪瞄准她。

"你发什么疯?"

"拿起茶杯,把水喝掉。"

"你上膛了?"

萨姆埃尔不说话。

"你真是疯了!"

"喝了,婊子!"

"不,"她说,"我不喝。我不想喝。"

"难道你不害怕?不要逼我!"

"我不想喝茶,就不喝!你开枪吧!"芭拉歇斯底里喊道,"打死自己儿子的妈妈,这下我省心了,也省得你烦我!你以为我们还能过下去吗?"芭拉端起茶杯,往前一步,萨姆埃尔往后退去。"我真想泼你脸上,"芭拉叫嚷,"但我给你留着,你拿到警察局去,让他们给你验一下。"她转身离开客厅。萨姆埃尔听到她房间的锁锁上了,传来几声歇斯底里的呜咽,然后沉默。

拿上茶杯去警察局报案,这种事情在萨姆埃尔的生活里还不曾发生过。他把枪放到茶杯旁边,犹豫了片刻,不管三七二十一,端起杯子一饮而尽。

七

诉讼在一个小议事庭进行,只有三条长凳供旁听,两条都空着。

公诉人是位女性,看上去比汉娜还年轻,她的表情很慈祥,并不显得严厉,如果不是穿着长袍,无法猜出她的职业。同样,如果有人见到不穿长袍的丹尼尔,也可能猜不出来他是位牧师。庭长是一位老先生,为彼得辩护的卡奇施博士说,庭长在共产党执政时期就任法官,人很正派。

原告指责彼得窝藏和销售毒品麻黄碱，主要危害未成年人。彼得对犯罪事实供认不讳，但他拒绝说出毒品的来源，只说跟毒贩定期在布拉格共和国广场碰头，对那人的身份不了解。另外，那些卖毒品的人，他也不认识。虽然被告声称自己只卖出少量毒品，但他的供词不可信，因为他曾经因同样的罪状被起诉过。公诉人说起毒品的危害，并不完全针对彼得，它损害甚至毁掉年轻人的生活，据估计有三十万年轻人尝试毒品，其中约百分之十三的年轻人吸毒成瘾。在这种情况下，被告的行为对社会构成极大危险，他的行为动机应受到谴责。利欲熏心使他无视上一次的刑罚以及社会给予的关怀。虽然被告矢口否认，但很明显，他参与了有组织的毒品生产和销售。我们的社会尤其是未成年人理应受到保护，原告要求判决被告上限一半的量刑。

丹尼尔觉得坐在被告席上的似乎是他本人。他的喉咙发干，额头像高烧一样发烫。埃娃挨着他，一动不动坐着，双眼紧盯着公诉人。她会怎么想，当她听到她肚子里孩子的父亲这么多负面的审判时？

他无法承受，他的女儿将成为单身母亲，而且怀的是一个欺骗了她以及他的信任的罪犯的孩子。他试图说服她，宁愿跟孩子一起过没有父亲的生活也比跟一个屡教不改、无法正常过日子的人绑在一起强。但埃娃坚持说，彼得人不坏，只是小时候没人管教，缺失爱。爸爸，你不也总宣传，人生活在爱之间有多么重要吗？

是的，在真正的爱之间。

什么是真正的爱？如何识别？她自己回答，真正的爱意味着不离不弃，即便对方让自己失望。

丹尼尔至少说服了瓦格纳博士，让他为彼得做辩护。博士的辩护基于这样的事实：彼得不是职业的毒品经销商，他贩毒只是为了赚钱，他是个不会区分现实和想象的梦想家。他让丹尼尔放心，他能以"第一条"，即相对低的量刑为彼得赢得辩护，尽管他属于再犯，没有条件保释。

审讯开始。彼得承认,他有罪,因为他给路过的行人销售过几次毒品,但从来没有卖给任何新手。

他怎么知道这一点,既然他强调卖给了陌生人?

"这看得出来。"

"所以,您在这方面很有经验!"

"即使有,那也不是卖毒品能获得的。"

"那您怎么获得的?"

"靠自己和朋友。"

"您长期吸毒吗?"

瓦格纳抗议,说吸毒不属于起诉内容。

法官认为,它能说明被告人的性格。

彼得说,他不记得了。他只知道,他感觉不好的时候,毒品能帮他挺过去。

"您为什么感觉不好?"

"我没有爸爸,继父恨我。他打我,也打妈妈。所以我从家里跑了,哪儿能呆,就呆在那儿。"

"有团伙?"

"我有几个朋友,让我在他们那儿睡。"

"您靠什么生活?"

彼得想了想,然后说:"但我没偷。"

"或者,恰好您没有被抓住。"法官说。

"您自己制作毒品吗?"

"生产吗?"

瓦格纳再次抗议。

"我从来没有尝试过。"彼得说。

"当时您几岁?"

"不一样。我第一次逃走时,十三岁。"

"那是您第一次使用毒品吗?"

彼得回忆。

"您应该记得生活里这么重要的事情!"

"我不记得了,是否在那年,但很早。每个人都注射。"

"他们是谁?"

"朋友们啊。"

"你们那一伙!您跟他们一直在接触?"

"没有。"

"在您被逮捕前,跟谁接触了?"

"我找到了新朋友和熟人。"

"在哪里?"

"在我干活的地方,甜品店。"

"我推测,那些人厌恶您的犯罪活动。"

"不,恰恰相反。"

"他们知道吗?"

"不,当然不知道!"

"如果知道的话,他们会说什么呢?"

彼得说,他们肯定会劝说他。

"所以,您否认您卖毒品给年轻人?"

彼得说,他从来没有卖给任何没经验的人。

"我们看证人们会怎么说。您刚才说,您不认识给您提供毒品的人?"

彼得再次说,不认识那个人。

"您不觉得这有点不太可能吗?"

"在这个行业,最好不知道任何人的名字。"彼得解释说。

"您不关心毒品来自何处,那下一次什么时候取?"

"我们约好了。"

"您叫他什么?"

"我们互相没有称呼。"

"他知道您的名字吗?"

"不知道。"

"您以前从来没有见过他,譬如,在车上?"

"没有。"

"您认识其他毒贩吗,您从他那里提货?"

"不认识。"

"在审讯过程中,您提到,"法官说,"您想筹集资金出版杂志。那是什么杂志?"

"我想让更多的人理解圣灵对他们生活的重要性。"

这个回答让法官意外,他停顿了一下。羞耻感令丹尼尔窒息,那个男孩滥用了概念,他没有资格提及的概念。人应该回避那些对他来说意义不明的话。可是,谁会遵守呢?我们生活在一个空话的世界里。他再次看埃娃。对彼得的话,她的看法完全不同,眼中盈满泪水。

然后法官逐字复述了彼得的回答。打字机的敲击声和埃娃的抽泣一同响起。

最后,法官问:"您不奇怪为这样一个目的筹集资金,其方式跟您的意图完全相悖吗?"

"我不知道其他方式。"

"您工作过呀。但后来您不干了。"

"因为工作不赚钱。"

"这是一个大胆的声明。"

"我的工资让我一分钱也节省不下来。"

"您没有想过您可以用其他方式赚钱吗?"

"怎么做,庭长先生?"

"譬如某个教会可以资助您实现这个目的。"

"不,庭长先生,他们不会资助我的。"

"您至少出过一期您的杂志吗?"

"没有。"

"因此，那本杂志只存在于您的想象中。"

"我真的很想。我希望人们过上更好的生活，让他们明白，只有通过圣灵，而不是自己的行为，我们才可以得到拯救。"

法官说，彼得走到这一步绝不是，也从来不是为了他的杂志，而是因为完全不同的犯罪活动。如果他确实想筹集资金用于有益的事情，在他看来是令人遗憾的，因为由此他损害了他想达到的目的。法官最后问，他是否为自己的行为感到遗憾。

彼得表示遗憾的是，自己无法开始实施自己想完成的事情。

"我问您，"法官说，"您是否后悔自己犯下的罪？"

彼得沉默，然后朝埃娃坐的方向看了一会儿。

"后悔，"他轻声说，"我最后悔的是，我让信任我的人失望了。"

八、书　信

尊敬的牧师先生：

我早该给您写信，只不过我不好意思占用您的时间。我主要想感谢您提供的那趟巴塞罗那之旅，对我来说那可能是我生命中最美的体验，不仅因为我看到了那么多奇妙的东西，如绘画、建筑、公园和古老的罗马堡垒，而且我是和妈妈一起去的，我们两个人从来没有像这样一起外出，也许最后一次还是在我上小学一年级的时候。多亏您，我的过敏症消失了，消失在了大海边的阳光下。

我想您一定非常爱妈妈，您为她也为我做了我父亲、我继父都不可能做到的事情。我想报答您，但又不知道可以为您做什么，也许在未来的某个时候。或者，我喜欢摆弄录音机之类的电器，如果您有需要，甚至电脑出了问题，我愿意试着帮您修理（不保证能修好）。

我还想告诉您，自从妈妈认识了您，她完全变了，不再抑郁，变得热爱这个世界。为此我感谢您，我想，也许您也更加热爱这个世界，因为我妈妈是世界上最棒的。这话听起来很愚蠢，因为我是她的儿子，但我说的是实话。

热情地问候您，再次感谢。

萨沙

* * *

亲爱的芭拉：

我希望你一回来我们就能见面，但发生了一件事，虽然不牵扯我全部的时间，但耗损了我所有的精力，让我神思恍惚。我对自己说，我不能用自己的烦恼来困扰你，你自己的烦恼就足够多了，但我的心无法保持平静，我的生活被彻底打乱了。就是：埃娃怀孕了，更糟的是跟彼得，那个还在服刑时，我答应照顾的两个男孩之一。彼得因贩卖毒品又被关进去了（刚被判处两年徒刑）。

我始终以为我是一个豁达开明之人，绝对比我的职业赋予我的要多。我理解年轻人在婚前就开始性生活，但她的选择把我吓坏了，这关系到她的一生，我感到内疚，是我导致了她的选择。我夸张地相信人的可转变性，我表现出的同情影响到了埃娃。同时让我感到愧疚的是，最近几年我对她漠不关心。首先，我亢奋而自由地践行自己的职业使命，四处挥洒精力和时间，而忽略了家人的需求；还有，你知道的，我对你一往情深，而把埃娃抛之脑后，那段时间她正需要我，我应该待在她身边，因为我是她唯一的亲人。

我不知道是否还有补救的余地。我感觉自己背叛了一切，背叛了所有人，伤害了我曾爱过和爱着的人们。当然，我也伤害了你，不是出于恶意，而是出于无能。但决定生活的是行动而不是意图。爱同样如此，我在布道时这样宣称，对你也那样表白。

你的丹

　　　　　　＊　　＊　　＊

我亲爱的，唯一的爱：

　　很久没有你的消息，我给你打了两次电话，但都是你妻子接的。昨天我想去找你，跑到你身边，让你的爱和力量保护我。不是我心血来潮，而是出于绝望。萨姆疯了，我的意思是他真的疯了，他想杀我，就像射杀一只鹌鹑，像进入狙击手视线的波斯尼亚女孩。我不知道他最终为什么没有扣动扳机，枪是装了子弹的。他的疯狂让他什么都做得出来。

　　亲爱的，你知道，虽然我遇见了你，爱你，但我并没有离开他，我照顾他千倍细心于照顾你，我听从他的命令，为了阿莱谢克，也为了他，我想呵护这个家，因为我曾经爱过他。我同情他，当我看到他日渐衰弱，男人气概慢慢散失时。是的，我觉得对不起他，尽量满足他的任性、他的自私欲望，为了他不至于堕落抑郁。

　　但现在完全变了。他认为我是转世的杀手，那个女人一百五十年前在英国毒死了自己的丈夫和孩子。他可能真的相信我要毒死他，而我，在他生病的时候坐在他床边，握着他的手，让他不感到孤独。

　　亲爱的，我不知道该怎么办，拿他和拿生活怎么办。如果没有你，我不想活下去，在他举枪对准我时，也许我会乞求他扣动扳机。你是我的救赎，世上唯一的亲人，不算上我年迈的母亲、我无助的孩子。

　　也许我真的很可怕，让我的丈夫如此绝望，直至失常？请你实话告诉我，我真的让人无法忍受，共同生活下去吗？

　　我很懊丧，为你，为自己，为我的生活，也为丈夫，他坐在自己的房间里，锁着门。他比我还沮丧，因为他没有你，只有疾病和一把枪，他可以射杀自己或者射杀我，看他怎么想了。

　　我知道，一切终要结束，但请你不要离开我，现在不，亲爱的。

　　　　　　　　　　　　　　　　　悲伤和爱着你的芭拉

* * *

亲爱的维德拉兄弟：

在残障扶助会的董事会上，我们讨论了在您家里建立中心的提议。

残障扶助会是上帝给予我们的恩赐，让我们有机会，按现今的说法，凸显我们的教会、我们的原则、我们的工作。

尽管残障扶助会的活动能得到国家财政资金的部分补贴，但始终资金匮乏，除此之外，那些民主国家里比较富有的教会，在一九八九年革命后曾慷慨援助过我们的活动，如今他们转向资助世界上比我们更需要受助的人们。因此，董事会特别赞赏您的承诺，即您自己承担中心的房屋修建以及必要的设备经费投入。所以我们放手让您自行决定，挑选什么样的志愿者，关注何种类型的残疾群体。然而，据我们所知，最需要照顾的是截瘫的年轻人和听力障碍人群。仅供参考。

您的行为让我们肃然起敬，您的决定让大家再一次看到了您的善良，一如您真切的信仰，您的行动是最好的佐证。

让我们的主给您神助。

谨代表董事会

巴尔塔

一九九五年三月二十日　布拉格

* * *

亲爱的爸爸：

我决定给你写封信，因为如果我直接跟你面谈的话，我很难在短时间内找到合适的言辞，也无法在你面前整理好思绪。

我知道，你希望我成为一名钢琴家，为大家演奏。因为你把音乐视为通往更高精神生活的起始。此外，你也期待我秉承妈妈的事业，妈妈刚刚起步就中止了。

曾有一阵子，爸爸，如你所期望的那样，所有这一切也是我所渴望的，或者更甚于你，我这么做是因为你，因为对妈妈的怀念，也因为自己。但与你不同的是，我缺乏毅力。对我所渴求的东西，我往往难以付诸实际行动，或者我只能坚持一段时间。然后有那么一阵，我会觉得自己所做的一切都毫无意义，我只想躺着，仰望天空，或者什么也不看。然而，我在某些方面也表现出了意志力，我及时地戒掉了毒瘾。你也许不会相信，在这件事情上彼得起了很大作用。他给我解释了毒品可能带来的恐怖后果，他也用他的爱帮助了我。

也可以反过来说，帮助我的，不是他的爱，而是我对他的爱。爱是生命中最重要的东西，这是你教给我的，爸爸。信仰主耶稣意味着去践行爱、同情心和牺牲精神那条道路。你这样生活，妈妈也是，我这里指的是汉娜妈妈。

我知道，因为我的叛逆，我惹你生气了，而且你也不认同我和彼得的生活会充满爱。可是，我不能因为彼得有过失而因此离开他。

在这一点上我想你会理解我，起码不会指责我。

我还想说的是，我有种感觉，我跟你之间的关系在发生某种改变。早前它就显现了，我们彼此在一起的时间那么少，现在我们近乎形同陌路。从什么时候开始的呢？也许是从你卖掉那栋房子的时候开始的吧。我们的生活方式有了改变，你不觉得，我们更多着眼于物质的东西而不是精神层面了吗？

也可能问题不在于那栋房子，不在于你们中的任何人，而在于我自己，也许因为我把对自己的不满投射到了跟你们的关系上。

爸爸，我唯一对自己稍感满意的地方，就是在彼得需要我的时候我没有抛弃他。钢琴我不会放弃，这是我出生后在童年时就开始学习的事情，我会重新坐到钢琴边，如果我那么做是上帝的旨意。

请你理解我，不要谴责我。我相信，对于我所做的决定，我们的主上帝也不会谴责。

请原谅我,也原谅我写下的这封信。

你的埃娃

* * *

亲爱的丹:

我收到了你关于埃娃的来信。我理解发生的事情令你不开心,但既然已经发生了,也许会向好的方向发展,我这么说,是因为人看不到别人的内心里,一方看着是灾难,对另一方没准是运气。不要误以为这是一句空话,这是我的体验,生活通常如此。

在你的信中你透出了你的自责,你责备自己忽略了女儿,也因为我的原因。你在犹豫,是否把我从你的生活里尽快驱逐出去。

亲爱的,我向你保证,我永远不会妨碍你的生活,在我眼里你那么善于爱别人,而不是克制自己。

如果你觉得我们的爱,在某种程度上成为你生活中的负担,妨碍你履行自己的职责,你只需说"走开吧",我马上从你的生活里消失,从此蒸发。

理解和爱你的芭拉

* * *

亲爱的丹:

我跟玛丽商量了咱们在兹林谈到的那件事。如果你确实需要有人代替你的工作,如果你得到了长老会的同意,那么玛丽可以代替你工作(孩子们已经长大了,已不需要她在身边全力照顾)。因此,你得跟玛丽谈妥了,需要她帮你多长时间,还有,这只是暂时的取代还是你想彻底退身而去。我认为玛丽更适合代替你一阵子,她毕竟已十多年不做传教工作了,有点怯场,担心胜任不了。

据我理解，导致你退出的不单是"工作"的原因，我们每个人的生活很难避免危机和茫然不知所措的时刻。我们怀疑自己正在做的一切，怀疑自己的人生。丹，我一直很爱你，我之所以尊重你，是因为你不隐瞒自己的焦虑和疑惑，活得堂堂正正。我相信，你会处理好一切，跟过去一样。我们的主会赐予你神助。

你的马丁

＊　＊　＊

亲爱的芭拉：

别离开我，不要离开，不要离开！

丹

第八章

一

　　春天伊始，就下起雨来，寒风料峭，据说山上还在下雪。
　　塔特拉山发生雪崩，前部长及其女儿葬身雪中；广告牌上悬挂一位赤身裸体钉在十字架上的女人；五分之四的共和国公民赞同安乐死；光头党游行要求恢复死刑；在伏尔塔瓦河畔是否该矗立起新的高层酒店，改变古老布拉格的全景？
　　丹尼尔和芭拉坐在红山的小公寓里，闲聊着遥远的或跟他们不直接相关的新闻事件。不久前他们的中心话题还是谈论爱情，如今两人各自烦恼缠身，尽量避开爱情不谈。几天后，丹尼尔的母亲去世就一周年了。一年前的那一天，他第一次看到的这个女人，此刻与他相对而坐。
　　两人尽量不去想那些艰难困厄的日子，他们营建的这个温馨天地只为了共同的约会。
　　丹尼尔给芭拉带来了一束玫瑰和一个新艺术风格的玻璃杯，她正举着它喝葡萄酒呢。
　　"为什么送我这个杯子？"她问。
　　"为你去年这个时候来找我。"
　　"我来是为了我自己。"
　　"可是你帮了我。"

"帮什么了?"

是啊,帮什么了? "更多地思考生活,而不囿于悲伤,不想死亡!"他说。

"我来找你,是因为我很伤心,我想到了死。但我喜欢上了你,"她接着说,"你在宣讲爱,我就想,你在寻找爱情,和我一样。"

为她的话丹尼尔亲吻了她,但跟几个星期前不一样的是,他无法从她的爱中体会到欢愉。太多的东西在他们身边坍塌,当他试图走近她,他就必须穿过那些废墟。

芭拉说起她的女友海伦娜在闹离婚。

为什么?

她的工程师经常酗酒,她受不了,爱上了别人。

爱上谁了?

无所谓谁,芭拉说,反正她想跟一个她最喜欢的人在一起。

这句话隐含指责。"人人都在闹离婚。"芭拉又补充说。

"你觉得我们也该这样做吗?"

"也许应该,但我们不会。"

两人迅速喝完了一瓶酒,时间不多,然后做爱,至少在爱中可以片刻远离这个世界,悄悄诉说温情的话语,余下的日子还要在其中活动。

突然芭拉哭了。

"怎么了,亲爱的?"

芭拉摇摇头,不想打扰他,知道他自己也足够痛苦。

"不要难过,我在你身边呢。"

"我也很幸福,跟你在一起。这是我唯一幸福的时刻。"

"可是你哭了。"

"我哭是因为我跟你在一起的机会这么少,因为我不知道接下来该怎么办。亲爱的,我太苦了,我很难过,而你无法保护我,你只能把我吸引到你身边,然后你把我推出去,外面的风那么冷。"

丹尼尔沉默，然后问起她家里有什么新鲜事。

芭拉说，萨姆基本上不说话。服药后他平静了一些。也许认为她是杀手转世的那个疯狂念头过去了，芭拉把手枪锁到了自己的写字台里，他显然注意到了，却没有找她要。他没有道歉，装作对上次疯狂的一幕没有任何记忆，也许他真的不记得了。但芭拉是他不幸的根源，这一点他时时挂在脸上，是她破坏了他的生活秩序，让他不得安宁，对他不负责任。

"他有病。"丹尼尔说。

"我当然知道，而且好不了了。"

"他应该去精神病院。"

"我不会把丈夫关到精神病院去的。我去过一次，知道那意味着什么：生不如死。"

"你想离开他吗？"

"你在建议我吗，牧师，让我抛弃一个病人？"

"我不做任何建议，我只是问你想怎么办。"

"你问我？你应该跟我在一起，保护我。那告诉我，你为什么不能跟我在一起？"

丹尼尔不说话。他知道，自己要么跟她断绝来往，要么彻底和她厮守。他过多采纳了她安慰性的和看似便利的断言，即生活从来不是非此即彼的。事实上，在很多情况下，人总在找借口，因为他无法做出决定，而这种优柔寡断害了自己，也连累了身边的人。他从一开始就知道，但他接受了这个提议，为了逃避责任，因为它允许他迟迟不做决定，使他能够享受新的爱情，而不用推想那个令他害怕的后果。

"我知道，"芭拉还是那几句话，"你不能跟我在一起，既然我和萨姆共同生活。我不能抛弃他，既然他精神有病，这种局面会维持到死。你说，你不觉得可怕吗，这样的折磨我得忍受一辈子？你觉得我受得了吗？"

丹尼尔沉默。

"我一直以为,我可以承受一切,因为我很坚强。但现在我时常想,不是这样,终有一天我也会被逼疯。告诉我,至少主耶稣会认同我,我守在折磨我的丈夫身边,只为了照顾他?"

"不会。"他说。

"为什么?"她诧异。

"主有别的忧虑。而且,你不会一直守着你丈夫。"

芭拉几乎要跳起来:"你这么说我?那你干脆跟他一样好了,说我折磨他,把他送入坟墓。"

丹尼尔沉默。

"你跟所有人一样,"芭拉对他喊道,"你说教,宣讲和唠叨爱,你却没有行动。你找女人就为了一个目的。滚开,滚开,滚开,我不再需要你。"芭拉开始呜咽。

丹尼尔抱住她,双手捧着她的头,亲吻她,不停地说爱她。

在那一刻,他觉得自己走得太远了。他偏离了以前的生活轨道,他对自己说,他必须停止对自己和对亲人的伪装。伪装意味着撒谎吗?他太依恋这个女人,一年来对她亦步亦趋,已经无法回归。他说:"如果你愿意,我和你在一起。"

"你什么意思?"

"就刚才我说的那样。"

"你要离开你的妻子和孩子?"

他不语,但他没有说不。

"你疯了,"她说,"我拿萨姆怎么办?我杀了他吗?我刚才跟你说了,我不能离开有病的丈夫。"

"我没有要求你离开他。"他意识到,芭拉不会离开她的丈夫。她守着萨姆埃尔不是因为他的病,而是因为他们共同的儿子。她留在他身边,因为有一种特殊的东西牵引着她:世俗的奉献精神,对他的担心以及那个遥不可及的愿望——重新赢回他的好感和爱。什么都不会改变,即使她和丹尼尔拥抱在一起,什么都不会改变,即使萨姆埃尔揍了她，拿枪瞄准她。

"亲爱的，"芭拉说，"我知道自己很过分。我不知道我想要什么。不，我知道，我想和你在一起，但我明白这不可能。最终我会毁掉每个人的生活，包括你的生活。一年前你多顺利，除了自己的烦恼，不必承受我的。"

"这一年生活带给我的，你无法想象。"他说，"即便经历了那么多坎坷。"

"那么先不要离开我，再和我相守一段时间。"

她把他拉入自己的深渊，那个黑洞，唯一的光线就是她那双黑眼睛。她抱住他，两人拥抱在一起，他承诺，永远不离开她。

在分手之前，两人像往常一样约定了下个星期一的约会。

一切如旧，而他添加了承诺这个重任。

二、日记摘录

房子里到处是工匠，忙着砸墙壁，拆地板，换窗框，布置新的电缆线。我在一个房间里自己动手撤换地板，凿电缆线的入口。

"您不必动手，牧师先生，"工匠头对我说，"这是我们干的活儿，最后一样会跟您结算工钱的。"

我说，我干活是因为我喜欢干，不是为了省工钱。

我确实想借助体力活儿，转移自己纷乱的思绪，让身体疲乏。这是一种解脱，人什么也不用思考，就按照设计图砸墙，身体累到极点，夜里倒头便睡。

我注意到汉娜精力充沛，期待新的工作，我心里爱着她。我可以离开她，可是我做不到。我想念另一个女人，意识到自己虽然大部分时间不跟她呆在一起，但同样离不开她。

违心的双重生活始终折磨着我的良知，这是人的命运吗？也许我们以那么多无法履行的指令束缚了自我的本性，然后又生出深深的愧疲惫感。

* * *

令我惊讶的是，埃娃最近不是唱歌就是在钢琴上弹奏欢快的旋律，如雅纳切克的童谣。我在为他演奏啊，她指了指自己微微隆起的肚子。

我们的谈话内容始终不变。她相信，一旦彼得从监狱释放回家，就会开始新的生活，彼得答应她了。他每星期给埃娃写来一封长信，埃娃甚至给我朗读了其中的几句，一堆美丽的辞藻、承诺和决心。埃娃认为，彼得会对孩子负起责任，因为他自己始终抱怨没有父亲，成长中缺失父爱。

但愿吧。更可能的是，他惧怕责任，从而逃避责任。不管怎样，她不应该忘记，他不仅逃出去吸毒，还几次试图自杀。

埃娃对我解释说，那是因为他不幸，没有人关爱他。

谈话的最后我都苦口婆心，让她不要着急结婚，等他出狱后看他的表现再做决定，要看行动而不是语言。我告诉她，说起来容易，生活是很艰难的。

可不，大家都这样啊，她反驳我说。

我无言以对。是这样，自然，也包括我的生活。

光来到世间，世人因自己的行为是恶的，不爱光倒爱黑暗，定他们的罪就是在此。①

* * *

罗伊奇科告诉我说，他想娶玛瑞卡。"您认为怎么样，牧师兄弟？"

---

① 《约翰福音》第3章。

我说，这关键取决于他们俩。我问，他们是否必须结婚？不是的，罗伊奇科宽慰我，他们只是非常相爱。

既然你们相爱，年龄也够了，为什么不结婚呢？

他说，他之所以问我，主要是因为……他想找出合适的词，然后引述了工地上那些哥们儿的话，说他们嘲笑他跟吉卜赛女孩好，预言他们的孩子将来必定是贼。

我说这是无稽之谈。他听了很高兴。

我问了他的婚期，他说在下个月，具体还没说定。

我几乎羡慕他无忧无虑的无瑕的爱。

* * *

尼采在《反基督徒》第四十二章中写道："救世主的类型，学说、实践、死亡、死亡的意义，甚至死后的状态——没有什么未经触及而被保留下来，没有什么与现实性有着相似之处的东西被保留下来。保罗简单地把此生之后的整个生存重心倒置了——移到'复活的'耶稣的这一谎言中。从根本上说，他完全不需要救世主的生命——他需要那十字架上的死亡和一些更多的……"在第四十三章："如果人们不是将生活的重心放在此生，而是放在'彼岸世界'的话——放进'虚无'中——那么，人们就根本剥夺了生活的重心。这个'个人不朽'的大谎言摧毁了一切理性，一切本能中自然的东西——本能中所有有益的、促进生活的和保证未来的东西，现在却引起了怀疑。"

每一次谎言破坏了人类的灵魂。如果它是骗人的，我们相信什么是最重要的？我们的灵魂会发生什么？

我爸爸会说：灵魂？不存在灵魂，只有大脑，较高级的神经系统。而大脑是死亡后最迅速受到破坏的。

* * *

马丁给我打电话，问我是否听说了雅罗斯拉夫·贝格尔去世的消息。贝格尔是当初我们俩被发送的那个教区的教会秘书。关于他的死我一无所知。那时他时常把我叫过去，严厉批评我："牧师先生，您破坏了我们的法律。您可以讲解《圣经》，但不要给人洗脑，尤其是年轻人。你以为我们不知道，每个星期一有多少人跑你们那里去聚会？"他时常微醺，有一次醉得很厉害。"牧师先生，"他对我说，"您是个幸福的人，您不用害怕死亡。您死后去某个地方，天上或者哪儿。而我呢，我像狗一样死去。"如果我及时得知他去世的消息，我会去参加他的葬礼，就像他当初来参加伊特卡的葬礼。

* * *

玛格达进入了美丽的少女时代，仍然保持着她少女的率真，爱笑，谈吐带着稚气，同时开始展现自己的个性。她擅长绘画，文字幽默，而且明显有表演天赋。有时候我碰见她正站在镜子前扮出各种表情。

这次我到她房间里，注意到她桌上一本日记摊开着。

"你不能看，爸爸！"

"我没看啊。"

她自己看了看日记："要不你可以读这个，反正没有什么。"

一页纸上画着一幅很搞笑的漫画，是他们的一位老师，旁边写着文字。

她的字体潦草而孩子气，字里行间歪歪斜斜，也许她的远视影响了她的书写。

> 我刚把门厅吸尘干净，洗好餐盘，妈妈在整理客厅。柯罗普德夫老师完全疯了，今天在苏珊娜的学生手册里留言说：你们的

女儿染了指甲，甚至在我面前她也无意停止这一活动。然后我模仿老师的动作，让全班笑翻了天，而"蠕虫"或"蚯蚓"那两个词又让我忍俊不禁。

我说："你知道五条蚯蚓减去两条半蠕虫是多少？"
她果然很开心地咧嘴笑了，我也一下子开心起来，真的很快乐。

* * *

发生了一件很奇怪的事情。我坐在办公室里写东西，突然窗玻璃上一声撞击，我疾步跑过去，从窗口看到一只鸟沿着玻璃坠落在地。

我跑到屋外，隐约看见一只黑色的鹌鸟，无力地趴在草丛里。我弯下腰，想把它捡起来，看看哪里受了伤。但出乎我意料的是，它翅膀一振，费力地越过草坪，躲进了黑醋栗灌木丛。

第二天，大约在同一时间，那声响又出现了，比前一日的动静更大。这一次我在草坪没有发现鹌鸟，而是一只白鸽。我从地上把它拾起来，发现它已经死了。

我力图排除迷信，但如何解释两天里两只不同的鸟先后撞到窗玻璃上，而之前类似的事情从来没有发生过？

我想起了神话和传说经常写到鸟类或鸽子。鸟总是象征宇宙和人类的信使，而白鸽的形象寄托了圣徒的灵魂。圣灵本身并没有被描摹成一只白鸽，这是什么迹象，来自何处？

那只黑色的鸟，撞击后又跌跌撞撞飞起藏身于灌木丛，那是我，而那只再也飞跃不起的白色鸽子，也许是我的灵魂。

* * *

梦：我发现自己身处某个由天枢机团组成的裁判庭，很多红衣主教和主教在场。我必须为自己的异端谬论辩解，据称我宣扬阿基米德定律，破坏独身生活，甚至玷污妇女。这一切指责出自一位矮小肥胖、满脸愤怒的红衣主教之口,他还提请教会开除我的教籍,并移交世俗法庭制裁。我辩解说,我不是天主教神父,所以不可能触犯独身主义,但回复我的是此起彼伏的哄堂笑声。

然后一个人走过来,给我戴上手铐,带我走出大厅。我以为,我会被带到干柴堆上处以火刑,但在执行前会给我上诉机会,尽管我不清楚要上诉什么,往哪儿上诉。但我没有被带往干柴堆,而是到了一块空地上,那里站着两匹高大的棕色马匹,拉啤酒的。那人下令让我躺下,其中一匹马的屁股对准我的头,另一匹对着我的脚。然后把我拴在马身上。我听到一声吼叫,然后扬鞭的声音,马跑起来,朝各自的方向,我就要被撕裂。我能感觉到自己的肌肉绷紧了,紧张慢慢变成不堪忍受的疼痛。

我从梦中醒来时,我意识到真正的疼痛感,在胃和心脏之间的某个部位,我不知道疼痛归咎于梦抑或梦的痛苦。

我抬起身,妻子在我身边熟睡。她的存在让我心安,感觉疼痛消退些了。

我突然想:她还是我的妻子吗?

三

丹尼尔向长老会禀报了自己几个月不履行牧师职责的意图,要忙于残障扶助中心的建设,也希望专心准备自己在春末举办的雕刻展览。其实这两个都不是真正的原因,好在长老会很理解,接受了他的请求,也采纳了他的建议,即这段特别假期里由哈耶科娃取代他承担牧师工作。

对于告别前的布道,他选用了保罗的《腓立比书》中的几段文字:"这样看来,我亲爱的弟兄,你们既是常顺服的,不但我在你们那里,就是我如今不在你们那里,更是顺服的,就当恐惧战兢,作成你们得救的工夫。因为你们立志行事,都是神在你们心里运行,为要成就它的美意。凡所行的，都不要发怨言，起争论，使你们无可指摘，诚实无伪，在这弯曲悖谬的世代，作神无瑕疵的儿女；你们显在这世代中，好像明光照耀……"

因此他像一个好心、善良的牧羊人与托付给他的羊群那样告别，他知道，走出一个扭曲悖谬的世界，就像走出失控的自己。

正是在这样的劝勉，在这样的骄傲或渴望更大的正义的挑战，任何人都能拒绝这样的欲望吗？

"那些想要成为神之儿女的人，"他说，"经常看身边的人就像看不幸的可怜虫，那些人把自己的肚子，如使徒所说，视为神，想法世俗并且吹嘘他们应该感到羞愧的事，他们把别人看作扭曲悖谬的一代。对我们来说，当我们看身边的世界，看似它在沉沦，所有的生命在日益变为金牛犊身边的漩涡。但我们不要骄傲，不要让严厉硬了我们的心肠，带着它去看待我们的邻居。我们的职责，不是去遣责，我们的职责是尽我们所能，活得最好，知道我们每个人都在怀疑。我们的生活不可能没有瑕疵，但我们有希望，主耶稣不会离开我们，在他身上我们有光明，即使在最深的黑暗里照耀着我们，也能够再次带领我们走出困境。"

丹尼尔说着，仿佛在雾中看到了熟悉的面孔，他熟悉每一个到这里来的人，知道他们的名字，了解他们的生活故事、烦恼、职业以及他们孩子的名字。

窗外，大朵的阳春白雪在飞舞，就像一年前。那转折性的一天突然浮现出来，如果他可以发现那是转折性的一天，当时母亲生命垂危，他力图在自己身上激发所有的信仰、挣扎、祈求，信仰人类灵魂是不朽的。也在那一刻，他的思想偏往不同的方向，一个女人迈进了他信念的空间，想彻底改变他的生活。

他的思绪活跃在过去，而口中谈着把光明带入他人的生活有多么重要。没有什么比这更重要，一个人在生活中可以实现的。成为亲人们生命里的光亮意味着，它超过所有的财富、所有的地位、任何的权力。

他没有说，多年来他自己一直在探索和尝试生活，也许带着疑虑活着。丹尼尔突然不无遗憾地表示，在他的生命里一些重要的东西即将结束，如此重要如同他结束了自己的生命一样。他试图控制住自己的声音，同时他感觉到胸口真正的疼痛。

压制时期他忍受住了，但没能抵御住自由时期。

在他结束布道时，祈祷室里一片静默，不同寻常。如果他宣布他将永远离开这个职业，此时可能会有人手捧鲜花前来致谢，但因为他隐瞒了自己的叛逃，此刻所有人都在等待他介绍他的继任。

于是，他把玛丽领到了自己的位置上，让她进行祈祷和祝福。

他没有离开祈祷室，外面天气恶劣，他和玛丽在走廊上道别。人们鼓起掌来，祝愿他一切如意，顺利把中心建立起来，雕刻展成功举办，他们还请求他告知展览的举办日期，他答应会及时通知大家。

他还得去一趟办公室，跟玛丽一起从霍德克兄弟手中接过今天的捐款。他把一串钥匙交给玛丽，答应一定回来参加最近一次长老会会议和圣经课程，然后下楼走进他的工作间。

工作台上立着一尊未完成的雕刻，坐在驴身上的男子：进入耶路撒冷的耶稣。有多少艺术家，著名的和被遗忘的，描绘过这个也许从没有发生过的事件？

他从盒子里取出凿子，在砂磨器上磨了磨，然后坐到了雕像前。

前几天，答应为他筹办展览的画廊负责人来拜访了他，问他准备工作的进展，顺便看了他的最后几个雕刻。那人似乎很激动，声称这些作品不仅技术上更为成熟，关键的是表情，每一个人物的思想和情绪呈现出颠覆性的动感。

画廊负责人的赞美让他兴奋，即使他应该说，雕像的每一个情感动作对应了他灵魂深处更为狂热和激烈的悸动。

今天是他最后一次布道。他没有告诉任何人，甚至对自己也没有说，但他清楚，他已经永远不会重返神坛了。是因为那个女人，那个意外现身在祷告室的不速之客吗？

不，是他自己的原因，那个女人只是站在路的尽头，在她出现之前，他早就走上了那条路。在此之前他就在欺骗，隐瞒了自己对信仰最本质的怀疑：关于圣子的传闻，他宣讲的基督。

他唯一的托词是他在对自己撒谎。他极力希望相信自己所宣讲的一切；相信上帝借助人的外形，忍受痛苦，在十字架上受难，陷入模糊的、难以想象的地狱，在第三天从死里复活，升入了天堂，一个无限的和难以想象的广阔空间；在那里坐在他父亲、全能的上帝右侧，直到有一天他重返人间，去审判活着的和死去的人们；他希望相信，从而向自己保证，一切如同宣扬的那样，正因为它是令人难以置信和不可思议的。他希望相信，如果他所宣扬的都不是真相，生活将成为毫无意义的每一天的开始和结束，之前的永恒和后继的永恒。

到目前为止，他走的路，多少年来人们都在走，突然他发现自己陷于广袤的没有了路的平原。他可以往任何方向走。平原的尽头虽然无法看到，但他知道，无论往哪个方向，尽头都是深不可测的、不可逾越的鸿沟。

对于空间的想象，那后边将是开放的吞噬一切和所有人的鸿沟，他竭力否定了，因为他同样否定不了。

他感觉到冰冷的焦虑遍及全身，眩晕几乎让他摔倒，他感觉心脏在痛楚中紧缩。

他想站起身离开这里，去找孩子们，找妻子，去和芭拉做爱。他应该在未完成的雕刻"坐在驴上的耶稣"面前跪下，乞求信念的恩典，唯有这样才能赶走焦虑，弥补非存在的鸿沟，提供拒绝所有其他生命的慈悲。

他没有跪下。

胸口的疼痛越发剧烈。

他站起来，走到窗口。乌云撕开了，露出了天际，在它身后是无限延伸的宇宙，数百亿的星辰，无限的时空。奇怪的是，他找不到一个地方,一个体面的地方,安排给成为了人的注视着这个小小星球上万物运行的上帝。

他的额头上沁出了冰凉的汗滴,丹尼尔感觉自己往下倒去,眼前的一切迅速消退。明天就要跟芭拉约会,如何通知她?他的双手舞动着,想抓住可以扶持的东西。

四、汉 娜

丹尼尔在冠心病监护室已经躺了四天了,汉娜又回到了医院,这一次是作为志愿者护士。丹尼尔心梗发作面积相当大,几乎四分之一的心脏肌肉受到影响,但医生对治愈的进展相当满意。

汉娜坐在丹尼尔的床边,握着他的手,尽量表现得平静,为了给丹尼尔增添信心和力量。她每天重复那几句话:所有人都在为他祈祷,在家里,也去教堂,许多人还往教区打电话询问他的病情。汉娜对丹尼尔微笑着,抚摸着他的手,不厌其烦地唠叨,说他会康复的,心脏上就留下一个小疤痕,但不影响正常工作,会继续为他服务很长时间,从现在起丹尼尔必须小心,不能过劳,等出院之后,必须好好休息,最近几年他几乎没有度过假。

丹尼尔静静地看着她,蓝灰色的眼睛透出了老态。汉娜见得太多了,凭她在医院三十年的工作经验,从中她能读出致命的疲劳。

汉娜还汇报了中心的装修进程,给他带来了一个转盘,木匠已搭建起了制陶架子。玛莎太太现在每隔一天去教区,给图书馆筹集图书,已经弄来几大箱了,大多数是儿童书。

丹尼尔问起玛莎的孩子。

下星期玛莎太太的案子重新开庭。瓦格纳博士相信,她会赢回孩子,只须写一份声明,说她当初放弃孩子是在丈夫的胁迫下签的字。几周前,她还不可能写出这样的声明,如今她逐渐从丈夫要抛弃她的震惊中恢复了。汉娜一直鼓励她,给她鼓劲儿。

汉娜还说到了玛格达和马瑞克,两人已经迫不及待,盼着丹尼尔转到普通病房后,便可以来探望他。然后她停顿了一下,不确定在这一刻丹尼尔想知道什么,她担心,她的烦恼对他来说无关紧要,所有人的烦恼在他看来似乎都是微不足道的,因为此刻他的身体,确切说他的灵魂仍然在跟致命的疲劳决斗,汉娜从他的眼睛里看得清清楚楚。她应该鼓励他,但不知道说什么。她就说自己想念他:"丹,我爱你。你是我生命里最珍贵的。等你回家后,我会照顾你,让你好起来。我们一起去我父母那里,去你想去的地方。"

丹尼尔的眼中突然涌出了泪水,他的嘴唇无声地颤动。

"你想说什么?"汉娜问。帮他拭去眼泪,递上一杯茶,让他润一润嘴唇。

丹尼尔确实想问,他也第一次开口问:"这是如何发生的?"

汉娜告诉他,那天看他很久不上来吃午饭,她就下楼去了他的工作间,他倒在窗边呻吟。

"我很害怕,"汉娜说,她马上意识到,这可能是心脏病,很快打了急救电话,"他们把你送到了这里,你就住院了。"

"我也这么想的。"丹尼尔说,闭上了双眼。

"第一夜我整夜坐在你身边,但你什么都不知道。"

汉娜更换了杯里的茶水,也给花瓶换了水,里边插着玫瑰,丹尼尔可能都没有注意到。

她亲吻了丈夫,答应下午再来。

"现在几点了?"丹尼尔问。

汉娜说,快中午了。她回家看一下玛格达是否放学回家了,再给工匠们准备一些吃的。

"你不必常来这里,"丹尼尔说,"医院照顾得很好,况且,你自己也说了,我已经缓过来了。"

"不,我想陪着你!"

家里一切都正常。玛格达在跟一个木匠聊天,那人喝着啤酒。玛格达没有注意到妈妈进门,在对木匠叙述她的两个同学躺到了马路中间,差一点被卡车压着。"司机从驾驶室跳下来……"

"你都没有问爸爸怎么样了?"

"肯定好多了,我看得出来。"玛格达说。

"你看出什么了?"

"不然的话,你会哭泣。爸爸说什么了?"

"他说,他盼着见到你。"

"我们也是。"她接着要讲完她的故事。

木匠在找一张图纸,他跟丹尼尔讨论过,但丹尼尔没有及时还给他。

汉娜答应试着给他找出来。她来到丹尼尔的办公室,办公桌锁着,桌上和架子上没有图纸或设计图类的东西。汉娜想到,丹尼尔应该把所有东西拿回家了,毕竟在星期天,他发病的那天,把办公室转交给了玛丽。

汉娜进了丹尼尔的房间,这里的桌子也锁着,但丹尼尔把钥匙串留在了家里。汉娜打开抽屉,里面码放了几十个文件夹和标注标题的夹子。汉娜不清楚图纸是什么样的,便在标着残障中心的文件夹里翻找,也没有找到。看来最好的办法是下午问丹尼尔。

在抽屉底部,所有夹子的下方有一个黑色记事簿,封面没有任何标记。汉娜不经意地把它打开了,立刻认出了丹尼尔的笔迹,还意外地看到了自己的名字。她忍不住诱惑,尽管着急答复工匠,还是埋头读起了丹尼尔没有给她说起过的梦,然后又鬼使神差翻了几页,发现了一个她不认识的女人的名字。

汉娜坐到了桌旁,开始读丹尼尔的日记。她读到了丈夫和陌生女人做爱。汉娜的心怦怦跳起来,快要窒息了。她安慰自己说,丹尼尔在写小说呢,编一个故事,可以用在某篇文章或讲道里。等她往下读,她毫不怀疑了,这是丹尼尔的生活记录,他令人难以置信的双重生活,背着她、背着他的孩子和所有相信他的人。汉娜合上本子,放回原处。她不知道接下来该做什么,当她知道了她显然不应该知道的东西时,现在如何去医院?如何跟丹尼尔对话?他骗了她,骗了孩子们,对他们隐瞒了自己的大部分生活,也许是最重要的部分。

她仍然无法看透到底发生了什么,就好像发生的一切仅停留在纸上,但没来得及走进真实的生活。

可能吗,它确实发生了?那个她最信赖的男人,欺骗了她?他怎么能这样做,当他给别人传福音,告诉人们如何生活时?如果它真的发生了,还有什么,还胆敢相信什么人?也许这一切仅是可怕的误解,她需要与丹尼尔谈一谈。

汉娜的脸颊淌下了泪水,她感到屈辱,就像那次她在皮塞克城郊被陌生人强奸。

她觉得当初应该听从良心的呼唤,到波斯尼亚去帮助那些伤员,也许她会被一颗子弹击中,那她就不必等来这一刻。

她如此愚蠢,当她几次思念那个孤独的爱讲述中国的记者时,便责备自己。

现在她该如何对待那个欺骗了自己,跟她有了孩子,此刻正徘徊在生死线的边缘的丈夫?

然后她突然意识到,丹尼尔的心脏就是因为这双重生活而衰竭的。他仍然像一个孩子,既不会玩弄伎俩,也不会撒谎,在这个不择手段的世界里他是无助的。人家说几句好话就能麻醉他。他相信了彼得,显然也相信了某个好看的陌生女孩,那个女孩让他昏了头,耍手腕傍在他身上。丹尼尔既摆脱不了她,也做不到离弃家人,在绝望中慢慢靠近死神。

汉娜心里萌生起对丹尼尔的惋惜和同情,或许准备原谅他。神也赦免我们的罪,我们人更应该原谅自己。同时她越想那个女人越愤怒,居然要抢夺丹尼尔,全然不顾他有妻子和孩子,不顾丹尼尔内心的折磨,把他往绝路上赶,直至在愤懑中走近死亡。

汉娜需要做一件事,需要马上出现变化,找到那个女人,告诉她自己对她的看法，告诉她，说她是杀人犯，是一个无耻、自私和贪婪的刺客。

但她不知道那个女人是谁，在哪里能找到她。刚才读到她的母亲住在小城区，她自己住在富人集聚的别墅区，那显然在汉斯巴尔卡区。这些人通常都是生活的宠儿，不择手段获取他们想要的一切，从衣服、香水到男人，只要他们看上眼。

丹尼尔当然知道她的名字，知道在哪里可以找到她，但她无法跟丹尼尔打听，至少现在不能，惹他生气的话，就是让他送命。虽然对他来说也许是解脱，如同从身上卸下了欺骗的重负。

我必须想一个办法向他表明，汉娜想，在目前情况下最危险的就是他内心的困扰，为自己的行为和生活方式纠结不休。

汉娜再也无法呆在这局促的空间里，那本合上了的黑色记事簿，她会忍不住重新翻开，仔细阅读，她也害怕重读那些可怕的文字，丹尼尔内心的疯狂记录。

假如至少有一个她可以倾诉的人多好，但她知道，这样的人在世界上不存在，她唯一的亲人都欺骗了她。

汉娜擦了擦眼睛，走进卫生间用冷水洗了脸，告诉木匠说没有找到图纸，她会去医院问一下丈夫。

然后她抱了抱玛格达，说："我可怜的小丫头！"没等玛格达发问自己怎么可怜了，汉娜已夺门而去，匆匆赶往了医院。

五

丹尼尔转入了普通病房。

现在身体的疼痛已不再折磨他，空虚感却挥之不去。好几次，大多在夜间，他流下忏悔的泪水。

医院里的每个人对他都很好，称呼他牧师先生。"如果您需要什么，牧师先生，"邻床的病友，显然事先听说了丹尼尔，他刚被送进病房,那人就主动提出说,"您尽管告诉我,我已经能正常行走了。"

丹尼尔什么也不需要,就想给芭拉打电话,告诉她发生的事情,给她解释为何自己没有去赴约,他可能永远无法赴约了,这样的电话是无法让人代劳的。虽然床边就有电话机,只需拿起话筒。然而,光想象实施这件事情,他的心就怦怦跳起来,胸部开始疼痛。

午饭后,马瑞克和玛格达来探望父亲。玛格达摘来了花园里的水仙花送给他。她一边往花瓶里插花,一边问他是否好些了,身体哪里还疼。父亲简约的回答让她满意,她自顾自打开了话匣子,说考试得了三个A,而数学却致命地没有及格。"反正我要当演员的。"她宽慰自己,也安慰父亲。

"你打算演什么角色呢?"

"我不知道,反正逗人发笑的角色呗。另外,我也想出名。"

"妹妹,"马瑞克提醒她,"爸爸生着病呢,你的话还没完没了。"

显然玛格达对父亲的病情一无所知,所以她那样滔滔不绝,而马瑞克则神情严肃。"我很内疚,好几次没有去教堂听你讲道,现在我要为你祈祷,我会经常去教堂。"儿子道出了预先准备的道歉和决心。

孩子们的举止让他感动。他感到遗憾,甚至耻辱。"谢谢你。但按照你自己认为正确的去做吧,"他停顿了一下,继续说,"如果你有足够的决心和力量。"

"没错,"马瑞克说,"我就是这么想的。"他带来了罗伊奇科的重要口信:他们推迟了婚礼,要等丹尼尔出院。"因为他希望,爸爸,由你给他和玛瑞卡主持婚礼,而不是别人。"

"我很荣幸,请你转告他,我不知道什么时候才能回去,让别人为他祝福吧,意义是同样的。而且,两个人在一起是否幸福,主要取决于他们自己。"

"他们会幸福的。"马瑞克替他们承诺。关于星星或宇宙他没有提一句。他的孩子到底相信什么呢?将来会从事什么工作,将如何生活?他会知道吗?即使他的心脏痊愈了,关键的事情他同样不得而知。

"我们会帮你的。"马瑞克临告别时又说了一遍。

"帮什么?"

"一切啊。"

在最重要的事情上,人还得靠自己。什么是最重要的呢?当然是如何生活。

"您的孩子真不错,牧师先生。"等马瑞克和玛格达离开后,他的邻床说,"肯定也很听话。"

"是的。"懊悔又占据了丹尼尔的心。

"为了他们,您必须尽早回家。可是,人能够为自己的健康做什么呢?我一直在想,等我能重新往外跑了,我要开车去琴斯托霍瓦①、默主哥耶②或者到卢尔德③去看看。您怎么想,牧师先生?圣母对心脏疼痛有帮助吗?"

"不,"丹尼尔说,"您只须去斯米霍夫④或科什日⑤找个医士就行了,效果同样。"

"您不相信圣母的神奇力量吗?"

"在地球上,面对死亡没有人能拯救我们。包括拉扎尔⑥,也许耶稣真的让他死而复生了,但他还是死了,也许就在第二天,或一年之后。"

"我听一位牧师讲过,"他的邻床说,"几个著名的美国科学家对濒死的人做了试验,测试潜藏在其大脑里的力。对于信徒,力量是正的,高达五百度,比美国最强的电台还要强五十五倍。"丹尼尔背过身去。为什么每个人都想和牧师谈形而上的问题?为什么跟他讲道听

---

① 波兰著名的圣母朝圣地,位于波兰南部。
② 波斯尼亚-黑塞哥维那的一个小乡村,圣母曾在那里显灵。
③ 天主教朝圣地,位于法国西南部。
④⑤ 均为布拉格城区。
⑥ 《圣经》中的人物,被耶稣从坟墓中唤醒复活。

途说来的蒙昧主义的废话?直到他死,这些东西依然会打扰他吗?

"对于不信教的人,"他的邻床继续说,"是负五百度的力。"

丹尼尔请求他:"别说了,我是一个福音派牧师,我父亲是一名医生。我不相信这些无稽之谈。"

男人窘迫地闭上了嘴。

一周前,当丹尼尔在冠心病监护室第一次醒来时,妻子坐在他的面前,揉着他的手。那时疼痛仍然充满整个身体,然后慢慢减弱,他清楚地听到熟悉的旋律,一个大型合唱团在吟唱那首古老美妙的加尔文歌曲:

> 美丽的蓝天下,
> 生活是奇迹
> 来自神的恩典
> 人们难表达。
>
> 黎明的曙光
> 通常模糊了夜的惧怕
> 当人认识到失望
> 信任便消亡……

他的眼泪淌下来,恐惧如光四散。他不知道自己更惧怕死亡还是生活。他闭上了眼睛,问汉娜:"我会死吗?"

"别担心,一切都会好起来。"

然后再没有听到任何流畅的旋律,只有令人烦躁的单调击鼓声。

从那一刻起,丹尼尔开始回放自己的生活。注入他血液里的毒品,以不连贯的图像装满他的大脑:大多是他自己的生活画,早已被遗忘的记忆片段,句子浮现又分散。从前的许多张面孔,母亲在暴雨中点亮蜡烛，母亲的脸上还没有一丝皱纹，高高的额头，拜占庭式的鼻子，头发闪着神圣光晕；父亲从监狱返回家，憔悴不堪，眼睛深陷在眼窝里；那位绅士是谁，把他抱入怀里？我怕他，这是个陌生人；姐姐的马尾辫始终吸引他，他牵着姐姐走，姐姐在某个火车站等他，或者不是姐姐，是伊特卡？躺在地下室里的伊特卡，不再是伊特卡，只是她的躯体。我可以把被单掀起来吗？您不要这样做，牧师先生，那图像会追着您走。我想再看她一眼。您还是记住她在世时的样子吧。冰冷的脸颊触着他的嘴唇；身穿白色婚纱的汉娜，手捧一束白玫瑰。丹，我相信你，你永远不会欺骗我。你也不会，我知道；孩子们在乡间教区的花园里奔跑，狗狂吠，那狗叫什么名字来着？丹尼尔不记得了，仿佛至关重要似的，那条母狗的名字叫戴安娜；小埃娃不哭。当我耳朵疼，妈妈给你敷药。是个儿子，牧师先生，如果您稍等一下，我们抱来给您看一眼；马瑞克·维德拉，我以圣父、圣子和圣灵的名义，给你施洗；玛格达，你怎么想得出来，往人身上扔蜘蛛？那个意想不到的女人突然说：不要离开我！亲爱的，不要生我的气，我把内心那么多的不愉快都倾吐给了你，我想念你。我还要告诉你，我很幸福，有你，有你在想着我。

胸口又疼了。需要摁铃叫护士吗？

不要想任何烦心的事情！

第一个谈到心为爱情宫殿的，是圣奥古斯丁，教会之父，北非希坡主教。在生活中，他有几次世俗的爱情，他并不纠结于自己对未婚妻不忠。爱对他来说是至高无上的，真正的神的形象。对神的爱只映照了我们爱一个人的能力。

丹，你敢爬上烟囱吗？

只要你给我系上保险带！

主耶稣啊，请与所有苦难和患病之人，还有那些在这一刻死去的人同在。请和我的妻子同在，不要抛弃她，在爱里注视她。不要离开我！

你注满我的全身,你用爱包围我。你是我在生活里遇到的最美的东西。我与你分享一切,丹。悲伤、痛苦和焦虑。我爱了几次了,爸爸。祝你生活在爱之中,希望你生活所在的地方充满恩典、理解、自由和善良。

丹尼尔拿起电话,开始拨打芭拉的号码。如果是她的丈夫接,他就放下话筒。如果是她接,便告诉她,自己躺在医院,还活着。

一刹那,他感觉自己没有了呼吸。

电话通了,他等待。振铃重复响起,他意识到自己的手在颤抖。

另一头显然没人在家,这是命运的预兆吗?

"哪儿啊,"他的邻床说,"如今电话费涨了三倍多,却哪儿也打不通。"

丹尼尔挂了电话。

"我认为,牧师先生,"他的邻床回到自己的主题,"即使您是新教徒,您还是不能拒绝圣母玛利亚。我们都需要和她协力共同拯救世界。"

如果我们都不能拯救自己,如何能拯救世界?谁来帮助我们?当耶稣的母亲及其儿子早已腐烂在坟墓里时,我们自己做得到吗?不依靠天人的帮助,在我们头上的星空和心中的道德法律。

好在门吱扭一声开了,不是汉娜,是一位年轻的护士。"感觉怎么样,牧师先生?"

"谢谢,还好!"

"再过几天,您就能重又奔跑起来了。"她停顿了一下,也许她想说的是"重新去追女孩子",但这种鼓励不适合用在牧师身上。牧师是不会追女孩子的。他们试图根据上帝的诫命来生活,如果他们能做到。他们祈求全能的上帝,如果他们的信仰仍然存在。反之,如果他们不按照戒律生活,他们的信仰便会消失,只留下豪言壮语吗?然后,他们能去追逐女孩们,但试图瞒天过海。如果他们得手,他的秘密可以面对自己的良心,甚至自己的心脏,心脏却承受不住。

丹尼尔回首自己生活里发生的事。那另一个女人现在非常遥远，仿佛来自梦里，来自另一种生活。奇怪，几乎难以置信的是，几天前他们还拥抱和做爱。这非常不好，或只是人性的一种行为方式？

人屈从于欲望，对爱情，对新的相识，对似乎更强烈的情感，然后克服了责任感和对忠诚的承诺，他们押上一切赌注：家庭、声望、荣誉，最终是自己的生命。现在呢，他躺在医院里，远离与另一个女人相见的可能性，疾病在他们俩之间深化了时空的鸿沟，丹尼尔被惭愧和遗憾挫败了，最主要的是，他欺骗了自己的亲人。汉娜对他忠心耿耿，他居然背叛了她，这一点让他羞愧难当。他不知道自己是否还能活下去，不知道将如何生活。他只知道他再不能像原来那样生活，生活在欺骗和伪善之中。

六、马　修

马修走出法院大楼，虽然觉得女法官热心帮他解脱了婚姻的桎梏，卸掉了他最沉重的生活负担，但他却无端生出一丝怀恋。他在门口停下脚步，尽管不愿意承认自己在等克拉拉出来。

克拉拉终于露面了，看到马修，显然犹豫了一下，本想高傲地仰头而去，做出不屑一顾的样子，但她还是做了短暂停留，说："那么再见了，老头，你好自为之吧！"还让马修帮她点燃一支香烟，然后踩着高跟鞋朝本田汽车款款而去，车里一个有钱的魔鬼在等着她，她坐到那人身边，然后从马修的生活里永远消失了。

马修应该感到如释重负，可以自由飞向那片辽阔，安逸地实现抱负，然而他的双腿备感沉重。

回到家里，只褪下外套，他就仰身躺倒在床上，然后久久地，数小时盯着天花板，慢慢梳理灌木丛般纷乱无序的思绪。床边的桌子上还立着一个昨天喝过的葡萄酒壶、一块黑面包、一碗掺花生的米饭。他不准备刀，时常用手撕开面包，慢慢放在口中咀嚼。床边堆着一摞书，随手拿起最面上的一本，翻阅几下，再扔回去。

天花板上有几处龟裂，挂着沾满灰尘的蜘蛛网残片，伴随钻进房间里的有轨电车铃声和卡车的喧嚣，在空中摇曳飘荡。

几张不同的面孔在发灰的天花板平面上交织出现，有的野蛮，早就记不起来了，有的还认识，尚在世，比那些时常在电视或电影屏幕上露脸的演员面孔还要活跃。这几个女人向他做鬼脸，嘲弄地盯着他，他曾那么信任她们，包括倾心的爱，尽管他知道这些人早晚会撇下他而去。他想忽略这些面孔，也不看克拉拉，那个就会跟外国男人在床上翻滚的荡妇。

他想念那位护士，现在他已经胆敢称她为汉娜女士。他去了教堂两次，听她丈夫困惑的长篇累牍。牧师头上的光环已经消失殆尽，马修也许做不到凝神屏息盯着光环。在牧师的妻子邀请他共进午餐时，马修甚至与牧师说了话，潜意识里却感觉到需要与认同基督复活的信徒们争辩。牧师知道，譬如中国，世界上人口最众多的国家，不相信上帝，人们的生活照样，并没有比信仰上帝或神的地方更不道德。牧师对此是了解的。在东方，他说，个人主义较少，人们更多受到自古以来形成的秩序制约。

这意味着，上帝或神的概念以及灵魂不朽仅是我们个人主义的虚构，人们不想承认自我的消亡？

牧师说，他没有这么想，但在我们想象神的过程中，自我消亡的焦虑肯定起到了重要作用。

牧师要么令人难以置信的宽容，要么苦恼于心中的某种怀疑，关于自己，或关于上帝。

马修跟牧师的妻子开始说话，自从他答应把自己写的诗拿给她看，有过几次机会，可他并没有把诗拿来，他在等待合适的时机：他觉得，他的诗应该成为赢得女人的路径，而不仅仅是开启。

有一天他确实不舒服，汉娜第二次给他送来了药，他给她朗诵了几首诗，同时告诉她说，创作灵感就来自于她。

"拜托了，"她一脸诧异，"我怎么能让您产生灵感呢？"

"就是您啊，"他说。"在您身上有一种神秘的、东方的、神奇的东西。"

"那只是您的感觉。"她反驳。

"不。我的生活没有意义，直到我遇见了您。"

"您没有发烧吧？"她尴尬地笑了笑，甚至伸出手去摸他的额头，然而在触碰到他的额头之前，她的手迅速躲开了。

现在，马修想念这个善良的女人，带着一种特殊的迫切性。他思念她不是因为寂寞，虽然这在今天已由法院正式确认，更因为他有种特殊预感，汉娜女士遭遇不测了，也许自己的出现会令她心存感激。

他应该给她打个电话提供帮助，如果她需要的话，但此刻他无意做任何事。

做得多，失败得多。我们越想握紧一切，越会失去。

马修睡着了。

在似醒非醒中，他似乎听到海浪的轰鸣和人群的嘈杂在临近，观看死刑判处的场面。探寻蚁穴的好奇心和冷漠。熊熊的火焰。

然后，母亲的声音打断了他：马修，你为什么不吃饭？不要抱怨，马修，振作精神，一切都会好起来的。一只女性的手在抚摸他的头发。

马修意识到，他已经很久没有去母亲或父亲的坟上扫墓了。这很不好，人必须尊重给予自己生命的人。母亲是他的世界里唯一的好女人。马修的思绪又跳到别的女人身上，那个护士汉娜，他意识到，他思念这个女人，思念她的声音和微笑，他渴望母爱。

他总算从床上爬了起来，打开冰箱，找到一块干香肠，几口吞到肚子里。又打开了牛肉罐头，酱汁散出的味道让人提不起食欲，他用手指捞出肉块，然后把罐头扔到垃圾桶里，桶盖刚掀起，成群的苍蝇一涌而起。

他冲了澡，换上干净衬衣。

桌上的黑夹子里放着他花了几个星期时间准备的诗，他挑选了近两百首，确切数目为一百八十七首。其中有些他很得意，自认为写得不错。他克制住打开文件夹，取出最出色的几首诗读一读的念头，事实上他早已烂熟于心。

拿起听筒，踌躇了一会儿，然后拨了福音教会的号码。很幸运，因为他听到了牧师夫人的声音。

他自报姓名，显然她不记得他的名字了，因为她说："可能您想跟我丈夫说话，可他住院了。"护士的声音里透出不同寻常的忧伤。

"严重吗？"他问。

"心肌梗死。"

"我事先不知道，汉娜太太，对不起。他现在怎么样了？"

"谢谢。我相信，危险期已经过去了。"

"那就好。"护士大错特错了，因为她相信的是仪器，而不知道她丈夫的生命力日渐黯淡。她不知道自己将会很富有，目前她还没有想到这一点。故他又重复了一遍："我真的很高兴，您一定忙坏了。"

"您打电话，是因为您的诗吗？"牧师夫人想起来了，"您答应我很长时间了。"

"就几首。我突然有一种感觉，可能您出了什么事，内心有痛苦，所以我至少打个电话问一问。"

"痛苦？是的，痛苦。人活着总会有痛苦。"牧师夫人沉默了一阵，而他说："一切都会好起来的，相信我。"

"再也不会像从前那样了。"牧师夫人说，马修听到了无声的啜泣。然后那个善良的女人竭力想掩饰内心的悲伤，问起他写的诗是关于什么的。

他说，无法用一句话说清楚。他想稳住自己的情绪，但又不想因此耽搁，他的诗至少可以给她带来一些安慰。

"是的，我现在正需要。"从她的声调里马修听出来，汉娜夫人此刻神不守舍。然而，他依然说："诗歌能带给人慰藉，如同音乐、冥想，或者祈祷。"

"如果您愿意，或者您在附近的话，就把诗拿来吧。"牧师夫人突然决定。

"现在吗？"

"对。下午我要去看丈夫。"

"谢谢您，护士。我马上过来，至少能看看您。毕竟，在我身体有问题的时候，您也来看过我。"

马修身上如同注入了活力。系上了最珍贵的真丝领带，蓝底金龙图案的那条，仔细梳理了已经稀疏、花白的头发，然后把黑夹子放入公文包，那一百八十七首诗歌，也许能等来出版的一日，也许他也能等来亲切的关怀，起码是一种理解。在电车站的小报亭，他买了三朵白色的康乃馨。

护士给他开了门，接了花，致谢，请他进家里。她脸色苍白，眼睛布满了血丝，睡眠不足或者刚哭过。如果马修被送进了医院，甚至死了，有谁会为他哭泣呢？

马修再次询问了她丈夫的病情，汉娜夫人一边准备咖啡，一边面无表情地如实告诉了他一些细节的东西：丈夫已经好多了，如果不出现意外，可能两个星期后就可以回家了。医院的护理很好，现在有自己的房间，床头有电话。

马修觉得她谈论丈夫的病情时，口气很职业化，她脸上的悲伤好像与丈夫的病情没有关联。

"那您不要难过了，汉娜太太，"他说，"同样，痛苦是无法改变命运的。"

"您这么认为吗？我无法把一切都告诉您。"牧师夫人把咖啡倒入粉红色杯子里。

"别伤心了，"马修重复，"我们必须接受生活及生活带来的一切，意识到什么都会过去：痛苦和欢乐，最终是我们自己。因为与天空和星星相比，我们算得了什么？甚至跟一棵树相比较，树至少是平静的，而我们一直在折腾，激情、爆发、欲望和背叛。"

护士喝着咖啡，眼睛不看他，然后说："您跟我想象的不一样。"

"不一样？"

"严肃一些。"

"我们每个人都有多副面孔，通常那个真正的藏而不露。"

"我一直以为，世上存在不隐藏秘密的人。"

"现在您不这么认为了吗？"

"我从来不隐瞒什么。"她答非所问。

"每人都会有隐瞒的东西，"马修说，"因为每个人或多或少都会有一些秘密。"

"好吧。我从没有做过任何需要隐瞒的事情。"马修现在确定，让牧师夫人悲哀的不是丈夫的病情。某种失信，某种东西触及了她对人类善良一面的信任。

"我知道您永远也不会伤害任何人，"他说，"我也从来不欺骗任何人。"

他看着对面的女人，她的脸上有忧愁，但依然善良。突然间，时光仿佛回到十几年前，母亲在等他吃午饭，问他学校里的情况，他开始抱怨那些嘲笑甚至打他的同学。马修开始向汉娜倾诉，他没有谈他的旅行，真实或虚构的国外经历，而是说起他自己，如何被所爱的女人欺骗，特别是最后那一个，他把她迎进了家门，昨天刚离婚。

马修后悔自己的善良，以及自己的付出换来的忘恩负义。他也说到了生活中自己的抱负，但几乎一事无成，因为这个世界不看好像他这样的人，没有背景，没有知识，也没有财产。世界是不明智的，它推崇力量，而不是文雅和诚信，对实际的价值没有兴趣。人们只希望娱乐、享受，为此不惜破坏一切。

护士认真听着，就像他母亲当初那样，他觉得她与他有同感。马修下意识地期待，那善良的女人会站起身来，走近他，抚摸着他的头发说：不要抱怨，马修，振作精神，一切会重新好起来的！

"您也不属于这个世界，"马修又说，"所以您感觉不好。像我们这样的人，应该生活在一起，生活在相互信任之中，为了更好地承受一切压力。"汉娜夫人对他的召唤、他的表白，没有任何表示。她看了一眼手表，说："对不起，我得到医院看丈夫去了。"这出乎马修的意外，然后他表示道歉，耽误了她的时间，而且给她添了麻烦。

"没有关系，我习惯了。其他人也常来找我，我毕竟是牧师的妻子。"

马修一下子疲软了，几乎没有力气站起来。他也没有主动对汉娜说，自己耽误了她这么多时间，可以陪她去医院，或者叫一辆出租车送她。

等他出门走到了大街上，他才想起忘记把他的诗交给汉娜太太了。他可能永远也不会给她看了，同时也不会给其他人看，他的诗歌将成为秘密，像许多人的诗句那样。他将在孤独中结束生命，也像大多数人那样。

七

在丹尼尔被允许探望的两天之后，埃娃来到了父亲的病房。她身上的长裙，以前没见过，很宽松，遮掩了她的体型。"你好，爸爸，你怎么样？"

"谢谢你，我一天天在好起来。你怎么样？"

"身上没什么不舒服，"她俯下身亲吻父亲，"也许某个地方不适，但不是生命攸关。"

"什么都跟生命有关。"

"我给你带来了桃子，"她从背包里掏出一个大纸袋，"我明白你的意思。"她拉过一把闲着的椅子坐到床边，"本来我昨天就想和马瑞克一起来的，可我这两天都有课。来早了又不让进。"

"你不用解释，现在你来了，我很高兴。"

"爸爸,这一阵我每时每刻想着你,非常想。另外,我也想跟你说一件我没告诉过你的事。我帮你洗个桃子?"

"谢谢,还是先说你要告诉我的事。"

"马上吗?"

"刻不容缓。"

"好吧。我没告诉过你,在发现自己怀了彼得的孩子后,我知道不能要,我去医院准备做人流。当时候诊室里挤满了女人,几乎每一个都在说人流。我感觉受不了了。我想起一个关于母亲的苏格兰民谣,妈妈刺伤了自己宝宝的心脏,后来与他见面,他谴责母亲没有把他放入摇篮而是送进了坟墓。我也意识到了,那个医生认识爷爷,大概也认识你,等他再看到我,会说:她是这么处理的?或者问我:这件事你爸怎样说?"

"我怎么说起作用吗?"

"我知道,我只是告诉你我在医院里的感受。我知道自己怀孕让你非常失望。可是在候诊室我发觉,如果你知道我把他杀了,你会更难受,你会对我说,你妈妈永远也不会这么做。所以我起身离开了医院。"

"你做得很对,埃娃。可是,你为什么总是谈论我会怎么觉得,或者我会说什么?它关系到你和你的宝宝啊!"

"我只是想说,我牵挂你,即使在那些时刻。因为,爸爸,你的心脏发生了危险,我责怪自己,也许是因为我的缘故!"

"我只能责怪我自己,你和彼得开始交往,是我的错。"

"对啊。我知道,你希望我有所作为,我让你失望了。"

"不,如果说失望的话,我对自己很失望。请记住,一个人一定不能辜负自己,让自己失望。"

"我知道,爸爸,你从来都希望我不做自己,而是做妈妈那样的人。"

"我不明白。"

"你在我身上看到了她,爸爸。可是,我不可能成为她,因为我就是我。"

"这没关系,我知道这一点。"

"但是你越来越拿我跟她对比。我肯定永远是输的,因为没有一个人能像不在世的人那样完美,她留下的唯有美好的回忆。"

"你看,我没有想到,没有意识到这一点。如果你有这种感觉,我很抱歉。"

"我什么都考虑到了。自从你被送到医院里,大家都为你揪心。爸爸,我告诉你,我也在信里写了,我马上和彼得结婚,也是因为这个原因,我想证明我是另一个人,而不像妈妈,我就是我。同时我知道,你是对的,我应该等一等,也许我一失足会酿成千古恨。"

"你能意识到,这很好。"

"我不会和彼得结婚的,至少目前不会。直到我看到他有改变。"

"你这样做,是因为你自己还是因为我?"

"因为我自己。"

"我真高兴。我不想以自己的病情来要挟你。"他朝女儿俯过身去,捏住她的手,"我很高兴,很欣慰,你这样决定,还有你告诉了我刚才的事情。"

"我希望这有助于你康复。"

有人敲门。芭拉走进病房,抱着一大束玫瑰。"牧师先生,"她说,"我就给您送一些玫瑰,我不想打扰您。"

他的心痛苦地揪紧了。

"呆一会儿吧,"埃娃主动提议,"有人来看爸爸,他会很开心,正好我要走了。"

"你的女儿很懂事,"剩下他们两个人的时候,芭拉说,"你不生我气吧,我到这里来?"

丹尼尔从她手里接过玫瑰花,插到桌上的花瓶里。"我只想问候你一下,看看你,问你过得好不好。请原谅,我实在忍不住了,非要看到你。"

"最后一次?"

"最后一次,如果你希望这样。"

"我没这么想。"

"我想看到你好转。"

"我好多了。已经能下床行走,昨天在走廊上走了一圈。今天,医生允许我去花园了。如果你愿意,我们可以一起去花园。谢谢你的玫瑰花,这么美,谢谢你来看我。"他从桌上抽出一个信封,装到病号服的口袋里。尽管此刻房间里就他们俩,但最好不要呆在这里。

"我不会耽搁你的,丹,"在走廊上,她说,"我真的只想看到你。"

"你怎么知道的?"

"从教堂呀,伊凡娜告诉我的。"

走下楼梯,病房大楼后面有几条长凳,太阳正好照在上面。两人坐了下来。"你怎么会这样的,丹?"她问。

"我不知道。我曾经读过,卡夫卡在去世前不久写道:我的大脑和肺部背着我联手跟我作对。我想我的心脏和大脑背着我也携手起来了。"

"对付我吗?"

"不,对付我。"

"你不介意太阳吧?"

"不,没有关系。"

"对你没有影响吧,有人会看到我们俩在一起?"

"我没说会影响我。"

"我想念你,丹,朝思暮想。然后我又开始为你担心,自从周一你没来赴约那一刻起。"

"这是我第一次爽约。当我清醒过来时,我就想到了,你在等我。"

"丹,它并不重要。没有什么能比你的生命更重要。自从伊凡娜告诉我你的消息之后,我寝食难安。"

他感觉到芭拉在强忍眼泪。"我不想让你为我担忧,你已经够苦的了。我从来没有这样想过。"

"你不必道歉!"

"家里没什么事吧?"他问。

"没有。萨沙问候你,希望你早日康复。此外我们家冰冷而死寂,如同冷冻室一般。只有跟你在一起我才感觉温暖。你没有如约而来,我就知道出事了,很糟糕的事,因为你不会这样不辞而别的。"

"我在医院里给你打过电话,打了几次,但从来没有打通,对我来说也是个预兆。"

"预兆什么?"

"我不知道,也许预兆我无法联系到你。"

"我知道你的意思,预兆我将不属于你。不,这不是预兆,有几天我们外出了。我无法在城里呆着,你躺在医院里,生命垂危,我却不能去看你。"

他感觉到芭拉近在咫尺,再次坐到了他旁边,把他的心夺过去了。

"你知道吗,从我第一次去听你的讲道起,已经一年多过去了?"

"我知道。那一天我不会忘记。"

"我们同样曾经坐在城堡公园的长椅上,还记得吗?"

"虽然我的心脏有问题,但我的大脑很正常。"

"有些事,人更多记在心里。"

"我的心目前还在正常跳动。"

"你的妻子常来这里看你吗?"

"是的,她对我照顾很好。"

"那就好。虽然我妒忌她,我倒是很希望来看望你,照顾你呢。"

"谢谢你,谢谢你现在来了。"

"丹,"她说,"不要担心什么。我给你添了很多麻烦,现在我很懊悔，因为这是任性的磨难。你不要理会任何事情。你的心需要平静。"

"我尽力而为吧。"

"我给你写了一封信，但现在不许读。"她从小坤包里取出信封，"还是不给你为好，等下一次吧。"

"我的未来相当不确定。"

"不，你会活下去。我只想告诉你，我爱你直到我生命终结。你是我的启示，永远是，即使我们不再见面。"

"谢谢你。我也给你写了一封信。"他从口袋里掏出信封。

"好吧，那我把自己的信也给你吧，这就像交换外交照会，"她说，"会见在友好的气氛中进行。我要送你回房间吗？"

"先不要吧。"

"我想在这里陪你。我们从未有时间真正呆在一起，尤其是我。现在我很难受，我只能怪罪自己，但愿有补救的机会。"

"不要责怪自己，不在于时间量。数量大多不重要，虽然一切以量来衡量。"

"我知道。我感激你为我做的一切。虽然它无法衡量，它比我曾经得到的都要多，我是不配得到的。现在我走了，你的妻子该来了。尽快好起来吧，什么也不要多想。"他伸出手想拥抱她，但克制住了。有太多的眼睛在注视他们。可是，那又有什么关系呢，也许明天他已经不在人世了。

芭拉注意到了丹尼尔的犹豫，她亲吻了一下他的嘴唇："谢谢你做的一切，丹！"

"我也一样。"

"不要抛弃我们，我们需要你！"

他看着她快步离去，就像爱从他身上离去了。

他的腿有点发软，沿途他不得不坐下来歇了两次，才回到他病房所在的大楼。不在于脚无力，关键是他的心脏挺过了这次会面的考验。

回到房间，汉娜在屋里等他。

"我出去散了一会儿步。"他说。

"你不该独自出行的。"

"我感觉自己好了。"

"那就好。"她从袋子里掏出水果。

"孩子们好吗？"他问。

"他们要来看你，等他们放学以后吧。"

"工程进展怎么样？"

"很顺利。我想下个月我们就可以接纳第一批孩子了，那时你也回家了。我需要开几张发票来付账，但现在我不想打扰你。"

"我盼着这一天，非常期待。"

"你盼着回家吗？"

"还期盼中心的工作。"

"你还没工作够！你知道你需要休养，至少一段时间！"

"人活在世上不是为了休养，况且我已经不再讲道了。"

"你不讲道？为什么啊？"

"我认为它不公正。"

"那是因为你心脏的疾病你才这么想的，可心脏会痊愈。"

"心脏有可能会好起来。"

"还有什么不能好？"汉娜死死盯着他，突然冒出一句，"她给你的玫瑰吗？"

"谁？"

"芭拉呀，你这么叫她的。"

她从何得知的呢？无所谓了，她知道了更好。万一自己死了，不会把唯一折磨他的谎言带走。

"是的，她送给我的。"

"很好看。"

"我想告诉你关于她的事,但我怕伤害你。我从来没有想要伤害你。我爱过你,我始终爱着你。"他纠正。

"丹,我很难过。我没有想到你会对我撒谎,这么长时间。"

"你能原谅我吗?"

"我已经原谅你了。难道你没有感觉到吗?"妻子抽出手帕,哭了起来。他也哭了,为自己欺骗了她,因为他不确定妻子是否还会相信他。

八、书 信

亲爱的芭拉:

今天我身上的管子被拔除了,第一次下床走几步路。迈步是生命的体征,表明我还活着,虽然我不知道命运注定我还能走多少步。但我活着,这意味着我还可以和你说话,至少在心里。或者跟你告别,如果我将离去,不会跟你不辞而别。告别并不意味着说再见,而是把最重要的事情说出来,说出我以前没有找到时间或决心说的事情……

一个小时后(刚才我有点累了):我一生都渴望跟心爱的人相守,渴望亲密,在两个人之间这可能发生吗?亲密存在不同的度:当两个人可以无所不谈,在拥抱,在做爱的时候,他们的关系是亲密的。做爱是最后的、最高程度的亲密吗?一个人可以和任何人做爱(虽然我从不推崇),但这是终极亲密吗?

终极亲密——那是一种完全信任的能力,即能够向对方倾吐一切,包括最隐私的东西,甚至对自己都保密的东西。从不欺骗对方,哪怕欺骗了自己……

夜里:我白天写到哪里了?你来找我,像众多的人一样,因为出于对死亡的恐惧。我对你说,像告诉其他人,死亡被克服了,被唯一一个受害者,唯一一次在十字架上的受难。我也这样告诉自己,我特别希望自己就这样相信,我从来没有告诉任何人,任何一个人,哪怕对我的第一任妻子,包括第二任妻子也从没有透露,我对此说法表示怀疑。我视自己的愿望、期待和希望为最高真理。现在,在这一刻,在我不知道这是否将成为我最后的留言时,至少对你表达了。你不会谴责我,我知道,你不会鄙视我,你理解我。

我一直对你,也对其他人强调,上帝的爱会救赎我们,但我觉得自己错了。我认为,没有人能审判我们的罪,能原谅我们并赦免我们,不存在比我们的正义更高的东西。没有永恒的持久,除非永远的忘却。

剩下的是什么,我曾经在生活中鼓吹和致力追寻的?也许唯有信念,相信爱是我们一生能遇见的,也是我们孜孜以求的最重要的事情。我说的是人类的爱,如果没有神的爱,仅剩下人类的爱,短暂而不完美。基督谈到它,之后还有成千上万的人谈到。但我们对爱依然不珍惜,依然难以生活在爱之中。

也许这是我给予你的一个坏消息,但请你从我这里接受它,就像接受某种比爱之表白更重要的东西,某个终极亲密的东西……

你的丹

* * *

亲爱的,亲爱的,亲爱的:

我想告诉你,我每时每刻思念你。我曾想告诉你,多亏你,我认识了什么是爱。我不是指肉体层面的,而是指你曾经和我谈起的。我曾是自私的,我想把你占为己有。我对此感到羞愧,我为此向你道歉。

当我获悉你的病时,我绝望,不知道做什么好。我像疯了似的在城里,在我们共同去过的地方狂奔。我为你担心,我想大哭一场,然后到医院去找你,待在你身边,握住你的手求你不要离开我,不要离开我们,留下来,留在这里!然后我突然想起:我跪到地上,祈求主，原谅我们俩做的一切，原谅我们犯下的错；我祈求他让你活。我不是为了自己，我已经不想把你占为己有，我只希望你活下去，因为这样才好，因为世界没有了你，会比现在更加糟糕。

我突然有一种特别的、比放松更舒缓的感觉，我感觉到上帝在倾听，而且听到了我的声音，会尊重我的请求，会原谅我和你，因为他知道，如果我们做错了什么，那是缘于爱，缘于无助和绝望，但从来不是邪恶。我突然醒悟，上帝存在，我不是孤独的，同样你也不是孤独的，即使在最艰难的时刻。

我亲爱的，上帝与你同在，虽然我不能和你在一起，也许我永远无法和你在一起了，这已经不重要。上帝将与你同在，如同我的爱，只要你活着。

你的芭拉

"蓝色东欧"译丛(部分书目)

第 一 辑

- 《石头城纪事》(小说)
  【阿尔巴尼亚】伊斯梅尔·卡达莱 著

- 《错宴》(小说)
  【阿尔巴尼亚】伊斯梅尔·卡达莱 著

- 《谁带回了杜伦迪娜》(小说)
  【阿尔巴尼亚】伊斯梅尔·卡达莱 著

- 《石头世界》(小说)
  【波兰】塔杜施·博罗夫斯基 著

- 《权力之图的绘制者》(小说)
  【罗马尼亚】加布里埃尔·基富 著

- 《罗马尼亚当代抒情诗选》(诗歌)
  【罗马尼亚】卢齐安·布拉加等 著

第 二 辑

- 《我的疯狂世纪》（传记）
  【捷克】伊凡·克里玛 著

- 《我的金饭碗》（小说）
  【捷克】伊凡·克里玛 著

- 《一日情人》（小说）
  【捷克】伊凡·克里玛 著

- 《终极亲密》（小说）
  【捷克】伊凡·克里玛 著

- 《等待黑暗，等待光明》（小说）
  【捷克】伊凡·克里玛 著

- 《没有圣人，没有天使》（小说）
  【捷克】伊凡·克里玛 著

- 《花园里的野蛮人》（散文）
  【波兰】兹比格涅夫·赫贝特 著

- 《带马嚼子的静物画》（散文）
  【波兰】兹比格涅夫·赫贝特 著

- 《海上迷宫》（散文）
  【波兰】兹比格涅夫·赫贝特 著

- 《父辈书》（小说）
  【匈牙利】瓦莫什·米克罗什 著

第 三 辑

- 《乌尔罗地》（散文）
  【波兰】切斯瓦夫 · 米沃什 著

- 《路边狗》（散文）
  【波兰】切斯瓦夫 · 米沃什 著

- 《第二空间——米沃什诗选》（诗歌）
  【波兰】切斯瓦夫 · 米沃什 著

- 《无止境——扎加耶夫斯基诗选》（诗歌）
  【波兰】亚当 · 扎加耶夫斯基 著

- 《捍卫热情》（散文）
  【波兰】亚当 · 扎加耶夫斯基 著

- 《索拉里斯星》（小说）
  【波兰】斯塔尼斯瓦夫 · 莱姆 著

- 《遗忘的梦境——查特 · 盖佐短篇小说精选》（小说）
  【匈牙利】查特 · 盖佐 著

- 《流星——卡雷尔 · 恰佩克哲学小说三部曲》（小说）
  【捷克】卡雷尔 · 恰佩克 著

- 《神殿的基石——布拉加箴言录》（箴言）
  【罗马尼亚】卢齐安 · 布拉加 著

- 《十亿个流浪汉，或者虚无——托马斯 · 萨拉蒙诗选》（诗歌）
  【斯洛文尼亚】托马斯 · 萨拉蒙 著

• 部分书名为暂定，以出版时为准 •